녹정기
1

녹정기 1 — 피의 사화

1판 1쇄 인쇄 2021. 01. 15.
1판 1쇄 발행 2021. 01. 30.

지은이 김용
옮긴이 이덕옥
발행인 고세규
편집 봉정하, 구예원 디자인 유상현 마케팅 김용환 홍보 반재서
발행처 김영사
등록 1979년 5월 17일 (제406−2003−036호)
주소 경기도 파주시 문발로 197(문발동) 우편번호 10881
전화 마케팅부 031)955−3100, 편집부 031)955−3200 | 팩스 031)955−3111

값은 뒤표지에 있습니다.
ISBN 978−89−349−8944−8 04820
　　　 978−89−349−8943−1 (세트)

홈페이지 www.gimmyoung.com　　　블로그 blog.naver.com/gybook
인스타그램 instagram.com/gimmyoung　　이메일 bestbook@gimmyoung.com

좋은 독자가 좋은 책을 만듭니다.
김영사는 독자 여러분의 의견에 항상 귀 기울이고 있습니다.

일러두기

본문의 미주는 옮긴이의 주이다. 작품의 이해를 돕기 위한 김용 선생님의 작가 주는 ●로 표기하고 미주 뒤에 수록한다.
단, 전체 내용에 대한 주일 경우 ● 없이 장만 표기한다. 외국 인·지명은 대부분 현대 우리말 표기에 맞추었다.

녹정기

鹿鼎記

피의 사화

김용 대하역사무협

이덕옥 옮김

1

김영사

〈김용작품집〉 신新 서문

소설은 보여주기 위해 쓰는 것이다.

소설의 내용물은 사람이다. 소설은 한 사람이나 몇 사람, 한 무리, 혹은 수천수만에 이르는 사람들의 성격과 감정을 담아낸다. 그들의 성격과 감정은 그들이 마주치는 환경과 경험에 투영되고, 사람과 사람의 교류 및 관계에 투영된다. 장편 소설 가운데 한 사람의 이야기를 쓴 것은 《로빈슨 크루소》가 유일한 것 같다. 《로빈슨 크루소》는 주인공과 자연의 관계를 그렸는데, 나중에는 하인 프라이데이가 등장한다. 한 사람을 다룬 단편 소설은 좀 더 많다. 특히 근현대의 신소설은 한 사람이 환경과 접촉하면서 드러나는 바깥 세계와 내면 세계를 그리는데, 그중에서도 내면 세계에 집중한다. 일부 소설은 동물이나 신선, 귀신, 요괴 등을 다루지만 그들을 사람처럼 묘사한다.

무협 소설 또한 사람을 그린다는 점에서 다른 소설과 다를 바가 없다. 다만 그 배경이 고대이고 주요 인물들이 무공을 할 줄 알며, 이야기가 격렬한 싸움에 치중될 뿐이다. 어떤 소설이든 특별히 중점을 두는 부분이 있다. 로맨스 소설은 사람 간에 성적인 감정과 행동을 다루고, 시대 소설은 특정 시대의 환경과 사람을 다룬다. 《삼국지연의》와 《수호지》같은 소설은 수많은 인물들의 투쟁을 그리고, 현대 소설은 인물의 심리 흐름에 중점을 둔다.

소설은 일종의 예술이다. 예술의 기본 내용은 인간의 감정과 생명이며, 주된 형식은 아름다움, 넓은 의미에서 미학적인 아름다움이다. 소설에서 아름다움이란, 말과 글의 아름다움이며 줄거리 구조의 아름다움이다. 그 핵심은 특정한 형식을 통해 인물의 내면 세계를 표현하는 방법이다. 어떤 형식이든 상관없다. 작가가 주관적으로 분석할 수도 있고, 객관적으로 이야기를 서술한 뒤 그 인물의 행동과 말을 통해 표현할 수도 있다.

소설을 읽는 독자들은 소설의 내용과 자신의 심리를 결합한다. 똑같은 소설이라도 어떤 사람은 강렬한 충격을 받는 반면 어떤 사람은 지루하게 느낄 수 있다. 독자의 개성과 감정이 소설에서 표현하는 개성과 감정에 맞아떨어져야만 '화학반응'이 일어나는 것이다.

무협 소설은 인간의 감정을 표현하는 특정한 형식이다. 감정을 표현할 때, 작곡가나 연주자는 피아노나 바이올린, 교향곡, 가곡이라는 형식을 사용하고, 화가는 유화나 수채화, 수묵화 혹은 판화라는 형식을 사용한다. 중요한 것은 형식이 아니라 표현하는 방법이 훌륭한가, 독자나 청자, 관람객의 마음과 통하는가, 그들 마음에 공명을 일으킬 수 있는가다. 소설은 예술의 형식 중 하나로, 그중에는 좋은 예술도 있고 나쁜 예술도 있다.

예술에서 좋고 나쁨은 아름다움의 범주이지, 진실함이나 선함의 범주는 아니다. 아름다움을 판단하는 기준은 미美와 감정이며, 과학적인 진실 여부(무공이 생리학적 혹은 과학적으로 가능한가)나 도덕적인 선함, 경제적인 가치 혹은 정치 통치자의 유불리가 아니다. 물론 어떤 예술 작품이든 사회에 영향을 줄 수 있으니 자연스레 그 영향으로 작품의 가치를 가늠할 수는 있으나, 이는 별개의 평가다.

중세 유럽에서 기독교 세력은 사회 전반에 두루 퍼져 있었으므로, 유럽이나 미국 박물관에 가면 모든 중세 그림들의 소재는 성경이고, 여성의 신체적 아름다움 또한 반드시 성모의 모습을 통해 표현했다. 르네상스 이후에야 그림이나 문학에 보통 사람들이 등장한다. 르네상스, 이른바 문예부흥이란, 문학과 예술이 더 이상 천사나 성자에게 집중하지 않고 그리스 로마 시대처럼 '사람'을 묘사하는 방식을 되살린 것이다.

중국인들은 오랫동안 '글은 곧 도리'라는 문학예술관을 지녀왔다. 이는 '선함과 선하지 않음'으로 문학예술의 가치를 논하던 중세 유럽 암흑시대의 사상과 동일하다. 그래서 《시경詩經》에 실린 사랑 노래들은 군주를 풍자하거나 후비后妃를 찬양하는 노래로 해석되었다. 사람들은 도연명陶淵明의 〈한정부閒情賦〉나 사마광司馬光, 구양수歐陽脩, 안수晏殊가 쓴 그리움과 사랑의 글을 옥에 티라도 되는 양 애석하게 평가하거나, 호의라도 베풀듯 다른 의미로 해석하곤 했다. 그들은 문학예술이 감정을 표현한다는 것을 믿지 않았고, 문자의 유일한 기능은 정치나 사회에 가치를 제공하는 것이라고 여겼다.

나는 무협 소설을 쓰면서, 오로지 인물을 만들어내고 그들이 특정한 무협 환경(고대 중국, 법치가 통하지 않고 무력으로 분쟁을 해결하는 불합리한 사회)에서 겪는 일을 묘사했다. 당시 사회는 현대 사회와 크게 달랐지만, 인간의 성격과 감정은 크게 다르지 않았다. 고대인들의 애환과 이합집산, 희로애락은 현대 독자들에게도 유사한 정서를 불러일으킨다. 물론 독자들은 내 소설을 소설의 표현 방식이 서투르거나 글 쓰는 기술이 부족하거나 묘사에 깊이가 없다고 느껴, 미학적으로 저열한 예술작품이라 평할 수도 있다. 어쨌든 나는 도리 같은 것을 설파하고 싶지는 않다.

나는 무협 소설을 쓰는 동시에 정치 평론이나 역사와 철학, 종교에 관한 글을 썼다. 무협 소설과는 완전히 다른 것들이다. 사상을 담은 글은 독자의 이성에 호소한다. 이런 글이어야 옳고 그름이나 진짜와 가짜를 판단할 수 있으며, 독자들은 이를 보고 동의하거나 일부만 동의하거나 완전히 반대할 수 있다.

반면 소설에 관해서는, 단순하게 좋은지 싫은지, 감동적인지 지루한지만 이야기했으면 한다. 나는 독자들이 내 소설 속 어떤 인물을 좋아하거나 미워할 때 가장 기쁘다. 그런 감정이 든다는 것은 소설 속 인물들이 독자들 마음에 가닿았다는 뜻이다. 소설 작가의 가장 큰 바람은, 작가가 빚어낸 인물이 독자들 마음속에서 생생하게 살아나, 피와 살이 있는 진짜 사람이 되는 것이다. 예술은 창조다. 음악은 소리를 창조하고, 그림은 시각적 이미지를 창조하고, 소설은 인물과 이야기, 그리고 그 내면 세계를 창조한다. 세상을 사실대로 반영하기만을 원한다면, 녹음기나 카메라가 있는 요즘, 음악과 그림이 왜 필요한가? 신문이 있고, 역사서가 있고, TV 다큐멘터리와 사회 통계, 병력 기록, 정부와 경찰의 인사 정보가 있는데 소설이 왜 필요한가?

무협 소설은 통속 소설이라 대중적이고 오락성이 강하지만, 수많은 독자들에게 영향을 미친다. 내가 하는 말의 요지는, 자신의 나라와 민족을 아끼고 존중하듯 다른 이의 나라와 민족 또한 존중하고, 평화적이고 우호적으로 서로 도우며, 정의와 옳고 그름을 중요시하고 남을 해쳐 자신의 이익을 꾀하는 일에 반대하며, 신의를 지키는 순수한 사랑과 우정을 찬미하고, 정의를 위해 몸을 아끼지 않고 투쟁하는 것을 찬양하며, 권력과 이득의 다툼과 이기적이고 비열한 생각이나 행위를 경멸하라는 것이다. 무협 소설의 역할은 독자들이 소설을 읽으면서 단순히 백일몽을 꾸며 위대한 성공이라는 환상에 깊이 빠지게 하는 것이 아니라, 그 환상 속에서 좋은 사람이 되어 좋은 일을 하려 노력하고, 나라와 사회를 사랑하는 사람이 되어 다른 사람이 행복해지도록 돕고, 좋은 일로 공적을 쌓아 사랑하는 사람들로부터 존경과 사랑을 받는 모습을 상상하게 하는 것이다.

무협 소설은 현실주의 작품이 아니다. 문학에서 현실주의만을 인정하고 나머지는 모조리 부정하는 평론가들이 적지 않다. 이는 곧, 소림파의 무공이 훌륭하므로 무당파니 공동파니 태극권이니 팔괘장이니 선퇴니 백학파니 공수도니 태권도니 유도니 복싱이니 무에타이니 하는 그 밖의 것들은 사라져야 마땅하다고 하는 것이나 다름없다. 우리가 주장하는 것은 다원주의다. 소림파의 무공을 무학의 태산북두로 여겨 존중하면서도, 다른 문파 역시 공존할 수 있어야 한다는 생각이다. 소림파보다 좋지 않을 수도 있지만, 그들 역시 자신만의 견해와 창조력이 있다. 광둥 요리를 좋아하는 사람이라고 베이징 요리나 쓰촨 요리, 산둥 요리, 안후이 요리, 후난 요리, 웨이양 요리, 항저우 요리, 혹은 프랑스 요리나 이탈리아 요리 같은 것을 금지하자고 주장할 필요는 없다. 사람의 취향은 저마다 다르다고 하지 않는가. 무협 소설을 과하게 치켜세울 필요도 없지만, 말살할 필요도 없다. 어떤 물건이든 그 쓰임이 있는 것이다.

총 서른여섯 권의 이 작품집은 1955년에서 1972년까지 대략 16년 간 쓴 것들이다. 작품집에는 장편 소설 열두 편과 중편 소설 두 편, 단편 소설 한 편, 역사인물 평전 한 편, 그리고 소량의 역사고증 글이 담겨 있다. 출판 과정은 기괴했다. 홍콩이든 타이완이든 중국 본토든 해외든, 각종 해적판이 먼저 나갔고 그 후에야 내 교정을 거쳐 판권을 사들인 정식 판본이 출간됐다. 중국 본토에서는 '삼련판三聯版'[1]이 출판되기 전, 톈진의 바이화문예출판사에서만 판권을 사서 《서검은구록書劍恩仇錄》을 출판했다. 그 출판사는 인쇄 전에 꼼꼼하게 교정을 보았고, 계약서에 따라 인세를 지불했다. 나는 법에 따라 소득세를 내고 나머지는 몇몇 문화 기구에 기부하거나 바둑 서포터 활동을 했다. 기분 좋은 경험이었다. 그 외에는 베이징 싼리엔三聯서점에서 출판할 때까지 판권 계약을 한 적이 없다. '삼련판'의 판권 계약은 2001년에 만료됐고, 그 후 중국 본토 판본은 광저우출판사가 갖게 됐다. 홍콩·마카오와 가까워 업무적으로 소통하고 협력하기가 편리했기 때문이다.

불법 복제판을 낸 출판사가 인세를 지불하지 않는 것은 부차적인 문제다. 조잡하게 만들어진 판본들에는 오류가 넘친다. 심지어 내 이름을 빌려 무협 소설을 쓰고 출판하는 사람도 있다. 잘 쓴 작품이라면 그 명예를 가로챌 마음이 없지만, 지루한 싸움과 선정적인 묘사로 가득한 작품을 대하면 불쾌감을 감출 수 없다. 어떤 출판사는 홍콩과 타이완 등지의 다른 작가들 작품을 내 필명으로 출판하기도 했다. 수많은 독자들이 고발하는 편지를 보내 커다란 분노를 표했다. 어떤 사람은 내 허락도 받지 않고 평론서를 냈다. 펑지용馮其庸, 옌지아옌嚴家炎, 천모陳墨 세 분은 공력도 깊고 태도도 진지하여 깊이 감읍할 따름이나, 그 외에는 대부분 작가의 의도와 한참 떨어진 논평이었다. 다행히도 이제 출판을 중지하고 출판사에서도 사과하고 배상했으니 분쟁은 끝났다.

어떤 복제판에는 나와 고룡古龍, 예광倪匡이 '빙비빙수빙冰比冰水冰(얼음은 얼음물보다 차다)'이라는 구절로 상련정대上聯徵對²를 냈다는 이야기도 있는데, 실로 우스운 일이다. 한자 대련에는 일정한 규칙이 있어서, 앞 구절의 마지막 글자는 측성仄聲³이고 뒤 구절은 평성平聲⁴으로 끝난다. 하지만 '빙' 자는 평성이다. 우리는 이런 상련정대를 낸 적이 없다. 이 때문에 중국 본토에서 여러 독자들이 뒤 구절을 보내오는 등 많은 사람들이 시간과 기력을 낭비했다.

나는 독자들이 쉽게 진위를 판별할 수 있도록 장편 및 중편 소설 열네 편의 제목 첫 글자를 모아 대련을 만들었다.

'비설연천사백록飛雪連天射白鹿, 소서신협의벽원笑書神俠倚碧鴦(휘몰아치는 눈 하늘 가득 흰 사슴을 쏘고, 글 비웃는 신비한 협객 푸른 원앙에 기대네).' (단편《월녀검》은 포함되지 않았는데, 하필이면 내 바둑 스승인 천주더陳祖德 선생이 가장 좋아하는 작품이《월녀검》이다.) 첫 번째 소설을 쓸 때만 해도 두 번째 작품을 쓰게 될지 몰랐고, 두 번째 소설을 쓸 때는 세 번째 작품에 어떤 소재를 쓸 것인지, 어떤 제목을 쓸지 전혀 알지 못했다. 하여 이 대련은 잘 짜였다고 할 수 없다. '비설'과 '소서', '연천'과 '신협'은 대구가 맞지 않고, '백'과 '벽'은 모두 측성이다. 하지만 상련정대를 내게 된다면 글자 선택이 자유로우니, 좀 더 재미있고 규칙에 맞는 글자를 고를 것이다.

많은 독자들이 편지에서 같은 질문을 했다.

"쓰신 소설 중에서 어떤 작품이 가장 잘 썼다고 생각하세요? 어떤 작품을 가장 좋아하세요?"

대답하고 싶어도 대답할 수 없는 질문이다. 소설을 쓸 때 내게는 한 가지 소원이 있었다. '한 번 쓴 인물이나 줄거리, 감정, 나아가 세부적인 내용조차 중복해서 쓰지 말자'는 것이었다. 재능의 한계로 이 소원을 완전히 이뤘다고 할 수는 없으나 항상 이 방향으로 노력했고, 대체적으로는 열다섯 편이 모두 다르고 그 소설을 쓸 당시 내 감정과 생각, 특히 감정이 스며 있다.

나는 각각의 소설에 나오는 정의로운 인물들을 좋아한다. 그들의 경험에 따라 기뻐하거나 낙담하거나 슬퍼하고, 때로는 몹시 상심할 때도 있다. 글 쓰는 기술은 후기로 갈수록 다소 좋아졌지만, 가장 중요한 것은 기술이 아니라 개성과 감정이다. 이 소설들은 홍콩과 타이완, 중국 본토, 싱가포르에서 영화와 드라마로 제작됐고, 몇 편은 서너 개의 판본까지 나왔다. 그 외에도 연극과 경극, 월극粵劇[5], 뮤지컬 등이 만들어졌다. 이에 따라 두 번째 질문이 생겼다.

"영화나 드라마로 각색된 작품 중 어떤 작품이 가장 연출을 잘했다고 생각하세요? 남녀 주인공 중에서 원작과 가장 잘 맞는 사람은 누구 인가요?"

영화와 드라마의 표현 방식은 소설과는 완전히 달라 비교하기가 몹 시 어렵다. 드라마는 편수가 많아 표현하기가 쉽지만, 영화는 훨씬 제 약이 많다. 또한 소설은 읽는 동안 작가와 독자가 함께 인물을 형상화 하기 때문에 같은 소설을 읽어도 사람마다 머릿속에 그리는 남녀 주 인공의 모습은 다를 수 있다. 독자 개개인의 경험과 개성, 감정과 희로 애락은 모두 다르기 때문이다. 여러분 또한 마음속에 그리던 책 속의 남녀 주인공이 자신이나 연인의 모습과 뒤섞이는 경험을 했을 것이 다. 독자마다 성격이 다르니 다른 사람이 생각하는 연인은 분명코 여 러분이 생각하는 연인과 다르다. 하지만 영화와 드라마는 인물의 모습 을 고정시키므로 관객들에게 상상할 여지를 주지 않는다. 어떤 것이 가장 훌륭하다고 말할 수는 없지만, 이렇게 말할 수는 있다. 원작의 본 모습을 완전히 바꿔놓은 것이 가장 나쁘고, 가장 독선적이며, 원작자 와 수많은 독자들을 가장 무시한 것이다.

무협 소설은 중국 고전 소설의 오랜 전통을 계승한다. 중국 최초 무 협 소설은 당나라 때 전기傳奇《규염객전虯髯客傳》과《홍선紅線》,《섭은낭 聶隱娘》,《곤륜노崑崙奴》등일 것이며, 이 작품들은 훌륭한 문학작품이다. 그 후로는《수호지》와《삼협오의三俠五義》,《아녀영웅전兒女英雄傳》등이 나왔다. 현대 무협 소설은 비교적 진지한 편이어서 정의와 의리, 살신 성인, 서강부약鋤强扶弱, 민족정신, 그리고 중국 전통 윤리를 중시한다. 그 속에 나오는 과장된 무공을 꼬치꼬치 따질 필요는 없다. 사실상 불 가능한 것도 있으나 이는 중국 무협 소설의 전통일 뿐이다. 섭은낭은 몸을 축소해 다른 사람 배 속으로 들어갔다가 입으로 튀어나오는데, 아무도 사실이라고 믿지 않는다. 하지만 섭은낭의 이야기는 천년 동안 줄곧 사랑을 받았다.

내가 초기에 쓴 소설에는 한족 왕조의 정통 관념이 강했다. 후기로 갈수록 중국에 있는 모든 민족이 동일하다는 관념이 보이는 건 내 역사관이 약간 진보했기 때문이다. 이런 면은 《천룡팔부》와 《백마소서풍》, 《녹정기》에서 특히 잘 드러난다. 위소보(《녹정기》 주인공)의 아버지는 한족일 수도, 만주족이나 몽골족, 회족, 장족일 수도 있다. 첫 번째 소설인 《서검은구록》에서도 주인공 진가락은 나중에 이슬람교에 대한 지식과 호감이 커진다. 어느 민족이건 어느 종교건 어느 직업이건 좋은 사람과 나쁜 사람이 있기 마련이다. 나쁜 황제가 있듯 좋은 황제가 있고, 나쁜 대신이 있듯 진심으로 백성을 아끼는 좋은 관리도 있다. 책 속에 나오는 한족과 만주족, 거란족, 몽골족, 서장족에도 좋은 사람과 나쁜 사람이 있다. 승려와 도사, 라마, 서생, 무사들도 각양각색의 개성과 품성을 지닌 사람들이다. 사람을 양분하는 것을 좋아하는 몇몇 독자는 호불호를 분명히 나눠 개인으로 단체를 판단하지만, 이는 결코 작가의 뜻이 아니다.

역사의 사건이나 인물은 당시 역사적 환경에 놓고 생각해야 한다. 송나라와 요나라, 원나라와 명나라, 명나라와 청나라 교체기에 한족과 거란족, 몽골족, 만주족 등 각 민족은 격렬하게 싸웠고, 몽골족과 만주족은 정치적 도구로 종교를 이용했다. 소설에서 묘사하고자 한 것은 당시 사람들의 관념과 심리 상태이므로, 후세 사람이나 현대인의 관념으로 재단할 수 없다. 나는 소설을 쓸 때 각 인물의 개성과 그들의 희로애락을 묘사하려 했다. 소설은 무언가를 빗대어 표현하는 것이 아니다. 탓해야 한다면 그것은 인간 본성에 자리한 추잡하고 어두운 품성일 것이다. 정치적인 관점과 사회 이념은 시시각각 변한다. 일시적인 관념으로 소설의 가치를 판단할 필요는 없다. 하지만 인간의 본성은 변화가 몹시 적다.

리우자이푸劉再復 선생과 그 영애 리우젠메이劉劍梅가 함께 쓴《부녀양지서父女兩地書》에서 젠메이 양은 리퉈李陀 선생과 나눈 대화를 언급했다. 리 선생은 소설을 쓰는 것은 피아노를 치는 것과 마찬가지라, 지름길이 없고 한 계단 한 계단 차근차근 올라야 하며, 매일 고된 훈련을 거듭하고 책을 충분히 읽어야 한다고 말했다. 나도 그 의견에 동의한다. 나는 매일 적어도 너덧 시간 책을 읽었고 여태 중단한 적이 없다. 신문사에서 퇴직한 후에도 계속해서 중외대학[6]에서 연수했다. 그동안 학문과 지식, 식견은 늘었지만 재능은 늘지 않아서 소설들을 세 번째로 개정했음에도 많은 사람들이 한숨을 쉬었으리라 생각한다. 어느 피아노 연주자가 매일 20시간 동안 피아노 연습을 하더라도, 천부적인 재능이 부족하면 쇼팽이나 리스트, 라흐마니노프, 파데레프스키는 물론이고, 루빈스타인이나 호로비츠, 아슈케나지, 리우스쿤, 푸충조차 될 수 없는 것과 마찬가지다.

이번 세 번째 개정판에서는 틀린 글자와 빠진 부분을 바로잡았는데, 대부분 독자들이 지적해준 부분이다. 비교적 긴 부분을 보충하거나 수정한 것은 평론가와 연구회의 토론에서 나온 결과를 반영했다. 눈에 빤히 보이는 결점인데도 바로잡을 수 없는 것이 여전히 많지만,

재능의 한계로 어쩔 도리가 없다. 아직 남아 있는 실수나 부족한 부분은 편지로 알려주기 바란다. 나는 모든 독자를 친구로 여기며, 친구들의 지적과 관심은 언제나 환영한다.

2002년 4월 홍콩에서

김용

팔대산인의 <송록도 松鹿圖>

팔대산인의 성은 주朱, 명나라 종실
이다. 명나라 천계天啓 5년에 태어
났다. 낙관은 '팔대산인八大山人' 네
글자를 붙여서 썼다. '八大' 두 글
자는 흡사 '곡哭'자 같기도 하고 또
한 '소笑'자 같기도 하며, '山人'은
'지之' 자와 비슷하다. '곡지소지哭之
笑之'의 뜻은 명 왕조가 멸망하여 울
지도 웃지도 못한다는 것이다. 그
함축된 뜻은 청나라를 완전히 부정
하는 것 같지는 않다.

《여만촌문집呂晩村文集》의
한 페이지

여유량呂留良 초상

고염무顧炎武 초상   베이징에 있는 고염무의 사당

황종희黃宗羲 **초상**　　　　　　**사신행**查愼行 **초상**

이 두 폭의 그림과 앞의 고염무 초상, 7권의 오매촌嗚梅村 초상은 모두《청대학자상전淸代
學者像傳》에 수록돼 있다.

사사표의 〈연강첩장도 煙江疊嶂圖〉

사사표査士標의 자字는 이종二聰, 서화에 모두 뛰어났다. 이 그림은 강희 황제
연간 기사년己巳年 작품이다.

청나라 때의 민간 연극

왼쪽 아래를 보면 누가 싸우는 것 같은데, 남의 허리띠를 끌어당기는 개구쟁이 어린애가 위소보 같기도 하다.

청나라 때 민화

희극 〈백화공주百花公主〉를 그렸다. 오른쪽은 무대 위 내관의 모습이다. 위소보는 많은 연극을 보았다. 그는 황궁의 내관들도 이런 차림일 거라고 생각했다. 그래서 해 노공 등 내관들을 보고도 그들의 신분을 알아보지 못했다.

청나라 강희 황제 때의 도자기

도자기 제작에 간혹 그 시대의 성쇠가 반영되기도 한다. 이 보석홍색채寶石紅色彩는 지금도 모방하기가 어렵다고 한다.

청나라 때 궁궐의 정면

청나라 기병들의 차림새

청나라 고급 내관

왼쪽 두 번째는 7품 보복補服(대례복)이고, 세 번째는 6품 보복이다.

청나라 황제의 가마, 어교 御轎

청나라 황제의 서재

위소보가 자주 가는 곳이다.

강희 황제 원년에 주조한 동전

뒷면은 만주 글로 '보천寶泉'이란 두 글자가 쓰여 있다.

서생은 뱃머리로 달려가 대나무 삿대를 집어 냅다 던졌다.

달빛 아래 삿대는 나는 뱀처럼 무서운 속도로 뻗어나갔다.

"으악!" 과 관대의 처절한 비명이 들렸다.

대나무 삿대는 그의 등을 관통해 땅에 박혔다.

잔력殘力이 남아서인지 그의 몸에 꽂힌 삿대가 파르르 요동쳤다.

칼날처럼 예리한 북풍이 몰아치는 가운데 대지는 온통 얼음으로 뒤덮여 있었다.

해변이 가까운 강남江南의 어느 큰길에서는 손에 창칼을 든 청나라 병사들이 대열을 이뤄 매섭게 불어오는 눈보라를 뚫고 죄수들을 북쪽으로 압송하고 있었다. 죄수들은 일곱 대의 수레(囚人車)에 실려 있었다. 앞쪽 세 대에는 서생 차림의 남자 세 명이 한 명씩 갇혀 있는데, 한 사람은 백발의 노인이고 나머지 둘은 중년인이다. 뒤따르는 수레에는 여인들이 앉아 있고, 맨 마지막 수레에는 여자아이를 품에 안은 젊은 부인이 타고 있다.

갓난아기가 계속 보채며 울어대자 어머니가 부드러운 말로 다독거린다. 그래도 계집아이는 울음을 그치지 않는다. 그러자 수레를 호송하던 병사 한 명이 냅다 바퀴를 걷어차며 호통을 쳤다.

"울어라, 계속 울어봐! 발로 차서 죽여버릴 테니까!"

여자아이는 놀랐는지 더욱 큰 소리로 울어댔다.

길가에서 수십 장丈 떨어진 곳에 큰 가옥이 있는데, 처마 밑에 한 중년 서생과 열한두어 살가량 된 아이가 서 있었다. 그 서생은 이 광경을 보자 절로 장탄식을 하며 눈시울까지 붉어져 말했다.

"불쌍한 것, 참으로 불쌍하구나!"

그 아이가 물었다.

"아버지, 저들은 무슨 죄를 지었나요?"

서생이 말했다.

"무슨 죄를 지었겠냐. 어제와 오늘 아침에만 벌써 서른몇 명을 잡아
갔어. 모두 우리 절강성浙江省의 선비들인데, 하나같이 무고하게 연루
된 거지."

'무고하게 연루됐다'는 말을 할 때 행여 수레를 호송하는 병사들이
들을까 봐 목소리를 낮췄다.

아이가 말했다.

"저 여자애는 아직 젖먹이인데 무슨 죄를 지을 수 있겠어요? 진짜
경우가 없어요."

서생이 아이의 말을 받았다.

"관병들이 경우 없다는 것을 아니, 많이 컸구나. 아… '인위도조人爲刀俎,
아위어육我爲魚肉. 인위정확人爲鼎鑊, 아위미록我爲麋鹿'이라더니!"

아이가 다시 말했다.

"아버지, '인위도조, 아위어육'을 며칠 전에 가르쳐주셨잖아요. 다른
사람이 식칼이고 도마라면 우리는 생선과 고기니, 즉 다른 사람에게
속수무책으로 죽음을 당한다는 뜻이지요. 그리고 '인위정확, 아위미
록'이라는 두 구절의 뜻도 비슷하잖아요?"

서생이 대답했다.

"그래!"

관병과 수레가 멀어지는 것을 보고, 아이의 손을 잡으며 말했다.

"바깥바람이 차가우니 우린 집 안으로 들어가자."

부자 두 사람은 곧 서재로 들어갔다.

서생은 붓을 들어 먹을 찍고 종이에 '녹鹿' 자를 쓰더니 말했다.

"사슴은 비록 몸집이 큰 동물이지만 성격은 아주 온순해 풀이나 나뭇잎만 먹고 살면서 다른 동물들은 전혀 해치지 않아. 사나운 맹수들이 자기를 잡아먹으려 하면 그저 달아날 뿐이지. 만약 달아나지 못하면 남한테 잡아먹힐 수밖에 없단다."

다시 '축록逐鹿'이란 두 글자를 쓰고 나서 말했다.

"옛사람들은 종종 사슴으로 천하를 비유하곤 했지. 세상에 백성들은 모두 온순하고 선량해서 남에게 억압받아 피해를 입기 마련이란다. 《한서漢書》에서 말했듯이, '진실기록秦失其鹿, 천하공축지天下共逐之', 이는 바로 진秦 왕조가 천하를 잃자 군웅이 들고일어나 쟁탈전을 벌여서, 결국 한고조漢高祖 유방劉邦이 초패왕楚覇王 항우項羽를 격파해 살이 토실토실한 사슴을 얻었다는 뜻이지."

아이가 고개를 끄덕이며 말했다.

"알겠어요. 소설책에 나오는 '축록중원逐鹿中原'이 바로 사람들이 황제가 되기 위해 서로 다툰다는 뜻이군요."

서생은 매우 기뻐하며 고개를 끄덕이더니 종이에다 다시 정鼎(두 개의 귀와 세 개의 발이 붙은 솥)을 그리고 말했다.

"옛사람들은 아궁이에 솥을 걸지 않고, 이렇게 다리가 세 개 붙은 정을 사용해 아래에 장작을 지펴서 잡아온 사슴을 삶아 먹었단다. 황제와 고관대작들은 모두 잔인했어. 누가 맘에 안 들면 죄를 지었다고 뒤집어씌워 정에 넣고 산 채로 삶아 죽였으니까. 《사기史記》에도 적혀 있듯이, 인상여藺相如는 진왕秦王에게 이렇게 말했지. '신은 대왕을 속인

죄가 죽어 마땅한 줄 아오니, 정확鼎鑊을 청하옵니다.' 즉, '나는 죽어 마땅하니, 가마솥에 넣어 삶아 죽이십시오'라는 뜻이지."

아이가 물었다.

"소설책에서 종종 '문정중원問鼎中原'이 언급되는데, 축록중원과 뜻이 비슷한가요?"

서생이 대답했다.

"그래. 하夏나라 우왕禹王은 구주九州의 금金을 모아, 아홉 개의 큰 정을 만들었다. 당시 소위 금이라고 말하는 건 사실은 동銅이지. 아홉 개의 정마다 주의 이름과 산천의 그림이 그려져 있는데, 후세에 이르러 천하의 주인이 되면 바로 그 구정九鼎을 갖는다고 전해져오고 있다. 《좌전左傳》에 의하면, '초자관병어주강楚子觀兵於周彊. 정왕사왕손만로초자定王使王孫滿勞楚子. 초자문정지대소경중언楚子問鼎之大小輕重焉'이라 했다. 오직 천하의 주인만이 비로소 구정을 차지할 수 있는데, 단지 초楚나라 제후에 불과한 초자가 그 정의 크고 작음과 무겁고 가벼움을 물으니, 이는 주왕周王의 자리를 차지하려는 속셈이 뻔하다는 뜻으로 풀이된단다."

아이가 말했다.

"그래서 정에 대해 묻는 '문정'과 사슴을 쫓는 '축록'은 바로 황제가 되고 싶다는 거군요. 그리고 사슴이 누구 손에 죽을지 모른다는 '미지록사수수未知鹿死誰手'는 바로 누가 황제가 될지 모른다는 뜻이고요?"

서생이 말했다.

"그래, 나중에 '문정'과 '축록'이란 네 글자는 다른 뜻에도 쓰이게 되었지만, 그 원전은 황제가 된다는 뜻으로 풀이된다."

여기까지 말하고는 한숨을 내쉬었다.

"우리 같은 평민들은 그저 죽을 수밖에 없는 거야. '미지록사수수'라 했듯이, 단지 누가 와서 이 사슴을 죽일지 모를 뿐이야. 어쨌든 이 사슴은 죽음이 결정돼 있는 셈이지."

그러면서 창가로 걸어가 창밖을 바라보았다. 금방이라도 눈보라가 몰아칠 것만 같은 암울한 날씨다. 다시 한숨을 내쉬며 말했다.

"하늘도 무심하시지. 수백 명의 무고한 사람들이 이 엄동설한에 길에 내몰리고 있는데, 눈까지 내리면 고생이 더 심하겠구나."

이때 남쪽으로 난 큰길에 두 사람이 삿갓을 쓰고 어깨를 나란히 한채 걸어오는데, 가까이 와서야 그 얼굴을 알아볼 수 있었다. 중년 서생이 반색을 하며 아이에게 말했다.

"황黃 아저씨와 고顧 아저씨가 오시는구나!"

그러고는 앞쪽으로 성큼 맞이해가며 소리쳤다.

"이주梨洲 형, 정림亭林 형, 무슨 바람이 불어서 두 분이 여기까지 날아온 거요?"

오른쪽에 있는 사람은 몸집이 약간 뚱뚱하고 안색이 창백하며 검은 수염을 기르고 있는데, 황종희黃宗羲라고 한다. 자는 이주, 절강성 여요餘姚 사람이다. 왼쪽에 있는 사람은 키가 헌칠하고 깡마른 데다가 얼굴이 시커먼데, 이름은 고염무顧炎武, 자는 정림, 강소성江蘇省 곤산崑山이 고향이다.

두 사람은 모두 당대에 명망이 높은 유생儒生이다. 명나라가 멸망하자 쓰라린 망국의 한을 안고 초야에 은거해 있다가 이번에 함께 숭덕현崇德縣에 오게 된 것이다.

고염무가 몇 걸음 걸어나오면서 말했다.

"만촌晩村 형, 한 가지 긴요한 일이 있어 상의하러 왔소."

중년 서생의 이름은 여유량呂留良, 호는 만촌이라 한다. 그 역시 명말 청초明末淸初, 즉 명나라 말기에서 청나라 초기의 대단히 유명한 은사隱士로, 조상 대대로 절강성 숭덕현에서 살아왔다. 그는 황과 고, 두 사람의 심각한 표정과 긴요히 상의할 일이 있다는 말에서 심상치 않음을 예감했다. 더욱이 고염무는 워낙 임기응변이 뛰어나고 침착한 사람이라는 걸 잘 알고 있는 터라, 얼른 공수의 예를 갖추며 말했다.

"어서 들어가 몸도 녹일 겸 먼저 술이라도 삼 순배 나눕시다."

이어 두 사람을 안으로 안내하고 아이에게 분부했다.

"보중葆中아, 가서 어머니한테 황 아저씨랑 고 아저씨가 오셨으니 어서 술상을 차려오라고 전해라."

잠시 후, 그 아이 여보중과 형제인 여의중呂毅中이 들어와 젓가락 세 벌을 탁자에 올려놓자 노복이 술상을 들고 왔다.

여유량은 그들이 물러가자 방문을 닫고 말했다.

"황 형, 고 형, 우선 한잔합시다."

황종희는 참담한 표정으로 고개를 절레절레 흔들며 사양하는데, 고염무는 스스로 술을 따라 연거푸 여섯 잔을 들이켰다.

여유량이 말했다.

"두 분이 오늘 이곳까지 찾아온 건 혹시 '명사明史'와 관련된 게 아닙니까?"

황종희가 짤막하게 대답했다.

"그렇소!"

고염무는 술잔을 들고 소리 높여 읊조렸다.

"청풍수세난취아淸風雖細難吹我, 명월하상부조인明月何嘗不照人. 청풍은 비록 미약하나 나를 움직이지 못하는데, 명월은 어찌하여 사람을 비춰 주지 않는가?"

이어 여유량에게 말했다.

"만촌 형, 형이 지은 그 시의 두 구절은 정말 절창絶唱이오. 난 술 마실 때마다 반드시 그 시를 읊고 취기가 온다오."

여유량은 못내 조국을 잊지 못해 청나라 조정에서 벼슬을 하지 않으려 했다. 현지의 관리는 그의 명성을 흠모해 은거하는 명사 즉 '산림은일山林隱逸'로 추천해, 상경해서 과시에 응하라고 권유했지만 여유량이 단호히 거절하자 더 이상 강요하지 않았다. 나중에 또 한 명의 관리가 그를 박학다식한 유생 즉 '박학홍유博學鴻儒'로 추천했다. 여유량은 계속 거절했다가는 조정을 멸시한다는 죄명을 뒤집어쓰고 살신지화殺身之禍를 당할 우려가 있어, 아예 삭발을 하고 가짜 중이 되었다. 지방 관리는 그의 뜻이 너무 확고하다는 것을 알고 더는 출마를 권유하지 않았다.

청풍과 명월, 이 두 시구는 청나라를 풍자하고 명나라를 그리워하는 뜻이 담겨 있었다. 비록 공공연하게 퍼뜨릴 수는 없어도, 뜻을 같이하는 유생들 사이에서는 널리 암송되고 있었는데 지금 고염무가 다시 읊조린 것이다.

황종희는 가볍게 탁자를 내리치며 칭찬을 아끼지 않았다.

"정말 좋은 시요!"

그도 잔을 들어올려 한잔 들이켰다.

여유량이 얼른 입을 열었다.

"두 분의 말씀은 실로 과찬이외다!"

고염무는 언뜻 고개를 들어 벽에 걸려 있는 높이 다섯 자, 너비 한 장 남짓한 그림을 보았다. 큼지막한 한 폭의 산수화다. 종횡으로 힘이 넘치는 필체와 웅위한 기상이 절로 감탄을 자아내는 그림이다. 그리고 거기 단지 네 글자가 크게 적혀 있는데, '아~ 이와 같은 강산'이라는 뜻의 '여차강산如此江山'이다. 고염무가 말했다.

"필법으로 보아 틀림없는 이첨二瞻 선생의 걸작이겠군요?"

여유량이 대답했다.

"그렇소이다."

이첨 선생의 성은 사査, 이름은 사표士標라 하는데, 명말청초의 대화가이자 좌중 세 사람과도 친분이 두터운 사이였다. 황종희가 말했다.

"이와 같이 훌륭한 그림에 왜 시 한 수 써넣지 않았습니까?"

여유량이 탄식하며 말했다.

"이첨 선생의 이 그림엔 아주 깊은 뜻이 담겨 있습니다. 그는 워낙 신중한 사람이라 낙관을 하거나 시를 써넣지 않아요. 지난달 이 누추한 집에 며칠 머물면서 흥이 올라 한 폭을 그려서 제게 주었지요. 이참에 두 분께서 글을 좀 써주시는 게 어떻겠소?"

고염무와 황종희는 일어나 그림 가까이 다가가 자세히 살펴보았다. 도도한 양자강의 물줄기가 동쪽으로 흘러가고 있는데, 양쪽에는 끝없이 이어지는 산봉우리와 기암괴석, 수목이 절묘하게 조화를 이루며 어우러져 있다. 한데 운무가 그림을 가득 감싸고 있는 게, 산천은 비록 아름다우나 보는 이로 하여금 왠지 모르게 가슴 밑바닥에서 우울한 감정을 자아내는 느낌이 들었다.

고염무가 말했다.

"이와 같은 강산이 오랑캐한테 넘어가다니! 우린 울분을 꾹 누르고 그날그날 연명하는 삶을 살고 있으니 어찌 비분강개할 일이 아닐 수 있겠소? 만촌 형, 이첨 선생의 속앓이를 시원하게 풀어놓을 수 있는 시제를 한 수 적어주지 않겠소?"

여유량이 흔쾌히 승낙했다.

"좋소이다!"

그는 곧 그림을 내려 탁자 위에 펼쳐놓았다. 황종희가 먹을 갈았다. 여유량이 붓을 들고 잠시 생각하더니 일필휘지하자 금세 시가 완성되었다.

이는 송나라의 남도南渡인가?

이와 같은 강산은 부끄럽도다.

이는 애산崖山(송과 원의 마지막 전투) 이후인가?

이와 같은 강산은 목불인견이로다.

내 이제야 그림을 그린 뜻을 알았으니,

눈물을 흘리며 통곡하노라.

이제 와 지난날을 돌이켜보면 옛날이 지금 같아,

작대기 입에 물지 않고도 소리를 삼킨다.

고우皐羽(송의 마지막 장수)의 눈물로 먹을 갈아

그림을 축축이 그리노라.

하여 그림은 있되 시문詩文은 없고,

시문은 네 글자에 담겨져 있나니.

홍무洪武(명나라 태조) 때가 다시 돌아오면,

장구를 치면서 이 강산을 누비리.

산천이 활짝 개고 수복되면,

어딘들 기뻐 날뛰며 오르지 못하리오!

지금은 명明이 오랑캐 청淸에 멸망된 시기지만, 지난날 송宋이 오랑캐 원元에 짓밟힌 상황을 빗대 지은 시다.

여유량은 시를 다 쓰고 나서 붓을 바닥에 팽개치며 절로 눈물을 흘렸다.

고염무가 말했다.

"정말 통쾌하고 절묘한 시구요."

여유량이 그의 말을 받았다.

"딱히 함축성이 없는 시라 잘 썼다고는 할 수 없지요. 단지 이첨 선생이 말하고자 하는 뜻을 글에 옮겨, 그림을 보는 사람들에게 그 뜻을 전하려는 것뿐입니다."

황종희가 거들었다.

"언제 고국에 새로이 햇살이 비치겠소. 그러면… '산천이 활짝 개고 수복되면', 설령 벌거숭이가 된 산과 더럽혀진 물이라 할지라도 바라보노라면 마음이 후련해질 거요. 그야말로 '어딘들 기뻐 날뛰며 오르지 못하리오!'"

고염무가 다시 말했다.

"시의 구성이 아주 절묘하오. 언젠가는 오랑캐를 몰아내고 한漢민족의 산하를 되찾을 날이 있을 거요. 실로 비분한 마음을 끌어내고, 뜨거운 피가 끓어오르게 하는 시요!"

황종희는 천천히 그림을 돌돌 말면서 말했다.

"이 그림을 걸어놓으면 안 되니, 만촌 형이 따로 잘 간수해두시오. 만약 오지영吳之榮 같은 간신배가 그림을 보게 되어 관아에서 추궁을 한다면, 만촌 형은 물론 곤경에 처할 거고 이첨 선생한테까지 누가 미치게 될 거요."

고염무가 탁자를 내리치며 욕을 내뱉었다.

"오지영, 그 개만도 못한 역적! 살을 씹어먹어도 한이 풀리지 않을 것 같소!"

여유량이 정색을 했다.

"두 분께선 긴요하게 상의할 일로 왔다고 했는데, 글쟁이가 그냥 몸에 밴 일이라 시화만 늘어놓아 진작 논해야 할 일을 깜박했군요. 대체 무슨 일이오?"

황종희가 대답했다.

"우리가 찾아온 건 바로 이첨 선생의 일가인 이황伊璜 선생의 일 때문이오. 소제와 고 형이 얼마 전 들은 소식인데, 그 '명사' 사건에 이황 선생도 연루됐다지 뭡니까!"

여유량이 놀라 물었다.

"이황 형도 연루됐다고요?"

황종희가 말했다.

"그렇소. 우리 두 사람이 어젯밤에 서둘러 이황 선생이 사는 해령海寧 원화진袁花鎭으로 달려갔더니, 친구를 만나러 출타해 안 계시더군요.

정림 형은 상황이 심상치 않다는 걸 알고 이황 선생 가솔들에게 야음을 틈타 피신하라고 일렀소. 그리고 이황 선생이 만촌 형과 친분이 두 텁다는 게 생각나 바로 찾아뵈러 온 거요."

여유량의 표정이 굳어졌다.

"그는… 오지 않았소. 대체 어디로 간 걸까?"

고염무가 말했다.

"여기 계시다면 물론 만날 수 있을 텐데… 내 이미 그의 서재에 사안의 심각성을 암시하는 시를 한 수 적어놓았소. 나중에라도 귀가한다면 그게 무슨 뜻인지 알아차리고 피신하겠지요. 한데 아무것도 모른 채 밖에서 돌아다니다가 관아에 붙잡히기라도 하면 정말 큰일이오."

황종희가 다시 말했다.

"그 '명사' 사건으로 인해 우리 절강성의 선비들이 거의 다 변을 당했소. 조정의 박해가 아주 극심한데 만촌 형은 워낙 명성이 자자해서… 이건 정림 형과 제 생각인데 당분간이나마 집을 떠나 피신해 있는 게 어떻겠소?"

여유량은 분연히 말했다.

"오랑캐 황제가 만약 날 북경으로 잡아간다면, 몸이 난도질당하는 한이 있더라도 한바탕 호되게 욕을 해줄 거요! 가슴속에 응어리진 한을 다 털어놓고 홀가분하게 죽으리다!"

고염무가 그의 말을 받았다.

"만촌 형의 하늘을 찌를 듯한 그 기백에 경의를 표하는 바요. 한데 오랑캐 황제를 만나기도 전에 하찮은 쌍것들 손에 죽게 될까 봐 걱정인 게지요. 게다가 오랑캐 황제는 아무것도 모르는 어린애에 불과하고, 모든 패권은 그 오배鰲拜란 놈이 쥐고 있소. 이주 형과 곰곰이 생각해봤는데, 이번 '명사' 사건이 이렇게 부풀려져서 칼바람으로 이어진 것도 그놈의 오배가 일부러 우리 강남 인사들의 예봉을 꺾어놓으려는 수작이 분명한 것 같소."

여유량도 동조했다.

"두 분이 정확하게 본 거요. 청나라 병사는 산해관山海關을 뚫고 중원으로 들어온 이래 강북에서 무소불위로 만행을 부려왔소. 한데 강남으로 들어오자 가는 곳마다 저항에 부딪히고 특히 오랑캐에 적대감정을 가진 선비들이 그들과 맞서왔소. 그래서 오배는 이번 기회에 강남 문인들을 탄압하려는 거겠지요. 흥! 놈들이 우리 강남 문인들을 모조리 없애지 않는 한 춘풍에 들풀이 다시 살아나듯 끝까지 맞설 거요. 한 알의 풀씨라도 남아 있는 한!"

황종희가 고개를 끄덕였다.

"옳소! 놈들과 끝까지 맞서기 위해서라도 우린 자신을 잘 지켜야 하오. 만약 울컥하는 혈기로 만용을 부린다면 놈들이 원하는 대로 돌이킬 수 없는 나락으로 떨어지고 말 거요."

여유량은 이내 깨달아지는 바가 있었다. 두 사람이 풍설을 맞으며 찾아온 것은 물론 이황의 행방을 수소문하려는 목적도 있지만, 행여 자신이 순간의 울분을 참지 못하고 헛되이 목숨을 잃을까 봐 피신을 권유하러 왔다는 것을. 벗들의 진심에 그저 고마울 따름이었다.

여유량이 의연히 말했다.

"두 분의 이 금석양언金石良言의 충고를 내 어찌 따르지 않을 수 있겠소. 내일 일찍 가족들을 데리고 당분간 피신을 하리다."

황종희와 고염무는 몹시 기뻐하며 입을 모았다.

"당연히 그렇게 해야지요."

여유량은 중얼거리듯 말했다.

"한데 어디로 피신해야 된단 말인가?"

천지가 막막하다. 가는 곳마다 오랑캐의 세상이니 손바닥만 한 정토도 찾기 어려운 게 현실이 아닌가. 여유량의 중얼거림에 한숨이 묻어났다.

"도원桃園이 어디 있어 난세를 피할 수 있단 말인가. 도원이 어디 있어 이 난세를 피할 수 있단 말인가…."

고염무가 그의 말을 받았다.

"지금 세상에 설령 세외도원 같은 낙원이 있다고 해도 우린 자신만의 살길을 찾아 숨어 지낼 수는…."

그의 말이 끝나기도 전에 여유량이 탁자를 퍽 내리치며 벌떡 일어나더니 목소리를 높였다.

"정림 형의 그 지적이 맞소! 나라의 흥망은 필부에게도 책임이 있는 법! 잠시 피신하는 건 있을 수 있겠지만 세외도원으로 깊이 숨어들어 유유자적하며 오랑캐 말굽 아래서 신음하는 억겁창생을 외면한다면 어찌 마음이 편안하겠소. 제가 실언을 했소이다."

고염무의 입가에 미소가 떠올랐다.

"저는 요즘 강호를 떠돌면서 많은 친구들과 교분을 맺었습니다. 양자강 남북을 망라해 주워들은 바에 의하면, 비단 먹물을 먹은 선비들만 오랑캐에 반대하는 게 아니라 심지어 장사치와 시정잡부들 중에도 뜨거운 피가 끓어오르는 호걸들이 많다고 합니다. 만약 만촌 형만 괜

찼다면 우리랑 함께 양주揚州로 갑시다. 뜻을 같이하는 사람들을 소개해드릴 테니… 어떻소?"

여유량은 크게 기뻐했다.

"좋아요, 좋아! 우리 내일 바로 양주로 갑시다. 잠깐만 앉아 계십시오. 집사람에게 알려 짐을 챙기도록 하겠소."

그러고는 서둘러 안채로 들어갔다.

잠시 후, 다시 서재로 돌아온 여유량이 말했다.

"'명사' 사건은 항간에 소문이 분분하더군요. 우선 그 확실성을 알 수가 없고, 또한 여러모로 거리끼는 게 있어서 그러는지 다들 제대로 말을 안 해줍니다. 저는 집에 칩거하다시피 혼자 있었던 터라 자세한 내막을 알지 못하는데, 도대체 그 발단이 어떻게 된 겁니까?"

고염무가 절로 한숨을 내쉬었다.

"그 '명사'를 우리 모두 보았을 거요. 그 내용 중에는 오랑캐에 대한 불만이 없을 수 없겠지요. 알다시피 그 책은 원나라 상국相國이었던 주국정朱國楨이 쓴 건데, 관외 건주위建州衛(명나라 영락제 때 남만주에 사는 여진족을 누르기 위해 설치한 지방행정 단위) 사건을 다루면서 어찌 오랑캐를 좋게 서술했겠소?"

여유량이 고개를 끄덕였다.

"듣자하니 호주湖州 장莊 씨 집안에서 은자 몇천 냥을 주고 주 상국에게서 원고를 사들여 자신의 이름으로 책을 냈다는데, 그런 화를 초래하게 될 줄이야…."

고염무가 말을 이었다.

"그 자세한 내막은 제가 낱낱이 알아봤습니다."

그렇게 해서 고염무는 '명사' 사건에 관한 자초지종을 풀어놓기 시작했다.

절강성의 항주杭州, 가흥嘉興, 호주湖州, 세 부府는 태호太湖 변에 위치해 있어 통칭 항가호杭嘉湖라 한다. 지세가 평탄하고 토지가 비옥해 자고로 쌀과 비단의 주산지로 알려져 있다.

호주부의 가장 큰 고을은 지금의 오흥현吳興縣인데, 청나라 때는 오정烏程과 귀안歸安 두 현으로 나뉘어 있었다. 예로부터 문인의 고장으로 알려져 많은 재인才人을 배출했다. 양梁나라 때 중국 글자를 평상거입平上去入 4성四聲으로 나눈 심약沈約과 원나라 때 서화에 뛰어났던 조맹부趙孟頫도 모두 호주 출신이다. 그리고 호주에서 만들어진 붓이 유명한데 휘주徽州의 먹, 선성宣城의 종이, 조경肇慶 단계端溪의 벼루와 더불어 문방사우文房四友라 하여 천하에 그 명성을 알렸다.

호주에 남심진南潯鎭이라는 고을이 있는데, 비록 일개 진이지만 웬만한 현보다 더 컸다. 고을에 특히 갑부들이 많았는데, 알려진 부호 중에 장莊 씨 가문이 있었다. 주인의 이름은 장윤성莊允城, 아들이 몇 명 있는데 장남 정롱廷鑨은 어려서부터 시화에 능해 강남의 유명한 재인들과 교분이 두터웠다.

청나라 순치順治 연간에 장정롱은 책을 과다하게 읽은 탓인지 실명에 이른다. 백방으로 명의를 수소문했지만 결국 치유되지 않아 암울한 나날을 보낼 수밖에 없었다.

그러던 어느 날, 주朱 씨 성의 한 소년이 원고 뭉치를 갖고 마을에 나타났다. 그 원고는 조부인 주 상국의 유고遺稿인데 장씨 문중에 맡기고 수백 냥의 은자를 빌리고자 간청을 했다. 장씨 문중은 본디 남에게 베푸는 것에 인색함이 없는 데다 상대가 주 상국의 후손이라 따뜻하게 보살폈다. 물론 원하는 대로 돈을 빌려주면서도 저당물로 맡기겠다는 유고는 극구 사양했다.

그러나 주씨 소년은 돈을 빌려 원행을 해야 될 입장인데, 조상의 유고를 몸에 지니고 다니면 분실할 우려가 있다며 사정을 털어놓았다. 자기 집에 놔두는 것도 안심이 안 되니 한사코 장씨 집안이 맡아주기를 간청했다. 장윤성은 승낙할 수밖에 없었다.

그 주씨 소년이 떠난 후, 장윤성은 아들의 무료함을 달래주기 위해 집안 식객에게 부탁해 원고를 아들에게 읽어주도록 했다.

주국정이 집필한 '명사'의 대부분은 이미 책으로 만들어져 세간에 널리 전해졌는데, 그의 손자가 저당 잡히기 위해 가져온 것은 뒷부분 여러 편의 열전列傳이었다. 장정롱은 식객의 구술을 통해 며칠을 듣고 나더니 큰 흥미를 느꼈다. 아울러 뇌리에 스치는 생각이 있었다.

'옛날 춘추시대 좌구명左丘明도 실명한 사람이었는데《좌전》이라는 책을 써서 천추에 그 이름을 남기지 않았던가. 나도 지금 실명해 무료하던 참인데 역사책을 한번 편찬해 역시 후세에 이름을 알릴 수 있지 않을까?'

돈의 위력은 무시할 수 없다. 부호들이 어떤 일을 추진하려고 하면 일사천리다. 장정롱은 자신의 생각을 바로 행동에 옮겨 여러 명의 문사를 모셔와서 그 '명사'의 유고를 여러 번 읽어주도록 했다. 그리고 자신이 보충할 부분과 약간 삭제할 부분을 구술로 밝혀 문사들로 하여금 필사하도록 했다.

그러나 자신이 실명으로 인해 많은 역사 서적을 참고할 수 없다는 한계점을 인식해, 행여 책이 편찬된 후에 오류가 지적되지는 않을까 걱정이 앞섰다. 그럼 후세에 이름을 남기기는커녕 오히려 웃음거리가 될 우려도 있었다.

그래서 다시 많은 재력을 동원해 박학다식한 문사들을 대거 초빙해 수정을 거듭해서 완벽을 기하는 데 노력을 게을리 하지 않았다. 물론 학자들을 돈만 준다고 다 모셔올 수 있는 것은 아니어서, 장정롱은 여러 방면에 선을 놓아 간곡히 부탁을 했다.

태호 주변에는 학식이 뛰어난 문사들이 많기로 정평이 나 있었다. 장씨 문중의 초빙을 받고는 장정롱의 실명을 안타깝게 여기거나 그의 진심 어린 성의에 기꺼이 응하는 경우도 있었다. 그들은 귀중한 역사 자료를 편찬하는 작업을 보람 있게 여겨 장씨 문중에서 열흘이고 보름이고 머물면서 오류 수정과 윤색에 전력을 기하고, 자신의 소견도 글로 써서 삽입했다. 이 한 부의 '명사'를 완성하기까지 적지 않은 재력과 인력, 그리고 시간이 투자된 셈이다.

원고가 완성된 지 얼마 후에 장정롱은 그만 세상을 뜨고 만다. 장윤성은 사랑하는 아들의 죽음을 애도하기 위해 책 발간을 서둘렀다.

청나라 때는 책 한 권을 내는 게 결코 쉬운 일이 아니었다. 수많은 조각 장인들을 시켜 목판을 일일이 만들어야만 영인과 제본을 거쳐 비로소 책이 세상에 선을 보일 수 있었다. 그 비용으로 엄청난 액수가 소요되었다.

다행히 장씨 가문은 부호라서 큰 가옥을 몇 채 내주어 작업장으로 쓰게 하고, 가능한 한 많은 장인들을 모셔와 몇 년 만에 책을 발간할 수 있었다.

책의 제목은 '명서집략明書輯略'. 편찬인은 장정롱이고 당대 유명한 문인 이영석李令晳으로 하여금 서문序文을 쓰게 했다. 그리고 그동안 도움을 준 학자들도 모두 이름을 수록했다. 모원명茅元銘, 오지명吳之銘, 오지용吳之鎔, 이잉도李仍濤, 모차래茅次萊, 오초吳楚, 당원루唐元樓, 엄운기嚴雲起, 장인징莊麟徵, 위금우韋金祐, 위일원韋一圍, 장준張雋, 동이유董二酉, 오염吳炎, 반정장潘檉章, 육기陸圻, 사계좌査繼佐, 범양范驤 등 모두 열여덟 명이었다.

책에는 또한 주씨의 원고를 바탕으로 일부 첨가와 삭감을 했다고 언급돼 있다. 주국정은 원나라 상국이었으므로 명성이 너무 알려져 실명을 거론하기 곤란했기 때문에 그저 두루뭉술하게 '주씨 원고'라고 한 것이다.

《명서집략》은 많은 문인·학사들의 세심한 수정·정리 작업을 거쳐 문체가 매끄럽고 서술 또한 상세했다. 게다가 목판을 만드는 과정에까지 정성을 기울여 글꼴이 아주 수려하고 빼어났다. 그러니 책이 나오자마자 문인들 사이에서 찬사와 더불어 좋은 반응을 일으켰다. 게다가 한술 더 떠서 장씨 문중은 이름을 알리는 데 목적이 있었기 때문에 책값을 저렴하게 책정했다.

원고 중에 청나라의 본거지인 만주에 관한 사안을 서술할 경우, 원래 부정적으로 지적하는 부분이 없지 않은데 수정하는 과정에서 후환을 염려해 일일이 삭제했다. 그래도 간혹 명나라를 찬양하는 글이 섞여 있는 것은 어쩔 수 없었다. 당시 명나라가 멸망한 지 얼마 되지 않아 선비들은 고국에 대한 애틋함과 그리움이 간절했던 터라, 책을 접하자마자 속이 후련해지는 통쾌감을 맛볼 수 있었다.

장정룡의 이름은 자연히 강북·강남으로 널리 퍼져나갔고, 장윤성은 비록 아들을 잃은 아픔을 겪었지만 다소나마 위안을 받을 수 있었다.

난세에는 소인이 득세하고 군자가 화를 입는 경우가 왕왕 있다. 호주 귀안현의 현령 오지영이란 작자가 있었는데, 재임 기간 동안 잦은 직위남용과 뇌물수수로 백성들이 이를 갈며 원성이 자자했다. 결국 고발을 당해 조정으로부터 파관면직 처분을 받았다. 그는 귀안현 현령으로 있으면서 비록 많은 은자를 끌어모았지만, 파직령이 떨어지자 행여 귀양살이를 가게 되거나 가솔들에게까지 해가 미칠까 봐 여기저기 뇌물을 쓰고 청탁을 하느라 그 많던 재산이 다 날아가고 가족들마저 오갈 데 없는 신세가 되고 말았다.

그는 관직과 재산을 다 잃자 돈 있는 사람들을 일일이 찾아다니면서 자기는 청백리로 살아왔기 때문에 이번에 관직에서 물러나 고향으로 돌아갈 노잣돈마저 없다고 통사정을 하기에 이른다. 일부 부자들은 괜히 귀찮은 일을 당하기 싫어 은자를 몇 푼 집어주었다.

그러다가 부호인 주씨 문중까지 찾아왔는데, 주인인 주우명朱佑明은 본디 악을 원수처럼 여기는 강직한 성인군자로서 노잣돈을 보태주기는커녕 아주 호되게 꾸짖었다. 재직 당시 백성이 너 때문에 얼마나 많은 고초를 겪었는지 아느냐면서, 설령 돈이 남아돈다고 해도 가난한 사람들에게 적선하지 너 같은 인간한테는 주지 않겠다고 호통을 쳤다. 오지영은 화가 치밀었으나 파직당한 몸이라 갑부를 상대로 힘을 쓸 재간이 없어 꾹 참아야만 했다.

그는 이어 다시 장윤성을 찾아갔다. 장윤성은 평소에 청유한 명사들과 교분을 맺어오면서 탐관오리를 아주 업신여겼다. 한데 오지영이 찾아온 것을 보자 냉소를 날리며 은자 한 냥을 건네주었다.

"댁의 평소 행실로 봐서는 은자를 주지 말아야 하는데, 호주 백성들은 댁이 한시라도 빨리 귀향하기를 바라고 있으니 은자 한 냥을 노자에 보탠다면 그 시기가 단축될 수 있을 것이오."

오지영은 내심 분노가 치밀었는데, 언뜻 대청 탁자 위에《명서집략》한 권이 놓여 있는 것을 발견하고는 잽싸게 생각을 굴렸다.

'이 장가 녀석은 남이 치켜세워주는 것을 좋아하지. 누가 이 책을 아주 잘 편찬했다고 칭찬하면 눈 하나 깜박하지 않고 선뜻 은자를 내준다고 들었어.'

생각은 바로 사탕발림으로 이어졌다.

"장 옹의 후사에 그저 감사할 따름입니다. 제가 이번에 호주를 떠나면서 가장 애석하게 생각하는 것은 '호주지보湖州之寶' 한 부를 고향으로 가져가지 못하는 겁니다. 가져가면 무지한 고향 사람들에게도 견식을 넓힐 계기가 될 텐데…."

장윤성이 물었다.

"호주지보라니 무얼 말하는 거요?"

오지영은 빙긋이 웃었다.

"장 옹은 너무 겸손하군요. 문인들 사이에서 소문이 자자해 익히 잘 알고 있습니다. 아드님 정룡 공자께서 직접 집필하신 그《명서집략》말입니다. 그 재능, 학식, 문체… 어느 하나 옛 성현들과 비교해 손색이 없습니다. '좌마반장左馬班莊'이라 하여 고금을 통틀어 가장 훌륭한 사대사가四大史家지요. '호주지보'는 당연히 아드님이 직접 집필한 '명사'를 말하는 겁니다."

오지영이 아드님이 직접 집필한《명서집략》이니, 아드님이 직접 집필한 '명사'니 하면서 치켜세우니 장윤성은 괜히 우쭐해지는 느낌이었다. 솔직히 말해 이 책은 아들이 직접 집필한 것이 아니라서 내심 좀 서운한 면도 없지 않았는데, 오지영의 말을 듣자 기분이 나쁘진 않았다. 그래서 속으로 가만히 생각했다.

'남들은 다 이 작자가 탐관오리이고 옹졸한 소인배라고 하는데, 그래도 먹물을 먹은 문인 출신이라 제법 보는 안목은 좀 있구먼. 이제 보니 항간에선 정룡의 책을 '호주지보'라고 하는 모양인데, 난 처음 들어보는 말이군.'

장윤성의 얼굴에 절로 웃음꽃이 활짝 피었다.

"그런데 아까 말한 '좌마반장'이니 '사대사가'는 대체 무슨 뜻인지, 난 견식이 부족하니 가르침을 주면 고맙겠소."

오지영은 그의 환히 웃는 얼굴에서 자신의 아첨이 정확히 먹혀들었다는 것을 알고 암암리에 회심의 미소를 지었다.

"과연 장 옹은 역시 몹시 겸손하시군요. 좌左는 좌구명이 지은《좌전》, 마馬는 사마천이 지은《사기》, 반班은 반고가 지은《한서》지요. 반고 이후로 더 이상 훌륭한 사학가가 없었습니다. 구양수가 지은《오대사五代史》, 사마광이 지은《자치통감資治通鑑》은 문장이 뛰어나지만 역사인식이 약간 부족했습니다. 그러다가 우리 대청성세大清盛世에 이르러 아드님께서 직접 집필한 찬란한 거작《명서집략》이 세상에 선을 보여 비로소 좌구명, 사마천, 반고 세 분 선배님과 어깨를 나란히 하여 장莊 공자가 '사대사가, 좌마반장' 반열에 오르게 되면서 그 말도 생겨난 겁니다.”

장윤성은 입이 귀에 걸리면서 연신 공수의 예를 취했다.

“과찬이외다, 과찬이오! 어쨌든 ‘호주지보’라는 말은 당치도 않소.”

오지영은 사뭇 정색을 했다.

“당치 않다니요? 항간에선 다들 호주삼보湖州三寶 사사필史絲筆, 즉 호주의 세 가지 보물 역사책, 비단, 붓 중에서도 장씨 문중의 역사책이 으뜸이라고 하더군요.”

비단과 붓은 원래 호주의 명산물이었다. 오지영은 인품이 좋지 않지만 문학적 재질이 약간 있었는지 아니면 잔머리가 잘 돌아갔는지 금방 비단과 붓, 그리고 장정롱의 역사책을 한데 묶어 그럴싸하게 말을 꾸며낸 것이다. 장윤성은 더욱 기분이 좋아질 수밖에 없었다.

오지영이 다시 말했다.

“저는 이 고장에 부임해 아무것도 이뤄놓은 게 없습니다. 오늘 염치 불고하고 감히 장 옹께 ‘명사’ 한 부를 구걸해 가전지보로 삼을까 합니다. 자손들이 밤낮으로 열심히 탐독하면 사려가 깊어지고 가문을 빛내는 데도 도움이 많이 될 것이니, 장 옹의 선처만 바랄 뿐입니다.”

장윤성은 웃으며 흔쾌히 대답했다.

“당연히 드려야지요.”

오지영은 또 몇 마디 지껄였는데, 장윤성이 어떤 구체적인 행동을 하지 않자, 주절주절 ‘명사’에 대해 칭찬을 늘어놓았다. 사실 그는 이 책을 단 한 장도 본 적이 없었다. 재능, 학식, 문체가 어쩌고저쩌고 한 것은 돈을 좀 얻어내기 위한 헛소리고 수작에 불과했다.

장윤성이 말했다.

"잠시만 앉아 계시구려."

그러고는 안채로 들어갔다.

잠시 후, 하인 한 명이 보따리를 들고 나와 탁자 위에 올려놓았다. 오지영은 장윤성이 아직 나오지 않자 얼른 보따리를 더듬어봤다. 보따리는 부피가 좀 있지만 가벼운 것이 안에 은자 따위는 들어 있지 않은 것 같아 실망이 컸다.

그때 장윤성이 객청으로 돌아와 보따리를 집어들고 웃음을 지었다.

"이 고장의 토산품을 좀 마련했으니 받아주시오."

오지영은 고맙다는 인사를 하고 작별을 고했다. 그는 객잔으로 돌아가기 앞서 보따리 속에 손을 밀어넣어 더듬어봤더니 책 한 부와 비단 한 꾸러미, 그리고 붓 10여 자루가 만져졌다. 애써 한참 동안 이야기를 늘어놓은 것은 '명사' 외에도 은자를 좀 얻어내기 위함이었다. 한데 기껏 준다는 것이 자신이 멋대로 만들어낸 '호주삼보'뿐이라니, 기가 막혀서 속으로 투덜거렸다.

'빌어먹을! 호주에 돈푼깨나 있는 작자들이 이렇게도 쩨쩨하다니… 그래, 내가 말을 잘못한 탓도 있지. 호주삼보를 명사와 금, 은이라고 지껄였다면 한밑천 두둑이 챙겼을 것 아냐!'

오지영은 화가 나 씩씩거리며 객잔으로 돌아와 보따리를 탁자 위에 팽개치고, 코를 처박은 채 잠이 들었다. 깨어났을 때는 이미 날이 어두워져 있었다. 객잔에서 밥 먹는 시간은 지났고, 따로 돈 주고 밥상을 시키자니 아까웠다. 화가 안 풀린 데다가 허기까지 지니 다시 잠이 올 리가 없었다. 내친김에 보따리를 풀어 《명서집략》을 꺼내 읽어보았다. 그런데… 몇 장을 넘겼을까, 갑자기 눈앞이 번쩍이더니 금엽金葉 한 장이 나타났다.

오지영은 가슴이 두근두근 방망이질하는 걸 꾹 참고 눈을 비비며 다시 자세히 살펴보았다. 믿기지 않았지만 영락없는 금엽이 아니고 무엇이겠는가! 곧 책을 마구 흔들어대자 우수수 금엽 열 장이 떨어져내렸다. 한 장당 약 5전錢의 무게가 나가니, 금엽 열 장이면 황금 닷 냥이 되는 셈이다. 당시 금값이 비싸 닷 냥이면 은자 200냥에 맞먹었다.

오지영은 뛸 듯이 기뻐하며 또 잔머리를 굴렸다.

'이 장가 녀석은 역시 교활하구먼. 내가 책을 언어가 읽어보지도 않고 그냥 버릴까 봐 책장 사이사이에 금엽을 끼워넣은 거야. 자기 아들의 책을 직접 읽어봐야만 금엽을 갖는 행운을 얻을 수 있다는 뜻이겠지. 좋아! 그럼 좀 더 많이 읽어보고 내일 다시 찾아가 금을 준 것에 대한 감사인사도 할 겸, 책 내용 중 몇 구절을 줄줄 외워 극찬을 아끼지 않으면 기분이 좋아져서 따로 황금을 더 줄지도 몰라.'

오지영은 즉시 등잔불을 더 밝히고 책을 읽어내려갔다. 그런데 '명나라 만력萬曆 44년, 후금後金의 태조 누르하치가 즉위해 국호를 금金으로, 연호를 천명天命으로 정했다'는 대목에 이르러 불현듯 가슴이 철렁했다.

'우리 태조께선 병진년에 연호를 정했으니 그해부터는 명 왕조의 연호인 만력을 사용해선 안 되고, 대금大金 천명 원년이라고 쓰는 게 당연한데?'

책을 계속 읽어내려가니 정묘년 후금의 태종이 즉위했다고 기술한 대목도 '대금 천총天聰 원년'이란 연호 대신 '명 천계天啓 7년'으로 쓰여 있었다. 그리고 병자년 후금은 국호를 청으로 바꿔 연호를 숭덕崇德으로 정했는데, 책에는 '대청 숭덕 원년'이 아니라 여전히 '숭정崇禎 9년'이라고 기술돼 있었다. 갑신년도 '대청 순치 원년'이 아니라 '숭정 17년'이라 돼 있고, 청나라 군사가 산해관을 지나 중원에 들어온 을유년은 '융무隆武 원년'으로, 정해년은 '영력永曆 원년'으로 서술하고 있었다. '융무'와 '영력'은 명나라 당왕唐王과 계왕桂王의 연호다. 책을 만든 사람은 청 왕조가 안중에 없고 여전히 명 왕조를 받들고 있는 게 명명백백했다.

오지영은 여기까지 읽고는 탁자를 꽉 내리치며 소리를 내질렀다.

"반역이야, 반역! 이건 묵과할 수 없어!"

탁자를 너무 세게 내리쳤는지 등잔이 뒤집어져 오지영의 손등과 옷에 기름이 잔뜩 튀었다. 어둠 속에서 그는 번뜩 뇌리를 스치는 생각이 있어 얼씨구나, 미친 듯이 기뻐했다.

"이건 하늘이 내게 횡재할 수 있는 기회를 내려준 거잖아? 다시 벼슬에 오르고 돈도 긁어모을 수 있을 거야."

생각이 여기에 미치자 자신도 모르게 소리 높여 환호를 내질렀다. 그러자 점원이 문을 두드리며 소리쳤다.

"손님, 손님! 무슨 일이에요?"

오지영은 웃으며 말했다.

"아무 일 아니다!"

그는 다시 등잔을 밝히고 책을 읽어내려갔다. 첫닭이 울 때까지 밤새 책을 읽고 나서 옷을 입은 채 침상에 누웠다. 그러고도 모자라 비몽사몽 꿈속에서도 좋아서 히죽히죽 웃었다. 책 속에서 70~80군데나 금기가 되는 문구를 찾아냈던 것이다.

무릇 왕조가 바뀔 때마다 위정자는 연호를 정하는 데 유난히 큰 의미를 둔다. 당연히 전 왕조에 대한 향수를 불러일으키는 언어를 가장 금기시한다. 《명서집략》은 원래 명 왕조 때의 사안들을 기술한 것이라 당시 명의 연호를 쓴 것은 별다른 하자가 있다고 할 수 없다. 그러나 문자에 관해 아주 예민한 시기에는 엄청난 화를 불러올 위험이 있었다.

《명서집략》 편찬에 참여했던 학자들은 그저 부분적인 수정만 할 뿐 전체적인 맥락은 간과할 수밖에 없었다. 그런데 최종적으로 검수한 사람이 하필이면 청 왕조에 대해 뼈에 사무칠 정도로 반감을 갖고 있었던 터라 아집에 가까울 정도로 청의 연호를 사용하지 않았다. 장정롱은 부잣집 아들이었고 두 눈이 실명해 세세한 부분까지 신경을 쓰지 못해서 결국 소인배에게 빌미를 잡을 기회를 주게 된 것이다.

다음 날 정오 무렵, 오지영은 배를 타고 동쪽으로 향해 항주로 가서 객잔을 잡고 진정서를 써서 《명서집략》과 함께 송괴宋魁 장군의 집으로 보냈다. 당시 청나라 조정에선 역도들을 검거하기 위해 혈안이 돼 있어 그에 따른 포상이 아주 후했다. 오지영은 이번에 틀림없이 큰 공을 세우게 될 것이고, 복직은 물론이거니와 어쩌면 3등급 더 승진할지도 모른다는 기대감에 부풀어 있었다.

그런데 객잔에서 아무리 기다려도 기별이 없었다. 하루이틀도 아니고, 끈질기게 반년이나 매일 장군부로 가서 소식을 알아봐도 석침대해石沈大海, 돌이 바닷속에 가라앉은 듯 깜깜무소식이었다. 나중엔 문지기마저 짜증이 나서 욕설을 퍼부으며 다시는 장군부 주위에 얼씬도 하지 말라고 호통을 쳤다.

오지영은 극도로 초조해질 수밖에 없었다. 장윤성이 준 금엽으로 바꾼 은자를 그동안 적잖이 써버렸는데, 고발 건이 아무런 결과도 없으니 미치고 환장할 노릇이었다. 그러면서 한편으로는 이상하다는 생각이 들었다.

그날도 그는 항주성 안에서 하릴없이 어슬렁거리다가 문통당文通堂 서점 앞을 지나가게 되었다. 소일거리 삼을 책이라도 사서 읽어볼까 하는 생각에 서점 안으로 들어갔는데 마침 《명서집략》 세 부가 진열대 위에 놓여 있었다. 그는 속으로 생각했다.

'내가 찾아낸 꼬투리가 장윤성을 고발하기에는 아직 좀 부족하단 말인가? 그렇다면 확실히 대역무도한 문구를 더 찾아내서 내일 다시 고발장을 작성해 장군부로 보내야겠군.'

절강성의 순무巡撫(지방의 최고 행정관)는 한인이고 장군은 만주 사람이었다. 그래서 오지영은 고발장을 순무에게 올리지 않고 만주인 장군에게 올렸던 것이다.

오지영은 책을 펼쳐 몇 장을 읽더니 눈이 휘둥그레지며 얼음굴에 떨어진 듯 몸이 서늘해졌다. 한순간, 눈앞에 펼쳐진 사실이 도저히 믿기지 않아 머리가 띵해졌다. 책 속에 금기가 될 만한 글들이 거짓말처럼 싹 없어져버렸던 것이다. 대청 태조가 개국한 이후의 연호는 융무, 영력 같은 명나라 연호는 한 자도 보이지 않고 죄다 청나라의 연호로 바뀌어 있었다. 게다가 앞뒤 문맥도 매끄러워 전혀 지우거나 수정한 흔적을 찾아볼 수 없었다. 어떻게 이런 마술 같은 일이? 이상해도 너무 이상했다.

오지영은 책을 손에 든 채 한동안 넋 나간 사람처럼 멍하니 있다가 소리쳤다.

"그래!"

책 겉표지와 책장이 너무 깨끗해 점원에게 물어보니 역시나 최근에 호주의 책장수가 새로 보내온 책이라고 했다. 불과 7~8일 전의 일이었다.

오지영은 속으로 뇌까렸다.

'장윤성은 역시 무서운 놈이군! 돈만 있으면 귀신도 부린다더니, 헌책을 거둬가고 판본을 새로 짜서 새 책을 출간했구먼. 원래 책 속에 있던 불순한 문구는 깨끗이 삭제해버리고 말이지. 흥! 그런다고 내가 이대로 손을 뗄 것 같으냐?'

오지영의 추측은 정확했다. 항주의 송괴 장군은 만주 사람이라 한자를 읽을 줄 몰랐다. 그의 휘하에 있는 사야師爺(막료)는 오지영의 고발장을 접수하고는 깜짝 놀라 이내 온몸에 식은땀이 흘렀다. 이 일이 확대되면 얼마나 많은 사람들이 연루될지 불 보듯 뻔한 일이었다. 고발장을 쥔 그의 손이 저절로 덜덜 떨렸다.

이 막료의 성은 정程, 이름은 유번維藩이고, 절강성 소흥紹興 사람이었다. 사실 명나라와 청나라 때 막료 중 십중팔구는 소흥 사람이었다. 그래서 '사야'라는 두 글자 앞에 왕왕 '소흥'을 붙여 '소흥 사야'라 칭하기도 했다. 이들은 선배나 동향 사람들에게 행정을 처리하는 요령을 배워, 문서와 공문 작성, 형법 사안, 금전과 미곡 관리 등의 업무를 주도면밀하게 처리했다. 웬만한 공문은 다 사야의 손을 거쳐 작성되고, 서로 동향인 관계로 하급 관리의 공문이 상급 관아로 올라갔을 때 코투리를 잡히는 경우가 별로 없었다. 그렇기 때문에 대소 관원이 새로 부임하면 가장 중요한 절차 가운데 하나가 바로 좋은 조건을 제시해

'소홍 사야'를 모셔오는 것이었다.

소홍 사람 중 큰 벼슬을 하는 사람은 많지 않았다. 그런데도 소홍 사람들은 수백 년 동안 중국의 서정庶政을 좌지우지해왔으니, 중국 역사상 실로 이해가 가지 않는 해괴한 일이라고 아니할 수 없다.

정유번은 자신의 본분을 잘 아는 충직한 사람이었다. '항상 수행을 하는 마음가짐으로 공무에 임해라!' 이것이 그의 신조이기도 했다. 당시 관아는 백성들의 생사대권을 쥐고 있다고 해도 과언이 아니었다. 사야가 문서를 작성하면서 몇 글자를 가감하느냐에 따라 백성들이 패가망신을 당할 수도, 족쇄에서 벗어나 사리도생死裏逃生 즉 목숨을 건질 수도 있었다. 그렇기 때문에 공직에 몸담고 있으면서 사람을 구하는 것이 사찰에서 수행을 하는 것보다 더 크게 덕을 쌓는 일이라는 말도 있었다.

정유번은 이 '명사' 사화士禍가 만약 확대되면 소주, 절강, 강남 일대에서 얼마나 많은 사람들이 화를 당하게 될지 가히 짐작이 가고도 남았다. 그는 곧 송괴 장군에게 핑계를 대 며칠간 휴가를 얻었다. 그리고 배를 빌려 밤을 새워가며 호주 남심진으로 달려가 모든 사실을 장윤성에게 알렸다.

장윤성은 난데없이 들이닥친 횡화橫禍에 혼비백산, 너무 놀라 온몸이 녹아내리는 듯 주저앉아 침을 질질 흘리며 어찌할 바를 몰라 했다. 한참 후에야 간신히 정신을 차리고 일어난 그는 정유번에게 무릎을 꿇고 대은大恩에 감사하며 어떡하면 좋을지 물었다.

정유번은 항주에서 배를 타고 남심진으로 오면서 곰곰이 생각을 거듭해 이미 대책을 마련해놓았다.《명서집략》이 이미 항간에 널리 퍼져

은폐하기는 불가능하고, 유일한 방법은 시쳇말로 바꿔치기를 하는 수밖에 없었다. 우선 사람들을 동원해 각지에 흩어져 있는 책을 전량 수거해 폐기하고, 한편으로는 밤을 새워 금기시되는 부분을 삭제한 새 판본을 만들어 책을 새로 배포하자는 것이었다. 그러면 관아의 추궁을 당해 새 판본의 책을 조사하게 되더라도 오지영의 고발이 사실이 아님이 증명될 것이고, 자연히 횡화를 모면할 수 있다는 설명이었다.

장윤성은 놀라움과 기쁨이 교차돼 연신 절을 올리며 감사를 표했다. 정유번은 또 몇 가지 요령을 가르쳐주었다. 어떤어떤 관아에는 무슨 예물을 보내고, 어느 부서엔 여차여차 소통을 하라고 이른 것이다. 장윤성은 일일이 다 가슴에 새기고, 물론 정유번에게도 후한 답례를 잊지 않았다.

정유번은 항주로 돌아와서 한 달여 만에 책과 오지영의 고발장을 절강성 순무로 있는 주창조朱昌祚에게 올렸다. 그리고 간단하게 토를 달았다. 투고자는 뇌물수수로 이미 파직된 현령인데, 원한을 품고 남을 모함하려는 것 같으니 순무 대인께서 현명하게 진실을 밝혀달라는 내용이었다.

그러니까 오지영이 항주 객잔에 머물면서 목을 빼고 소식을 기다리는 동안, 장윤성의 은자는 이미 썰물처럼 곳곳으로 흘러들어갔다. 장군부는 물론이고 순무 관아, 학정學政 관아, 그리고 호주 현령 관아에 이르기까지 손을 다 쓴 것이다.

순무 주창조는 공문을 접했지만 이런 책 출간에 관한 사안은 학정 소관이라서 10여 일이 지난 후에야 학정 관아를 맡고 있는 호상형胡尚衡에게 이첩했다. 그리고 학정 관아의 사야는 우선 보름 정도 방치해두었다가 다시 한 달가량 병가를 내고 나서야 느긋하게 공문을 작성해 호주부로 보냈다.

호주부의 학관學官은 또 스무여 날이나 지연시켰다가 비로소 귀안현과 오정현의 학관에게 보내 두 사람이 알아서 처리하도록 했다. 이 두 학관은 이미 장윤성으로부터 많은 뇌물을 받았고, 새로운 판본의 '명사'도 이미 출시된 후라서 그 책을 두 권 구해 간단하게 작성된 보고서와 함께 상부에 제출했다.

책을 전체적으로 검열했는데 극히 평범하고 조잡하며, 혹세무민을 꾀하거나 또는 법령에 위배되는 내용이 없습니다.

이렇게 보고에 보고를 거듭하여 사건이 흐지부지 종결되고 말았다.

오지영은 나중에 서점에서 새 판본의 《명서집략》을 발견하고서야 내막을 짐작할 수 있었다. 그러나 여기서 포기할 그가 아니었다. 《명서집략》의 원판본을 구하면 사건을 다시 폭로할 수 있을 거라고 생각한 그는 항주의 서점을 다 찾아다녔다. 하지만 원판본은 이미 장윤성이 사람을 풀어 전량 수거해가 구할 수가 없었다. 오지영은 나름대로 머리를 써서 아주 외진 곳까지 샅샅이 뒤졌지만 역시 허사였다.

궁핍하고 초라한 몰골이 된 오지영은 포기하고 고향으로 돌아갈 수밖에 없었다. 한데 공교롭게도 귀향하는 도중 어느 객잔 주인이 고개를 갸웃거리며 책을 읽고 있는 모습이 눈에 들어왔다. 자세히 보니 바로 그 《명서집략》이었다. 책을 잠깐 빌려 몇 장을 넘겨보니 그가 찾던 원판본이었다.

그는 뛸 듯이 기뻐하며 다시 머리를 굴렸다. 객잔 주인에게 책을 사겠다고 하자니 꼭 자기한테 판다는 보장도 없고, 또한 수중에 남은 돈이 별로 없어 난감했다. 결국 훔쳐야겠다는 결론을 내렸다.

밤이 깊자 그는 살그머니 일어나 책을 훔쳐서 객잔을 빠져나왔다. 아무리 생각해도 절강에 웬만한 관원들은 다 장윤성한테 뇌물을 받아먹은 것 같아, 아예 북경으로 가서 고발하는 게 낫겠다고 판단했다.

오지영은 북경에 도착하자마자 고발장을 작성해 예부禮部, 도찰원都察院, 통정사通政司 등 세 곳으로 보냈다. 장씨 문중이 각 부서 관원들에게 뇌물을 공여하고 새 판본을 찍어냈다는 내용을 소상히 담았다.

그런데 뜻밖에도 북경에 머문 지 한 달도 안 되어 세 군데 관아에서 모두 답변이 왔다. 장정룡이 편찬한《명서집략》의 내용을 철저히 조사했는데 법에 위배되는 문구가 없다는 것이었다. 게다가 고발자인 오지영은 파직을 당한 앙갚음으로 사실을 왜곡했으니, 이는 무고임에 분명하다고 했다. 물론 각 부서의 관원들에게 뇌물을 공여했다는 것도 사실무근이라는 결론을 내렸다. 특히 통정사의 답변에는 호된 힐책이 곁들여 있었다.

오지영이 탐관오리로서 파직을 당해, 천하의 청백리는 그가 탐관임을 모르는 자가 없다.

장윤성은 정유번이 시키는 대로 벌써 새 판본의《명서집략》을 예부와 도찰원, 통정사로 보냈으며 유관 부서의 사야들에게도 일찌감치 후한 예물을 준 상태였다. 오지영은 또다시 코가 납작해졌다. 이젠 고향으로 돌아갈 노자마저 없어 타향을 떠돌아야 할 판이었다.

당시 청나라 조정에서는 한인 학자들을 지극히 엄격하게 다스렸다. 글 중에 조금이라도 금기시되는 내용이 있으면 바로 극형에 처했다. 오지영이 고발한 상대가 만약 일반 보통 사람이었다면 벌써 뜻을 이뤘을 것이다. 한데 애석하게도 상대가 갑부라서 이처럼 계속 난관에 부딪힐 수밖에 없었다.

벼랑 끝에 몰린 오지영은 오기가 생겨 감옥에 들어가는 한이 있더라도 끝까지 물고 늘어지겠다는 각오로 다시 고발장 네 부를 써서 군기처軍機處의 네 고명대신顧命大臣에게 올렸다. 동시에 객잔에 눌러앉아 이 사건을 까발리는 방문榜文을 수백 장 써서 북경성 안 곳곳에 붙였다. 이것은 목숨을 건 최후의 발악과 다름없었다. 만약 관아에서 추궁해 그가 민심을 교란하기 위해 헛소문을 퍼뜨렸다고 결론이 나면 목이 달아나는 중벌을 받을 게 뻔했다.

그 선황께서 임명한 네 명의 고명대신은 색니索尼, 소극살합蘇克薩哈, 알필륭遏必隆, 오배鰲拜였다. 모두 청나라 개국에 큰 공을 세운 개국공신들이었다. 순치 황제는 별세하기 전에 이들 네 사람에게 정사를 보필하라는 유명遺命을 남겼다.

네 사람 중 오배가 가장 흉악무도했다. 조정에 그를 추종하는 무리가 많아 거의 혼자서 조정대권을 다 움켜쥐고 있다고 해도 과언이 아니었다. 그는 행여나 정적들이 자기에게 불리한 짓을 도모할까 봐 무수한 염탐꾼을 북경 안팎에 풀어, 이모저모 닥치는 대로 정보를 수집하게 했다.

이날 그는 밀고를 받았다. 북경성 안에 많은 방문이 나붙었는데, 절강성의 장가라는 작자가 대역무도한 책을 만들어 배포했을 뿐 아니라 절강성 관원들에게 많은 뇌물을 주는 등 죄목이 헤아릴 수 없이 많다는 내용이었다.

오배는 밀고를 접하자 즉시 수사를 지시했고, 이내 일사천리로 일이 처리됐다. 그와 때를 맞춰 오지영의 고발장이 그의 수중에 들어갔다. 그는 곧바로 오지영을 불러들여 자초지종을 자세히 듣고, 다시 한인 막료를 시켜 오지영이 객잔에서 훔쳐온 원판본《명서집략》을 세세히 검토케 하여 고발장의 내용이 사실임을 증명했다.

군인 출신으로 무공을 세워 공작에 봉해지고 높은 벼슬에 오른 오배는 한인 출신 관리와 특히 선비들을 늘 멸시해왔다. 그는 대권을 장악한 후로, 한인들이 감히 모반을 꾀하지 못하게끔 미리 겁을 주기 위해 뭔가 큰 사건을 한번 터뜨리고 싶었다. 그러면 정적들에게도 경거망동하지 말라는 경고가 될 수 있을 거라고 생각했다.

그는 즉시 심복을 절강으로 보내 내막을 낱낱이 조사하도록 했다. 결국 장씨 일가가 경성으로 잡혀온 것은 물론이고, 항주의 송괴 장군, 절강성 순무 주창조와 그 아래 관련 있는 대소 관원들까지 모조리 파관면직을 당했다. 그리고《명서집략》에 이름이 열거된 문인들도 전부 투옥되었다.

고염무는 여유량의 집에 머물면서 이 사건의 자초지종을 상세히 들려주었다. 여유량은 그저 한숨만 내쉴 뿐이었다.

이날 밤, 세 사람은 세상사에 대해 많은 이야기를 나눴다. 명나라 말기 내관이었던 위충현魏忠賢 등이 충량忠良들을 모함하고 갖은 비리를 저지르는 등 정국을 쥐락펴락 농락해 결국 명 황실을 멸망의 길로 몰고 간 일, 청나라가 중원으로 들어와 숱한 한인들을 학살한 대목에 이르러서는 모두 이를 갈며 울분을 감추지 못했다.

다음 날 일찍 여유량 일가는 고염무, 황종희 두 사람과 함께 배를 타고 동쪽으로 향했다. 강남에 사는 중산층 이상은 거의 다 집에 자신의 배를 갖고 있었다. 강남은 본디 수향水鄉이라 물줄기가 거미줄처럼 사통팔달로 뻗쳐 있어 일반인들도 출타할 때는 배를 이용했다. 하여 자고로 '북인승마北人乘馬, 남인승선南人乘船'이라는 말이 생겨난 것이다.

항주에 도착하자 운하를 따라 북쪽으로 방향을 꺾었다.

이날 밤 항주성 밖에서 소식을 접하게 되었는데, 청나라 조정에서는 이미 이 사건으로 인해 적지 않은 관원과 백성들을 처결했다는 것이었다. 장정룡은 이미 죽었지만 관을 열어 시신을 다시 참하고, 장윤성은 옥중에서 모진 고문 끝에 결국 목숨을 잃었다. 그의 가솔들 중 열다섯 살이 넘은 수십 명은 모두 처형당하고, 처와 딸은 멀리 동북 지방 심양瀋陽으로 보내져 만주 병사들의 노예가 되었다.

예부시랑禮部侍郞으로 있던 이영석은 책의 서문을 썼다 하여 능지처참당하고 아들 넷은 참수형을 당했다. 이영석의 막내아들은 갓 열여섯 살이 되었는데, 사람을 너무 많이 죽여 죄책감이 든 형 집행관이 그의 나이를 한 살 줄여주었다. 청나라 법령에 의하면 열다섯 살 이하는 죽음이 면제돼 군으로 보내지게 되어 있었다.

그러나 그 소년은 단호했다.

"아버님과 형님들이 다 죽었는데 나 혼자 살아서 무엇 하겠어요!"

결국 집행관의 권유를 받아들이지 않고 부형과 함께 형장의 이슬로 사라졌다.

송괴와 주창조는 투옥되어 심리를 기다리고 있었고, 막료 정유번은 능지처참을 당한 뒤에 시신이 길바닥에 버려졌다. 그리고 오정현의 두 학관도 처형되었다. 이렇듯 이 사건에 연루되어 억울하게 죽은 사람이 부지기수였다.

호주부의 지부知府 담희민譚希閔은 부임한 지 보름밖에 안 됐는데 조정에서는 그가 사안을 알면서도 상부에 보고하지 않고 뇌물을 수수했다는 죄목으로 휘하 이환李煥, 왕조정王兆禎과 함께 교수형에 처했다.

오지영은 특히 남심진의 갑부 주우명에게 깊은 앙심을 품고 있었다. 그날 몇 푼 얻기 위해 집에 찾아갔는데 질책만 당하고 쫓겨났기 때문이다. 그래서 사건을 처리하는 사법관에게 '책에 주씨의 원고를 바탕으로 내용을 가감하여 책을 만들었다고 명시돼 있는데, 그 주씨가 바로 주우명'이라고 고자질했다. 그리고 한술 더 떠서 '주우명朱佑明'이란 이름 자체도 바로 주씨 왕조인 명나라를 그리워한다는 뜻이고, 또한 청나라를 저주한다는 의미도 담겨 있다고 과대 해석했다. 그래서 주우명과 그의 다섯 아들은 동시에 참수형을 당했다. 청나라 조정에서는 주씨 문중의 엄청난 재산을 전부 오지영에게 포상으로 주었다.

가장 끔찍한 것은 모든 판본 조각공, 영인을 맡았던 인부들, 제본을 책임진 장인들, 그리고 책을 배포한 사람들, 서점 주인들, 책을 판 서점의 점원들, 책을 사간 독자들까지도 일일이 밝혀내 처형했다는 사실이다.

역사 기록에 의하면, 당시 소주 호서관滸墅關에 이상백李尙白이란 사람이 주사로 있었는데 워낙 역사책 읽는 것을 좋아했다고 한다. 그는 소주 창문閶門 서점에 내용이 알찬 새로 출간된 '명사'가 있다는 얘기를 듣고 사환을 시켜 사오라고 했다.

사환이 서점에 당도했을 때 서점 주인은 마침 출타 중이었다. 그래서 주씨 성의 노인이 사는 옆집에서 서점 주인이 오기를 기다렸다가 책을 구매해 돌아갔다.

이상백은 별다른 생각 없이 그냥 책을 읽었다. 그리고 몇 달이 지났는데 사건이 터지고 책을 산 사람에게까지 수사가 좁혀왔다. 그때 이상백은 공무 때문에 북경에 가 있었는데 책을 구매한 죄목으로 북경에서 바로 처형을 당했다. 서점 주인과 심부름으로 책을 사온 사환도역시 참수되었다. 심지어 옆집에 사는 주씨 노인까지 엮여들어갔다. 책을 사러 온 역도를 봤으면서 왜 바로 당국에 알리지 않고 집에 앉아 기다리게까지 편리를 봐줬느냐는 죄목이었다. 당연히 참수형에 처해야 마땅한데 나이가 칠십이 넘어 특별히 죽음을 면해주되 처자식과 함께 변방으로 부역을 보냈다.

그리고 장정롱의 뜻에 동참해 책에 이름을 올린 강남의 학자들도 같은 날 능지처참을 당했다. 모원명을 비롯해 모두 열네 명이었다. 소위 능지처참이라 함은 전신의 살점을 칼로 한 점 한 점 도려내 숨이 끊어질 때까지 고통을 주는 잔혹한 형벌이다.

이 책으로 말미암아 패가망신당한 사람은 이루 헤아릴 수 없을 정도로 많았다.

여유량 등 세 사람은 소식을 접하자 비분강개해 이를 갈았다. 황종희가 걱정을 했다.

"이황 선생은 교정에 이름을 올렸으니 아마 겁난을 피하기 어려울 거요.”

그들 세 사람은 이황과 친분이 두터운 터라 걱정이 태산 같았다.

이날 배가 가흥에 닿았다. 고염무는 성안에서 '명사' 사건에서 면죄를 받은 명단이 게재된 관보를 한 부 샀다.

사계좌, 범양, 육기 3인은 교정에 이름을 올렸으나 사전에 책을 본 적이
없어 죄를 사면한다.

고염무는 관보를 갖고 배로 돌아와 황종희, 여유량과 함께 읽었는데, 모두 이상하다는 생각이 들었다. 황종희가 입을 열었다.

“이 일은 틀림없이 대력大力 장군이 힘을 쓴 것 같소.”

여유량이 물었다.

“대력 장군이 대체 누구요?”

황종희가 대답했다.

“2년 전쯤 이황 선생 집에 머문 적이 있는데, 집을 깔끔하게 새단장 했더라고요. 정원도 넓어지고 가구도 화려해져서 예전과는 판이하게 달랐어요. 게다가 강남에서도 보기 드문 창극과 곡예에 뛰어난 악극단을 소유하고 있었소. 저는 이황 선생과 허물없는 사이라 그 사연을 물었더니 아주 기적에 가까운 만남에 얽힌 이야기를 들려주더군요.”

이어 그때 들었던 이야기를 털어놓았다.

사계좌의 자字가 바로 이황이다. 세모가 가까워지던 어느 날, 그가 홀로 술을 마시고 있는데 얼마 뒤 눈발이 날리기 시작하더니 갈수록

굵어졌다.

이황은 혼자 술을 마시기가 무료해 설경을 감상하러 문밖으로 나갔는데 한 비렁뱅이가 처마 밑에 서서 눈발을 피하고 있는 모습이 눈에 들어왔다. 그 거지는 몸집이 우람하고 골격이 장대했다. 얇은 홑옷만 입고도 한설 따위는 별로 아랑곳하지 않는 듯했다. 단지 표정이 울분에 차 있는 것 같아 이상하다는 생각이 들어 말을 걸었다.

"눈발이 언제 그칠지 모르는데 안으로 들어가 술이라도 한잔하지 않겠습니까?"

거지는 사양하지 않았다.

"좋습니다!"

이황은 그를 안으로 들이고 서동을 시켜 술상을 차려오게 했다. 그리고 술을 한잔 가득 따랐다.

"드시지요."

권주의 말이 떨어지자마자 거지는 잔을 들어 벌컥 들이켰다.

"좋은 술이군요!"

이황은 연거푸 석 잔을 권했고, 거지는 거침없이 다 마셔버렸다. 이황은 호쾌한 사람을 좋아하는 터라 그의 모습을 보고 아주 흐뭇했다.

"형씨는 주량이 대단한 것 같은데 얼마나 마실 수 있습니까?"

거지가 바로 응답했다.

"주봉지기천배소酒逢知己千杯少, 화불투기반구다話不投機半句多(지기를 만나면 술은 천 잔도 부족하고, 말이 안 통하면 반 마디를 하기도 버겁다)!"

이는 친한 벗들과 술자리에서 의례적으로 하는 말인데, 일개 비렁뱅이 입에서 자연스레 나오자 이황은 내심 의아했다. 그는 곧 서동을

1. 피바람을 몰고 온 사화

시켜 소흥의 명주인 여아홍女兒紅을 한 단지 가져오라고 했다. 그리고 빙긋이 웃으며 말했다.

"나는 주량이 한계가 있고 또 전작도 좀 있고 해서 같이 대작하긴 어려울 것 같소. 형씨가 큰 사발로 마시면 난 작은 잔으로 상대하리다. 어떻소?"

그 거지는 사양하는 법이 없었다.

"그것도 좋습니다!"

곧이어 서동이 술을 따끈하게 데워와 사발과 잔에 따랐다. 이황이 한 잔을 비우자 거지는 한 사발을 들이켰다. 거지는 스무 사발을 넘게 마실 때까지도 얼굴에 전혀 술기운이 없는데, 이황은 이미 거나하게 취해 쓰러지고 말았다.

소흥의 명주 여아홍은 마시기는 부드럽지만 도수가 아주 높은 독주였다. 소흥 사람들은 딸을 낳으면 몇 단지 혹은 수십 단지의 술을 빚어 땅속에 묻어두었다가 딸이 성장해 시집가게 되면 그 술을 꺼내 손님을 접대하곤 했다. 술 빛깔이 붉은 호박색이라 '여아홍'이란 이름이 붙었다. 대략 잡아도 땅속에 17~18년 내지 20여 년을 묵혔기 때문에 술맛이 진할 수밖에 없었다.

그리고 아들을 낳은 집에서 빚어 소장하는 술은 장원홍壯元紅이라고 했다. 나중에 아들이 장원급제하면 손님 접대용으로 쓰라는 의미였다. 하지만 장원급제는 아무나 하는 게 아니라서, 대부분 아들이 장가갈 때 연회상에 올렸다. 술도가에서 빚어 가게에서 파는 술도 역시 여아홍, 장원홍이란 이름을 사용했다.

서동이 이황을 부축해 안채로 들어가자 거지는 밖으로 나와 다시 처마 밑에 쪼그리고 앉았다.

다음 날 이황이 술에서 깨어나 얼른 밖으로 나가보니 거지는 뒷짐을 진 채 서서 설경을 감상하고 있었다. 때마침 찬바람이 불어와 이황은 뼈를 에는 듯한 추위를 느꼈는데 거지는 태연자약했다. 이황은 그가 안타까웠다.

"이 엄동설한에 홑옷만 입고 있으니 얼마나 춥겠소."

그는 바로 자신이 입고 있던 양피 마고자를 벗어 그의 어깨에 걸쳐주고 다시 은자 열 냥을 가져와 두 손으로 주었다.

"그냥 술값으로 드리는 것이니 받아주시오. 그리고 언제든지 술 생각이 나면 다시 날 찾아오시오. 간밤엔 내가 너무 취해 쓰러지는 바람에 미처 손님의 잠자리를 마련해드리지 못했는데… 너무 나무라지는 마시오."

거지는 은자를 기꺼이 받았다.

"원 별말씀을…."

그는 고맙다는 인사말도 없이 낭당하게 떠나갔다.

다음 해 봄, 이황은 항주로 놀러 갔다. 이날은 어느 낡은 절간에 들러 커다란 옛날 종鐘을 보게 되었다. 어림잡아 400근은 넘을 것 같았다. 종에 글자와 문양이 새겨져 있어 자세히 감상해보려는데 갑자기 거지 한 명이 불당 안으로 성큼 걸어들어와 왼손으로 종의 꼭대기 부분 용뉴龍鈕를 잡고 그 커다란 종을 번쩍 들어올렸다. 그러고는 그 아래 있는 고기 한 그릇과 술 한 단지를 꺼내 한쪽에 놓고는 종을 제자리에 내려놓았다.

이황은 그의 엄청난 괴력에 놀라 눈이 휘둥그레졌는데, 자세히 보

니 바로 작년 겨울에 함께 술을 마셨던 그 비렁뱅이였다. 절로 웃음이
나왔다.

"형씨, 날 알아보겠소?"

거지는 그를 힐끗 쳐다보더니 역시 웃었다.

"아, 당신이군요. 오늘은 내가 한턱낼 테니 실컷 마셔봅시다. 자, 자,
오시오!"

그러면서 막사발을 건네주었다.

이황은 막사발을 받아 술을 벌컥 마시고는 웃으며 말했다.

"술맛이 좋은데요."

거지는 낡은 그릇에서 고기 한 덩어리를 집어 불쑥 내밀었다.

"개고기인데 잡수시겠소?"

이황은 더러워서 사양하고 싶었지만 생각을 달리했다.

'서로 술친구가 되기로 했는데 만약 마다한다면 상대를 업신여기는
것이지.'

곧 받아서 한입 물어 씹어보니 제법 맛있었다. 두 사람은 낡은 절간
맨바닥에 앉아 막사발을 주거니받거니 술을 마셨다. 고기도 물론 손으
로 집어먹었다. 얼마 안 있어 술과 고기가 다 떨어졌다. 그러자 거지가
껄껄 웃었다.

"오늘은 술이 너무 적어 공을 쓰러뜨리지 못했군요."

이황이 그의 말을 받았다.

"작년 겨울에 나의 집에서 만났고, 오늘 또 이렇게 우연히 만났으니
이는 보통 인연이 아닌 것 같소. 아까 형씨의 괴력에 놀랐소. 가히 강
호의 기남아奇男兒요. 이렇게 친구로 맺어져 정말 기쁘오. 이왕 마신 김

에 우리 가까운 주루로 가서 다시 한잔하는 게 어떻소?"

거지는 역시 사양하는 법이 없었다.

"아주 좋습니다, 좋아요!"

두 사람은 서호西湖 변에 위치한 누외루樓外樓로 가서 술을 시켜 마셨다. 얼마 지나지 않아 이황은 다시 술에 취해 쓰러졌다. 그가 술에서 깨어났을 때 거지는 이미 간 곳이 없었다.

그것은 명나라 숭정 말쯤의 일이었다. 그로부터 몇 년이 지나 청나라 병사들이 입성하고 명 왕조가 멸망했다. 이황은 벼슬길에 나오라는 제안을 극구 거절하고 한가롭게 집에 머물렀다. 그러던 어느 날, 군관 한 명이 병사 네 명을 대동해 이황의 집을 방문했다. 영문을 알지 못하는 이황은 또 무슨 화가 닥칠지 몰라 몹시 당황했다. 한데 그 군관은 이황을 매우 공손하게 대했다.

"광동성 오吳 장군의 명을 받들어 선물을 전하러 왔습니다."

이황은 멍해졌다.

"난 댁의 상전이 누군지 모르는데, 아마 뭔가 착오가 있는 것 같소."

그러자 군관은 붉은 바탕에 금색 글씨가 적힌 배첩拜帖을 꺼냈다. 거기에는 '사 선생 이황을 배알합니다'라고 적혀 있고, 아래쪽에 '후생 오육기吳六奇 백배百拜'라고 해서 이름을 밝혔다.

이황은 더욱 이해가 가지 않았다.

'나는 오육기라는 이름을 들어본 일조차 없는데 왜 선물을 보내온 거지?'

그가 생각에 잠겨 아무 말도 않자 군관이 입을 열었다.

"장군님께서는 선물이 변변치 않으나 성의로 받아주시길 바란다고 말씀하셨습니다."

그러면서 붉은 옷칠에 금박을 입힌 둥그런 상자 두 개를 탁자 위에 올려놓고는 작별의 인사를 하고 떠나갔다.

이황이 예물상자를 열어보니, 황금 50냥이 들어 있었다. 그리고 다른 한 상자에는 양주 여섯 병이 담겼는데, 병에 명주와 비취가 박혀 있어 보기만 해도 아주 고귀한 술임을 알 수 있었다. 이황은 이 사실에 더욱 놀라, 예물을 돌려주기 위해 황급히 밖으로 쫓아나갔으나 무인들의 걸음이 워낙 빨라 이미 멀리 사라진 후였다.

이황은 어찌 된 영문인지 도무지 납득이 되지 않았다.

'날아든 횡재는 복이 아니라 화가 된다는 말이 있는데, 혹시 누가 날 모함하려는 게 아닐까?'

그는 곧 상자를 밀봉해 밀실 깊숙이 숨겨놓았다. 사씨 문중은 여유가 있어 그 황금을 쓸 일은 없겠지만 서양에서 들어온 양주에 대해서는 일찍이 들어본 바가 있어서 마개를 열어 맛을 보고 싶은 생각이 들었으나 애써 참았다.

이후 몇 달이 지나고 아무런 일도 없었다. 한데 이날, 호화롭게 차려입은 귀공자가 찾아왔다. 소년은 열예닐곱 살 정도로 보이는데 위풍이 당당하고 아주 똑똑해 보였다. 시종을 여덟 명이나 이끌고 온 소년은 이황을 보자마자 바로 무릎을 꿇고 큰절을 올리는 게 아닌가.

"사 백부님, 조카 오보우吳寶宇가 인사 올립니다."

이황은 얼른 그를 부축해 일으켰다.

"백부님이라니, 당치 않네. 한데 댁 어르신은 누구인가?"

오보우가 대답했다.

"엄친의 성함은 오 육 자, 기 자이십니다. 현재 광동성 통성수륙通省
水陸 제독으로 재직하고 계시는데, 저더러 백부님을 찾아뵙고 광동으
로 모셔와 몇 달간 머물다 가시도록 전하라고 하셨습니다."

이황은 더욱 어리둥절했다.

"앞서 영존대인의 후사를 받고 마음이 편치 않았네. 솔직히 말해 난
워낙 성격이 산만해 언제 영존을 뵈었는지 잘 기억이 나지 않네. 나는
그저 글이나 즐겨 읽는 서생이라 고관들과는 별로 교분이 없다네. 잠
시만 앉아 있게나."

그러고는 안채로 들어가 그 예물상자 두 개를 들고 나왔다.

"이런 후한 선물을 감히 받을 수 없으니 공자께서 도로 가져가주면
좋겠네."

이황은 지레짐작을 했다.

'이 오육기라는 자가 광동의 제독이라면 아마 내 이름을 듣고 막료
로 쓰기 위해 후한 선물을 보낸 것 같은데, 높은 벼슬자리에 앉아 있으
니 만주 사람의 앞잡이로서 한인들을 핍박할 게 뻔하지. 내가 그의 금
은을 받으면 청백함이 더럽혀질 것 아닌가!'

그의 표정이 밝지 않자, 오보우가 얼른 입을 열었다.

"가친께서는 백부님을 반드시 모셔와야 된다고 신신당부하셨습니
다. 만약 백부님이 가친을 잊으셨다면 한 가지 물건을 보여드리라고
했습니다."

그러면서 시종의 손에서 봇짐을 하나 건네받아 풀었다. 그 안에서
나온 건 아주 낡은 양피옷이었다. 이황은 그 낡은 옷을 보자 왕년에 눈
보라 속에서 만난 그 걸출한 거지를 이내 떠올렸다. 그리고 이 오육기

장군이 바로 당시 함께 술잔을 기울였던 주우酒友임을 깨달았다.

이황은 다시 생각을 굴렸다.

'지금은 오랑캐가 우리 강산을 차지하고 있어. 만약 병권을 가진 자가 먼저 봉기하고 사방에서 호응을 해준다면 오랑캐를 다시 중원에서 내쫓을 수 있을지도 몰라. 이 오육기는 내가 지난날 베풀어준 은혜를 잊지 않은 것으로 미루어 양심이 있는 사람이야. 내가 만약 기회를 봐서 대의大義를 권하면 가능성이 없지도 않을 거야. 그래, 남아로서 공을 세워 보국報國할 기회가 바로 이때야. 설령 내 청을 들어주지 않고 날 죽인다 한들 무슨 여한이 있을쏘냐!'

그는 곧 흔쾌히 초청에 응해 광주로 왔다.

오육기 장군은 그를 지극히 공손하게 맞이했다.

"육기가 강호를 떠돌아다닐 때 사 선생께서 마다하지 않고 친구로 대해주셨습니다. 술도 대접해주고, 양피옷까지 주신 건 그렇다 치고, 그 낡은 절간에서 같은 사발로 술을 마시며 손으로 개고기를 뜯어먹은 것은 저를 진정한 친구로 봐주셨기 때문입니다. 당시 저는 몹시 궁핍해 가는 곳마다 남의 차가운 눈총을 받는데 선생께서 그렇게 뜨거운 마음으로 대해주셔서 새롭게 기운을 진작할 수 있었습니다. 오늘이 있기까지 전부 선생께서 베풀어주신 은혜입니다."

이황은 담담하게 말했다.

"한데 제가 보기엔 오늘날의 오 장군은 예전에 풍설 속에서 보았던 기인奇人만큼 고명하진 않은 것 같습니다."

그 말에 오육기는 멍해졌으나 따지지 않고 고개를 끄덕였다.

"아, 네… 네!"

이날 밤, 오육기는 광주성 안의 문무백관을 모두 초청해 연회를 거창하게 베풀었다. 이황을 상좌에 모시고 자신은 곁에 앉아 극진히 접대했다.

광동성의 순무 대인을 비롯한 문무백관은 제독 대인께서 이황을 이렇게 공대하는 것을 보고 모두 내심 의아해했다. 순무 대인은 이황이 미복 순시를 하기 위해 황제가 보낸 흠차대신欽差大臣일 거라고 생각했다. 그렇지 않고서야 평소에 콧대가 높기로 소문난 오육기가 일개 강남 서생을 이렇게 깍듯이 대할 리가 있겠는가.

주연이 끝나자 순무 대인은 오늘 모신 귀빈이 혹시 조정의 실권자가 아니냐고 넌지시 물어보았다.

오육기는 미소를 지으며 애매하게 대답했다.

"노형은 정말 총명하군요. 그냥 눈치만으로 십중팔구니 말이오."

이건 원래 비꼬는 말이었다. 십중팔구가 다 틀렸다는 뜻이다. 그런데 순무 대인은 그 말뜻을 알아차리지 못하고 이황을 정말 조정의 흠차대신으로 여겼다. 흠차대신이 제독부에 머무는 것으로 미루어 이미 서로 깊은 연줄이 있는 게 분명했다. 그런데 자신은 그동안 제독과 별로 사이가 좋지 않았으니, 만약 흠차대신이 궁으로 돌아가 자신한테 불리한 상소라도 올린다면 정말 큰일이 아니겠는가!

그는 집으로 돌아가 후한 예물을 준비해서 다음 날 일찍 직접 제독부로 찾아왔다.

오육기가 나와서 순무 대인을 맞이하며, 이황 선생께서는 간밤에 마신 술이 덜 깨어 아직 일어나지 않았다면서, 걱정 말고 예물을 그냥 놓고 가라고 했다. 순무 대인은 크게 기뻐하며 고맙다는 인사를 남기고 떠나갔다.

소문은 금세 널리 퍼졌다. 관원들은 순무 대인이 이황 선생한테 직접 후한 예물을 바쳤다는 사실을 다 알게 되었다. 이 이황 선생의 진짜 신분이 뭔지는 몰라도 순무 대인까지 후한 예물을 바친 것으로 미루어 예사 인물이 아님이 분명했다. 그럼 나도 어찌 가만히 있을쏘냐? 며칠 사이에 제독부에 예물이 산처럼 쌓였다.

오육기는 아랫사람한테 일일이 다 받아놓으라고 이르고 이황에게는 알리지 않았다. 그는 매일 제독부에서 공무를 보는 것 외에는 늘 이황을 모시고 술을 마셨다.

이날 저녁 무렵, 두 사람은 다시 화원 정자에 앉아 대작을 했다. 술이 몇 순배 돌자, 이황이 넌지시 입을 열었다.

"이곳에 와서 신세를 끼친 지도 여러 날이 되었소. 그동안 후한 접대에 감사하오. 내일은 그만 항주로 돌아갈까 합니다."

오육기가 만류했다.

"그게 무슨 섭섭한 말씀입니까? 어려운 걸음을 하셨는데 1년이고 반년이고 머물지 않는다면 절대 보내드릴 수가 없습니다. 내일 선생을 모시고 오층루五層樓로 놀러 갈까 합니다. 광동에 명승고적이 많아 몇 달 가지고는 다 구경할 수가 없습니다."

이황은 술기운에 용기를 내서 한탄을 했다.

"산하는 아름답지만 이미 오랑캐의 수중에 들어갔으니 구경한들 가슴만 아플 뿐이외다."

그 말에 오육기의 안색이 약간 변했다.

"선생께선 취하신 것 같으니 일찍 가서 쉬시지요."

이황은 한술 더 떴다.

"처음 만났을 때 나는 그대를 풍진호걸로 여겨 기꺼이 친구가 되었는데, 아무래도 내가 잘못 본 모양입니다."

오육기가 물었다.

"어째서 잘못 봤다는 겁니까?"

이황의 음성은 낭랑했다.

"그대는 출중한 솜씨를 지니고 있으면서 나라와 백성들을 위해 이바지하지 않고 악에 빌붙어 오랑캐의 앞잡이가 되어서 우리 한인 백성들을 핍박하며 의기양양, 그게 수치임을 모르니 친구가 되는 것이 부끄럽소이다."

그러면서 벌떡 자리를 박차고 일어섰다.

오육기는 주위의 눈치를 살폈다.

"선생, 음성을 낮추시오. 그런 말을 다른 사람이 들으면 한바탕 화를 당하게 됩니다."

이황은 분연했다.

"난 아직도 그대를 친구로 생각해 한마디 충고를 할 것인데, 만약 귀에 거슬린다면 날 죽여도 좋소. 나는 닭 한 마리 잡을 힘도 없으니 반항하기 어려울 거요."

오육기는 침착했다.

"귀를 씻고 경청하리다."

이황은 정색을 하고 말했다.

"장군은 광동 전역의 병권을 쥐고 있으니 의거를 일으킬 기회가 있을 것이오. 기치를 높이 들면 천하가 호응할 것이라 믿소. 설령 성사가 되지 않더라도 오랑캐의 간담을 서늘하게 만들기에 충분하오. 그렇게 장렬하게 한바탕 거사를 일으켜야 비로소 하늘이 내려준 신용神勇과 괴력에 어긋나지 않을 것이오!"

오육기는 술을 한 사발 따라 단숨에 들이켰다.

"선생의 말씀을 들으니 아주 통쾌하외다!"

그는 팔을 쭉 뻗더니 '찌직' 하는 소리와 함께 옷깃을 찢어 풀어헤쳤다. 그러자 검은 털이 무성한 맨가슴이 드러났다. 그 털을 손으로 좀 쓸어내자 놀랍게도 가슴에 여덟 글자가 새겨져 있었다.

'천부지모天父地母, 반청복명反淸復明.'

이황은 놀랍고도 기뻤다.

"아니… 이게 어떻게 된 겁니까?"

오육기는 다시 가슴을 가렸다.

"방금 선생께서 말씀하신 고론高論에 경의를 표합니다. 선생께서 멸족을 당할지도 모르는 위험을 무릅쓰고 저에게 심금에서 우러난 충고를 해주셨는데 내 어찌 더 이상 자신을 숨기겠습니까? 저는 원래 강호개방丐幇 출신이고 지금은 천지회天地會 휘하 홍순당洪順堂의 홍기紅旗 향주香主입니다. 맹세코 반청복명을 위해 뜨거운 피로 들끓는 이 한목숨을 다 바칠 것입니다."

이황은 그의 가슴에 새겨진 글을 보고 믿어 의심치 않았다.

"이제 보니 장군께서는 신재조영심재한身在曹營心在漢(몸은 조조 진영에 있으나 마음은 유비에게 있다)이군요. 좀 전에 외람된 말을 한 것을 용서하십시오."

오육기는 내심 크게 기뻤다. '신재조영심재한'이라 함은 자신을 관운장에 비견한 게 아닌가!

"그런 비유는 당치 않습니다."

이황은 궁금했다.

"개방이 무엇이며 천지회는 또 무엇입니까? 가르침을 주십시오."

오육기는 술부터 권했다.

"우선 한잔 쭉 드십시오. 천천히 말씀드리겠습니다."

두 사람은 동시에 술을 들이켰다. 오육기가 말문을 열었다.

"개방은 아주 오래된 방파帮派입니다. 송나라 때부터 강호에 큰 방파를 형성했지요. 방에 가입한 형제들은 모두 거지 생활을 해야 합니다. 설령 가산이 많은 부호라 해도 일단 개방에 들어오면 재산을 전부 없애고 구걸로 살아가야 합니다. 방에는 방주님을 선두로 이하 4대 장로가 있고, 그 아래 전후좌우중 5대 호법이 있습니다. 저는 서열이 좌호법으로서 주머니 개수로 신분을 나타내는 8대袋 제자니 신분이 낮은 편이 아니었지요. 나중에 손씨 성의 장로와 불화가 생겨 싸움이 벌어졌습니다. 당시 저는 술에 취해 그만 실수로 그에게 중상을 입혔어요. 윗사람을 불경하는 것만으로도 방규를 어긴 것인데, 장로에게 부상까지 입히는 대죄를 저질렀으니, 방주님과 네 분 장로는 회의를 거쳐 저를 방에서 축출했습니다. 그때 선생 댁에서 술을 마시던 날이 바로 방에서 쫓겨난 날이었습니다. 마음이 너무 울적했는데 선생께서 마다하지 않고 술친구로 맞아주어 정말 많이 위로가 되었습니다."

이황은 고개를 크게 끄덕였다.

"그랬었군요."

오육기가 말을 이었다.

"그다음 해 봄 서호변에서 다시 만났을 때 선생께선 보잘것없는 저를 '강호의 기남아'라고 치켜세워주셨습니다. 저는 며칠 동안 고민에 잠겼습니다. 개방에서 날 받아주지 않고 강호 친구들도 날 업신여긴다고 매일 술이나 퍼마시고 자포자기로 허송세월을 하다가는 결국 인사불성으로 쓰러져 죽게 되겠지. 이황 선생처럼 날 기남아로 보는 사람도 있는데 그냥 이대로 허무하게 생을 마감할 것인가? 그때까지도 울분을 삭이지 못하고 있던 저는 얼마 후 청병이 남하하자 앞뒤 가릴 것도 없이 청군에 투신해 적지 않은 공을 세웠지요. 그 과정에서 동포들을 많이 참살했으니 돌이켜보면 실로 부끄럽기 짝이 없습니다."

이황의 표정은 진지했다.

"그게 잘못된 것이지요. 개방에서 받아주지 않으면 독자적으로 행동해도 좋고, 스스로 한 문파를 창건해도 될 텐데 왜 하필이면 청군에 투신했습니까?"

오육기가 대답했다.

"제가 아둔한 탓이지요. 당시 선생의 가르침을 얻지 못해 그릇된 일을 많이 저질렀으니 정말이지 죽어 마땅합니다."

이황은 고개를 끄덕였다.

"장군께서 정녕 잘못을 알고 있다면 아직 늦지 않았으니 공을 세워 과를 상쇄하면 될 것입니다."

오육기가 하던 이야기를 이어갔다.

"나중에 만청이 중원을 석권하자 저는 승승장구 제독이라는 벼슬에 올랐습니다. 그러던 어느 날, 한밤중에 누군가 날 암살하려고 침실에 나타났습니다. 그 자객은 실력이 저만 못해 결국 붙잡혔지요. 불을 밝히고 보니 뜻밖에도 왕년에 나에게 부상을 입었던 개방의 손 장로더군요. 그는 다짜고짜 내가 파렴치하게 오랑캐의 앞잡이가 됐다면서 욕을 해댔습니다. 갈수록 욕이 거칠어졌고, 그 한마디 한마디가 예리한 비수처럼 제 가슴을 깊이 파고들었습니다. 물론 저도 가끔 생각했던 말들이었습니다. 내가 저지른 일이 나쁘다는 걸 알고 있었으니까요. 깊은 밤 주위가 고요해지면 스스로 죄책감에 사로잡혀 참으로 부끄러웠습니다. 그러던 중에 남의 입을 통해 욕을 들으니 오히려 속이 후련하더라고요. 저는 길게 한숨을 토해내며 손 장로의 찍힌 혈도를 풀어줬습니다."

이황은 조용히 그의 말에 귀를 기울였다.

"제가 '손 장로, 욕을 해줘서 고맙소, 어서 떠나시구려' 하고 말하자, 그는 매우 의아해하는 듯하더니 곧 창문을 넘어 떠났습니다."

이황은 고개를 끄덕였다.

"그 일은 아주 잘한 거요."

오육기가 다시 말했다.

"당시 제독 관할 감옥에는 청나라에 반기를 들다가 붙잡혀온 사람들이 적잖이 수감돼 있었습니다. 저는 다음 날부터 그럴싸한 구실을 붙여 그들을 하나씩 풀어줬습니다. 착각을 해서 사람을 잘못 잡아왔다거나 주범이 아니라는 이유를 대서 형을 감해주기도 했지요. 한 달포 정도 지났을까, 손 장로가 야밤에 다시 찾아와 무턱대고 묻더군요. 그간의 잘못을 뉘우치고 앞으로 청에 맞서 공을 세울 생각이 있냐고요. 저는 칼을 뽑아 댕강 왼손 두 손가락을 자른 다음, '오육기는 지난날의 잘못을 반성하고 앞으로 손 장로의 명에 따르겠습니다!' 하고 당당히

답했습니다.”

그러면서 왼손을 내밀어 보이는데 정말 무명지와 새끼손가락이 보이지 않았다. 이황은 엄지를 치켜세웠다.

“역시 대장부답소!”

오육기가 말을 이어갔다.

“손 장로는 내 진심을 믿어줬습니다. 그리고 내가 비록 좀 직설적이고 덤벙대는 성격이지만 한번 약속한 것은 꼭 지킨다는 걸 알고 있기 때문에 진지하게 대하더군요. ‘좋소, 돌아가서 방주님께 보고드릴 테니 다음 지시를 기다리시오!’ 하는 말을 남기고 떠난 지 열흘 후에 다시 찾아왔습니다. 방주님과 장로 네 분이 회동을 해서 날 다시 개방 제자로 받아주기로 결정했다는 겁니다. 물론 주머니가 하나인 일대一袋 제자부터 다시 시작해야 되겠지만⋯ 그리고 개방은 반청복명을 도모하기 위해 천지회와 합심협력하기로 결맹했다고 전해주더군요.”

이황은 그의 말에 계속 귀를 기울였다.

“그 천지회는 대만 수복을 쟁취했던 국성야國姓爺 정성공鄭成功의 휘하 진영화陳永華 선생께서 창건한 조직으로, 근자에 복건, 절강, 광동 일대에서 크게 활약하고 있습니다. 손 장로는 또 나를 천지회 광동지부 홍순당 향주와 대면시켜 천지회에 가입하도록 했습니다. 천지회는 근 1년 동안 저에게 몇 가지 중요한 임무를 맡겨 꾸준히 지켜보면서 충심을 확인한 후, 최근에 진 선생이 대만에서 나를 홍순당 향주에 명한다는 전갈을 보내왔습니다.”

이황은 비록 천지회의 내력에 대해 자세히 알지는 못했지만 대만의 국성야 정성공이 청나라 군사에 맞서 용맹하게 고군분투한 사실은 모르는 이가 없을 정도라 익히 알고 있었다. 한데 천지회가 바로 그의 휘하인 진영화가 창건한 조직이라면 뜻을 함께하는 동지들이 아니겠는가. 절로 고개가 끄덕여졌다.

오육기가 다시 말했다.

"국성야는 왕년에 대군을 이끌고 금릉金陵으로 쳐들어왔지만 중과부적으로 다시 대만으로 물러났습니다. 그러나 복건, 절강, 광동 3성에는 당시 퇴각하지 않은 옛 부하 관원들이 적잖이 남아 있습니다. 진선생이 천지회를 창건한 것도 그들이 밑거름이 됐기 때문입니다. 천지회의 구호가 바로 내 가슴에 새겨진 '천부지모, 반청복명'입니다. 웬만한 천지회 형제들은 그걸 새기지 않는데, 저는 옛날 송나라 때 충신 악비岳飛 장군의 '진충보국盡忠報國'을 흉내 낸 겁니다."

이황은 너무 기뻐 연거푸 두 잔을 들이켰다.

"형제의 그런 행위는 명실공히 강호 기남아로 불리기에 손색이 없소이다!"

오육기는 쓴웃음을 지었다.

"'강호 기남아'라는 말은 정말로 당치 않습니다. 그래도 이황 선생이 저를 친구로 생각해주시니 그보다 더 보람차고 기쁜 일이 없습니다. 우리 천지회의 총타주總舵主이신 진영화 선생은 진근남陳近南이라는 다른 이름으로도 불리는데, 그분이야말로 진정한 강호의 기남아 영웅호걸입니다. 강호인이라면 그를 존경하지 않는 자가 없습니다. 오죽하면 '평생불식진근남平生不識陳近南, 취칭영웅야왕연就稱英雄也枉然', 평생 진근남을 모르면 영웅이라 불려도 헛되다는 말이 항간에 나돌겠습니까? 저는 아직 진근남 총타주를 만나뵙지 못했으니 내세울 만한 인물이라

할 수 없지요."

두 사람이 함께 술잔을 비우고 나서 이황이 말했다.

"나는 일개 글쟁이로서 나라와 백성에 대해 별로 보탬이 되지 못합니다. 장군이야말로 언젠가 기치를 들고 분연히 일어나 청에 맞선다면, 저는 반드시 종군하여 미력이나마 보태겠습니다."

이날부터 이황은 오육기 집에 머물며 밤낮으로 머리를 맞대고 반청복명의 계책에 대해 밀담을 나눴다. 오육기의 말을 빌리면, 천지회는 이미 북방 여러 성省까지 세력을 확대해 각 성마다 향당香堂을 개설했다고 한다.

이황은 오육기의 집에서 6~7개월이나 머물다가 고향으로 돌아갔다. 한데 고향에 도착한 그는 깜짝 놀랐다. 낡은 옛 가옥이 깔끔하고 새롭게 단장돼 있는 게 아닌가! 알고 보니 오육기가 광동의 대소 관원들이 보내온 예물로 대대적인 토목공사를 벌여 이황의 집을 새롭게 꾸민 것이었다.

이황은 황종희와 고염무가 반청복명을 꾀하기 위해 사방으로 분주하다는 사실을 잘 알고 있었기 때문에 숨김없이 이런 사실을 자세히 이야기해준 것이었다.

황종희는 배 안에서 이황에게 들은 이야기의 자초지종을 다시 여유량에게 들려주었다.

"만약 이 일이 누설돼 오랑캐가 먼저 손을 쓴다면 이황 선생과 오 장군이 멸문지화를 당할 것은 물론이거니와 반청복명 대업을 이루는 데도 기둥 하나가 부러지는 결과를 초래할 거요."

여유량이 그의 말을 받았다.

"우리 세 사람 외에 절대 이 일을 입 밖에 내서는 안 될 것이오. 설령 이황 선생을 만나게 되더라도 광동 오 장군의 이름을 절대 언급하지 맙시다."

황종희가 다시 말했다.

"이황 선생과 오 장군의 그런 인연은 흔한 것이 아니지요. 조정대신들 사이에서도 오 장군에 대한 평이 좋으니 오 장군이 이황 선생을 위해 나서서 소통을 했다면 그의 체면을 봐서라도 다들 이의를 제기하지는 않았을 거요."

여유량이 한 가지 의문을 제기했다.

"황 형의 말이 옳소. 한데 육기와 범양은 어째서 이황 선생과 같이 '사전에 책을 본 적이 없어 죄를 사면한다'고 한 걸까요? 혹시 그들 두 사람도 조정에 힘깨나 쓰는 조력자가 있단 말이오?"

황종희가 자신의 생각을 이야기했다.

"오 장군이 만약 이황 선생만 짚어서 감싼다면 의심을 살 여지가 있으니까 두 사람을 함께 끼워넣은 게 아니겠소?"

그 말에 여유량은 웃음이 나왔다.

"그렇다면 그 두 사람은 아직도 어떻게 목숨을 건지게 됐는지 내막을 모르겠군요?"

고염무가 고개를 끄덕였다.

"강남 문인들 중 한 사람이라도 더 목숨을 보존한다면 훗날을 도모하는 데 그만큼 힘이 되지 않겠소."•

황종희 등 세 사람이 나눈 이야기는 다른 사람이 들어서는 절대 안 되는, 세상에서 가장 은밀한 일에 관한 것이었다. 당시 세 사람은 운하를 따라 남하하는 배 안에 있었다. 뒤편 선실에는 여씨 모자 세 사람만 있었고, 황종희가 음성을 낮춰 말했기 때문에 다른 사람이 엿들었을 리도 없었다. 낮말은 새가 듣고 밤말은 쥐가 듣는다는 속담이 있지만 여기에는 새도 쥐도 없었다.

그런데 고염무의 말이 끝나자마자 난데없이 낄낄거리는 기분 나쁜 웃음이 들려왔다. 세 사람은 깜짝 놀라 일제히 소리쳤다.

"누구냐?"

이상하게도 아무런 반응이 없었다. 세 사람은 굳은 표정으로 서로 마주 보며 속으로 괴이하게 생각했다.

'뭐야? 귀신이 곡할 노릇이군.'

세 사람 중 고염무가 가장 대담하고 또한 약간의 호신술을 익혔기 때문에 얼른 정신을 가다듬고 품속에서 비수 한 자루를 꺼내 선실 밖으로 나갔다. 뱃머리까지 조심스레 걸어가서 선실 위쪽을 살펴보려는 순간, 갑자기 시커먼 그림자가 솟구쳐오르더니 곧바로 덮쳐내려왔다.

고염무는 호통을 쳤다.

"웬 놈이냐?"

대갈일성과 함께 검은 그림자를 향해 비수를 휘둘렀다. 그러나 따끔한 아픔을 느끼는 동시에 상대방에게 손목을 잡히고 말았다. 이어 등허리가 뻐근해지는 것이 혈도를 찍힌 게 분명했다. 물론 비수도 놓쳤다. 상대방은 다짜고짜 그를 선실 안으로 밀어넣었다.

황종희와 여유량은 고염무가 선실 안으로 떠밀려 들어오고 그 뒤에 검은 옷을 입은 사내가 서 있는 것을 보고 소스라치게 놀랐다. 사내는 몸집이 우람하고 얼굴 가득 징그러운 웃음을 띠고 있었다.

여유량이 다그쳤다.

"댁은 누구기에 이 한밤중에 함부로 남의 배에 올라탄 거요?"

사내는 냉소를 날렸다.

"세 사람 덕에 승진도 하고 한밑천 두둑이 잡게 생겼으니 고맙다는 인사라도 해야겠구먼. 오육기가 이황과 함께 모반을 꾀하고 있으니 이 사실을 우리 오배 어른께 아뢰면 후한 상을 내릴 게 분명하잖아? 흐흐… 세 분께서는 나랑 함께 경성으로 가서 증인이 돼주셔야겠어."

여유량 등 세 사람은 너무 당황스러워 경악을 금치 못하며 내심 후회막심이었다.

'우리가 한밤중에 배 안에서 몰래 나눈 이야기를 저놈이 엿듣다니… 경솔한 짓을 했으니 우린 죽어도 할 말이 없지만 이 일로 인해 오 장군까지 화를 입으면 정말 큰일이야.'

여유량이 나서서 우선 시치미를 뗐다.

"귀하께서 지금 한 말이 무슨 뜻인지 우린 한 마디도 알아듣지 못하겠소. 우리를 모함하겠다면 그건 말리지 않겠지만 함부로 남을 끌고 들어가는 것은 결코 묵과할 수 없지."

그는 이미 죽을 각오로 맞설 작정이었다. 그러다가 죽음을 당한다면 증거인멸이 될 테니 손해 볼 게 없다는 심산이었다.

사내는 다시 냉소를 날리는가 싶더니 홀연 앞으로 쓱 미끄러져오면서 여유량과 황종희의 가슴 부위 혈도를 찍었다. 두 사람은 이내 몸을 움직일 수 없게 되었다. 사내는 의기양양, 껄껄 웃음을 터뜨리며 소리쳤다.

"이제 다들 안으로 들어오라고! 이번에 우리 전봉영前鋒營이 큰 공을 세우게 됐어."

배 뒤쪽에서 몇몇 사람의 대답 소리가 들리더니 네 사람이 선실 안으로 들어왔다. 모두 사공 차림이었다. 그들은 뭐가 그리 좋은지 '하하핫' 크게 웃어젖혔다.

고염무 등은 서로 마주 보며 사색이 되었다. 전봉영이 황제의 친위대라는 걸 잘 알고 있었기 때문이다. 어찌 된 영문인지 이 사내들은 사공으로 위장해 몰래 세 사람의 대화를 낱낱이 엿들었던 것이다.

황종희와 여유량은 서생이라 그렇다손 치더라도, 고염무는 10여 년 동안 강호를 돌아다니며 많은 영웅호걸들과 교제해 경각심과 보는 눈이 좀 있었을 텐데 이번에는 사공으로 위장한 이들을 전혀 눈치채지 못했다.

친위대 한 명이 배 후미 쪽을 향해 소리쳤다.

"당장 뱃머리를 돌려 항주로 가자! 허튼짓을 하면 목숨이 달아날 줄 알아라!"

노를 젓는 사람은 60~70세가량의 노인이었다. 고염무는 그와 대화도 나누어보았다. 얼굴에 주름이 자글자글하고 허리가 구부정한 게 영락없이 오랫동안 노를 저어온 사람으로 보여 아무런 의심도 하지 않았다. 이 늙은 사공은 물론 진짜지만 협박에 의해 인부들을 모두 바꿨고, 그도 어쩔 수 없이 놈들이 시키는 대로 따랐던 것이었다.

고염무는 자신의 부주의로 황종희, 여유량과 나눈 밀담을 들켜 결국 두 사람을 위기에 빠뜨린 것 같아 자책감에 사로잡혔다.

검은 옷을 입은 사내가 다시 징그럽게 웃었다.

"고 선생, 황 선생, 여 선생! 세 사람은 워낙 이름이 알려져 경성에서도 소문이 자자하지. 아니면 우리가 어떻게 따라붙을 수 있었겠어, 하하핫…."

그는 고개를 돌려 부하 네 명에게 일렀다.

"우린 광동 오 제독의 역모를 입증할 확실한 증거를 확보했으니 빨리 해령으로 가서 이황이란 놈도 잡아와야지. 이 역적 세 놈은 고집이 보통이 아니야. 물론 도망가지는 못하겠지만 음독을 하거나 강에 뛰어들어 스스로 목숨을 끊을 우려가 있으니 각자 한 명씩 철저히 감시해라. 실수가 있는 날엔 모든 게 수포로 돌아간다."

네 사람은 일제히 대답했다.

"네! 분부에 따르겠습니다."

사내는 의기양양했다.

"경성으로 돌아가 오배 대인을 뵈면 모두 승진하고 한밑천 두둑이 챙길 수 있을 것이다."

부하 하나가 아첨을 했다.

"이게 다 과瓜 관대管帶께서 저희를 이끌어주신 덕분입니다. 그렇지 않고서야 저희가 어떻게 이런 행운을 얻을 수 있겠습니까?"

이때 뱃머리 쪽에서 갑자기 누군가 냉소를 날렸다.

"네깟 놈들에게는 원래 그런 행운이 있을 리 없지!"

훅 하는 소리와 함께 선실 문이 양쪽으로 활짝 열리며 한 사람이 나타났다. 서른 살가량의 서생인데 얼굴에 미소를 띠고 뒷짐을 진 채 서 있었다.

과 관대가 대뜸 호통을 쳤다.

"관아의 나리들께서 공무를 처리하는 중인데, 넌 대체 누구냐?"

서생은 여전히 미소를 띤 채 아무 말 없이 성큼 선실 안으로 걸음을 옮겨놓았다.

순간, 도광이 번쩍이며 두 자루의 단도가 그의 좌우를 향해 뻗쳐나갔다. 서생은 슬쩍 피하면서 과 관대에게 미끄러져가는가 싶더니 손으로 냅다 그의 정수리를 내리쳤다. 과 관대는 이내 왼팔로 막으며 오른쪽 주먹을 거칠게 뻗었다. 서생은 피하는 동시에 왼발로 한 관병의 가슴팍을 걸어찼다. 관병은 비명을 지르며 울컥 선혈을 토해냈다. 나머지 관병 셋은 칼을 휘둘러 베거나 찔러갔다.

선실 안은 원래 협소했다. 서생이 금나수擒拿手를 전개해 자유자재로 공수攻守을 펼쳐나가자, 으드득 하는 소리와 함께 관병 하나가 그의 장풍에 목뼈가 부러졌다.

과 관대는 서생의 뒤통수를 향해 오른손을 후려쳤다. 퍽 하는 소리와 함께 쌍방의 손이 서로 맞부딪치는가 싶더니, 과 관대가 뒤로 튕겨나가 쿵 하고 등이 선실에 부딪혔다. 선실 한 귀퉁이가 바스러졌다.

서생이 다시 두 관병의 가슴팍을 겨냥해 연거푸 장풍을 날리자, 으드득 소리와 함께 두 사람은 갈비뼈가 부러졌다.

과 관대가 부서진 선실 쪽으로 잽싸게 몸을 솟구쳐 강으로 뛰어내리려 하자 서생이 냅다 소리를 질렀다.

"어딜 도망가느냐?"

왼손을 급히 뻗쳐 상대의 등을 노렸는데, 과 관대가 마침 왼발을 뒤로 걷어차는 바람에 장풍이 발바닥에 격중했다. 그러니 서생이 뻗어낸 일장이 오히려 과 관대의 몸이 앞으로 튕겨나가게끔 돕는 결과가 되었다. 가속이 붙은 과 관대는 강변에 드리운 버들가지를 휘어잡아 공중제비를 돌더니 나무를 넘어 날아갔다.

서생은 뱃머리로 달려가 대나무 삿대를 집어 냅다 던졌다. 달빛 아래 삿대는 나는 뱀처럼 무서운 속도로 뻗어나갔다.

"으악!"

과 관대의 처절한 비명이 들렸다. 대나무 삿대는 그의 등을 관통해 땅에 박혔다. 잔력殘力이 남아서인지 그의 몸에 꽂힌 삿대가 파르르 요동쳤다.

서생은 선실 안으로 들어와 세 사람의 혈도를 풀고 관병 네 명의 시신을 강물에 던졌다. 그러고는 다시 등잔불을 밝혔다.

여유량 등 세 사람은 연신 고맙다는 인사를 올리고 그의 이름을 물었다. 서생은 입가에 미소를 지었다.

"저의 이름을 좀 전에 황 선생께서 언급하셨는데… 성은 진, 이름은 근남입니다."

위소보는 혼비백산, 하마터면 말에서 떨어질 뻔했다.

귓가에 바람이 스쳐가며 그의 몸은 계속 뒤로 달리는 격이 되었다.

고래고래 소리를 질렀다.

"이런 육시랄, 빌어먹을! 모십팔, 빨랑 말을 멈추지 않으면 18대 조상까지 다 끄집어내서 욕을 할 테니 알아서 해! 아이고, 나 죽는다… 아이고…."

양주는 자고로 아주 번영했던 명승지다. 당나라 시인 두목杜牧이 지은 시 중에 이런 구절이 있다.

꿈결 같은 양주에 빠져 10년 만에 깨어나 보니,
얻은 것은 고작 청루의 탕아라는 이름뿐.
十年一覺揚州夢, 贏得靑樓薄倖名.

그리고 옛사람들은 인생의 즐거움을 이렇게 말했다.

허리춤에 10만 관(엽전 천 닢)을 꿰차고, 학을 타고 양주로 가는 것.
腰纏十萬貫, 跨鶴上揚州.

그만큼 양주는 살기 좋은 곳이었다. 수나라 때 양제가 운하를 개설했고, 후대 사람들이 항주까지 연결했다. 양주는 운하 한가운데 위치해 강소성과 절강성을 잇는 뱃길의 중심지였다. 조정 관리들의 돈줄도 이곳에 모였다. 명나라와 청나라 때는 소금이 아주 귀했는데, 그것을 파는 염상鹽商과 큰 갑부들이 몰려 있어, 그야말로 천하의 부富가 다 양주에 집결돼 있다고 해도 과언이 아닐 정도였다.

청나라 강희 황제 초기, 양주 수서호瘦西湖 호반 명옥방鳴玉坊이라는 골목은 유명한 청루와 명기名妓들이 운집해 있는 명소였다.

봄이 무르익던 어느 날, 울긋불긋한 등불이 밝혀지자 명옥방 각 기루에서 풍악과 함께 희희낙락 웃음소리가 와자지껄하게 들려왔다. 비파, 거문고 등 각종 악기와 여인들의 간드러진 웃음이 어우러져 흥청거리며 마치 태평성세를 구가하고 있는 듯한 분위기였다.

이때 난데없이 골목 앞뒤에서 대여섯 명의 거한이 나타나 고함을 질렀다.

"영업을 하는 업주들, 낭자들, 그리고 돈 쓰려고 온 친구들은 다 잘 들으시오! 우린 찾을 사람이 있어서 왔으니 상관없는 사람들은 소릴 지르거나 함부로 움직이지 마시오! 시키는 대로 하지 않으면 결코 무사하지 못할 거요!"

우악스러운 고함이 터지자 명옥방 골목은 이내 조용해졌다. 그러나 잠시뿐, 곧 여기저기서 소란이 일고 여인들의 비명 소리, 남정네들의 고함 소리가 뒤섞여 아수라장이 되었다.

기루 여춘원麗春院에는 푸짐한 주안상이 차려져 있었다. 10여 명의 염상이 탁자 세 개에 둘러앉아 각자 기녀들을 꿰차고 흥겨워하고 있었는데, 고함 소리가 들리자 모두 안색이 크게 변했다.

"무슨 일이지?"

"누구야?"

"관아에서 뭘 조사하러 나왔나?"

각자 말이 분분했다. 대문을 쾅쾅 두드리는 소리가 들려온 것은 바로 이때였다. 기루의 하인들은 놀라 어찌할 바를 몰라 했다. 문을 열어야 할지 말아야 할지, 손님들의 눈치만 살폈다.

하인들의 고민은 바로 해결됐다. '쾌광' 소리와 함께 대문이 활짝 밀어젖혀지면서 열댓 명의 사내가 우르르 몰려들어왔다.

사내들은 모두 짧은 옷의 간편한 차림으로 허리에는 푸른 띠를 두르고 머리는 흰 천으로 감쌌다. 그리고 손에는 시퍼렇게 날이 선 칼과 창이 들려 있었다.

좌중의 염상들은 그들이 소금을 밀매하는 염효鹽梟라는 것을 대번에 알아차렸다. 당시에는 소금에 대한 세금이 과중해서, 만약 세금을 내지 않고 몰래 소금을 팔면 많은 이문을 남길 수 있었다.

양주 일대는 강북 쪽의 소금 집산지였다. 그러니 일반 염효들이 떼를 지어 몰려 있는 게 당연한 일이었다. 염효들은 아주 흉악하고 거칠었다. 많은 수의 관병을 만나면 우르르 흩어지지만, 단속하는 관원의 수가 적을 경우에는 무기를 뽑아들고 정면으로 맞서기 일쑤였다. 그래서 관부 쪽에서도 무모한 희생을 줄이기 위해 웬만하면 그냥 눈감아주며 간여하지 않는 것이 통례였다.

당연히 염상들도 염효를 잘 알고 있었다. 염효는 소금만 밀매할 뿐 강도질을 하거나 이유 없이 함부로 나쁜 짓을 하지 않았다. 그리고 평상시 백성들에게 소금을 팔 때도 저울의 눈금을 속이거나 돈을 더 요구하는 일 없이 제법 정직하게 거래를 했다. 그런데 오늘 대체 무슨 일로 무기를 든 채 기세도 흉흉하게 이 명옥방 골목으로 몰려왔는지, 놀랍고 의아스러웠다.

염효 중 쉰 살 남짓한 중늙은이가 먼저 입을 열었다.

"소란을 피워 놀라게 했다면 사과드리리다."

그러면서 포권의 예를 취한 채 좌에서 우로, 다시 우에서 좌로 두루 훑고 나서 낭랑한 목소리로 엉뚱한 말을 했다.

"천지회 가賈 씨 성을 가진, 가노육賈老六, 가 노형이 혹시 여기 있소 이까?"

염상들의 얼굴을 일일이 훑어보는 그의 눈초리가 아주 매서웠다.

염상들은 그의 눈빛에 주눅이 들어 연신 고개만 흔들 뿐이었다. 그러면서 속으로 투덜거렸다.

'강호의 패거리끼리 무슨 원한이 있어 이러는지 몰라도 우리랑은 아무 상관이 없잖아.'

염효 노인은 다시 목청을 높였다.

"가노육, 오늘 오후 넌 서호변 주막에서 개소리를 지껄였다. 뭐, 양주에서 소금을 파는 우리가 천하의 겁쟁이라고? 관병한테는 감히 대들지 못하고 쥐꼬리만 한 돈을 벌기 위해 굽실거린다고 했느냐? 창자에 술이 몇 잔 들어갔다고 그렇게 말을 함부로 지껄여도 되는 것이냐? 만약 네 말이 떳다면 명옥방으로 찾아오라고 했지? 좋다! 그래서 이렇게 왔지 않느냐! 가노육, 천지회의 사나이랍시고 큰소리치더니 왜 비겁하게 몸을 움츠리고 있어? 당당하게 나와서 붙어봐야지!"

다른 염효들도 앞을 다퉈 욕설을 토하고 고함을 질렀다.

"천지회는 무슨 얼어 죽을 놈의 천지회냐?"

"이런 빌어먹을! 천지횐지 호랑말콘지, 어서 썩 나오지 못하겠느냐, 이 겁쟁이들아!"

노인이 나섰다.

"그 가노육이란 놈이 혼자서 미친 소릴 지껄인 거지, 천지회의 다른 호한들까지 싸잡아 욕할 필요는 없어. 우리는 입에 풀칠하기 위해 소금을 밀매하는 잡상이야. 천지회의 고상한 나리들과 어떻게 비교가 되겠어? 그래도 우린 어떤 놈처럼 겁쟁이는 아니야!"

잠시 더 기다렸으나 그 천지회 소속 가노육이란 자는 반응이 전혀 없었다. 그러자 노인이 다시 소리를 질렀다.

"다른 방에 가서 뒤져봐라. 그 가노육이란 놈을 발견하면 바로 끌어내라! 녀석의 얼굴에 칼자국이 있으니 금방 알아볼 거야."

염효들은 제각기 대답하고 다른 방을 뒤져보기 위해 몰려갔다.

이때 동쪽 객방에서 걸쭉한 호통 소리가 들려왔다.

"이 어르신께서 모처럼 즐기고 있는데 누가 이렇듯 시끄럽게 떠들고 생난리야?"

염효들이 일제히 소리쳤다.

"가노육이 여깄다!"

"가노육, 썩 나오지 못하겠느냐?"

"이런 육시할 놈, 정말 겁도 없구먼!"

동쪽 객방에서 껄껄 웃는 소리가 들려왔다.

"이 어르신은 가씨가 아니다. 네놈들이 천지회를 욕하기에 귀에 거슬렸을 뿐이야! 물론 난 천지회도 아니지만 천지회 친구들이 하나같이 영웅호한이라는 건 익히 알고 있다. 너희같이 천박한 염효들은 그들의 꽁무니를 따라다니며 발뒤꿈치를 핥아줄 자격도 없어!"

염효들은 울화통이 터져 꽥꽥 소리를 질렀다. 그리고 가장 가까이 있던 세 명이 칼을 쥔 채 동쪽 객방으로 덮쳐들어갔다.

다음 순간, '으악!' '앗!' 비명 소리가 연거푸 들리더니 셋이 줄지어 밖으로 튕겨져나와 땅바닥에 나뒹굴었다. 그중 한 명은 들고 있던 칼로 자신의 이마를 내리쳐 선혈이 낭자했다. 꼼짝도 않는 것이 죽었는지 기절했는지 알 수 없었다.

다시 대여섯 명의 염효가 방 안으로 뛰어들어갔다. 곧 기합, 호통, 비명으로 시끌벅적하더니 그들마저도 밖으로 팽개쳐졌다. 그 모습을 본 나머지는 쌍소리만 줄기차게 내뱉을 뿐 방 안으로 들어갈 엄두를 내지 못했다.

염효 노인이 앞으로 몇 걸음 옮겨 방 안을 유심히 살펴보았다. 어슴푸레한 가운데 한 턱석부리가 침상에 앉아 있는 게 보였다. 머리를 흰 붕대로 친친 동여맸으나 얼굴에 칼자국은 없었다. 역시 가노육이 아니었다. 노인이 큰 소리로 물었다.

"대단한 솜씨 같은데 존성대명을 밝혀줄 수 있겠소?"

방 안 사나이는 대뜸 욕을 해댔다.

"이런 오라질! 네 아비의 성과 이름이 무엇이면 내 성과 이름도 바로 그거다. 아비의 이름까지 잊었단 말이냐, 이런 후레자식!"

한쪽에 서 있던 기녀들 중 서른 살 안팎의 중년 기녀가 갑자기 까르르 웃었다. 그러자 염효 한 명이 성큼 앞으로 걸어가 철썩철썩 호되게 그녀의 뺨을 후려쳤다. 기녀는 난데없는 봉변에 눈물 콧물이 터져나왔다. 그 염효가 욕설을 내뱉었다.

"이런 더러운 창녀 같으니라고! 뭐가 그리 우습다는 것이냐?"

맞은 기녀는 겁에 질려 아무 말도 하지 못했다. 그런데 대청 옆에서 열두세 살가량의 어린아이가 뛰쳐나와 고래고래 욕을 퍼부었다.

"네놈이 감히 우리 엄마를 때려? 이런 똥물에 튀겨 죽일 놈! 벼락을 맞아 죽어도 시원치 않은 놈 같으니라고! 손등에 왕부스럼이 생겨 손이 썩어문드러지고, 혀도 썩어문드러져 그 고름이 목구멍을 타고 배때기 속으로 흘러들어 오장육부까지 썩어문드러져라!"

그 염효는 노발대발하는 어린아이를 다짜고짜 낚아채려 했다. 그러자 아이는 잽싸게 어느 염상 뒤로 몸을 숨겼다. 염효가 왼손으로 그 염상을 힘껏 밀쳐내자 염상은 뒤로 나자빠졌다. 그 틈을 타서 어린아이의 등을 겨냥해 오른쪽 주먹을 날렸다.

이것을 본 중년 기녀가 크게 놀라 소리쳤다.

"나리, 살려줘요!"

하지만 어린아이는 아주 민첩해 살짝 몸을 숙이며 염효의 가랑이 사이로 파고들었다. 동시에 그의 음낭을 힘껏 꽉 움켜쥐었다. 염효는 예상치 못한 반격에 아파서 비명을 꽥꽥 질렀다. 그사이에 어린아이는 잽싸게 몸을 피했다.

그 염효는 화풀이할 데가 없어 가까이 있던 그 기녀의 얼굴을 향해 주먹을 날렸다. 한 대 얻어맞은 기녀는 그 자리에서 기절해버렸다. 그러자 어린아이가 그녀에게 달려가 울부짖었다.

"엄마! 엄마!"

염효가 그의 뒷덜미를 잡고 번쩍 들어올려 주먹을 날리려는 순간, 노인이 호통을 쳤다.

"그만하고 애를 내려놔!"

염효는 어린애를 내려놓고 엉덩이를 걷어찼다. 어린아이는 대굴대굴 굴러 '픽' 하고 담벼락에 부딪혔다.

노인은 그 염효를 한 번 째려보고 나서 방 안을 향해 자못 정중하게 말했다.

"우린 청방青幇 소속이오. 천지회 가노육이라는 친구가 공공연히 우리 청방을 모독하고, 따지고 싶으면 명옥방으로 오라고 해서 그를 찾아온 거요. 댁은 천지회도 아니고 또한 우리 청방과 아무 갈등이 없는데 왜 나서는 거요? 돌아가면 우리 방주께서 자초지종을 물을 것이니 답변할 수 있도록 이름이라도 남겨줬으면 좋겠소."

방 안 사나이는 웃음을 날렸다.

"천지회 친구한테 따지러 왔다면 물론 나하고는 상관없는 일이지. 한데 왜 상관없는 사람이 모처럼 즐기고 있는 걸 방해하느냐 말이야. 내가 한마디 충고하겠는데, 천지회 사람들은 그리 호락호락하지 않아. 욕을 좀 했대도 그냥 감수할 수밖에 별도리가 있겠어? 지금이라도 꼬리를 감추고 물러나서 소금을 팔든지 돈을 벌든지 하는 게 좋을걸!"

노인은 화가 치밀었다.

"강호 친구 같은데 이렇게 억지를 부리는 사람은 처음 보네!"

방 안 사나이는 막무가내였다.

"내가 억지를 부리든 생떼를 쓰든 무슨 상관이야? 내가 억지를 부리니 들어와서 하룻밤 함께 자주겠다는 거야?"

이때 대문 밖에서 세 사람이 뛰어들어왔다. 모두 염효 차림이었다. 연자창鏈子槍을 쥔 깡마른 사내가 노인한테 나직이 물었다.

"놈의 정체가 뭐요?"

노인은 고개를 내둘렀다.

"말을 안 하니 알 수 없지만, 말끝마다 천지회를 감싸고도는 게… 아무래도 그 가노육이란 녀석이 저 방에 숨어 있는 것 같아."

그 말라깽이가 연자창을 슬쩍 휘두르며 고개를 갸웃하자 노인이 허리춤에서 한 자 남짓한 단검 두 자루를 뽑아줬었다. 다음 순간, 네 사람이 약속이나 한 듯 일제히 방 안으로 덮쳐들어갔다.

잠시 후 와장창 소리와 함께 병기가 서로 맞부딪치는 금속성이 연신 뒤섞여 들려왔다.

여춘원은 명옥방 골목에서도 잘 알려진 4대 기루 중 하나였다. 그만큼 각 방의 시설이 호화롭게 잘 꾸며져 있었다. 배나무로 만든 탁자와 의자, 자단목紫檀木으로 짠 침상 등 값이 만만치 않았다. 그런데 와장창 소리가 계속 들리니 가구가 모두 부서진 게 분명했다. 기루의 주인인 듯한 여편네는 살이 뒤룩뒤룩 찐 얼굴에 경련을 일으키며 계속 염불을 외워댔다. 가슴이 쓰라렸던 것이다.

그런데 계속 들려오는 고함 소리와 기합 소리 따위는 염효 네 사람의 것이지, 방 안에 있던 그 사내의 걸쭉한 소리는 전혀 들리지 않았다. 밖에 있는 사람들은 행여 화를 입을까 봐 모두 멀찌감치 물러나 있었다.

병기가 맞닥뜨리는 금속성이 갈수록 빨라지는가 싶더니 홀연 처절한 비명이 들려왔다. 염효 중 누가 부상을 입은 모양이었다.

그 음낭을 쥐여잡혔던 사내는 아직도 통증이 가시지 않았는데, 담벼락에 기댔다가 일어나는 어린아이를 보자 잽싸게 주먹을 휘둘렀다. 어린아이가 반사적으로 몸을 비틀어 피하자, 사내는 바로 손등으로 그의 뺨을 후려쳤다. 어린것의 몸이 그 자리에서 빙그르 두 바퀴 돌았다. 하인들과 염상들은 이 염효의 악랄함에 혀를 내둘렀다. 어린것을 계속 후려패게 두었다가는 죽을지도 모를 일이었다. 그래도 나서서 말리는 사람이 없었다. 사내는 아니나 다를까, 다시 주먹을 번쩍 들어 아이의 머리통을 향해 팍 찍어갔다. 어린아이는 피할 재간이 없어 무작정 앞으로 머리를 들이민다는 것이, 방문을 밀치고 안으로 들어가는 꼴이 되고 말았다. 이 광경을 본 사람들은 모두 놀라 '아!' 하고 소리를 질렀다. 사내도 멍해지며 감히 방 안으로 쫓아들어가지는 못했다.

어린아이가 뛰어들어간 방 안은 어둠침침해 일순 뭐가 뭔지 잘 보이지 않았다. 그러나 바로 다음 순간, 병기가 서로 '챙' 하고 부딪치며 불꽃이 일자 침상에 누군가 앉아 있는 모습이 시야에 들어왔다. 텁석부리에 흰 헝겊으로 머리를 친친 감은 사람인데, 보기만 해도 소름이 끼칠 정도로 징그러웠다. 아이는 놀라서 자신도 모르게 '아!' 하고 소리를 질렀다.

불꽃이 번쩍이더니 방 안은 다시 어두워졌다. 대청에서 새어들어오는 불빛을 빌려 주위 사물을 분간할 수 있었다. 텁석부리는 손에 단도를 쥐고 혈투를 벌이고 있었다. 염효 네 명 중 깡마른 두 명은 이미 바닥에 쓰러졌다. 단검을 움켜쥔 노인과 철편鐵鞭을 무기로 사용하는 몸집 우람한 염효 한 사람만이 싸움을 계속하고 있었다.

아이는 속으로 생각을 굴렸다.

'저 사람은 머리를 붕대로 친친 감은 게 중상을 입은 게 분명해. 일어나지도 못하고 앉아 있잖아. 결코 염효들을 당해내지 못할 거야. 난 빨리 도망쳐야 해. 한데 엄마는 어떻게 됐지?'

아이는 엄마가 수모를 당한 것을 생각하자 다시 울화통이 치밀어 밖을 향해 악을 쓰듯 마구 욕설을 퍼부었다.

"이 짐승만도 못한 놈아! 네 어미는 물론이고 18대 조상까지 깔아뭉개 죽여도 시원치 않을 놈! 소금을 밀매하니까 집에 소금은 많겠구나! 그 소금으로 네 할미, 어미, 마누라, 누이동생이 죽으면 염장을 해서 장터로 가져가 돼지고기랑 섞어서 팔아라, 이놈아! 닷 근에 한 푼을 받아도 아마 그 썩은 냄새 나는 고기를 사갈 사람이 없을 거다, 이 염병할 놈아!"

밖에 있는 그 염효는 지독한 욕에 속이 뒤집어져 당장 방 안으로 뛰어들어가 어린것을 찢어죽이고 싶었지만 감히 엄두가 나지 않았다.

한편 방 안에선 텁석부리 사내가 '휙' 하고 단도를 휘두르자, 단도가 그 우람한 염효의 왼쪽 어깨를 파고들었다.

"으악!"

칼을 맞은 사내는 귀청이 떨어져라 비명을 지르며 비칠비칠 쓰러질 것 같았다. 그 틈에 노인은 쌍검을 동시에 뻗어 텁석부리의 가슴을 노렸다. 텁석부리는 단도로 노인의 공격을 막았는데, 그와 때를 같이해 우람한 염효의 철편이 날아와 텁석부리의 오른쪽 어깨를 강타했다. '챙!' 단도가 바닥에 떨어졌다. 노인은 이때다 싶어 대갈일성 쌍검으로 잽싸게 찔러갔다. 텁석부리는 반사적으로 왼손을 감아잡는 자세로 뻗어냈다. 그러자 으드득 소리와 함께 노인은 갈비뼈가 부러지면서 방 밖으로 튕겨져나갔다. 입에서 울컥 선혈을 토하며 바닥에 쓰러져 기절한 것 같았다.

몸집이 우람한 염효는 비록 왼쪽 어깨에 중상을 입었지만 깡다구가 살아 있는지 철편을 들어올려 텁석부리의 머리를 겨냥해 날렸다. 텁석부리는 지칠 대로 지쳤는지 피할 생각도 없이 꼼짝도 하지 않고 앉아 있었다. 우람한 염효도 기력이 떨어진 듯 날아가는 철편의 속도가 느릿했다.

아이는 이 위기의 순간, 가재는 게 편이라고 했던가, 냅다 달려가 우람한 염효의 다리를 끌어안고 세게 뒤로 끌어당겼다. 염효의 몸무게는 어림잡아도 200근은 될 성싶었다. 평상시라면 왜소한 어린아이가 그를 끌어당기는 건 어림도 없는 일이었다. 그러나 지금 염효는 중상을 입은 상태에서 간신히 버티고 있는 터라, 아이가 갑자기 끌어당기자 털썩 앞으로 고꾸라져 피가 낭자한 바닥에 얼굴을 처박고 움직이지 않았다.

침상에 앉아 있던 텁석부리는 거친 숨을 몇 번 몰아쉬더니 큰 소리로 웃으며 밖을 향해 외쳤다.

"죽고 싶은 놈들은 어서 들어와라!"

아이는 연신 손사래를 쳤다. 밖에 있는 사람들에게 더 이상 도전하지 말라는 뜻이었다. 좀 전에 그 노인이 밖으로 날아가면서 문짝에 세게 부딪히는 바람에, 문짝이 아직도 삐거덕거리면서 살짝 열렸다 닫혔다 하며 흔들거렸다. 살짝 열릴 때 대청에서 새어들어온 불빛이 텁석부리의 얼굴을 비췄다. 온통 피로 범벅이 돼 있었다.

밖에 있는 염효들은 방 안 상황을 자세히 볼 수 없으니 놀란 표정으로 서로 마주 보며 엉거주춤할 뿐이었다. 그러자 텁석부리가 다시 버럭 소리를 질렀다.

"야, 이 똥강아지 같은 놈들아! 겁나서 들어오지 못하겠다면 내가 나가서 모조리 죽여버리겠다!"

염효들은 소리를 빽빽 지르며 부상자들을 둘러메고 후다닥 꽁무니를 빼버렸다.

턱석부리는 껄껄 웃더니 어린아이한테 말했다.

"얘야, 가서… 문을 잠가라."

아이도 문을 닫아야겠다는 생각을 하고 있던 차라 얼른 대답했다.

"네!"

방문을 닫고 천천히 침상 가까이 다가가자 어둠 속에서 피비린내가 진동했다.

턱석부리가 천천히 입을 열었다.

"그… 그…."

간신히 입술을 떼기는 했지만 말을 잇지 못하고 갑자기 몸이 옆으로 기울며 기절해버렸는지 흐느적흐느적 침상에서 떨어질 것만 같았다. 아이가 얼른 그를 부축했다. 턱석부리의 몸이 워낙 육중해서 부축하는 데 애를 먹었다.

턱석부리는 잠시 숨을 몰아쉬더니 나직이 말했다.

"그 염효들이 다시 몰려올 거야. 난 이제 기력이 쇠진돼서 피해야… 잠시 피해야겠다."

그는 몸을 지탱하기 위해 꼼지락거리다가 아픈 곳을 건드렸는지 '으아악!' 소리를 질렀다. 아이가 다시 그를 부축하자 힘겹게 말했다.

"어서… 어서 내 칼을 집어줘."

아이는 단도를 집어 그의 오른손에 쥐여주었다. 그러자 턱석부리는 침상에서 천천히 내려왔다. 몸이 휘청거렸다. 아이는 그의 왼쪽 겨드랑이 사이로 파고들어 몸을 지탱해주었다. 턱석부리가 그를 말렸다.

"얘야, 난 나가야 하니 부축하지 마. 염효들이 보면 아마 너까지 죽이려 할 거야."

어린아이는 맹랑했다.

"제기랄, 죽이려면 죽이라고 해요! 난 겁나지 않아요. 친구끼리 의리가 있어야지! 내가 부축할게요!"

텁석부리는 하하 웃었다. 웃음에 기침이 섞여 나왔다.

"나랑 의리를 따지겠다고?"

아이는 한술 더 떴다.

"의리를 따지면 안 되나요? 친구끼리는 복을 함께 누리고 화는 함께 나누라는 공생공사共生共死란 말도 있잖아요!"

양주의 찻집에는 문사들이 많았다. 그들은 《삼국지》를 비롯해 《수호지》, 《대명영렬전大明英烈傳》 같은 영웅호걸들의 옛이야기를 늘 입에 달고 살았다. 이 아이는 어려서부터 낮이고 밤이고 기루, 도박장, 찻집, 주루 등을 이리저리 쏘다니면서 어른들의 잔심부름을 해주고 용돈을 얻어 쓰곤 했다. 그리고 틈만 나면 한쪽에 쪼그리고 앉아 이야기꾼이 감칠맛 나게 풀어놓는 이야기에 귀를 기울이기 일쑤였다. 워낙 영특해서 어른들에게 아저씨니 삼촌이니 백부님이니 부르며 아양을 잘 떨어 그를 내쫓는 사람이 별로 없었다.

가랑비에 옷 젖듯이, 아이는 많은 옛이야기를 들으며 영웅호걸들의 고사에 심취해 있었기 때문에, 중상을 입고도 우악스러운 염효들을 물리친 이 텁석부리 사나이에게 존경심이 생겨서, 자신도 모르게 공생공사니 하며 강호 사람들의 말투를 흉내 낸 것이다.

텁석부리는 호탕하게 껄껄 웃었다.

"그래, 말 한번 잘했다. 난 강호를 떠돌아다니면서 복을 함께 누리자며 공생을 외치는 무리를 많이 보아왔지만, 어려움을 함께 나누자는 공사 친구는 별로 보지 못했어. 자, 그럼 우린 이만 나가자!"

아이는 텁석부리의 왼쪽 어깨를 떠받치고 방 밖으로 나갔다. 주위에 남아 있던 사람들이 모두 아연실색해 사방으로 흩어졌다. 어린아이의 엄마가 소리쳤다.

"소보야, 소보야! 너 어딜 가는 거니?"

어린아이가 대꾸했다.

"이 친구를 좀 바래다주고 바로 돌아올게요."

텁석부리는 유쾌하게 웃어젖혔다.

"이 친구라… 하핫! 내가 네 친구가 되었구나!"

아이 엄마가 말렸다.

"가면 안 돼, 어서 피해야지!"

어린아이는 빙긋이 웃으며 성큼 대청 밖으로 나갔다.

여춘원에서 나온 두 사람은 주위를 둘러보았는데 조용하니 아무도 보이지 않았다. 염효들은 텁석부리가 워낙 강적이라 더 많은 지원군을 청하러 간 모양이었다.

텁석부리는 골목을 빠져나오자 고개를 들어 별자리를 살폈다.

"우리 서쪽으로 가자!"

얼마 정도 걷자 맞은편에서 마차 한 대가 달려왔다. 텁석부리가 바로 소리쳤다.

"마차!"

마부가 몰던 마차를 멈췄다. 그는 두 사람이 온통 피범벅이 돼 있는 것을 보고는 의아해하면서도 경악스러운 표정을 지었다.

텁석부리가 얼른 품속에서 네댓 냥쯤 되는 은자를 꺼내 마부에게 건넸다.

"우선 받아두시오."

마부는 적지 않은 돈에 얼른 마차의 발판을 내려주었다. 텁석부리는 천천히 마차 안으로 몸을 옮기더니, 품속에서 이번에는 제법 무게가 나가는 금덩어리를 꺼내 아이에게 내밀었다.

"꼬마 친구, 난 갈게. 이건 너한테 주는 거야."

아이는 금덩어리를 보자 눈이 휘둥그레지며 마른침을 꿀꺽 삼켰다. 속으로 쾌재를 불렀다.

'어쭈, 제법 세게 나오는데!'

그러나 영웅호걸들의 고사를 많이 주워들은 아이는 이내 생각을 달리했다.

'영웅호한들은 의리를 중시하지, 금전 따위는 아무것도 아니야. 오늘 모처럼 영웅호한을 만났는데 돈에 눈이 멀어 의리를 저버리는 졸장부가 돼서는 안 되지!'

아이는 가슴을 확 폈다.

"친구끼리 의리가 중하지, 금전 따위는 필요 없어요. 나한테 금을 준다는 건 날 무시하는 처사라고요! 몸에 상처도 있으니 내가 좀 더 바래다줄게요."

텁석부리는 잠깐 멍해하더니 바로 앙천광소仰天狂笑를 터뜨렸다.

"그래… 좋아, 좋아! 이거 재밌게 돼가는데!"

그는 바로 금덩어리를 거뒀고, 아이는 마차에 기어올라 그의 옆자리에 앉았다.

마부가 물었다.

"손님, 어디로 모실까요?"

텁석부리의 답은 짧막했다.

"서쪽으로, 득승산得勝山!"

마부는 멍해졌다.

"득승산이라고요? 이 밤중에 그곳으로 간단 말입니까?"

텁석부리가 고개를 끄덕였다.

"그렇소!"

그러면서 쥐고 있던 단도로 마차의 멍에를 탁탁 쳤다. 마부는 움찔해서는 연신 대답했다.

"아… 네! 네….."

그는 곧 마차를 몰고 서쪽으로 향했다. 텁석부리는 눈을 감은 채 휴식을 취했다. 숨이 여전히 가쁘고 간혹 기침을 했다.

득승산은 양주성에서 서북쪽으로 30리가량 떨어진 대의향大儀鄕이라는 지역에 있었다. 남송南宋 소흥紹興 연간에 한세충韓世忠 장군이 이곳에서 금나라 군사를 대파해 승리를 거뒀기 때문에, 승리를 얻었다는 뜻의 득승이라는 이름이 붙은 것이다.

마부는 마차를 빨리 몰아 한 시진이 좀 지났을 즈음에 벌써 산 아래에 당도했다.

"손님, 득승산에 다 왔는데요."

텁석부리는 산을 한번 훑어보았다. 그런데 불과 7~8장丈 높이의 야트막한 언덕에 불과하지 않은가. 그는 퉤하고 침을 내뱉었다.

"빌어먹을, 여기가 득승산이란 말이오?"

마부는 그가 왜 성질을 부리는지 알 수 없어 짧게 대답했다.

"네, 그런데요."

어린아이가 거들었다.

"맞아요, 득승산이에요. 엄마와 이모들이 영렬부인묘英烈夫人廟에 불공드리러 올 때 나도 따라와서 논 적이 있어요. 여기서 조금만 더 가면 바로 영렬부인묘가 있어요."

영렬부인묘에는 한세충의 부인 양홍옥梁紅玉이 모셔져 있었다. 양주 사람들은 그곳을 가리켜 '이창묘異娼廟'라고 하기도 한다. 내용인즉, 양홍옥은 송 왕조 때 안국부인安國夫人이었는데, 젊었을 때 기녀 생활을 했고, 그 과정에서 한세충과 인연을 맺게 된 것이었다. 양주의 기녀들은 매년 영렬부인묘에 들러 향을 피우고 소원을 빌었다. 양홍옥이 후세의 자매들을 잘 보살펴달라는 뜻으로 정성들여 불공을 올렸다.

텁석부리는 아이를 믿었다.

"네가 알고 있다면 틀림없겠구나. 자, 내리자."

아이는 마차에서 내려 텁석부리를 부축했다. 둘러보니 주위는 온통 캄캄했다. 그는 속으로 생각했다.

'맞아. 이런 황량한 곳에 숨어 있으면, 제기랄 염효고 나발이고 우릴 찾지 못할 거야.'

마부는 피를 뒤집어쓴 사내가 다시 다른 곳으로 가자고 할까 봐 얼른 말 머리를 돌려 떠나려 했다. 텁석부리가 그를 불러세웠다.

"잠깐만! 이 꼬마 친구를 다시 성안으로 데려다주시오."

마부가 얼른 '네!' 하고 대답하자, 어린아이가 나섰다.

"내가 좀 더 함께 있을게요. 내일 아침에 나가서 만두라도 사와야 되잖아요."

텁석부리는 아이를 똑바로 쳐다보았다.

"정말 나랑 함께 있으려고?"

아이는 주저하지 않았다.

"그래요, 옆에서 시중들어줄 사람이 없으면 좀 힘들지 않겠어요?"

텁석부리는 다시 껄껄 웃더니 마부에게 말했다.

"그냥 돌아가시오."

마부는 기다렸다는 듯이 서둘러 마차를 몰고 떠나갔다.

텁석부리는 바윗돌에 걸터앉아 마차가 멀어져가는 것을 지켜봤다. 주위는 쥐 죽은 듯 조용했다. 그때 텁석부리가 갑자기 소리쳤다.

"버드나무 뒤에 숨어 있는 두 좀팽이 녀석아, 어서 썩 나오지 못하겠느냐?"

아이는 내심 놀랐다.

'여기에도 사람이 있단 말인가?'

아니나 다를까, 버드나무 뒤에서 두 사람이 천천히 걸어나왔다. 머리에 흰 천을 동여매고 청색 허리띠를 맸다. 바로 염효 패거리였다.

두 사람은 칼을 번쩍이며 두어 걸음 내딛더니 멈춰섰다.

텁석부리가 바로 호통을 쳤다.

"이런 염병할 놈들을 봤나! 여기까지 뒤쫓아왔으면 냉큼 나와서 모가지를 바치든가 해야지, 쥐새끼들처럼 거기 숨어서 뭐 하는 거냐?"

아이는 이미 속짐작이 섰다.

'왜 숨어 있었겠어? 우리가 여기 있는 것만 확인하고 돌아가서 패거리를 데려올 심산이었겠지.'

두 염효는 나직이 뭔가 속닥거리는가 싶더니 이내 몸을 돌려 삼십육계 줄행랑을 놓았다. 텁석부리는 반사적으로 몸을 날렸으나 '으악!' 하는 신음과 함께 그 자리에 다시 주저앉았다. 중상을 입은 터라 더 이상 뒤쫓아갈 기력이 없었다.

아이는 다시 머리를 굴렸다.

'마차는 떠났고, 우리는 멀리 갈 수가 없어. 저 두 녀석이 돌아가서 알리면 무더기로 달려올 게 뻔한데, 그럼 큰일이잖아!'

그러고는 갑자기 방성대곡을 했다.

"아이고… 죽으면 어떡해요? 죽으면 안 돼요! 정신 좀 차려봐요… 아이고…."

두 염효는 걸음아 날 살려라 하고 달려가다가 어린아이의 울부짖음을 듣자 즉시 걸음을 멈추고 뒤돌아보았다.

아이의 울음소리가 다시 들려왔다.

"아이고… 지금 죽으면 난 어떡해요?"

염효들은 놀랍기도 하고 좋기도 했다.

"놈이 죽은 모양인데?"

한 사람이 말하자 다른 사람이 추측 분석에 들어갔다.

"중상을 입었기 때문에 더 이상 못 버틴 거야. 꼬마 녀석이 저렇게 울부짖는 걸로 봐서 죽은 게 분명해."

멀리서 실눈을 뜨고 바라보니 텁석부리가 웅크린 채 땅바닥에 쓰러져 있는 게 어렴풋이 보였다.

"설령 죽지 않았더라도 이젠 겁낼 필요가 없어. 가서 목을 따버리면 아주 큰 공을 세우는 거잖아?"

한 사람의 말에 다른 사람이 맞장구를 쳤다.

"옳거니!"

두 사람은 칼을 움켜쥐고 살금살금 앞으로 다가갔다. 아이는 가슴을 치고 발을 구르며 몸부림을 치고 있었다. 계속 통곡을 하면서 소리를 질러댔다.

"노형, 이렇게 갑자기 죽으면 어떡해? 염효들이 쫓아오면 나더러 어떻게 막으라는 거야?"

두 사람은 이게 웬 떡이냐 하고 앞으로 달려나갔다. 그리고 한 녀석이 외쳤다.

"개새끼, 잘 죽었다!"

그러면서 아이의 뒷덜미를 낚아채고, 다른 한 사람은 냅다 텁석부리의 목을 겨냥해 칼을 휘둘렀다. 순간 도광이 번쩍이며 머리통 하나가 날아갔다. 그리고 거의 동시에 아이를 낚아챈 녀석이 가슴에서 배까지 길게 베어졌다.

텁석부리는 껄껄 웃으며 힘겹게 몸을 일으켰다.

아이는 능청맞게 계속 울었다.

"아이고… 소금을 판다는 친구들이 왜 이렇게 싱겁지? 둘 다 염라대왕을 만나러 가면 누가 가서 동료들에게 귀한 정보를 알려주겠어? 아이고… 이 일을 어쩌면 좋지…."

어린것은 혼자 씨부렁거리더니 자기가 생각해도 우스운지 히히 웃었다. 텁석부리도 덩달아 웃었다.

"고 녀석, 정말 똑똑하군. 어쩌면 그렇게 잘 울어? 그렇게 통곡을 하지 않았다면 두 녀석은 절대 다가오지 않았을 거야."

아이는 의기양양했다.

"우는 것쯤이야 식은 죽 먹기죠. 엄마가 날 때리려고 하면 먼저 발을 구르며 목 놓아 울면 돼요. 그럼 때려도 세게 때리진 않아요."

텁석부리가 물었다.

"엄마가 왜 때리는데?"

아이는 눈알을 굴렸다.

"그거야 뭐, 여러 가지 이유가 있죠. 엄마 돈을 훔쳤다든가, 아니면 한 마당에 사는 아줌마 아저씨들을 골탕 먹였다든가…."

텁석부리는 한숨을 내쉬었다.

"이 두 녀석을 죽이지 않았다면 정말로 큰일 날 뻔했어. 아 참, 한데 아까 일부러 울 때 말이야. 왜 날 어르신이나 아저씨라고 하지 않고 노형이라고 불렀지?"

아이는 눈을 흘겼다.

"친구니까 당연히 노형이라고 해야죠. 뉘 댁 어른신인데요? 나더러 어르신이라고 부르라면 애당초 거들떠보지도 않았을걸요!"

텁석부리는 하하 웃어젖혔다.

"좋아, 좋아! 꼬마 친구, 이름이 뭐냐?"

아이는 퉁명스럽게 말했다.

"내 존성대명을 여쭤보는 거예요? 소보小寶라고 해요."

텁석부리는 웃을수밖에.

"그래, 대명은 소보고… 그럼 존성은 뭐지?"

아이의 눈살이 찌푸려졌다.

"저… 내 존성은 위韋예요."

이 아이는 기루에서 태어났다. 어머니는 위춘방韋春芳이고, 아버지가 누군지는 그의 엄마조차 알지 못했다. 사람들은 다들 그를 그냥 '소보'라 부를 뿐, 생전 성이 뭐냐고 묻는 사람이 없었다. 그런데 텁석부리가 갑자기 묻자 어머니의 성을 끄집어낸 것이다.

위소보는 기루에서 태어났고, 기루에서 자랐다. 물론 글공부도 하지 않았다. 그가 스스로의 이름을 '존성대명'이라 한 것은 웃기려고 한 말이 아니었다. 이야기꾼들로부터 '존성대명'이란 말을 자주 들었는데, 그것이 상대의 이름을 물을 때 높여서 하는 말로, 자신의 이름을 밝힐 때 쓰면 적합하지 않다는 것을 모르고 있었던 것이다.

아이는 바로 되물었다.

"그럼 친구의 존성대명은 뭔데요?"

텁석부리는 미소를 지었다.

"날 친구로 생각하니 속여선 안 되겠지. 내 성은 모茅. 풀 모 자지, 털 모毛 자가 아니야. 항렬이 열여덟 번째라서 모십팔茅十八이라고 해."

그 말을 듣자 위소보는 '아!' 하고 소리를 내지르며 펄쩍 뛰었다.

"나도 얘기 들었어요. 관아… 관아에서 붙잡으려고 하죠? 아주 굉장한 도적이라던데요."

모십팔은 콧방귀를 날렸다.

"흥, 그래! 겁나지 않냐?"

위소보는 웃었다.

"뭐가 겁나요? 난 금은보화가 없으니 빼앗아가려고 해도 빼앗길 게 없잖아요. 그리고 도적이면 어때요? 《수호지》에 나오는 임충林冲이나 무송武松 같은 영웅호걸들도 다 도적이었잖아요."

모십팔은 흐뭇했다.

"날 임충이나 무송과 비교하다니, 기분이 나쁘진 않군. 한데 관아에서 날 쫓고 있다는 걸 누구한테 들었지?"

위소보는 아는 대로 말했다.

"양주성 안에 방문이 잔뜩 나붙었어요. 무슨 희대의 도적 모십팔을 현상수배한다면서 무조건 죽여야 된다고 하더라고요. 죽이는 자에겐 상금이 2천 냥, 만약 있는 곳을 제보해서 붙잡게 되면 상금이 1천 냥이래요. 어제도 찻집에서 여러 사람이 떠들어대는 걸 들었어요. 무서운 도적이라 죽이기는 어렵고, 행방이라도 알아내 관아에 알려서 1천 냥을 타면 큰 횡재라고요."

모십팔은 곁눈질로 그를 힐끗 쳐다보며 의미심장하게 웃었다.

위소보는 또 잽싸게 머리를 굴렸다.

'우아, 만약 1천 냥을 탄다면 엄마와 난 실컷 쓸 수 있겠군. 고기와 닭, 생선을 맘껏 사먹고 가서 노름을 해도 아마 몇 년은 끄떡없을걸!'

그러면서 모십팔이 자기를 쳐다보며 의미심장하게 웃는 것을 보고는 버럭 화를 냈다.

"지금 무슨 생각을 하고 있는 거예요? 내가 관아에 알려 상금을 탈 거라고 생각하나요?"

모십팔이 퉁명스레 받았다.

"그야 네 맘에 달렸지."

위소보는 눈꼬리를 치켜세웠다.

"그렇게 날 못 믿겠다면 왜 진짜 이름을 밝혔어요? 머리에 붕대를 친친 감아서 방문에 그려져 있는 모습과는 판이하게 다른데, 스스로 모십팔이라고 말하지 않으면 누가 알아보겠어요?"

모십팔이 말했다.

"넌 우리가 복을 함께 누리고 화를 함께 나누면서 공생공사하자고
했잖아. 내가 만약 진짜 신분과 이름을 숨겼다면 그게 무슨 빌어먹을
친구라고 할 수 있겠어?"

위소보는 크게 좋아했다.

"맞아요, 맞아! 설령 은자 만 냥, 10만 냥을 준다고 해도 난 절대 관
아에 고자질하지 않아요!"

입으로는 이렇게 말하면서도 속으로는 달리 주판알을 튕겼다.

'젠장, 정말로 만 냥, 10만 냥을 준다면 친구를 팔아먹을까, 말까?'

만 냥, 10만 냥은 어마어마한 액수라 자못 갈등이 되었지만, 모십팔
은 그걸 눈치챌 도리가 없었다.

"좋아, 그럼 우리 일단 한숨 자자. 내일 정오쯤에 두 친구가 날 찾아
올 거야. 양주성 서쪽 득승산에서 만나기로 했거든. 만날 때까지 무조
건 기다리는 사약死約이야!"

위소보는 온종일 천방지축으로 뛰어다니는 바람에 벌써 지쳐 있었
다. 모십팔의 말을 듣자 나무에 기대 바로 잠들어버렸다.

다음 날 아침 깨어나 보니, 모십팔이 두 손으로 가슴을 누른 채 미소
를 짓고 있었다.

"이제 깼구나. 두 사람의 시체를 나무 뒤로 끌고 가고, 칼 세 자루를
잘 좀 갈아봐라."

위소보는 그가 시키는 대로 시신을 치웠다. 마침 아침 태양이 떠올

라 그는 비로소 모십팔의 모습을 자세히 볼 수 있었다. 나이는 마흔 안 팎, 팔뚝에 울퉁불퉁한 근육이 붙어 있고, 눈에서 예리한 광채가 번뜩 이는 게 아주 위맹威猛스럽게 생겼다.

위소보는 칼 세 자루를 개울가로 가져가 물을 묻혀 돌에다 갈면서 생각했다.

'염효를 상대하려면 칼 한 자루면 충분할 텐데… 나머지 두 자루로 는 뭘 하려는 거지? 이 위소보를 죽이려는 칼인가?'

그는 원래 게으름뱅이라 그냥 대충 칼을 갈았다.

"가서 기름에 튀긴 유조油條(길게 두 가닥으로 반죽한 밀가루를 기름에 튀 긴 음식)나 만두가 있으면 사올게요."

모십팔이 물었다.

"어디를 가야 유조랑 만두가 있지?"

위소보가 대답했다.

"여기서 좀 가면 작은 고을이 나와요. 모 대형, 혹시 갖고 있는 돈이 있으면 좀 빌려줘요."

모십팔은 빙긋이 웃으며 그 금덩어리를 다시 꺼냈다.

"친구끼리 무슨 네 것 내 것이 있나? 빌린다는 말 말고 마음대로 갖 다 써."

위소보는 내심 크게 기뻤다.

'이 사나이는 진짜 날 친구로 생각하는 모양이니, 상금 만 냥을 준다 고 해도 관아에 고자질하면 안 돼. 한데 10만 냥이면… 골치가 좀 아 픈데. 저 꼬락서니가 설마 10만 냥이나 되겠어? 괜히 골 아프게 통밥 굴릴 필요 없어.'

그는 금덩어리를 받아들고 물었다.

"상처에 바르는 약도 좀 사올까요?"

모십팔은 머리를 저었다.

"아니야, 상처에 바르는 약은 내게도 있어."

위소보는 가기 전에 다시 다짐했다.

"좋아요, 다녀올게요. 모 대형, 걱정 말아요. 만약 관아에서 날 붙잡아 모가지를 친다고 해도 대형이 모십팔이라고 말하지 않을게요. 난 그냥 '모 씨팔놈'밖에 모른다고 할게요."

모십팔은 욕을 내뱉었다.

"이런 빌어먹을 놈!"

위소보는 구시렁거리듯 말했다.

"친구 둘이 더 온다면서요, 술이나 삶은 고기라도 사와야 되는 거 아네요?"

모십팔은 좋아했다.

"술과 고기가 있으면 좋지! 얼른 다녀와. 배불리 먹고 나서 한바탕 신나게 싸워야지!"

위소보는 놀랐다.

"그 염효들이 대형이 여기 있는 걸 알아요? 그들과 또 한바탕 싸우려고요?"

모십팔이 고개를 내둘렀다.

"아니야, 다른 친구와 이곳 득승산에서 겨루기로 했어. 그 약속이 아니고서야 왜 여기까지 달려왔겠어?"

위소보는 숨을 불어냈다.

"부상을 당했는데 어떻게 또 싸워요? 다 나은 다음에 겨뤄도 늦지 않을 거예요. 한데… 한데 상대방이 그걸 받아줄지 모르겠네요."

모십팔은 퉤하고 침을 내뱉었다.

"젠장! 그들은 이름이 알려진 영웅호한들이야. 내가 원하면 당연히 들어주지. 하지만 내가 원치 않아. 오늘이 3월 29일 맞지? 반년 전에 이미 여기서 겨루기로 약속이 돼 있었어. 나중에 내가 관아에 붙잡혀 감방에 들어갔는데 이 약속을 어길 수 없어 탈옥을 한 거야. 탈옥하면서 옥졸 나부랭이를 몇 죽였더니 양주성이 그렇게 발칵 뒤집어져서 현상금을 내걸고 날 잡겠다고 난리를 치는 거지. 빌어먹을! 그저게 제법 무공이 센 포졸들과 맞닥뜨려 세 놈을 죽였지만 나도 재수 없게 부상을 좀 입었어."

위소보는 떠날 준비를 했다.

"알았어요. 빨리 가서 먹을 걸 사올 테니, 배불리 먹고 나서 싸워요."

바로 뜀박질을 해 언덕배기를 넘어 6~7리가량 달리자 작은 고을이 나타났다. 그는 다시 생각을 굴렸다.

'모 대형은 부상을 입어 걷기도 힘든데 어떻게 또 싸우겠다는 거야? 듣자니 상대방은 이름깨나 알려진 영웅호한이라는데, 당연히 무공도 만만치 않겠지. 모 대형을 어떻게 도와야 하지?'

품에 금덩어리를 안은 위소보는 속이 근질근질했다. 여태껏 살아오면서 이렇게 많은 돈을 만져본 적이 없어 한번 진탕 써보면 속이 후련할 것 같았다. 우선 푸줏간에 들러 삶은 쇠고기 두 근과 훈제오리 한 마리를 샀다. 그리고 술도가에 가서 황주黃酒 두 병을 샀는데도 돈이 많이 남았다. 다시 만두 열댓 개와 유조 여덟 개를 샀는데도 20여 푼

밖에 쓰지 않았다. 생각이 다시 엉뚱한 방향으로 굴러갔다.

'동아줄을 사서 올가미를 만들까? 싸울 때 상대가 실수로 올가미 안으로 발을 내딛는 순간, 동아줄을 끌어당기면 고꾸라지겠지? 그럼 모 대형이 단칼에 그를 죽여버릴 수 있을 텐데…'

그가 이야기꾼인 설화 선생에게 들은 고사 중에, 어느 장군이 싸움터에서 격전을 벌이다가 말이 올가미에 걸려 고꾸라지는 바람에 적장 손에 목이 두 동강 났다는 대목이 떠올랐다. 옳거니 싶어 바로 밧줄을 파는 잡화상으로 걸음을 옮겼다. 가게 앞에 큼지막한 항아리가 네 개 놓여 있는데, 한 항아리에는 흰쌀, 한 항아리엔 황두黃豆, 한 항아리에는 소금… 그리고 또 하나의 항아리엔 석회분이 들어 있었다. 바로 머리가 돌아갔다.

'작년에 선녀교仙女橋에서 염방鹽幇(염효들의 조직)이 다른 패거리와 싸울 때 상대방이 눈에 석회를 뿌리는 바람에 작살난 적이 있었지. 내가 왜 미처 그 생각을 못했지?'

그는 밧줄 살 계획을 포기하고 석회 한 자루를 사서 짊어지고 모십팔에게 돌아갔다.

모십팔은 나무에 기대 잠을 자다가 걸음 소리에 바로 깨어났다. 우선 술부터 벌컥 두 모금 들이켜고 나서 칭찬을 해주더니 물었다.

"넌 안 마시냐?"

위소보는 원래 술을 마시지 않았다. 하지만 영웅호한 흉내를 낸답시고 한 모금 마셨다. 목구멍이 따끔한 게 배 속에서 열기가 끓어올라 콜록콜록 기침을 연발했다. 모십팔은 껄껄 웃어젖혔다.

"우리의 소영웅께서 아직 술 마시는 공력은 좀 부족한 것 같은데!"

이때 홀연 멀리서 한 사람의 낭랑한 목소리가 들려왔다.

"십팔 형, 오랜만인데 그간 별고 없으셨소?"

모십팔이 바로 응답했다.

"오吳 형, 왕王 형! 두 분도 아주 건재하구먼!"

위소보는 괜스레 가슴이 두근거렸다. 고개를 들어 음성이 들려온 먼 곳을 바라보니 큰길을 따라 두 사람이 성큼성큼 걸어와 순식간에 앞에 다다랐다.

한 사람은 노인네였다. 흰 수염을 가슴까지 늘어뜨렸는데, 불그스름한 얼굴에서는 주름 하나 찾아볼 수 없었다. 다른 한 사람은 중년인데 작달막하고 뚱뚱한 대머리였다. 뒤통수에 짧은 변발을 늘어뜨렸는데, 앞이마는 껍질 벗긴 삶은 계란처럼 번드르르했다.

모십팔이 공수의 예를 갖췄다.

"난 지금 다리가 불편해 일어서서 인사를 올릴 수 없으니 양해해주시구려."

대머리는 눈살을 살짝 찌푸렸고, 노인은 온화하게 웃었다.

"원, 별말씀을….."

위소보는 다시 생각을 굴렸다.

'모 대형은 너무 솔직한 것 같아. 다리를 다친 것까지 얘기해주면 어떡해?'

모십팔이 다시 입을 열었다.

"여기 술과 안주가 있으니 한잔하시려오?"

노인이 대답했다.

"그럼, 폐를 좀 끼치겠소."

그러고는 모십팔 곁에 앉아 술병을 건네받았다. 그것을 본 위소보는 내심 기뻤다.

'알고 보니 두 사람은 모 대형과 친구 사이구먼. 싸우러 온 게 아니니 마침 잘 됐어. 좀 이따 적이라도 쳐들어오면 두 사람이 도와줄 테니 말이야.'

노인이 술병을 입가에 대고 마시려 하자 대머리가 얼른 말렸다.

"오 대형, 그 술을 마시면 안 돼요!"

노인은 그 말에 멍해졌으나 이내 껄껄 웃었다.

"십팔 형은 당당한 사내대장부요. 설마 술에다 독을 탔겠소?"

꿀꺽꿀꺽 두 모금을 마시고 나서 대머리에게 건네주었다.

"마시지 않으면 친구를 무시하는 거지."

대머리는 약간 주저하는 기색이었다. 그러나 노인의 말을 거역할 수는 없어 술병을 받아 막 입에 대려는데 모십팔이 확 빼앗았다.

"술이 좀 부족한데, 왕 형은 술을 별로 즐기지 않는 것 같으니 낭비하지 말고 내게 넘겨주시구려."

대머리는 얼굴이 살짝 붉어진 채 앉아서 고기를 집어먹었다.

모십팔이 넌지시 말했다.

"내가 소개를 하지. 이분 오 어르신은 호가 '대붕大鵬'으로, 강호 사람들은 '마운수摩雲手'라고 부르지. 무림에서 아주 유명하신 분이야."

노인은 허허 웃었다.

"모 형이 괜히 내 얼굴에 금박을 입히는군."

그러면서 좌우를 둘러보았으나 아무도 없자 내심 의아해했다.

모십팔은 이번엔 대머리를 가리켜 소개했다.

"이분 왕 사부님은 함자가 외자 담潭이고 별호는 '쌍필개산雙筆開山', 판관필判官筆을 무기로 사용하는데, 그 경지가 가히 출신입화出神入化라 할 수 있지."

대머리는 멋쩍어하며 말을 받았다.

"모 형, 지금 날 놀리시는 거요? 난 모 형에게 패하지 않았소, 부끄럽소이다."

모십팔이 턱을 약간 숙였다.

"원, 별말씀을…."

이어 위소보를 가리키며 말했다.

"이 어린 친구는 내가 새로 사귄 형젠데…."

그가 여기까지 말하자 두 사람은 마주 보며 의아해했다. 그러고는 위소보를 유심히 훑어보았다. 이 깡마르고 왜소한 열두세 살가량 된 어린아이의 정체가 뭔지 도무지 감이 잡히지 않았다.

모십팔이 말을 이었다.

"이 친구의 성은 위고, 이름은 소보. 강호 사람들이 그를 가리켜… 그러니까… 저… 그의 별호는 저… 저…."

잠시 멈칫했다가 다시 말했다.

"소백룡小白龍이라고 하죠. 물속에서의 재간은 그야말로 따를 자가 없습니다. 한번은 양자강에서 사흘 밤낮을 헤엄치며 물고기와 새우를 잡아먹었는데 안색 하나 변하지 않더라고요."

모십팔은 새로운 친구의 체면을 살려주기 위해 약간 허풍을 떨려고 했는데, 위소보는 무공이 전혀 없어 금방 들통날 게 뻔했다. 그래서 잠깐 멈칫했다가 수중의 재간이 보통이 아니라고 말한 것이다. 오대붕과 왕담은 내륙 북방의 호걸들이라 물을 접할 기회가 별로 없어서 진위를 가리기 어려울 거라고 생각한 것이다.

모십팔이 계속 말했다.

"셋은 다 내 친구니, 앞으로 잘 지냅시다."

오와 왕 두 사람은 포권의 예를 취했다.

"처음 뵙겠소, 반갑소이다."

위소보도 덩달아 포권의 예를 취했다.

"처음 뵙겠습니다, 반갑습니다."

위소보는 놀랍기도 하고 기쁘기도 했다.

'모 대형은 나를 치켜세워도 유분수지, 내가 무슨 강호 호한이야, 양자강에 빠지면 바로 익사할 텐데! 그래도 시치미를 딱 떼야지.'

네 사람은 얼마 안 지나서 술과 음식을 모조리 먹어치웠다. 대머리 왕담은 식성이 엄청났다. 처음에는 뭔가 께름칙해하는 것 같았으나 곧 의심을 지우고 양껏 먹어댔다. 그가 혼자서 먹어치운 쇠고기, 오리고기, 만두, 유조를 합치면 세 사람이 먹은 양보다 많았으면 많았지 적지는 않을 것이었다.

모십팔은 옷소매로 입을 한번 쓱 문지르더니 말했다.

"오 어르신, 이 어린 친구는 물속에서의 재간은 뛰어나지만 육지 무공은 배우지 않았으니 나 혼자서 두 분을 상대할 수밖에 없군요. 절대 두 분을 과소평가해서가 아닙니다."

오대붕은 내키지 않는 모양이었다.

"우리의 약속은 아무래도 반년쯤 뒤로 미뤄야 될 것 같소."

모십팔이 물었다.

"아니, 왜요?"

오대붕은 진지했다.

"모 형은 부상을 입었으니 진짜 실력을 발휘할 수 없을 거요. 그러니 내가 이겨도 떳떳지 못하고, 지면 더 창피할 것 아니겠소?"

모십팔은 껄껄 웃었다.

"아니요, 다치나 안 다치나 별 차이가 없어요. 반년을 더 기다리자면 이것저것 마음에 걸리는 게 많지 않습니까?"

그는 왼손으로 나무를 짚고 천천히 일어났다. 오른손에는 이미 단도가 쥐여 있었다.

"오 어르신은 늘 적수공권, 빈손이었으니… 왕 형은 어서 무기를 뽑으시지요."

왕담은 군말이 없었다.

"좋소!"

그러고는 품속에 손을 집어넣더니 '챙!' 하는 소리와 함께 한 쌍의 판관필을 꺼냈다.

오대붕이 먼저 나섰다.

"그렇다면 왕 형제는 우선 옆에서 지켜봐주게. 만약 내가 못 버티면 그때 나서도 늦지 않을 걸세."

왕담의 대답은 역시 짤막했다.

"예!"

그가 뒤로 세 걸음 물러나자, 오대붕은 왼손을 위로 젖히고 오른손으로 원을 그리며 슬며시 모십팔을 향해 휘둘렀다.

모십팔의 단도는 비스듬히 오대붕의 왼쪽 어깨를 겨냥해 후려쳐갔다. 오대붕은 고개를 살짝 숙이면서 그의 칼날을 피하는 동시에 오른쪽 겨드랑이를 공격했다.

모십팔이 나무 옆으로 슬쩍 몸을 돌리자 '팍' 하는 소리가 들리면서 오대붕의 일장이 나무줄기에 적중했다. 높이가 대여섯 장쯤 되는 아름드리 큰 나무인데, 장풍을 맞자 누런 잎사귀들이 후드득 비 오듯 흩날리며 떨어져내렸다.

모십팔이 소리쳤다.

"대단한 장력掌力이오!"

동시에 상대의 허리를 노려 단도를 휘둘렀다.

오대붕은 몸을 솟구쳐 허공에서 내리덮쳐왔다. 흰 수염을 휘날리는 모습이 멋들어져 보였다.

모십팔은 서풍이 거꾸로 휘말려온다는 서풍도권西風倒捲의 초식을 전개해 단도를 밑에서 위로 말아갔다. 그러자 오대붕은 공중제비를 돌아 몸을 튕겨냈다. 모십팔의 칼은 그의 아랫배에서 불과 반 자 정도 떨어졌을 뿐이다. 칼의 도세刀勢도 물론 빨랐지만 그것을 피하는 오대붕의 몸놀림도 번개처럼 민첩했다.

위소보는 지금까지 많은 싸움을 구경했다. 물론 시정잡배들이 서로 뒤엉켜 끌어안거나 목을 조르고 걷어차면서 주먹질하는 '닭싸움'이 대부분이었다. 어제 여춘원에서 모십팔과 염효들이 악투惡鬪를 벌인 것 외에는 고수들끼리 이렇듯 아슬아슬하게 겨루는 비무比武를 본 적이 없었다. 그러니 눈이 휘둥그레질밖에!

오대붕은 잽싸게 공격을 하는가 싶더니 바로 또 뒤로 물러나며 쌍장을 적시적절하게 떨쳤다. 모십팔은 단도를 휘둘러 은빛 검막을 펼쳐 몸을 호위했다. 오대붕은 거듭해서 선제공격을 시도했지만 번번이 그 광막光幕을 뚫지 못하고 뒤로 물러나야만 했다.

싸움이 정점으로 치달을 즈음, 홀연 말발굽 소리가 들리며 10여 명의 인마가 달려왔다. 모두 관병 차림이었다. 가까이 달려온 그들은 사방으로 흩어지며 네 사람을 완전히 포위했다. 그러고는 수장인 듯한 군관이 외쳤다.

"잘 들어라! 우린 명을 받고 흉악무도한 도적 모십팔을 잡으러 왔으니 상관없는 자들은 모두 물러가라!"

오대붕은 싸움을 멈추고 일단 뒤로 물러났다. 모십팔이 그에게 소리쳤다.

"오 어르신, 저놈들은 날 잡으러 온 것이니 상관 말고 계속 공격을 하시지요."

오대붕은 관병들에게 말했다.

"이 형씨는 법을 지키며 사는 착한 사람인데 흉악한 도적이라뇨? 혹시 사람을 잘못 본 게 아니오?"

수장 군관이 냉소를 날렸다.

"그가 착한 양민이라면 이 세상에 착하지 않은 사람은 없을 거요. 모십팔, 양주에서 엄청난 사건을 저질렀으니 사나이답게 책임지고 순순히 우릴 따라가시지!"

모십팔이 말했다.

"잠깐만 기다려. 여기 이 두 친구와 우선 승부를 겨루고 나서 얘기하자고!"

이어 오대붕과 왕담에게 고개를 돌렸다.

"오 어르신, 왕 형! 오늘 반드시 승부를 겨뤄야 하오. 다시 반년 후를 기약했다간 과연 그때까지 내 목숨이 붙어 있을지도 장담을 할 수 없소. 화끈하게 두 분이 함께 덤비시죠!"

군관이 소리쳤다.

"두 사람은 모십팔과 한패가 아닌 것 같으니 어서 떠나시오. 괜히 휘말려들지 말고!"

모십팔이 욕을 터뜨렸다.

"이런 빌어먹을! 어디서 빽빽 소릴 지르는 거야?"

군관은 화를 참는 듯했다.

"모십팔, 네가 살인을 하고 탈옥한 건 원래 양주 지방 관아의 소관이라 우리는 상관 안 하려고 했는데, 문제는 어제 네가 사창굴에서 떠들어댄 말이야. 뭐, 모반을 꾀하고 도처에서 혹세무민하는 천지회가 다 영웅호한이라고? 네가 그렇게 말한 거 맞지?"

모십팔은 목청을 높였다.

"천지회 친구들은 당연히 영웅호한이지! 그럼 오랑캐 새끼들의 불알이나 빨아주는 너 같은 놈이 영웅호한이란 말이냐?"

군관의 눈에서 살기가 번뜩였다.

"이런… 오鰲 소보少保가 우릴 북경에서 강남으로 파견한 이유가 바로 그 천지회의 역도들을 처단하라는 것이다. 모십팔, 순순히 우리랑 같이 가자!"

이어 오대붕과 왕담에게 고개를 돌렸다.

"두 사람은 모십팔과 싸우는 것으로 보아 한패가 아닌 듯하니 어서 여길 떠나시오!"

오대붕이 물었다.

"귀하의 존성대명을 여쭤도 되겠소?"

군관은 허리춤에 찬 시커먼 채찍을 툭툭 치면서 말했다.

"난 흑룡편黑龍鞭 사송史松이라 하오. 오 소보의 명을 받들어 천지회의 역도들을 잡으러 왔소!"

오대붕이 고개를 끄덕이더니 모십팔에게 엉뚱한 말을 던졌다.

"모 형, 천부지모!"

모십팔은 눈을 둥그렇게 뜨고 물었다.

"무슨 말이오?"

오대붕이 빙긋이 웃었다.

"별거 아니오. 모 형, 천지회의 형제가 아닌 것 같은데 왜 천지회를 칭송하고 편을 드는 거요?"

모십팔은 당당하게 대답했다.

"천지회는 백성들을 지켜주기 위해 오랑캐에 맞서 호걸다운 일을 하니 당연히 영웅호한이지요. 강호에 이런 말이 있더군요. '진근남을 모르면 영웅이라 불려도 헛되도다.' 진근남 총타주가 바로 천지회의 수장이고 천지회의 친구들은 모두 그의 부하외다. 그러니 영웅호한이 아니고 무엇이겠소?"

오대붕이 물었다.

"그럼 모 형은 진 총타주를 아시오?"

모십팔은 버럭 화를 냈다.

"그게 무슨 말이오? 내가 영웅을 모른다고 비꼬는 거요?"

화를 내는 것으로 미뤄 진근남을 모르는 게 분명했다. 오대붕은 미소를 지었다.

"내가 어찌 감히…."

이번에는 모십팔이 다시 물었다.

"그럼 오 어르신은 진 총타주를 알고 있다는 거요?"

오대붕은 말없이 고개를 내저었다.

그때 군관 사송이 오와 왕 두 사람에게 물었다.

"두 사람은 혹시 천지회 사람들을 알고 있소? 만약 그들에 관한 정보를 알려줘서 한 명이라도 붙잡게 된다면… 물론 두목 진근남이라면 더 좋고… 우리 오 소보께서 후한 상을 내리실 거요."

오대붕과 왕담이 뭐라고 대답하기도 전에 모십팔이 앙천광소를 터뜨렸다.

"지금 무슨 잠꼬대를 하는 거야? 너 같은 나부랭이가 천지회의 진 총타주를 잡겠다고? 말끝마다 오 소보라고 하는데, 그 오배는 자기가 만주에서 제일가는 용사라고 으스댄다더군. 대체 무공 실력이 어느 정돈데 그래?"

사송이 대꾸했다.

"우리 오 소보는 용맹함과 괴력은 타고났고, 무공은 그야말로 천하무적이지. 북경 한복판에서 미친 황소 한 마리를 맨주먹으로 때려잡았는데, 너 같은 역도가 그걸 알기라도 하냐?"

모십팔의 입에서 또 욕이 터져나왔다.

"이런 빌어먹을! 오배가 그렇게 대단하단 말이야? 그렇지 않아도 내가 북경으로 가서 한판 붙어볼 생각이었는데!"

사송이 냉소를 날렸다.

"네깟 놈이 오 소보와 붙겠다고? 그 어르신은 손가락 하나만으로도 널 패죽일 수가 있어. 모가야, 잔말 말고 어서 우리랑 같이 가자!"

호락호락 따라갈 모십팔이 아니었다.

"지금 무슨 귀신 씻나락 까먹는 소릴 하고 있냐? 얼추잡아 열세 명 같은데 나 혼자 상대해주마. 승산이 없더라도 한번 붙어봐야겠다!"

오대붕이 미소를 지었다.

"모 형, 그게 무슨 섭섭한 말이오? 3대 13이오. 한 사람이 넷을 맡으면 꼭 진다는 보장도 없지."

사송과 모십팔은 모두 놀랐다. 사송이 먼저 입을 열었다.

"두 사람은 엉뚱한 생각 마시오. 역모를 꾀하거나 역도를 돕는 건 결코 장난이 아니오!"

오대붕은 여유가 있었다.

"역도를 돕는다면 할 말이 없지만, 역모를 꾀한다는 것은 가당치 않소이다."

사송의 말투는 단호했다.

"역도를 돕는 게 바로 역모요! 정말 역도를 도와서 패가망신을 당할 건지, 잘 생각해서 결정하시오!"

오대붕이 말했다.

"반년 전에 모 형과 우리 왕 형제가 오늘 여기서 한판 겨루기로 약속을 했는데 나까지 끼게 된 거요. 한데 관아에서 엉뚱하게도 모 형을 감옥에 가뒀다더군요. 그는 한번 입 밖에 낸 말을 목숨처럼 지키는 대장부요. 오늘의 약속을 어긴다면 앞으로 강호에서 어떻게 처신하겠소? 그러니 살인을 하고 탈옥할 수밖에. 따지고 보면 그게 다 관아의 압제 때문이라 할 수 있소. 관이 백성을 핍박하는데 그냥 참고 견딜 백성이 어딨겠소? 사 대인, 내 체면을 봐서라도 오늘은 그냥 돌아가시오. 이 늙은이가 모 형과 승부를 겨뤄야 하니 말이오. 내일 다시 그를 잡으러 오든 말든 나랑 왕 형제는 상관하지 않겠소."

사송은 한마디로 잘랐다.

"안 돼!"

그러자 관병 중 한 사람이 소리쳤다.

"늙은이가 왜 그리 잔말이 많아?"

그러면서 칼을 뽑아들고 말을 거칠게 몰아 돌진해왔다. 높이 치켜든 그의 칼이 다짜고짜 오대붕의 머리를 향해 내리쳐갔다.

오대붕은 슬쩍 몸을 번뜩여 칼을 피하는 동시에 오른팔을 쭉 뻗어내며 몸을 솟구쳐 그의 등허리를 낚아채 냅다 팽개쳤다.

관병들은 고함을 질렀다.

"난리군, 난리야!"

다들 분분히 말에서 뛰어내려 오대붕 등 세 사람을 에워쌌다.

모십팔은 다리에 부상을 입어 나무에 기댄 채 칼을 떨쳤는데, 금방 관병 한 명이 죽어 나자빠졌다. 연이어 칼이 횡으로 번쩍이자 또 한 명이 허리가 잘려 불귀의 객이 되었다. 나머지는 그의 위세에 눌려 선뜻 접근하지 못했다. 사송은 말을 탄 채 이리저리 움직이며 사태를 주시했다.

위소보는 원래 일행과 함께 관병들에게 포위당했는데 사송이 모십팔 등과 입씨름을 벌이는 사이 슬그머니 한 걸음씩 뒤로 물러났다. 관병들은 이 왜소한 어린것이 여기서 무엇을 하는지 아무도 거들떠보지 않았다. 패싸움이 벌어지자 그는 이미 멀찌감치 떨어진 나무 뒤로 옮겨가 있었다. 절로 망설여졌다.

'빨리 도망쳐야 하나, 아니면 좀 더 지켜봐야 하나? 모 대형 쪽은 세 사람이니 틀림없이 관병들에게 죽고 말 거야. 그럼 관병들이 나까지 죽이려 할까?'

생각은 또 달라졌다.

'모 대형은 날 친구로 생각하고 공생공사를 다짐했는데 내가 이대로 몰래 달아나면 의리에 크게 어긋나는 거잖아.'

오대붕이 관병 한 명을 쓰러뜨렸고, 왕담은 쌍필을 전개해 세 명과 맞붙고 있었다. 이때 모십팔이 다시 관병 한 명의 오른쪽 다리를 절단했다. 그 관병은 핏속에 고꾸라져 고래고래 욕을 하며 악을 썼다. 그 소리가 정말 처절했다.

사송은 긴 휘파람과 함께 흑룡편을 떨치며 말에서 뛰어내렸다. 그의 발이 땅에 닿기도 전에 채찍이 모십팔을 향해 휘몰아쳐갔다.

모십팔은 오호단문도五虎斷門刀의 도법을 펼쳐 상대의 공격을 흩뜨렸다. 사송은 매서운 초식을 연거푸 7~8회 펼쳤지만 번번이 모십팔의 단도에 막혔다.

"으악!"

오대붕의 기합 소리에 이어 단말마의 비명이 들리는 가운데 한 사람이 허공으로 날아 쿵 하고 땅에 떨어졌다. 또 한 명의 관병이 줄어든 것이다.

한쪽에서 1대 3으로 싸우고 있는 왕담은 차츰 밀리는 듯싶더니 왼쪽 다리를 톱날 같은 거치도鋸齒刀에 베어 피가 뿜어져나왔다. 그는 비칠거리며 혈전고투를 이어갔다.

오대붕을 협공하는 세 사람은 모두 무공이 만만치 않았다. 쌍도일검雙刀一劍, 칼 두 자루와 검 한 자루가 그를 에워싸고 맹공을 퍼부어댔다. 오대붕은 마운장법摩雲掌法으로 대응했으나 좀처럼 우위를 점하지 못했다.

사송의 채찍은 갈수록 놀림이 빨라졌지만 시종 모십팔을 궁지에 몰아넣지 못했다. 그러다가 갑자기 백사토신白蛇吐信의 초식을 전개해 채찍이 모십팔의 어깨를 향해 찍어갔다. 모십팔은 즉시 단도를 들어 막았는데, 사송의 이 일초식은 속임수 허초虛招였다. 손목을 살짝 떨쳐 우선 성동격서聲東擊西로 바꾸는가 싶더니 바로 옥대위요玉帶圍腰로 변화시켜, 채찍이 왼쪽으로 뻗쳐가다가 원을 그리며 다시 오른쪽으로 방향을 틀어서 모십팔의 허리를 휘감아왔다.

모십팔은 다리가 불편해 몸을 나무에 기댄 채 버텼다. 사송의 옥대위요 초식이 휘감겨오면 살짝 앞으로 혹은 뒤로 몸을 솟구치면 간단히 피할 수 있었다. 그러나 지금은 정면으로 맞설 수밖에 없어, 단도를 상대방의 채찍을 향해 내리쳤다.

한데 뜻밖에도 사송은 쥐고 있던 채찍을 손에서 놓아버렸다. 그러자 채찍은 살짝 아래로 가라앉는 듯하더니 전광석화처럼 뻗쳐나가 모십팔의 몸을 나무와 함께 친친 세 번 감아버렸다. 동시에 팍 하는 소리가 들리면서 채찍 끝부분이 모십팔의 오른쪽 어깨를 격중했다.

사송은 모십팔을 사로잡아 천지회의 기밀을 알아내는 게 목적이었다. 그는 오대붕과 왕담이 아직 버티고 있어 자신의 무기인 채찍이 필요했다. 그러니 우선 모십팔의 팔을 자를 양으로 땅바닥에 떨어져 있는 단도를 집기 위해 몸을 숙였다.

단도를 집어 막 몸을 일으키는 순간, 갑자기 흰 그림자가 어른거리는가 싶더니 무수한 분가루가 눈과 코, 입으로 날아왔다. 그 즉시 숨이 꽉 막히며 수만 개의 바늘이 눈을 찌르는 듯 극심한 통증이 느껴졌다. 입을 벌려 비명을 지르려는데, 입안도 가루로 가득 차 목구멍이 막혀서 소리조차 나오지 않았다.

너무나 갑작스러운 변고였다. 제아무리 강호에서 산전수전을 다 겪은 사송이라 하더라도 너무 놀랍고 당황스러워 정신을 차릴 수 없었다. 손에 들었던 단도도 땅에 떨어뜨렸다. 그는 손으로 눈을 비비며 이 사태의 맥을 짚었다.

'아, 누가 내 눈에다 석회를 뿌렸군!'

생석회에 눈물이 섞이자 즉시 들끓기 시작했고 눈이 굳어들어갔다. 바로 그때 배에 홀연 따끔한 느낌과 함께 단도가 파고들었다.

모십팔은 몸이 나무와 함께 채찍에 감겨 이젠 끝장이구나 생각하는 순간, 난데없이 흰 가루가 흩날리며 사송이 단도를 떨어뜨리고 손으로 눈을 비비는 것을 보고 매우 의아했는데, 위소보가 단도를 집어 사송의 배에 냅다 꽂고 다시 나무 뒤로 숨는 게 시야에 들어왔다.

사송은 비칠비칠 몇 바퀴 돌더니 콰당 쓰러졌다. 몇몇 관병들은 그것을 보고 대경실색해 소리쳤다.

"사 대형! 사 대형!"

때마침 오대붕이 철수개화鐵樹開花의 초식을 전개해 장력을 토해내자, 관병 한 명이 멀찌감치 날아가 입에서 피를 뿜어냈다. 남은 다섯 명은 적수가 되지 못한다는 것을 깨닫고 약속이나 한 듯 몸을 돌려 줄행랑을 쳤다. 타고 온 말도 버려둔 채.

오대붕이 모십팔에게 고개를 돌렸다.

"모 형, 정말로 대단하오. 흑룡편 사송의 실력도 막강한데 오늘 결국 모 형 손에 죽고 말았구려."

그는 사송의 배에 단도가 꽂혀 있는 것을 보고 당연히 모십팔이 죽인 걸로 생각했다.

모십팔은 고개를 내둘렀다.

"부끄럽소이다. 실은 위소보 소형제가 죽인 거요."

오와 왕 두 사람은 크게 의아해하며 이구동성으로 물었다.

"그 어린것이 죽였단 말이오?"

조금 전까지만 해도 두 사람은 적을 상대하는 데 온 정신을 집중하느라 위소보가 석회분을 뿌리는 것을 보지 못했다. 주위에는 시신이 널브러져 있고 낭자한 선혈이 흙먼지와 뒤범벅돼 비록 석회가루가 뿌려져 있다고 해도 눈여겨보지 않으면 알기 어려웠다.

모십팔이 흑룡편의 자루를 움켜쥐고 떨치자 휘익 하는 소리와 함께 사송의 머리에 적중되었다. 사송은 배에 칼을 맞았지만 숨이 붙어 있었는데 채찍을 맞자 두개골이 바스러져 절명했다.

모십팔이 소리쳤다.

"위 형제, 정말 대단한 실력이구먼!"

위소보는 나무 뒤에서 엉거주춤 걸어나왔다. 자기가 '군관 나리'를 죽였다는 사실에 우쭐하는 기분도 약간 있지만 그보다 두려움이 훨씬 컸다.

오와 왕 두 사람은 믿기지 않는 눈빛으로 위소보의 아래위를 훑어 보았다. 위소보는 안색이 창백한 게 몸이 바들바들 떨리고 있었다. 두 눈엔 눈물이 그렁그렁하고 비칠비칠 금세라도 '아이고머니나!' 하고 방성대곡, 울음을 터뜨릴 것만 같았다. 어느 모로 보나 흑룡편 사송을 죽인 장본인으로 보이지 않았다.

오대붕이 물었다.

"소형제, 대체 무슨 초식으로 저 사람을 죽였나?"

위소보의 음성은 심하게 떨렸다.

"내가… 내가… 군관 나리를… 죽였다는 건가요? 아니에요, 내가 죽이지 않았어요. 아니에요… 난 아니에요…."

그는 관원을 죽이면 그 죄가 엄청나다는 것을 알기 때문에 당황한 나머지 무조건 아니라고 잡아뗐다.

모십팔은 눈살을 찌푸리며 고개를 내둘렀다.

"오 어르신, 왕 형! 두 분이 도와준 덕분에 난 목숨을 부지할 수 있었소. 우리 계속 겨룰까요?"

오대붕이 대답했다.

"목숨을 구해줬다는 것은 말도 안 되고… 왕 형제, 승부를 이쯤에서 끝내는 게 어떻겠나?"

왕담이 동의했다.

"그만합시다. 나와 모 형제는 본디 별다른 원한이 있는 것도 아니니 친구로 사귀는 게 더 좋지 않겠소? 모 형은 무공이 고강할 뿐 아니라, 그 배짱과 견식에 그저 경의를 표할 따름이오."

오대붕이 마무리를 했다.

"모 형, 오늘은 이만 헤어집시다. 나중에 또 만날 기회가 있을 거요. 모 형은 천지회의 진 총타주를 존경한다고 했는데, 그 말을 내가 꼭 진 총타주에게 전해주겠소."

모십팔은 매우 기뻐하며 성큼 앞으로 나서 물었다.

"그럼… 진 총타주를 아신단 말이오?"

오대붕은 빙긋이 웃었다.

"사실 나랑 왕 형제는 다 천지회 굉화당宏化堂 소속의 졸자라오. 모 형이 천지회를 그렇게 높이 평가해주시니, 원래 우린 별다른 원한이 없었지만 설령 무슨 갈등이 있었다고 해도 당연히 덮어야죠."

모십팔의 표정이 더욱 환해졌다.

"이제 보니… 정말 진근남 총타주를 알고 있었군요."

오대붕은 쓴웃음을 지었다.

"천지회는 형제들이 많고, 총타주께서는 워낙 분주하게 돌아다니기 때문에 말직에 있는 나로서는 아직 직접 뵙지는 못했소. 아까 일부러 속이려고 했던 게 아니오."

모십팔은 고개를 끄덕였다.

"아, 그랬군요."

오대붕은 공수의 예를 취하더니 몸을 돌렸다. 그러고는 쌍장을 연거푸 떨쳐내 땅에 쓰러져 있는 관병들에게 일장씩 가했다. '퍽퍽' 소리가 연이어 터지는 가운데 관병들이 죽었든 살았든 그의 마운장을 맞고는 죽은 자는 근골이 으스러지고 숨이 붙어 있던 자는 절명했다.

모십팔이 나직이 찬사를 보냈다.

"대단한 장력이오!"

두 사람의 모습이 멀어져가자 혼잣말로 중얼거렸다.

"둘 다 천지회 사람이었군…."

조금 있다가 위소보에게 말했다.

"가서 말을 끌고 와."

위소보는 말을 끌어본 적이 없었다. 우람한 몸집의 말을 보자 은근히 겁이 났다. 그래서 말 꽁무니로 천천히 접근해갔다. 모십팔이 그 모습을 보고는 대뜸 호통을 쳤다.

"말 머리 쪽으로 다가가야지, 꽁무니에 붙으면 말발굽에 걷어차일 수 있어."

위소보는 그가 시키는 대로 말 앞쪽으로 가서 고삐를 잡아끌었다. 말은 훈련이 잘 돼 있어 온순하게 그를 따랐다.

모십팔은 옷자락을 찢어 오른쪽 어깨의 상처를 질끈 동여매고 왼손으로 안장을 짚더니 말 등에 올랐다.

"이제 넌 집으로 돌아가라."

위소보가 물었다.

"대형은 어디로 갈 건데요?"

모십팔이 되물었다.

"그걸 알아서 뭐 하려고?"

위소보는 삐죽거리며 말했다.

"우린 친구니까 당연히 물어봐야죠."

모십팔은 안색이 차갑게 변하며 욕을 했다.

"이런 젠장! 누가 너의 친구라는 거야?"

위소보는 흠칫 뒤로 한 걸음 물러났다. 눈시울이 붉어지며 눈물이 그렁그렁 맺혔다. 모십팔이 왜 갑자기 화를 내는지 도무지 영문을 알 수 없었다.

모십팔이 다그쳤다.

"왜 그 사송의 눈에 석회가루를 뿌렸니?"

그의 음성은 싸늘하고 표정은 더욱 사나웠다.

위소보는 겁이 나서 다시 뒤로 한 걸음 물러났다. 목소리가 떨렸다.

"난… 그가 대형을 죽이려고 해서…."

모십팔이 다시 물었다.

"그 석회가루는 어디서 났지?"

위소보의 목소리는 여전히 떨렸다.

"저… 아까 샀어요."

모십팔이 다시 다그쳤다.

"석회가루를 사서 어디다 쓰려고?"

위소보는 솔직히 대답했다.

"다른 사람과 싸운다고 했는데… 부상을 입어서… 그래서 석회가루로 도와주려고요."

모십팔은 발끈해서 욕을 내뱉었다.

"이런 후레자식! 제기랄, 어디서 그따위 못돼먹은 짓을 배웠니?"

위소보는 엄마가 기녀고 생부는 누군지도 몰랐다. 그래서 누가 잡종이니 후레자식이라고 욕하는 걸 가장 싫어했다. 절로 울화가 치밀어 따라서 욕을 퍼부었다.

"빌어먹을! 이런 늙어 비틀어진 후레자식 같으니라고! 그래, 모가의 자자손손은 모조리 빌어먹다가 오장육부가 말라비틀어져 굶어 뒈져라! 내가 어디서 뭘 배웠든 무슨 상관이야? 피똥을 싸고 죽어도 시원 찮을 영감탱이가…."

그러면서 나무 뒤로 몸을 숨겼다.

모십팔은 바로 말을 몰고 가 팔을 쭉 뻗어서 그의 뒷덜미를 잡아 번 쩍 들어올리더니 호통을 쳤다.

"이놈아, 이래도 욕을 할 테냐?"

위소보는 허공에서 마구 발을 버둥거리며 계속 욕을 해댔다.

"이런 오라질! 육시랄! 염병할! 앞으로 자빠져 코가 깨지고, 뒤로 고 꾸라져 뒤통수가 깨져라! 천번만번 난도질당해 돼지 여물통에나 버려 질…."

그는 기루에서 자라 강남, 강북 각 지방의 쌍욕을 부지기수로 알았 다. 울화통이 치밀어 닥치는 대로 더러운 욕을 퍼부어댔다.

모십팔은 더욱 화가 나서 뺨을 팍 후려쳤다. 그러자 위소보는 목 놓 아 울어대며 더욱 심한 욕을 내뱉었다. 그러다가 갑자기 '앙!' 하고 모 십팔의 손등을 깨물었다.

모십팔이 아파서 손을 놓자 위소보는 땅에 떨어졌다. 그는 냅다 뛰 기 시작했다. 물론 입으로는 쉬지 않고 욕설을 토해냈다. 모십팔은 말 을 몰아 천천히 뒤쫓아갔다.

위소보는 힘껏 내달렸지만 그 짧은 보폭으로 어떻게 말을 따돌릴 수 있겠는가. 10여 장 정도 달렸을까, 숨이 차고 힘도 빠져 뒤돌아보 니 모십팔이 바로 등 뒤에 있었다. 그는 당황한 나머지 발을 헛디뎌 넘 어졌다. 그러자 아예 땅바닥을 뒹굴며 울고불고 난리를 쳤다. 평상시 기루 주위나 골목길에서 가끔 다른 사람과 시비가 붙어 다툼이 벌어지고 불리해지면, 이렇게 막무가내로 생떼를 썼다. 상대는 대부분 어른이라 계속 그를 때렸다가는 불상사가 생길 수도 있고, 또 남들이 어린아이에게 몹쓸 짓을 한다고 손가락질할까 봐 그냥 고개를 절레절레 흔들며 피하기 일쑤였다.

모십팔이 말했다.

"어서 일어나! 너한테 할 말이 있으니까."

위소보는 계속 울부짖었다.

"싫어, 안 일어나! 죽으면 죽었지, 안 일어나!"

모십팔은 눈꼬리를 치켜세웠다.

"좋아! 죽겠다고? 그럼 말굽에 한번 밟혀 죽어봐라!"

위소보는 공갈치고 위협하는 것을 전혀 겁내지 않았다. 이전에도 걸핏하면 '때려 죽이겠다'거나 '밟아 죽이겠다' 같은 말을 숱하게 들어왔다. 매일 한두 번은 들었다고 해도 과언이 아니었다. 아예 눈도 깜박하지 않고, 늘 하던 대로 바로 악을 써댔다.

"사람 죽인대요! 어른이 어린애를 밟아 죽인대요! 좋아, 씨발! 어서 말굽으로 날 밟아 죽여봐!"

모십팔이 채찍을 가하자 말은 울부짖으며 앞발을 높이 들어올렸다. 위소보는 반사적으로 몸을 굴려 뒤로 피했다. 모십팔은 절로 웃음이 나왔다.

"야, 이놈아! 겁이 나긴 나는 모양이구나?"

위소보가 소리를 질렀다.

"빌어먹을, 누가 겁난댔어? 내가 이깟 일에 겁을 먹으면 영웅호한이 아니지!"

그가 이렇게 계속 막무가내로 생떼를 쓰니 모십팔도 어쩔 도리가 없었다. 어이가 없어서 그저 웃었다.

"너 같은 녀석이 영웅호한이라고? 좋아! 일어나, 때리지 않을 테니. 그럼 난 간다."

위소보는 몸을 일으키더니 눈물 콧물이 뒤범벅된 채 소리쳤다.

"날 때려도 상관없지만 후레자식이라고 욕하는 건 참을 수 없어!"

모십팔은 계속 웃었다.

"네가 나한테 한 욕은 열 배나 더 많고, 또 열 배나 더 더러운 쌍욕이었어. 그러니 피장파장, 서로 퉁치자!"

위소보는 소맷자락으로 얼굴을 쓱 문지르더니 개구쟁이처럼 웃으며 말했다.

"내 뺨을 때렸고 난 손을 깨물었으니까, 피장파장 퉁치자고요! 한데 정말 어디로 가려고요?"

모십팔은 간단하게 대꾸했다.

"북경으로 간다."

위소보는 이해가 되지 않았다.

"북경에? 다들 잡으려고 혈안이 돼 있는데 왜 제 발로 호랑이굴을 찾아가죠?"

모십팔이 말해준 이유는 좀 엉뚱했다.

"많은 사람들에게 그 오배란 놈이 무슨 만주 제일용사라는 말을 들었어. 빌어먹을! 천하 제일용사라고 하는 잡것들이 있더라고! 배알이 꼴려서 북경으로 찾아가 한번 겨뤄보려고 그런다!"

위소보는 그가 만주 제일용사와 겨룬다는 말에 괜히 신바람이 났다. 얼마나 흥미진진한 구경거리겠는가! 그리고 평상시 주루 찻집에서 어른들이 황제가 사는 북경은 이렇고 저렇고, 침 튀기며 떠들어대곤 해서 얼마나 가보고 싶었는지 모른다. 게다가 자기는 관아에서 나온 사송을 죽이지 않았는가. 만약 관아에서 조사를 하게 되면 정말 장난이 아닐 것이다. 물론 무조건 모십팔에게 다 떠넘길 수는 있겠지만, 만에 하나 들통이 나는 날이면 만사가 정말 끝장이다.

그는 달아나는 게 상책이라고 판단하고 바로 따리를 붙였다.

"모 대형, 한 가지 부탁할 일이 있는데, 들어줄 수 있어요? 그리 쉽지 않은 일이라 아마 겁나서 들어주기가 좀 어려울 텐데….'

모십팔은 누가 겁쟁이라고 하는 걸 제일 듣기 싫어했다. 바로 핏대가 서서 욕을 했다.

"빌어먹을! 이런 후….'

별생각 없이 '후레자식'이라는 욕이 나오려고 했는데, 다행히 적시에 말을 바꿨다.

"누가 겁을 낸다는 거야? 무슨 부탁인지 어서 말해봐, 다 들어줄 테니까!"

그의 마음 한편에는 위소보가 목숨까지 구해줬는데 무슨 부탁인들 못 들어주겠느냐는, 순수한 생각이 있었던 것이다.

위소보는 그답게 다시 한번 다짐을 받았다.

"대장부일언중천금! 한번 내뱉은 말을 다시 주워삼키면 안 돼요!"

모십팔은 바로 걸려들었다.

"좋아, 약속할게!"

위소보가 말했다.

"날 북경으로 데려가줘요!"

모십팔은 이해가 되지 않았다.

"너도 북경에 가겠다고? 가서 뭐 하려고?"

위소보의 대답은 간단했다.

"오배랑 겨루는 걸 직접 보려고요!"

모십팔은 연신 고개를 내둘렀다.

"양주에서 북경까지는 천 리 길이야. 게다가 관아에서 날 잡으려고 눈깔이 뒤집혔을 테니 가는 곳마다 위험해. 어떻게 널 데려가겠어?"

위소보는 코웃음을 쳤다.

"거봐요, 내가 겁나서 들어주기 어려울 거라고 했잖아요. 날 데리고 다니면 관아의 눈에 더 잘 띌 테니 겁내는 게 당연하죠."

모십팔은 버럭 화를 냈다.

"젠장, 누가 겁난다고 했어?"

위소보의 눈이 빛났다.

"그럼 데려가요."

모십팔은 썩 내키지 않았다.

"널 데려가면 짐이 될 텐데… 그리고 네 엄마한테 말도 안 했으니 몹시 걱정할 것 아니냐?"

위소보는 태연했다.

"며칠 집에 안 들어가는 건 다반사라 엄마는 전혀 걱정하지 않을 거예요."

모십팔은 아무래도 안 되겠다 싶어 채찍질로 말을 앞으로 몰며 한마디 했다.

"고 녀석, 잔머리에 당할 뻔했군!"

위소보는 그가 떠나려는 걸 보자 악을 쓰듯 외쳤다.

"감히 날 데려가지 못하는 건, 오배한테 깨져서 망신당할까 봐 그러는 거죠?"

모십팔은 그 말에 다시 울화통이 터져 말 머리를 돌렸다.

"누가 오배한테 깨진단 말이야?"

위소보는 한술 더 떴다.

"오배한테 져서 개망신당하는 걸 나한테 보여주기 싫어서 그러는 거잖아요. 땅바닥에 무릎을 꿇고 울면서 '오배 나리, 살려주세요, 제발 살려주세요. 오배 대인, 이 하찮은 모십팔의 목숨만은 살려주세요' 애걸복걸하는 꼴을 나한테 들키면 얼마나 창피하겠어요?"

모십팔은 화가 치밀어 오장육부가 뒤틀렸다. 그는 씩씩거리며 말을 몰고 달려와 대뜸 위소보를 닭 잡듯이 낚아채 안장에다 눌러 앉혔다.

"좋아! 데려갈 테니 누가 누구한테 애걸복걸하는지 똑똑히 지켜보려무나!"

위소보는 너무 좋았다.

"내가 직접 보지 않고 그냥 추측만 한다면, 살려달라고 애원할 사람은 틀림없이 모 대형이지 오배가 아닐 것 같아요."

모십팔은 왼손으로 냅다 그의 엉덩이를 후려쳤다.

"우선 너부터 살려달라고 애원해봐라!"

위소보는 아파서 '아야!' 소리를 지르면서도 웃었다.

"개 발에 사람이 맞았는데도 아프구나!"

모십팔은 껄껄 웃었다.

"이 고얀 녀석! 너한테 정말 두 손 다 들었다."

위소보는 전혀 손해를 보려 하지 않았다.

"영감탱이, 나도 두 손 두 발 다 들었다!"

모십팔은 여전히 웃으며 말했다.

"널 북경으로 데려가주는 대신 내 말을 잘 들어야 해, 멋대로 굴지 말고!"

위소보는 질세라 또 주둥이를 놀렸다.

"누가 멋대로 굴어요? 감옥에 들어갔다가 탈출하고, 염효를 죽이고, 관병을 죽인 게 멋대로 구는 것 아닌가요?"

모십팔은 어이가 없었다.

"그래, 말로는 널 당할 재간이 없으니… 내가 졌다!"

그는 위소보를 안장 앞에 제대로 앉히고는 말을 몰고 가서 또 한 필의 말을 끌고 방향을 가늠해 북쪽으로 향했다.

위소보는 말을 타본 적이 없어 처음엔 좀 겁이 났지만 모십팔의 몸에 기대고 있으니 떨어질 염려는 없을 거라고 믿었다. 5~6리 정도 갔을 즈음 그는 용기를 내서 말했다.

"내가 저 말을 혼자 타고 가면 안 될까요?"

모십팔이 약을 올렸다.

"탈 줄 알면 타고, 탈 줄 모르면 함부로 설쳐대지 마! 까불다가 다리 몽둥이가 부러질 수도 있으니까."

위소보는 호기심이 일어 허풍을 떨었다.

"수십 번 타봤는데, 무슨 소리예요?"

그러고는 말에서 뛰어내려 다른 말 왼쪽으로 가서, 오른발을 들어 등자를 밟고 다리에 힘을 줘 훌쩍 말 등에 올라탔다. 한데 이게 웬일인가! 말을 탈 때는 우선 왼발로 등자를 밟고 올라타야 하는데, 오른발로 등자를 밟고 타는 바람에 얼굴이 말 엉덩이 쪽을 향하게 되었다.

모십팔은 그의 꼴이 너무 우스워 하하 웃으며 그 말의 고삐를 놓고 말 뒷다리에 채찍을 가했다. 그러자 위소보를 태운 말은 곧바로 앞을 향해 내달렸다.

위소보는 혼비백산, 하마터면 말에서 떨어질 뻔했다. 그는 몸을 바싹 숙여 말 꼬리를 움켜잡고 두 다리로 안장을 꽉 조였다. 귓가에 바람이 스쳐가며 그의 몸은 계속 뒤로 달리는 격이 되었다. 다행히 그는 몸이 왜소해 말 꼬리를 잡고도 떨어지진 않았다. 이 상황에서 욕을 안 할 위소보가 아니었다. 고래고래 소리를 질렀다.

"이런 육시랄, 빌어먹을! 모십팔, 빨랑 말을 멈추지 않으면 18대 조상까지 다 끄집어내서 욕을 할 테니 알아서 해! 아이고, 나 죽는다…아이고…."

말은 관도를 따라 3리가량 힘차게 달려나갔다. 모퉁이를 돌자 오른쪽 샛길에서 마차 한 대가 천천히 오고 있는 게 보였다. 마차 뒤에는 백마 한 필이 따르고 있는데, 말을 탄 사람은 스물예닐곱 살쯤 돼 보이는 사내였다.

그 마차와 백마는 관도로 들어서 역시 북쪽으로 향했다. 위소보가 탄 말은 제어할 사람이 없어 놀란 탓인지 그 마차를 향해 돌진해갔다. 거리가 갈수록 좁혀졌다. 마차를 모는 마부가 놀라 소리쳤다.

"말이 미쳤군!"

그러고는 황급히 마차를 한쪽으로 끌어 피했다. 백마를 탄 사내도 말 머리를 돌렸는데, 위소보가 탄 말은 이미 가까이 다가와 있었다. 사내는 어쩔 수 없이 말 머리를 향해 잽싸게 손을 뻗었다.

사내의 팔 힘이 얼마나 센지, 그가 말 머리를 낚아채자 말은 즉시 달리던 기세를 멈추고 흰 콧김을 마구 뿜어댔다.

마차 안에서 한 여인의 목소리가 들려왔다.

"백 대형, 무슨 일이에요?"

사내가 대꾸했다.

"고삐가 풀린 말이야. 어린아이가 타고 있는데, 죽었는지 살았는지 모르겠어."

위소보는 몸을 일으켜 고개를 돌렸다.

"이렇게 살아 있는데, 왜 죽어?"

사내를 보니, 길쭉한 얼굴에 두 눈엔 형형한 정기가 서려 있었다. 청색 장포에 백옥이 박힌 모자를 쓰고 있는데, 척 봐도 부잣집 자제임을 알 수 있었다.

위소보는 출신이 미천해 돈 많은 집안의 자식들을 아주 싫어했다. 당장 땅에다 퉤하고 침을 내뱉고는 씨부렁거렸다.

"빌어먹을, 이 어르신이 천리마를 타고 신나게 달리고 있는데 어디서 굴러온 개뼈다귀가 길을 막고… 생난리를…."

하지만 곧 숨이 막혀 다시 말 엉덩이에 엎드려 콜록콜록 기침을 연발했다. 말은 엉덩이를 찍히는 바람에 반사적으로 뒷발을 걷어찼다.

"아야!"

위소보는 비명과 함께 말에서 떨어져 엄살을 부렸다.

"아이고… 아이고…."

사내는 앞서 위소보가 욕을 하는 것을 듣고 발끈했는데, 지금 말에서 떨어져 낭패한 꼴을 보자 빙긋이 웃으며 말 머리를 돌려 마차를 따라 떠나갔다.

모십팔이 곧이어 말을 몰고 가까이 와 소리쳤다.

"꼬마야, 떨어져 죽진 않은 모양이구나!"

위소보는 또 허풍을 떨었다.

"죽긴 왜 죽어요! 신나게 달리고 있는데 어떤 개뼈다귀가 앞을 가로막는 바람에 김이 새가지고… 아이고…."

그는 낑낑거리며 기어 일어났지만 무릎이 아파 다시 꿇어앉았다. 모십팔이 말을 가까이 몰아 뒷덜미를 낚아채서 안장에 앉혔다.

위소보는 된통 혼이 나서 다시는 스스로 말을 타겠다고 하지 않았다. 두 사람이 같은 말을 타고 30리쯤 달렸을까, 해가 중천에 뜰 무렵 어느 작은 고을에 당도했다.

모십팔은 천천히 말에서 내려 위소보를 안아 내려주고는 가까운 식당으로 들어갔다.

위소보는 평상시 기루에서 밥을 먹을 때는 부엌 문지방에 걸터앉아 큰 사발에다 손님들이 먹다가 남긴 닭고기, 오리고기, 생선을 듬뿍 담아 배를 채웠다. 물론 맛있는 음식도 적지 않았지만, 누구랑 함께 식탁에 마주 앉아 오순도순 식사를 한 기억이 없었다. 지금 모십팔이 자기를 친구로 생각해 마주 앉으니, 비록 조촐한 국수 한 그릇에 계란볶음 한 접시지만 기분이 무척 좋았다.

그가 국수를 반 그릇 정도 먹었을 때였다. 밖에서 말이 울부짖는 소리가 요란하게 들리더니 열댓 명의 사내가 우르르 몰려들어왔다. 차림 새로 미루어 관원들이 분명했다.

위소보는 깜짝 놀라 음성을 낮췄다.

"관병이에요. 아마 모 대형을 잡으러 온 모양인데, 어서 달아나야 하지 않아요?"

모십팔은 콧방귀를 뀌며 젓가락을 내려놓고 칼자루에 손을 얹었다. 한데 사내들은 그를 아랑곳하지 않고 점원에게 와자지껄 음식을 시키느라 정신이 없었다.

워낙 작은 고을에 있는 작은 식당이라 고급 요리가 없었다. 장육, 훈제생선, 말린 두부, 계란볶음이 고작이었다. 무리 중에 우두머리인 듯한 사내가 자신들이 가져온 구운 통닭, 훈제 돼지뒷다리 따위의 미식美食을 꺼내놓으라고 분부했다.

사내들 중 한 사람이 말했다.

"운남雲南에서 강남은 아주 살기 좋은 곳이라고 들었는데, 이게 뭐야? 다들 비단옷 입고 산해진미만 먹는 줄 알았더니, 어이가 없군. 먹는 것만 놓고 봐도 우리 곤명昆明만 훨씬 못해!"

또 한 사람이 나섰다.

"자네는 평서왕부平西王府에서 호강을 누렸으니 먹고 마시는 게 당연히 다를밖에! 그러니까 강남이 운남만 못한 게 아니라, 세상에서 평서왕부를 따라갈 만한 데가 흔치 않은 거야."

일행은 다들 입을 모아 그렇다고 수긍했다.

모십팔은 이내 안색이 변해 속으로 구시렁거렸다.

'빌어먹을, 이 개뼈다귀들은 천하의 간신 오삼계吳三桂의 부하군.'

그때 얼굴이 누리끼리한 사내가 물었다.

"황 대인, 이번에 상경하면 황상을 뵐 수 있겠소?"

뚱뚱한 사내가 대꾸했다.

"내 관직으로 봐서는 원래 황상을 뵐 수 없지만, 우리 왕야의 체면이 있으니까 어쩌면 알현할 수 있을지도 모르지. 조정대신들도 우리가 평서왕부의 관원이니 달리 대할 거야."

또 다른 사람이 맞장구를 쳤다.

"그야 당연하죠. 세상에서 황상 외에 가장 높으신 분이 바로 우리 왕야니까요."

모십팔은 듣다못해 소리를 질렀다.

"야, 위소보! 세상에서 가장 파렴치한 놈이 누군지 아냐?"

위소보는 생각나는 대로 대답했다.

"당연히 알죠. 그야 개뼈다귀 거지발싸개 같은 놈이 아닙니까?"

사실 그는 가장 파렴치한 놈이 누군지 몰랐다. 그냥 아무렇게나 주워섬긴 것이었다.

한데 모십팔은 식탁을 탁 치면서 맞장구를 쳤다.

"그래 맞아! 그럼 그 개뼈다귀 거지발싸개가 누군지는 아냐?"

위소보는 또 멋대로 지껄였다.

"빌어먹을, 개뼈다귀 거지발싸개는 당연히 아주 나쁜 놈이죠!"

말하면서 그도 모십팔을 흉내 내 탁자를 탁 쳤다.

모십팔은 더욱 목청을 높였다.

"잘 들어둬. 그 개뼈다귀 거지발싸개는 바로 오랑캐를 아비로 받드는 천하의 매국노야. 우리의 금수강산을 송두리째 호로새끼한테 바치고도 부족해서….”

그가 여기까지 말했을 때, 10여 명의 관원들은 모두 눈을 부릅뜨고 성난 얼굴로 그를 노려봤다.

모십팔은 능청스럽게 말을 이어갔다.

“그 매국노의 성은 오吳가야, 오가 한 사람이 개지랄을 하면 오일개고, 둘이 개지랄을 하면 오이갠데, 그럼 셋이 개지랄을 하면 뭐지?”

위소보는 너무 쉬운 문제에 신바람이 나서 큰 소리로 외쳤다.

“오삼개!”

모십팔은 껄껄 웃었다.

“맞아, 바로 오삼개(계)야! 그놈이….”

홀연 챙챙 하는 금속성이 들리더니 예닐곱 명이 병기를 뽑아들고 모십팔에게 덤벼들었다.

위소보는 냉큼 탁자 밑으로 쑥 기어들어갔다.

병기가 서로 부딪치는 소리가 연신 들려오는 가운데 모십팔은 단도를 휘두르며 혈전에 돌입했다. 위소보는 탁자 밑에서 그가 걸상에 앉은 채 다리를 움직이지 않는 것을 보고 조급해졌다. 다리를 다쳐 제대로 움직일 수 없다는 걸 잘 알고 있기 때문이었다.

조금 있다가 쩽그랑 하는 소리와 함께 칼 한 자루가 바닥에 떨어졌다. 이어 단말마의 비명이 들리며 관원 한 사람이 튕겨져나갔다.

하지만 모십팔이 혼자 상대하기에는 상대의 수가 너무 많았다. 위소보가 탁자 밑에서 보니, 주위에 많은 다리들이 이리저리 움직이고 있는데, 다들 가죽신이나 헝겊신을 신고 있었다. 짚신을 신은 사람은 모십팔뿐이었다.

모십팔은 분주하게 싸우면서도 욕을 해댔다.

"오삼계는 큰 매국노고, 네놈들은 새끼 매국노야! 오늘 네놈들을 모조리 죽여야…!"

"으악!"

비명으로 미루어 부상을 당한 게 분명했다. 이어 한 사람이 벌렁 바닥에 쓰러졌다. 그의 가슴에서 피가 쏟아져나왔다.

위소보는 바닥의 칼을 집어 헝겊신을 신은 발등을 향해 냅다 내리쳤다. 절걱 소리가 들리며 그자의 발 앞부분이 잘려나갔다.

"으악!"

그자는 비명을 지르며 뒤로 나자빠졌다.

탁자 밑은 어둠침침해서 잘 보이지 않고 많은 사람이 뒤엉켜 싸우고 있는 터라 그자가 왜 부상을 입었는지 아는 사람이 없었다. 그냥 모십팔에게 당한 거려니 생각할 뿐이었다.

위소보는 이 묘계가 먹히자, 칼을 들어 또 한 사람의 발목을 베어갔다. 그자는 쓰러지진 않았지만 극심한 통증을 호소하며 소리쳤다.

"탁자 밑에… 탁자 밑에…."

허리를 숙여 확인하려는데 모십팔의 단도가 뒤통수를 내리쳐 그 자리에서 기절해버렸다. 그와 때를 맞춰 위소보는 다시 한 사람의 발목을 향해 베어갔다. 이번에 당한 사람은 비명을 지르며 왼손으로 냅다 탁자를 뒤집었다. 그러자 탁자 위에 놓여 있던 식기와 국물이 사방으로 흩어졌다. 그자는 다짜고짜 칼을 들어 위소보의 머리를 향해 내리쳐갔다. 모십팔이 즉시 단도를 휘둘러 막아주자 위소보는 기고 굴러 사람들 틈에서 빠져나왔다.

발목이 베인 사내는 화가 치밀어 칼을 들고 그를 뒤쫓았다.

위소보는 날름 다른 탁자 밑으로 기어들어가며 소리를 질렀다.

"이 개뼈다귀야!"

사내는 울화통이 터졌다.

"이 생쥐 같은 놈, 어서 나와!"

위소보가 응수했다.

"늙은 똥개야, 네가 들어와!"

사내는 눈이 시뻘게져 왼손으로 다시 탁자를 뒤엎으려 했다. 그 순간, 평 하는 소리가 들리더니 몸이 휙 날아갔다. 옆 탁자에 앉아 있던 사람이 사내의 가슴에 일장을 가한 것이었다.

장풍을 전개한 사람은 다시 탁자에서 젓가락 한 움큼을 집어 하나씩 던져냈다.

"으악!"

"아야!"

처절한 비명 소리가 계속 들리며 모십팔을 협공하던 관원들이 차례로 젓가락에 꽂혔다. 눈에 맞은 사람, 이마에 꽂힌 사람… 모두 급소에 적중했다.

한 사람이 소리쳤다.

"안 되겠다! 모두 철수하자!"

관원들은 다친 동료들을 부축하고 밖으로 뛰쳐나갔다. 이어 말굽 소리가 요란하게 들리면서 일행은 다 말을 몰고 도망쳐버렸다.

위소보는 히히 웃으며 탁자 밑에서 기어나왔다. 손에는 아직도 칼이 쥐여 있었다.

모십팔은 절뚝거리며 걸어와 탁자에 앉아 있는 사람에게 포권의 예를 취했다.

"도와주셔서 감사합니다. 도움이 없었으면 이 모십팔은 오늘 중과부적으로 무사하지 못했을 겁니다."

위소보는 고개를 돌려 탁자에 앉은 사람을 보고는 순간 멍해졌다. 그는 바로 얼마 전에 자신의 말을 멈추게 해준 그 사내가 아닌가! 자신은 그에게 욕까지 했고!

사내는 자리에서 일어나 답례했다.

"모 형은 부상을 입고서도 의분을 못 이겨 매국노를 질타하니, 실로 존경스럽소이다."

모십팔은 웃었다.

"제가 가장 증오하는 자가 바로 천하의 매국노 오삼계요. 그 악적이 멀리 운남에 있어 찾아가 씹어 죽이지 못하는 게 한이었는데, 오늘 그의 조무래기들을 패줬으니 조금이나마 맘이 후련합니다. 귀하의 존성대명을 알고 싶습니다."

사내는 정색을 했다.

"여긴 사람들이 많아 말하기가 불편하군요. 모 형, 나중에 또 만날 수 있으니 오늘은 이만 헤어집시다."

그러면서 몸을 돌려 탁자 옆에 앉아 있는 여인을 부축했다. 여인은 줄곧 고개를 푹 숙이고 있어서 얼굴을 볼 수 없었다.

모십팔은 심히 불쾌했다.

"이름도 밝히지 않으니, 날 너무 업신여기는 게 아니오?"

사내는 대꾸하지 않고 여인을 부축한 채 밖을 향해 걸음을 옮기면서 모십팔의 곁을 지날 때 뭔가 나직이 한마디 했다.

모십팔은 전신이 움찔하더니 즉시 공손한 표정으로 허리를 숙였다.

"아… 예, 예. 이 모십팔이 오늘 영웅을 뵙게 되어 실로… 실로 무한한 영광이옵니다."

사내는 아무 반응 없이 여인을 부축하고 나가더니 마차를 타고 유유히 떠나갔다.

위소보는 모십팔이 심히 불쾌해하다가 이내 공손한 태도로 바뀐 것을 지켜보며 의아해했다.

"대관절 그 녀석의 정체가 뭔데요? 왜 그렇게 잔뜩 겁을 집어먹은 거죠?"

모십팔은 화를 냈다.

"녀석? 녀석이 뭐냐? 말을 좀 가려서 해라."

식당 주인과 점원들은 고개를 빠끔히 내밀어 이리저리 두리번거렸다. 식당 안은 선혈이 낭자한 채 아수라장이 돼 있었다.

"가자!"

모십팔은 탁자를 짚어가며 문가로 걸어가더니 빗장 하나를 주워 지팡이로 삼아서 밖으로 나갔다. 그리고 말뚝에서 고삐를 풀더니 위소보에게 말했다.

"안장을 잡고 왼발로 먼저 등자를 밟아 말에 올라타라. 그래… 그렇게 하는 거야."

위소보는 또 뻥을 쳤다.

"원래 말을 탈 줄 알았다고요. 오랫동안 타지 않아서 잊어버렸을 뿐이지. 이게 뭐가 대수롭다고?"

모십팔은 빙긋이 웃으며 다른 말에 올라타 왼손으로 위소보가 탄 말의 고삐를 잡고 북쪽으로 향했다.

"난 부상을 입어 관병들과 맞닥뜨리면 상대하기 어려우니 관도로 가는 건 안 되겠어. 우선 한적한 곳을 찾아가 상처부터 치료해야지."

위소보가 말했다.

"아까 그 사람의 무공이 대단하던데요. 젓가락을 하나하나 던질 때마다 백발백중이더라고요. 모 대형, 내가 보기에 모 대형은 그 사람만 못한 것 같아요."

모십팔은 부인하지 않았다.

"그야 당연하지. 그분은 운남 목왕부沐王府의 영웅이니 대단하지 않을 수 있겠어?"

위소보는 고개를 갸웃거렸다.

"목왕부 사람이라고요? 난 또 천지회의 그 무슨 총타주인 줄 알았죠, 대형이 겁을 잔뜩 먹은 걸로 봐서…."

모십팔은 소리를 빽 질렀다.

"누가 겁을 먹었다는 거야? 어린것이 헛소리만 지껄이네. 난 목왕부를 존경하기 때문에 그를 공손히 대한 거라고!"

위소보가 약을 올렸다.

"그 사람은 모 대형을 전혀 공손히 대하지 않던데요! 존성대명을 물어도 대꾸도 않고, 그냥 뭐… 나중에 또 만날 수 있으니 오늘은 이만 헤어지자고?"

모십팔이 인상을 썼다.

"나중에 말해줬잖아! 그러지 않고서야 그가 목왕부 사람인지 내가 어떻게 알았겠어?"

위소보가 물었다.

"귀에 대고 뭐라고 말했는데요?"

모십팔은 곧이곧대로 말해줬다.

"저는 운남 목왕부의 백⿰가입니다, 하고 말했어!"

위소보는 턱을 끄덕였다.

"아… 백가라고요? 그럼 백수건달이구먼!"

모십팔이 호통을 쳤다.

"어린것이 자꾸 헛소릴 하면 안 돼!"

위소보는 태연자약했다.

"모 대형이야 목왕부 사람을 보면 겁먹고 혼쭐이 달아나겠지만 난 전혀 안중에도 없다고요! 모 대형, 오배도 겁내지 않고 천하의 매국노 오삼계(계)도 겁내지 않으면서 왜 목왕부 사람에게는 쩔쩔매는 거죠? 그들이 무슨 대단한 존재라도 되나요? 아, 알았어요! 젓가락에 눈깔이 찔려 모십팔이 모봉사가 될까 봐 그런 거죠?"

모십팔은 어이가 없었다.

"내가 그들을 겁내는 게 아니야. 하지만 강호의 호한들이 만약 목왕부와 적대하면 목숨을 잃는 것은 고사하고 만인의 질타를 받고 따돌림을 당하게 돼!"

위소보는 이해가 가지 않았다.

"운남 목왕부의 정체가 대체 뭔데 그렇게도 위세가 당당한 거죠?"

모십팔은 은근히 짜증이 났다.

"넌 강호 사람이 아니라 말해줘봤자 잘 모를 거야."

위소보는 자존심이 상했다.

"빌어먹을! 뭐가 그리 대단하다고, 내가 보기엔 뭐 별것 아니던데!"

모십팔이 정색을 했다.

"우리 같은 강호 사람들이 운남 목왕부 사람을 만나기가 그리 쉬운 일이 아니야. 그들과 친분을 맺는 건 더더욱 하늘의 별 따기지. 오늘 마침 오삼계의 부하들과 한바탕 일전을 벌이는 바람에 연을 맺게 된 거란 말이다. 목왕부와 오삼계는 아주 앙숙이라 그들이 날 도와준 건데… 네녀석이 어디서 배웠는지 그따위 비열한 수법을 쓰는 바람에 나까지 업신여김을 당한 거라고!"

말하면서 얼굴에 절로 분노가 서렸다.

위소보는 혀를 끌끌 찼다.

"어쭈구리, 쯧쯧… 남이 어쭙잖게 콧대를 내세워 대형을 친구로 취급하지 않는데, 왜 내 탓을 하는 거예요?"

모십팔은 화를 냈다.

"넌 탁자 밑에 숨어서 칼로 남의 발등이나 찍고! 빌어먹을, 그게 대체 무슨 무공이야? 영웅호한이 그것을 보고 어떻게 우리와 친구가 된다고 하겠어?"

밀릴 위소보가 아니었다.

"제기랄! 만약 이 어르신이 놈들의 발등이나 발목을 베지 않았다면 벌써 목숨을 잃었을걸! 왜 이제 와서 날 원망하는 거지?"

모십팔은 목왕부 사람에게 업신여김을 당했다는 생각에 더욱 울화가 치밀었다.

"내가 따라오지 말랬는데 왜 자꾸 따라오는 거야? 석회가루를 남의 눈에 뿌리는 그따위 비열한 짓거리는 강호인들이 가장 경멸하는 거야! 남을 해코지하는 미약迷藥을 탄다거나, 정신을 마비시키는 미향迷香을 쓰는 것보다 더 치사하고 비겁한 짓이라고! 난 설령 흑룡편 사송에게 죽음을 당하는 한이 있더라도 네가 그런 비열하고 파렴치한 수법을 써서 목숨을 구해주는 건 원치 않아! 제기랄, 요 쪼그만 녀석이 정말… 보면 볼수록 화가 치민단 말이야!"

위소보는 그제야 깨달았다. 석회가루를 남의 눈에 뿌리는 것이 강호인들이 가장 경멸하는 비겁한 행위라는 것을. 자기는 무림의 금기를 범한 것이다. 그리고 탁자 밑에 숨어 남의 발목을 노리는 것도 별로 떳떳한 무공이 아니라는 것도 알았다. 하지만 모십팔이 윽박지르자 모멸감과 분노가 폭발했다.

"아니, 칼로 사람을 죽이나 석회로 눈을 멀게 하나 그게 그거지, 비열이고 나발이고 뭐 다를 게 있어요? 만약 이 쪼그만 녀석이 그런 비겁한 수법을 써서 구해주지 않았다면 아마 늙은 귀신은 벌써 염라대왕한테 갔을걸! 그리고 또 다리를 다쳤잖아요? 남이 칼로 늙은 귀신의 다리를 베니까 나도 칼로 남의 발을 벤 거라고! 다리나 발이나 다 아랫도리를 노린 건데 무슨 차이가 있다는 거죠? 내가 북경으로 따라가는 게 싫다면… 그냥 혼자 가라고요. 나도 내 갈 길 갈 테니까! 앞으로 서로 만나도 모른 척합시다!"

모십팔은 위소보를 빤히 쳐다보았다. 온몸에 흙먼지를 뒤집어썼고, 핏자국도 군데군데 묻어 있었다. 이 어린것이 다친 건, 그 원인이 어쨌든 자신에게 있었다. 지금 이곳은 양주와 멀리 떨어져 있다. 어린것을

167

2. 기구한 만남

이 낯선 땅에 그냥 버려둘 수는 없는 노릇이었다. 더군다나 이 어린아이는 자신의 목숨을 두 번이나 구해주었는데 어찌 배은망덕할 수 있단 말인가! 그저 이게 다 팔자소관이라고 생각할밖에.

"그래, 알았다. 북경으로 같이 가는 건 좋지만, 대신 세 가지 꼭 지켜야 할 일이 있어."

위소보는 좋아서 펄쩍 뛰었다.

"세 가지 일쯤이야 식은 죽 먹기 아니겠어요? 남아일언중천금, 이약천금!"

설화 선생한테 일약천금一約千金이란 말을 자주 들었는데, 자꾸만 '일언중천금, 이약천금'으로 말이 나왔다.

모십팔은 상관하지 않고 진지하게 말했다.

"첫째, 공연히 말썽 부리지 말고 더러운 욕을 하지 말 것!"

위소보는 거침이 없었다.

"그거야 간단하잖아요? 욕을 안 하면 되죠. 한데 남이 날 들입다 욕하고 시비를 걸면 그땐 어떡하죠?"

모십팔이 대답했다.

"가만히 있는데 누가 왜 너한테 욕하고 시비를 걸겠어? 두 번째는, 만약 누구와 싸우게 되면 깨물거나 석회가루를 눈에 뿌리지 말 것! 그리고 땅바닥을 구르며 생떼를 쓰거나 탁자 밑에 숨어 칼로 남의 발등을 찍거나 바짓가랑이를 끌어당기고 음낭을 움켜쥐는 일도 삼가야돼. 자기가 불리할 것 같으면 울고불고 땅바닥에 누워 죽은 척하는 것도 하지 말고! 그건 다 남에게 멸시받을 짓이고, 영웅호한이 할 행위가아니야."

위소보가 다시 물었다.

"그럼 상대를 당할 수 없으면 마냥 얻어터지면서도 반격을 하지 말라는 건가요?"

모십팔이 말했다.

"싸우려면 진짜 무공으로 겨뤄야지, 너처럼 시정 양아치들이나 하는 비겁한 짓거리를 하면 남의 웃음거리가 될 뿐이야. 기루에서 빈둥거릴 때는 무슨 짓을 하든 내가 알 바 아니지만, 날 따라서 강호를 다닐 때는 절대 그런 짓거리를 하지 마!"

위소보는 속으로 투덜거렸다.

'젠장, 진짜 무공을 써야 된다는데… 나 같은 어린애가 무슨 놈의 진짜 무공을 알겠어? 이것도 안 되고 저것도 안 된다면 무조건 맞으라는 거잖아!'

모십팔이 다시 말했다.

"무공은 다 배워서 아는 거지, 누군들 엄마 배 속에서부터 터득해 나오겠어? 넌 아직 어리니 지금부터 배워도 늦지 않아. 자, 큰절을 올리고 날 스승으로 모신다면 기꺼이 제자로 거둬줄게. 난 평생 강호를 떠돌며 편할 날이 없어서 여태 제자를 양성하지 못했어. 넌 운이 좋은 거야. 앞으로 내 말을 잘 듣고 열심히 연마하면 머지않아 무공 고수가 될 수 있어."

그러면서 뭔가 기대하는 눈빛으로 위소보를 응시했다.

하지만 위소보는 고개를 절레절레 내둘렀다.

"안 돼요! 우린 친구로 맺어져 같은 항렬인데, 만약 내가 스승으로 모신다면 한 배분 아래가 되잖아요? 빌어먹을! 날 한 끗발 누르려고 지금 잔머리를 쓰는 거죠?"

모십팔은 다시 울화가 치밀었다. 강호에서 얼마나 많은 사람들이 자기를 스승으로 섬겨 그 유명한 '오호단문도법'을 배우고 싶어 했는데… 상대의 자질이 부족하거나 마음가짐이 올바르지 않거나 연이 닿지 않아서 거절을 하곤 했다. 게다가 늘 일에 쫓겨 제자를 거둘 여유가 없었다. 오늘 위소보가 어쨌든 자기의 목숨을 두 번 구해줬고 연이 닿는 것 같아서 무공을 전수해주려고 작심했는데 한마디로 거절할 줄이야! 화가 치밀어서 한 대 후려패주려고 손을 들어올렸는데 차마 때릴 수가 없었다.

"내가 분명히 말하는데, 오늘은 기분이 좋아서 널 제자로 거두려고 한 거야. 나중에 네가 절을 골백번 하고 통사정해도 절대 받아주지 않을 거야!"

위소보는 아주 퉁명스러웠다.

"뭐가 그리 대단하다는 거죠? 앞으로 나한테 절을 300번 하고 제자가 돼달라고 통사정을 해도 난 거절할 거예요. 제자가 되면 뭐든지 시키는 대로 해야 되는데, 그럼 무슨 재미가 있겠어요? 난 무공을 배우지 않을래요."

모십팔은 화가 나서 뚜껑이 열릴 지경이었다.

"좋아, 좋아! 배우기 싫으면 관둬. 나중에 적한테 잡혀서 죽지도 못하고 살 수도 없게 되더라도 후회하지 마라!"

위소보는 막무가내였다.

"후회는 왜 해요? 설령 무공을 배웠다고 해요, 그렇다고 좋을 게 뭐가 있죠? 흑룡편에 감겨서 꼼짝도 못하고, 그 무슨 운남 목왕부의 백수건달을 만나서는 굽실굽실 알랑방귀를 뀌면서 친분을 맺고 싶어 했지만 상대방이 거들떠보지도 않았잖아요! 난 비록 무공이 별로지만 목숨을…."

모십팔은 더 이상 도저히 참을 수가 없었다. 찰싹! 호되게 그의 뺨을 후려갈겼다.

위소보는 맞을 줄 알고 있었는지 울기는커녕 키득키득 웃었다.

"내가 정곡을 찌르니까 핏대가 선 거죠? 어이없음이오! 백수랑 친구가 되고 싶었는데 그가 거들떠보지도 않으니까 지금 나한테 화풀이를 하는 거잖아요?"

모십팔은 도무지 어찌할 방도가 없었다. 때려도 안 되고, 욕을 해도 소용없고… 그렇다고 그냥 내팽개칠 수도 없는 노릇이 아닌가! 원래 다혈질에다 직선적인 성격인데 지금은 그냥 꾹 참을밖에! 코웃음을 치며 양 볼에 숨을 불어넣어 씩씩거리더니 고삐를 놓아버렸다.

"말아, 말아! 어서 껑충 뛰어 그 녀석을 죽지 않을 정도로만 패대기쳐버려라!"

그는 본디 위소보에게 세 가지를 다짐받으려 했는데, 두 번째도 제대로 약속을 받아내지 못해 세 번째는 아예 까먹고 말았다.

위소보는 혼자 고삐를 잡고 더 이상 모십팔의 심기를 건드리지 않으며 뒤따라갔다. 그러면서도 속으로는 룰루랄라 쾌재를 불렀다.

'거봐, 나한테 말 타는 법을 가르쳐주지 않아도 난 이렇게 잘 타고 가잖아?'

생각이 이어졌다.

'어차피 함께 강호를 다녀야 하니까 앞으로도 싸우는 걸 자주 보게 될 거야. 무공을 안 가르쳐주면 뭐, 난 보는 눈이 없는 줄 알아? 네 무공은 물론이거니와 상대방 무공까지 다 배울 거야. 여러 사람의 무공을 합치면 당연히 너보다 낫겠지. 퉤! 빌어먹을, 뭐가 잘났다고 으스대? 참, 그 백수가 젓가락을 던지는 기술은 꽤 쓸 만하던데, 만약 나한테 무릎을 꿇고 큰절을 올리면서 그 기술을 배우라고 하면 못 이기는 척 들어줘야지. 아니야, 제기랄! 백수가 왜 나한테 무릎을 꿇고 무공을 배우라고 사정하겠어?'

생각이 여기에 미치자 자신도 모르게 키득키득 웃음이 나왔다.

모십팔이 고개를 돌려 물었다.

"아니, 왜 웃는 거야?"

위소보가 대답했다.

"그 목왕부의 백수 녀석이 생각나서…."

모십팔은 눈살을 찌푸렸다.

"백수 녀석이 뭐야?"

위소보가 눈을 동그랗게 떴다.

"그는 백가라면서요."

모십팔이 진지하게 말했다.

"성이 백씨라는 거지, 그럼 백씨는 다 백수냐? 그들 백씨 문중은 운남 목왕부에서 아주 대단하다고. 유劉, 백白, 방方, 소蘇 4대 문중은 운남 목왕부의 4대 장수야."

위소보는 대수롭지 않게 생각했다.

"무슨 놈의 3대 장수, 4대 장수예요? 그리고 목왕부는 또 무슨 개뼈다귄데요?"

모십팔은 눈을 부라렸다.

"야, 내가 말조심하라고 했잖아! 강호에서 목왕부를 언급하면 다들 큰절을 올리며 경의를 표할 정도야. 한데 무슨 개뼈다귀라니?"

위소보는 그저 고개를 끄덕일 뿐이었다.

"음…."

모십팔의 설명이 이어졌다.

"지난날 명 태조가 원나라를 상대로 전쟁을 벌일 때 목 왕야 목영沐英이 큰 공을 세워 운남을 평정했어. 그래서 태조께서 운남 지방을 목씨 문중의 봉지封地로 정했고, 사후에는 왕에 추서해 자자손손 지금까지 이어져온 거야."

위소보는 말안장을 탁 내리치며 목청을 높였다.

"목왕부가 도대체 뭔가 했는데, 이제 보니 목영 목 왕야의 집이라는 거네요. 자꾸만 운남 목왕부라고 흐리멍덩하게 말하지 말고 그냥 목영 목 왕야라고 했다면 내가 모를 리가 있겠어요? 어쨌든 목 왕야는 죽은 지 벌써 수천 년이 됐을 텐데, 그렇게 겁먹을 필요 없어요."

모십팔은 어이가 없었다.

"수천 년은 무슨 수천 년이냐? 또 헛소리군. 우리 무림인이 목왕부를 존경하는 것은 목영 목 왕야 때문이 아니라 그의 후손 목천파沐天波에 대한 경의야. 명나라 말 무렵, 황제 계왕桂王이 운남으로 피난 왔을 때 검국공黔國公 목천파가… 맞아, 이제 생각났다. 검국공이야! 검국공 목천파는 충성을 다해 계왕을 지켰어. 천하의 매국노 오삼계가 운남으로 쳐들어오자 검국공은 계왕을 호위해 미안마緬甸로 피했어. 그곳의 나쁜 사람들이 계왕을 죽이려 하자, 목천파는 주공을 대신해서 목숨을 바쳤지. 그런 충과 의를 겸비한 영웅호걸은 고금을 통틀어서도 보기 드물어."

위소보는 비로소 감이 잡혔다.

"아, 그 목천파가 바로 《영렬전》에 나오는 목영의 자손이군요? 목 왕야의 용맹함은 아주 대단하죠. 그리고 명 태조가 아끼는 명장이고요. 난 알아도 너무 많이 알아, 더 이상은 알고 싶지 않을 정도예요."

그는 설화 선생에게서 《영렬전》에 관한 고사를 숱하게 들었다. 서달徐達이니 상우춘常遇春, 호대해胡大海, 목영 같은 장수들의 이름을 달달 외우고 있었다.

"왜 진작 말하지 않았어요? 목왕부가 바로 목영 목 왕야의 집이라는 걸 알았다면 그 백수건달한테 좀 친절하게 대해줬을 텐데… 유·백·방·소 4대 장수는 또 뭐 하는 사람들이에요?"

모십팔이 대답했다.

"유·백·방·소 네 집안은 목왕부의 직속 장수들로, 그 선조들이 목 왕야를 따라 운남을 평정했어. 천파 공이 계왕을 호위해 미얀마로 갈 때, 4대 장수의 후손들도 다 용맹하게 싸우다가 전사했지. 어린 자제만 겁난을 피할 수 있었어. 내가 그 백씨 성의 영웅한테 공손한 태도를 취한 것은, 우선 그가 날 도와 관병들과 싸워줬고…."

위소보가 말을 가로챘다.

"나도 도와서 관병과 싸웠는데 왜 공손하게 대하지 않죠?"

모십팔은 그에게 눈을 부라렸다.

"두 번째는 그가 강호인들이 모두 존경하는 충량의 후손이기 때문이었어. 만약 운남 목왕부 사람과 무슨 마찰이라도 생기면 만인의 지탄을 받게 된다고!"

위소보는 고개를 끄덕였다.

"그렇군요. 충량의 후손을 보면 경의를 표하는 게 당연하죠."

모십팔은 절로 웃음이 나왔다.

"널 알고부터 이렇게 옳은 말은 처음 들어보는 것 같구나."

가만히 있을 위소보가 아니었다.

"그럼 난 언제쯤 모 형으로부터 옳은 소릴 한번 들어볼 수 있을까요? 목 왕야가 무슨 일을 했는지 다 알아요. 동각도강銅角渡江, 화전사상火箭射象… 그런 대영웅을 누군들 존경하지 않겠어요? 굳이 쓸데없이 주절주절 설명을 늘어놓을 필요가 있나요?"

모십팔은 정말로 궁금했다.

"동각도강과 화전사상이 뭔데?"

위소보는 하하 웃었다.

"그저 목왕부 사람한테 알랑방귀를 뀌는 것만 알 뿐, 목 왕야가 얼마나 큰 영웅인지는 잘 모르는 모양이군요? 혹시 목 왕야가 명 태조와 어떤 관계인지 알아요?"

모십팔이 바로 대답했다.

"목 왕야가 명 태조의 장수라는 걸 모르는 사람이 어딨어?"

위소보는 신이 났다.

"흥! 장수? 그럼 장수지 졸병이란 말인가? 명 태조 휘하에 모두 여섯 명의 왕, 즉 6왕이 있었어요. 서달 서 왕야와 상우춘 상 왕야는 당연히 알겠고, 나머지 4왕은 누군지 알아요?"

모십팔은 강호를 집 삼아 잡초처럼 거친 삶을 살아왔다. 그래서 명나라 개국에 관한 역사는 별로 아는 바가 없었다. 서달과 상우춘의 이름은 워낙 유명해 들어본 적이 있지만, 6왕이 누군지는 몰랐다. 당연히 4왕에 대해서도 알지 못했다.

반면 위소보는 양주 찻집이나 주루에서 주워들은 《영렬전》을 달달 외우고 있었다. 당시는 명나라가 멸망한 지 얼마 되지 않아 사람들은 명나라를 그리워하면서도 반청복명에 관해서는 공공연하게 논할 수 없었다. 그러니 명나라가 원나라 오랑캐를 몰아내고 건국을 이룬 고사가 근간을 이루는 《영렬전》이 청중 사이에 가장 인기가 있었다.

명 태조가 개국할 당시 가장 치열했던 전투는 파양호鄱陽湖 대전이었다. 청중들이 가장 흥미를 느끼는 것은, 한인들이 몽골 병사들을 중원에서 몰아내고, 오랑캐를 신나게 물리쳐서 그들이 허겁지겁 꽁무니를 빼고 달아나는 대목이었다. 청중들이 귀로 듣는 건 명 태조가 원군元軍을 물리친 이야기지만, 속으로 생각하는 건 몽골 병사가 아니라 청병清兵이었다. 나라를 빼앗은 오랑캐가 한인에 대패하니 듣는 청중들은 신이 날밖에.

명나라 개국공신 중 가장 잘 알려진 사람은 서달, 상우춘, 목영 세 사람이었다. 청중의 존경을 가장 많이 받는 것도 그들이었다. 설화 선생이 그 세 사람에 관해 이야기할 때면 유난히 기름칠을 하고 양념을 보태 흥미를 돋우니 청중들은 그저 넋을 잃고 고사 속으로 빠져들 뿐이었다.

모십팔이 묻는 말에 대답을 못하자 위소보는 득의양양했다.

"나머지 4왕은 이문충李文忠, 등유鄧愈, 탕화湯和, 그리고 목영 목 왕야예요. 이 네 명의 왕야가 각각 무슨 왕이었는지 내가 말해줘도 아마 잘 모르겠죠? 안 그래요?"

사실 위소보도 여섯 명의 왕야가 각각 무슨 왕에 봉해졌는지는 다 까먹었다.

모십팔이 고개를 끄덕이자 위소보는 말을 돌렸다.

"탕화는 명 태조의 오랜 친구죠. 나이가 태조보다 더 위예요. 등유도 태조와는 일찍이 아는 사이고 줄곧 함께 강산을 누비며 모든 전투에 참가했어요. 이문충은 태조의 조카고요. 목 왕야는 태조의 양자라서 태조를 따라 성을 고쳐 주영朱英이라고 했어요. 나중에 큰 공을 세워 태조께서 성을 회복시켜 다시 목영이 된 거죠."

모십팔은 사뭇 진지했다.

"아, 그랬군. 한데 동각사상은 뭐지? 무슨 일인데?"

위소보는 피식 웃었다.

"동각사상이 아니라 동각도강이에요. 태조가 천하를 거의 다 평정하고 마지막으로 남은 것은 운남과 귀주貴州를 꿰차고 있는 양왕梁王이었어요. 그 양왕 아차와차차는 원나라 황제의 조카였죠. 그는 운남과 귀주를 지키며 끝까지 항복을 하지 않았어요."

그 양왕의 이름은 원래 파잡자와이밀把匝剌瓦爾密인데, 위소보는 그걸 외우지 못해 아무렇게나 지껄여댄 것이었다. 모십팔은 뭔가 좀 석연치 않았지만, 그렇다고 딱히 아는 것도 없어 감히 반박하지 못하고 위소보의 말에 귀를 기울였다.

"명 태조는 용심이 대로해 목 왕야로 하여금 3만 대군을 이끌고 공격하도록 명했죠. 운남 변계에 이르러 원군과 맞닥뜨렸어요. 원군의 대장은 달리마達里麻인데 키가 10척에 달하고('구척장신'보다 크다는 뜻인데, 그러면 약 3미터가 된다), 머리통은 소쿠리만 한 게….”

모십팔이 그의 말을 잘랐다.

“그렇게 키가 큰 사람이 어딨어?”

위소보는 말실수를 했다는 걸 알았지만 얼른 갖다붙였다.

“오랑캐잖아요. 당연히 중원 사람보다야 덩치가 훨씬 우람하죠. 그 달리마가 몸에 철갑을 두르고 장창을 쥔 채 강변에 서서 버럭버럭 소리를 지르자 마치 하늘에서 천둥 번개가 치듯이 요란하고, 풍덩풍덩하는 소리가 끝없이 들리더니 물살이 사방에서 솟구쳐올라왔어요. 그 이유가 뭔지 알아요?”

모십팔은 알 리가 없었다.

“글쎄… 모르겠어. 무슨 일인데?”

위소보의 설명이 가관이었다.

“알고 보니… 달리마가 고래고래 지른 소리가 강 건너편으로 메아리쳐가자 너무 놀라 혼비백산, 귀청이 찢어지고 간이 떨어진 명군 열 명이 바로 낙마해 풍덩풍덩 강물에 추풍낙엽처럼 빠졌대요. 목 왕야는 사태가 심상치 않다는 것을 깨달았죠. 이대로 놈이 소리를 지르도록 놔두면 또 얼마나 많은 군사가 희생될지 걱정이 돼서 눈살을 찌푸리고 심사숙고해서 한 가지 묘책을 생각해냈어요.”

위소보는 평상시 ‘빌어먹을’, ‘젠장’ 등 쌍소리를 입에 달고 살았는데, 목영이 운남을 평정한 고사를 들려줄 때는 설화 선생의 말투를 흉내 내 쌍소리를 안 할뿐더러 가끔 고사성어까지 섞어가며 이야기를 이어나갔다.

“목 왕야는 달리마가 하마 같은 입을 벌려 또다시 소리를 지르려 하는 것을 보고는, 바로 활에 화살을 걸어 시위를 당겼어요. 목 왕야의 활 솜씨는 백보천양百步穿楊, 100보 밖에 있는 수양버들을 꿰뚫을 정도로 대단했죠. 획 하는 파공음과 함께 강을 가로지른 화살은 달리마의 입을 향해 날아갔어요. 허나 그 달리마도 호락호락 당할 위인이 아니었죠. 화살이 날아오자 급히 고개를 숙여 피했어요. 그러자 뒤에서 군관들의 비명이 연달아 들려왔어요. '으악!' 달리마가 고개를 돌려보니, 군관 열 명의 가슴에 모두 구멍이 뚫려 피를 뿜고 있었어요. 목 왕야가 쏜 화살이 연달아 군관 열 명의 가슴을 관통한 거예요. 첫 번째 군관의 가슴을 뚫고 들어간 화살이 등으로 나와, 두 번째 군관의 가슴을 꿰뚫고, 다시 세 번째… 그렇게 모두 열 명을 관통한 거죠."

모십팔은 고개를 내둘렀다.

"그게 말이나 돼? 목 왕야가 제아무리 괴력을 타고났다고 해도 화살 하나에 열 명을 관통시켰다는 것은 있을 수 없는 일이야."

위소보는 들은 대로 우겼다.

"목 왕야는 옥황상제가 태조를 호위하라고 보낸 신神인데 어떻게 일반 범인과 같이 생각해요? 모십팔인지 아나 보죠? 화살 하나에 열을 꿰뚫는, 즉 일전천십一箭穿十하는 화살은 따로 이름이 있는데 '천운전穿雲箭'이라고 해요."

모십팔은 반신반의하며 물었다.

"그래서 어떻게 됐는데?"

위소보는 신바람이 났다.

"달리마는 그것을 보자 대로해 속으로 '너만 활을 쏠 줄 아냐?' 하고 뇌까리더니 바로 활을 집어 목 왕야를 향해 시위를 당겼어요. 그러자 목 왕야는 '옳거니!' 하고 외치며 두 손가락을 뻗어 가볍게 그 화살을 집었죠. 바로 그때 하늘에 기러기떼가 요란한 울음소리를 내며 날아 갔는데 목 왕야는 뇌리에 스치는 생각이 있어 크게 소리쳤어요. '세 번째 기러기의 왼쪽 눈을 맞히겠다!' 그러고는 화살을 냅다 던졌죠. 달리마는 속으로 비웃었어요. '세 번째 기러기를 맞히는 것도 쉽지 않은데, 어떻게 왼쪽 눈을 맞히겠다는 거지?' 그러면서 고개를 들어 바라봤대요. 바로 그 순간, 목 왕야가 달리마를 겨냥해 연달아 화살을 세 번 쏘았어요."

모십팔이 허벅지를 탁 쳤다.

"묘책이군! 그게 바로 성동격서의 병법이야!"

위소보가 말을 이었다.

"그 달리마는 죽을 팔자가 아니었는지 첫 번째 화살이 눈에 맞아 뒤로 자빠지는 바람에 두 번째, 세 번째 화살은 다시 오랑캐 장수 여덟 명의 목숨을 앗아갔대요. 오랑캐는 원래 몸에 털이 많아요. 털은 모毛라고 하니, 흔히들 그들을 가리켜 모병모장毛兵毛將이라고 하잖아요. 결국 목 왕야는 적장 열여덟 명을 죽인 셈이고, 그것을 일컬어 '목왕 사살 모십팔'이라고 한대요."

모십팔은 멍해졌다.

"아니, 뭐라고?"

위소보는 힘주어 다시 말했다.

"목왕 사살 모십팔!"

그러고 나서 절로 낄낄거리며 웃음이 터졌다. 모십팔은 그제야 어찌 된 영문인지 알아차렸다. 녀석이 우회적으로 자신을 욕한 것이다.

그도 지지 않고 냅다 욕을 했다.

"이런 육시랄, 또 헛소리를 늘어놓았군! 그게 아니라 '목왕 사살 위소보'다, 이놈아!"

위소보는 계속 낄낄 웃었다.

"위소보는 그때 태어나지도 않았는데 목 왕야가 어떻게 죽었을까?"

모십팔은 한 대 쥐어박고 싶었지만 참았다.

"헛소리 말고… 눈에 화살을 맞은 달리마는 어떻게 됐냐?"

위소보가 다시 이야기를 이어갔다.

"원군은 대장이 활에 맞아 말에서 떨어진 것을 보자 이내 혼란에 빠졌어요. 목 왕야가 바로 대군에게 도강 명령을 내리려는데, 강 건너편에서 호각 소리가 들리며 원군의 지원병들이 몰려와 마구 활을 쏘아댔어요. 화살이 하늘을 뒤덮을 정도였죠. 목 왕야는 작전을 바꿔 장수 네 명으로 하여금 몰래 하류 쪽으로 가서 강을 건너 적의 후방에서 동각(구리로 만든 나발)을 불라고 했어요."

모십팔이 물었다.

"그 네 명의 장수가 바로 유백방소, 네 사람이겠군?"

위소보는 그 네 사람이 누군지는 알지 못했다. 그러나 모십팔이 행여 소 뒷걸음에 쥐 잡듯이 알아맞히는 것이 싫어 잡아뗐다.

"아녜요! 그 네 장수는 조왕이손趙王李孫이에요. 유백방소, 네 명의 장수는 목 왕야 곁을 지키고 있었어요."

뭘 모르는 모십팔은 고개를 끄덕였다.

"그랬군."

위소보는 입에 침을 발랐다.

"목 왕야는 명령을 내려 유백방소 네 장수로 하여금 휘하 병사들을 시켜 일제히 고함을 지르게 하는 동시에 작은 배와 뗏목을 강 한복판으로 밀어내라고 했어요. 그리고 병사 천 명을 시켜 이리저리 바삐 움직이며 일부러 강을 건너는 척하라고 명했죠. 원군은 거기에 속아 죽을힘을 다해 활을 쏘아댔어요. 목 왕야는 적시에 군사를 거두고, 반 시진 후에 또 가짜 도강 장면을 연출했어요. 원군은 다시 화살을 난발했죠. 그 바람에 강에 살던 물고기랑 자라, 게, 새우들이 떼죽음을 당했어요."

모십팔은 고개를 갸웃했다.

"그건 또 믿을 수 없는 이야기군. 물고기가 화살을 맞고 죽었다는 건 그렇다 쳐도, 어떻게 작은 새우랑 등껍데기가 있는 자라와 게까지 떼죽음을 당했다는 거야?"

위소보는 이번에도 역시 우겼다.

"믿지 못하겠다면 앞 고을 저잣거리에 가서 물고기랑 자라, 게, 새우를 사가지고 와서 줄에 엮어 걸어놓고 화살로 한번 쏴봐요. 죽일 수 있는지 없는지 확인해보라니까요!"

모십팔은 속으로 투덜거렸다.

'길을 재촉해야 하는 판인데 그런 쓰잘데기없는 일을 할 시간이 어딨어?'

그러지 않아도 흥미진진하게 듣고 있는 터라, 행여 위소보가 또 딴전을 부릴까 봐 그냥 넘겼다.

"알았어, 뭐가 됐든 활로 쏴 죽였다면 죽인 거지, 뭐. 그래, 나중에 어떻게 됐어?"

위소보가 거짓말로 둘러댔다.

"아, 글쎄… 나중에 목왕부의 병사들이 강에서 죽은 털게 열여덟 마리를 건져올려 삶아 먹었고… 그렇게 끝난 거죠. 그게 바로 목왕이 털게 열여덟 마리를 먹었다고 하는 '목왕 냠냠 모십팔'이란 고사예요."

모십팔은 울 수도 웃을 수도 없어 욕만 나왔다.

"아이고… 요런 생쥐 같은 녀석! 또 날 빗대서 욕을 하는구먼. 잔말 말고 목 왕야가 어떻게 도강을 했는지나 말해봐!"

"목 왕야는 원군이 화살을 쏴대자 병사들을 시켜 북을 치며 고함을 질러 도강하는 척하고… 여러 번 반복했지만 진짜 도강을 하지는 않았어요. 그러다가 적진에서 동각 소리가 들려오자 조왕이손 네 장수가 하류를 통해 이미 강을 건넜다는 사실을 알고 비로소 총공격령을 내렸죠. 병사들은 방패를 앞세워 작은 배와 뗏목을 발판 삼아 진격했어요. 원군은 이때쯤 화살이 거의 바닥이 났어요. 적군이 앞뒤에서 협공해오고, 대장마저 중상을 입고 쓰러졌으니 좌충우돌 우왕좌왕하며 군심이 크게 동요됐죠. 목 왕야는 일기당천 선봉에서 돌진해갔어요. 원군은 도망가느라 정신이 없었죠. 한데 그 와중에도 한 무리의 병사들이 쓰러져 있는 장수 한 명을 에워싸고 있는 걸 본 목 왕야는 그가 바로 달리마일 거라고 판단해 말을 달리며 소리쳤어요. '달리마! 어서 항복하지 못하겠느냐?' 그러자 달리마는 잡아뗐어요. '난… 달리마가 아니야! 난 모….' 그 말이 먹힐 리가 없죠. 목 왕야는 그의 왼쪽 눈에 박혀 있는 화살이 자신의 것임을 대번에 알아봤어요. 더 이상 망설일 필요가 없었죠. 냅다 낚아채서 땅에다 패대기쳤어요. '결박해라!' 그의 명이 떨어지기 무섭게 조왕이손 네 장수가 달려와 달리마를 꽁꽁 묶었어요. 결국 오랑캐는 대패하고 말았죠. 강에 익사한 사람도 부지기수였어요. 그 모병毛兵들의 시신을 뜯어 먹고 산 게는 약간 구릿한 냄새가 났다는데, 사람들은 그 게를 가리켜 '모똥게'라고 했대요. 다른 곳에는 '모똥게'가 없다죠."

모십팔은 위소보가 아무래도 또 자기를 빗대 욕하는 것 같아 '흥!' 콧방귀를 날렸다. 하지만 꼬집어 따질 근거가 없었다. 어쩌면 운남 지방에 진짜 '모똥게'라는 게 있을지도 모르는 일 아닌가.

위소보는 시치미를 떼고 이야기를 이어갔다.

"목 왕야는 대승을 거두자 곧바로 양왕이 있는 성으로 진격해갔어요. 성문 밖에 당도해보니, 성안이 뜻밖에도 너무 조용했어요. 목 왕야가 북소리를 울려 도전장을 내밀자 성문 꼭대기에 나무 팻말 하나가 불쑥 솟아올랐어요. 거기엔 싸움을 하지 말자는 뜻의 '면전免戰'이란 두 글자가 적혀 있었죠."

모십팔은 지레짐작했다.

"그러니까 양왕은 도저히 승산이 없으니 '면전패'를 내걸었군."

위소보의 말은 그럴싸했다.

"목 왕야는 자비심이 많은 분이라 양왕이 면전패를 내건 것은 투항의 의사가 있다고 생각했어요. 그런데 만약 성을 공격한다면 숱한 백성들이 희생될 거라고 우려해 사흘 동안 기다려보기로 했죠."

모십팔은 허벅지를 탁 치며 목청을 높였다.

"그래, 맞아! 목 왕야 일가는 운남이 본거지고, 명 왕조와 생사운명을 함께하기 때문에 백성들을 아끼는 마음이 극진했던 거야. 그런 인심仁心을 지니고 있어서 늘 하늘의 가호를 받기도 했고!"

위소보는 신경 쓰지 않고 자기가 할 말을 이어갔다.

"그날 밤, 목 왕야는 군막에 앉아 등불을 밝히고 《춘추春秋》를 읽고 있었는데…."

모십팔이 끼어들었다.

"《삼국지》의 관운장 왕야가 《춘추》를 즐겨 읽은 것으로 아는데, 목 왕야도 《춘추》를 읽었단 말이야?"

위소보의 말은 퉁명스러웠다.

"다들 왕야니 당연히 《춘추》를 읽어야지, 그럼 《춘추》 말고 《하동夏冬》을 읽으란 말이에요? 그 《하동》은 장비가 보는 책이죠. 그래서 용맹하지만 무모하기 짝이 없잖아요. 목 왕야는 하늘에서 내려온 무곡성武曲星의 화신이니 관공 왕야와 마찬가지로 《춘추》만 읽고, 《하동》은 읽지 않아요."

모십팔은 《춘추》가 무엇이며 《하동》이 또 무엇인지 몰라 그저 고개만 끄덕였다.

위소보가 다시 말했다.

"목 왕야는 책을 좀 보다가 오줌이 마려워서 몸을 일으켜 태조께서 하사하신 요강을 집어 막 오줌을 싸려는데, 성안에서 갑자기 이상한 괴성이 몇 번 들려왔어요. 호랑이의 포효도 아니고, 그렇다고 말의 울음소리도 아니었어요. 목 왕야는 그 소리를 듣자 '아뿔싸, 큰일 났구나!' 하고 내심 외쳤어요."

모십팔은 몹시 궁금했다.

"그게 무슨 소린데?"

위소보가 빙긋이 웃으며 말했다.

"한번 알아맞혀봐요."

모십팔은 생각나는 대로 대답했다.

"또 그 달리마 같은 오랑캐가 성안에서 짖어댄 거 아냐?"

위소보가 고개를 설레설레 흔들었다.

"아녜요. 목 왕야는 그 소리를 듣자 오줌도 누지 않고 금요강을 공손하게 군막 뒤쪽 탁자 위에 내려놓고는…."

모십팔이 또 끼어들었다.

"요강을 왜 탁자 위에 내려놔?"

위소보가 설명했다.

"그건 태조께서 하사하신 금요강이란 말이에요. 그냥 흔히 보는 평범한 요강이 아니란 말이죠! 그래서 목 왕야는 내려놓을 때도 아주 공손하게 내려놓은 거예요. 그러고는 즉시 북을 울려 모든 군관을 소집해 군령을 하달할 때 제시하는 금령金令을 들어올리며 명령을 내렸어요. '유 장군은 들어라. 즉시 3천 군사를 이끌고 밤을 새워서라도 논밭 도랑을 살살이 뒤져 두더지를 포획해라. 많이 잡는 자에겐 상을 내릴 것이고, 잡지 못하는 자는 군법에 따라 처단할 것이다!' 그러자 유 장군은 '군령을 받들겠습니다!' 하고 바로 병사들을 이끌고 두더지를 잡으러 갔어요."

모십팔은 도무지 이해가 가지 않았다.

"아닌 밤중에 두더지를 잡아서 뭐 하려고?"

위소보는 실눈으로 모십팔을 쳐다봤다.

"목 왕야는 용병술이 신출神出한데 어찌 그 기밀을 누설할쏘냐! 대원수께서 명을 하달하면 무조건 따르면 되는 거예요! 명을 받은 장수가 만약 질문을 던지면 왕야는 화가 나서 바로 끌어내 처형할 수도 있다고요. 모 대형이 만약 목 왕야의 휘하 장수고, 그렇게 꼬치꼬치 따져 물었다면… 빌어먹을, 아마 모가지가 열여덟 개라도 벌써 다 달아났을 거예요."

모십팔은 입을 삐죽거렸다.

"내가 장수라면 당연히 캐묻지 않지. 한데 넌 목 왕야가 아니잖아. 좀 물어보면 안 되냐?"

위소보는 손사래를 쳤다.

"안 되지, 안 돼! 목 왕야는 두 번째 금령을 꺼내 백 장군에게 명했어요. 군사 2만 명을 이끌고 성문 5리 밖에다 긴 구덩이를 파라. 길이는 2리, 너비는 2장, 깊이는 3장. 밤을 새워서라도 착오 없이 작업을 서둘러라."

모십팔은 들을수록 더 납득이 되지 않았다.

"거 정말로 이상하네. 난 도무지 뭐가 뭔지 모르겠어."

위소보는 콧방귀를 날렸다.

"흥! 만약 목 왕야의 용병술을 꿰뚫어본다면 모십팔이 목 왕야가 되고, 목 왕야가 모십팔이 되겠죠. 다음 날 아침 유와 백, 두 장수가 보고를 올렸어요. 두더지를 만여 마리 잡았고, 구덩이도 다 완성했다고요. 목 왕야는 '좋아, 잘했어!' 하면서 고개를 끄덕이고 나서 성안의 동태를 잘 살피라고 지시했어요. 오후가 되자, 성안에서 북소리가 요란하게 들리며 고함 소리가 하늘을 찔렀어요. 그 즉시 탐색병이 목 왕야에게 보고를 했어요. '원수님, 큰일 났습니다.' 목 왕야는 탁자를 내리치며 호통을 쳤어요. '빌어먹을, 무슨 일로 그리 허겁지겁 호들갑이냐?'

탐색병은 그래도 숨을 헐떡이며 아뢨어요. '보고드립니다. 오랑캐가 북문을 활짝 열었는데 성안에서 수백 마리의 긴코황소요괴가 뛰쳐나와 지금 우리 군영으로 돌진해오고 있습니다.' 그 말을 들은 목 왕야는 껄껄 웃었어요. '뭐가 긴코황소요괴란 말이냐? 다시 가서 잘 확인해봐라!' 탐색병은 명을 받고 바로 뛰쳐나갔어요."

모십팔은 이상해서 고개를 갸웃했다.

"긴코황소요괴가 대체 뭐지?"

위소보는 정색을 했다.

"그렇게 무식할 줄 내 알았다니까! 그 녀석들은 몸집이 황소보다 훨씬 큰데 가죽이 거칠고 두껍고 코가 엄청 길어요. 그리고 긴 이빨 두 개가 앞으로 돌출돼 있고, 솥뚜껑만 한 귀를 흔들흔들, 보기만 해도 흉맹하기 짝이 없어요. 그게 바로 긴코황소요괴가 아니고 뭐겠어요?"

"음….'"

모십팔은 고개를 끄덕이며 그 긴코황소요괴의 생김새를 나름대로 상상해보았다.

위소보가 다시 말했다.

"목 왕야는 혼잣말로 중얼거렸어요. '저 탐색병은 정말 멍청하군. 아는 것이 없으면 무식하다고, 낙타를 등에 혹이 달린 말이라고 하질 않나, 코끼리를 보고 뭐? 긴코황소요괴라고? 어이가 없군!'"

모십팔은 잠시 멍해하더니 이내 껄껄 웃었다.

"그 탐색병은 진짜 멍청하네. 코끼리를 긴코황소요괴라고 했다니 말이야. 하기사 그는 북방 사람이었을 테니 생전 코끼리를 본 적이 없었겠지!"

양주성의 이야기꾼 설화 선생이 '긴코황소요괴' 대목을 언급할 때면 주위의 청중들이 박장대소하기 일쑤였다. 그래서 위소보도 그 흉내를 내서 이야기를 했는데 과연 모십팔의 웃음을 이끌어냈다.

　위소보가 이야기를 이어갔다.

　"목 왕야는 진을 펼쳐 응전 태세를 갖추고 멀리 바라보니, 엄청난 흙먼지가 일며 수백 마리의 코끼리가 머리에 날카로운 칼을 묶은 채 돌진해오고 있었어요. 그리고 그 모든 코끼리의 꼬리에는 불꽃이 일고 있었죠. 알고 보니, 운남은 미얀마와 지리적으로 가까워 양왕이 미얀마로부터 코끼리를 수백 마리 사온 거예요. 화상진火象陣을 펼치기 위해서 말이죠. 송진이 많은 소나무를 코끼리 꼬리에 묶어 불을 붙인 거고요. 놀란 코끼리는 당연히 명군을 향해 죽을힘을 다해 돌진해왔죠. 코끼리는 가죽이 두꺼워서 활을 쏴도 쓰러지지 않아요. 그렇게 코끼리의 공격을 받아 명군의 포진이 조금이라도 흩어지면 오랑캐 병사들이 바로 쳐들어올 기세였어요. 명군은 다들 북방 출신이라 코끼리를 본 적이 없었죠. 그러니 불붙은 코끼리를 보고 당황하는 건 당연지사 아니겠어요? 다들 속으로 소릴 질렀어요. '큰일 났다. 우마왕牛魔王《서유기》에 나오는 황소요괴)이 뒤꽁무니에 불을 달고 돌진해오니 무사하긴 틀렸군!' 모두 사색이 돼서 벌벌 떨었죠."

　모십팔도 안색이 심각해졌다.

　"화상진은 정말 무시무시하지."

　하지만 위소보는 태연하게 말을 이었다.

　"목 왕야는 전혀 당황하지 않고 미소를 머금은 채 코끼리들이 가까이 오기를 기다렸다가 명을 내렸어요. '두더지를 풀어라!' 그 즉시 만여 마리의 두더지가 풀려나 삽시간에 주위가 온통 두더지로 뒤덮여서 이리 뛰고 저리 뛰며 난리가 났죠. 코끼리는 사자와 호랑이도 무서워하지 않는데 유독 쥐를 가장 겁내요. 쥐가 코끼리 귓속으로 들어가 골을 파먹어도 어찌해볼 도리가 없으니까요. 코끼리들은 두더지를 보자 혼비백산, 머리를 돌려 오랑캐 진영으로 도로 돌진해갔어요. 오랑캐 병사들은 코끼리에 밟혀 머리통이고 몸뚱어리고 작살이 나버렸어요. 일부 혼이 나간 코끼리들은 동서남북을 분간하지 못하고 계속 명군 쪽으로 돌진해오다가 차례로 깊은 웅덩이에 빠져버렸죠. 목 왕야는 다시 명을 내렸어요. '화전火箭을 쏴라!' 그 명령이 떨어지자 하늘에 수천수만 송이의 불꽃이 수놓였어요."

모십팔이 물었다.

"화전이면 불화살이란 말인데, 화살에 어떻게 불이 붙지?"

위소보가 대답했다.

"화전이 불이 붙은 화살인 줄 아나요? 그게 아녜요! 화전은 연화煙花 폭죽이랍니다. 명군에는 포나 총을 쏠 때 쓰는 화약이 있었어요. 목 왕야가 미리 하루 전에 명을 내려 병사들로 하여금 화약으로 연화 폭죽을 만들어놓으라고 명한 거죠. 그것을 발사하자 하늘이 온통 불꽃으로 뒤덮이고 펑펑 요란한 소리가 들렸어요. 코끼리들은 더욱 놀라 걸음아 나 살려라 하고 광분했어요. 그러니 오랑캐 진영은 아비규환, 엉망진창, 뒤죽박죽, 개박살이 났죠. 목 왕야가 다시 북소리와 함께 진격 명령을 내리자 명군은 코끼리 뒤를 따라 적진으로 돌진했어요. 양왕은 코끼리떼를 출격시키고 승리는 떼놓은 당상이라고 생각했는지, 왕비를 껴안고 성안에서 술을 마시고 있었는데, 요란한 소리와 함께 코끼

리떼가 몰려오자 기겁을 하며 소리쳤어요. 꿀꾸루꾸루, 꾸리꿀! 꿀꾸
루꾸루, 꾸리꿀!"

모십팔은 다시 고개를 갸웃했다.

"꿀꾸루꾸루가 무슨 말인데?"

위소보는 시치미를 뚝 뗐다.

"그는 오랑캐니까 당연히 오랑캐 말을 쓴 거죠. 그러니까 '아이고 큰
일 났구나! 코끼리의 반란이야!' 그런 뜻이에요. 양왕은 바로 성루 위
로 달려갔고, 거기에 우물 하나가 있는 것을 보고는 자살하려고 뛰어
내렸어요. 그런데 공교롭게도 양왕은 너무 뚱뚱하고 배가 많이 튀어나
와 우물 한가운데 배가 걸리고 말았죠. 내려가지도 않고 다시 올라갈
수도 없어 소리를 질러댔어요. '아이고… 아이고… 어쩌면 좋지? 왕이
허공에 매달렸다!'"

모십팔은 눈살을 찌푸리며 물었다.

"아니, 이번엔 왜 오랑캐 말을 하지 않지?"

위소보는 바로 둘러댔다.

"물론 오랑캐 말로 짖어댔는데, 내가 그대로 말해줘도 어차피 알아
듣지 못하잖아요. 그래서 아예 우리말로 바꿔서 해준 거라고요! 목 왕
야는 앞장서 말을 몰고 성안으로 들어갔어요. 그리고 황포를 입은 배
불뚝이 오랑캐가 금관을 쓴 채 우물에 걸려 있는 것을 보자, 그가 바로
양왕이라는 것을 대번에 알았어요. '하하핫… 꼴좋다!' 절로 웃음이 나
왔죠. 냅다 머리끄덩이를 잡아 그를 번쩍 들어올렸는데, 구린내가 진
동했대요. 너무 놀라고 당황한 나머지 똥오줌을 질질 싼 거죠."

모십팔은 신이 나서 껄껄 웃었다.

"소보야, 너 정말 이야기 잘한다. 그러니까 목 왕야는 운남을 평정하면서 지용智勇을 겸비한 전술을 썼구나. 만약 쥐새끼전법을 쓰지 않았다면 그 불코끼리들이 돌진해와 명군은 박살났을 게 분명해."

위소보가 눈을 동그랗게 떴다.

"그야 두말하면 잔소리죠! 목 왕야는 전술로 쥐새끼를 쓰고 난 석회를 썼으니 피장파장, 수준이 같은 거죠."

모십팔은 고개를 내둘렀다.

"아니야! 물론 병법에서도 병불염사兵不厭詐, 속임수도 마다하지 않는다는 이야기를 나도 주워들은 바 있어. 제갈공명도 공성계空城計를 썼잖아? 하지만 강호에선 창이면 창, 칼이면 칼, 떳떳하게 맞붙는 거야. 승부를 겨루는 것과 개싸움을 하는 건 전혀 달라!"

위소보는 지지 않으려고 했다.

"내가 보기엔 비슷한데요?"

두 사람은 그렇게 이 얘기 저 얘기 나누면서 길을 가다 보니 지루하지도 않았다. 모십팔은 강호의 여러 가지 지킬 도리와 금기를 세세히 위소보에게 말해주었다. 그리고 마지막에 충고를 빠뜨리지 않았다.

"넌 무공을 모르고, 상대방도 그 사실을 알면 지나치게 악랄한 수법은 쓰지 않아. 그러니까 잘난 척 함부로 나서지 마. 그러다간 오히려 손해를 보게 돼."

위소보는 한 마디도 지지 않았다.

"난 '소백룡'이잖아요. 물속에서만 재간을 부릴 줄 아니, 물속에 들어가서 물고기랑 새우를 잡아먹으면 돼요. 육지의 무공은 아직 제대로 배우지 못했으니 좀 거시기하다고 해야겠죠."

모십팔은 유쾌하게 웃었다.

이날 밤 두 사람은 어느 농가에 유숙했다. 모십팔은 은자 몇 냥을 농부에게 주어 열흘쯤 머무르면서 상처를 다 치료한 후에야 다시 길에 올랐다.

사내가 비명을 내지르자 다른 한 사내가 이내 덮쳐왔다.

모십팔은 냉소를 날리며 발로 그를 걷어찼다.

덮쳐오던 사내는 미처 피하지 못하고 아랫배를 걷어차여 붕 날아갔다.

모십팔은 몸을 민첩하게 움직여 금나수법을 써서 팔꿈치로 밀어치고

손을 뻗어내 순식간에 네 명을 쓰러뜨렸다.

두 사람은 하루가 안 되어 북경에 다다랐다. 성안으로 들어갈 즈음은 오후였다. 모십팔은 위소보에게 말이나 행동을 조심해야 한다고 거듭 당부했다. 경성이라는 곳은 워낙 관원들의 이목이 많으니 탄로 나지 않도록 각별히 주의를 기울이라고 했다.

하지만 그 말을 듣고 가만히 있을 위소보가 아니었다.

"내가 탄로 날 게 뭐 있겠어요? 대형이나 탄로 나지 않게 조심해야겠죠. 오배를 찾아가 한판 겨룬다고 했죠? 바로 찾아가보자고요!"

모십팔은 쓴웃음을 지으며 대꾸하지 않았다. 지난날 오배를 찾아가 한판 붙겠다고 한 것은 감정이 격해져 그냥 오기로 큰소리를 친 거였다. 그는 비록 좀 거칠고 경망스러운 면은 있어도 강호에서 20여 년 동안 잔뼈가 굵어왔다. 오배는 일인지하 만인지상의 고관대작인데 자기 같은 강호의 떠돌이와 선뜻 겨루겠는가? 게다가 자신의 무공이 고수에 비하면 이삼류에 불과하다는 것 또한 잘 알고 있었다. 오배가 정말 만주 제일용사라면 십중팔구 질 게 뻔했다.

그러나 위소보 앞에서 큰소리를 쳤으니 경성에 오지 않을 수가 없어 데리고 온 것이었다. 이제 북경에서 이 꼬마 녀석에게 열흘이나 보름 동안 구경을 시켜주고 맛있는 음식이나 많이 먹여 다시 양주로 보낼 심산이었다.

오배는 절대 자기랑 겨룰 리가 만무했다. 그러니 따지고 보면 그가 겨루지 않는 것이지, 자기가 겁을 먹고 겨루지 않는 것은 아니다. 그러니 위소보도 자기더러 겁쟁이라고 비웃지는 못하겠지! 그리고 만에 하나, 오배가 정말로 겨루자면 이 모십팔이 목숨을 걸고라도 한바탕 붙어보겠다는 것이 그의 배짱이었다.

두 사람은 성안 서쪽에 자리한 작은 주막으로 들어갔다. 모십팔이 술과 안주를 시켜 먹고 있는데, 밖에서 두 사람이 들어왔다. 노인과 어린아이였다. 노인의 나이는 60세가량이고, 어린아이는 열두세 살로 보였다. 한데 두 사람의 복장이 아주 독특했다. 위소보는 그들이 뭐 하는 사람인지 알지 못했지만 모십팔은 이 일로일소一老一小가 궁 안의 내시임을 금방 알아보았다.

그 늙은 내관은 안색이 누리끼리하고 허리가 구부정하며 무슨 큰 병이라도 앓고 있는지 연신 콜록콜록 기침을 해댔다. 어린 내시가 그를 부축해 천천히 걸어가서 식탁에 앉았다.

늙은 내관이 뾰족한 음성으로 외쳤다.

"야, 여기 술 가져와!"

점원이 굽실굽실 대답하며 술과 안주를 대령했다.

늙은 내관은 품속에서 종이봉지를 하나 꺼내 풀더니 새끼손톱으로 뭔가 조심스레 조금 떠서 술에다 타고 봉지를 도로 품속에 넣었다. 그러고는 술잔을 들어 천천히 마셨다.

잠시 후, 늙은 내관이 갑자기 몸에 경련이 일며 바들바들 심하게 떨었다. 점원이 당황해서 얼른 물었다.

"왜 그래요? 괜찮으세요?"

어린 내시가 호통을 쳤다.

"비켜! 성가시게 왜 참견을 하는 거야?"

점원은 굽실거리며 비실비실 물러났다. 그러고는 슬금슬금 두 사람을 살폈다.

늙은 내관은 두 손으로 탁자를 짚고 이빨이 딱딱 부딪칠 정도로 몸을 더 심하게 떨었다. 좀 있다가는 아예 탁자마저 흔들리고 탁자에 놓여 있던 젓가락도 하나둘씩 바닥에 떨어졌다.

어린 내시는 당황했다.

"공공公公, 약을 조금 더 복용하는 게 어때요?"

말을 하면서 늙은 내관의 품속에서 약봉지를 꺼내 막 풀려는데, 늙은 내관이 날카롭게 외쳤다.

"아… 안… 안 돼!"

얼굴에 긴장한 표정이 역력했다. 어린 내시는 약봉지를 쥔 채 감히 풀지 못했다.

바로 그때, 밖에서 요란한 발걸음 소리가 들리더니 일곱 명의 사내들이 들어왔다. 모두 변발을 머리 위에 말고 웃통을 벗은 채 가죽바지를 입고 있었다. 온몸에 기름기가 자르르 흐르는 게 머리에서 발끝까지 무슨 기름을 칠한 것 같았다. 일곱 명 모두 울퉁불퉁 근육질에다 가슴에 털이 숭숭 나 있었다. 손은 마치 자라 등처럼 엄청나게 컸다.

일곱 명이 식탁을 두 개 차지하고 앉아서 큰 소리로 외쳤다.

"이봐, 술 가져와! 소고 닭이고 빠를수록 좋으니까 무조건 가져와!"

점원은 고분고분 대답했다.

"네! 네…!"

그는 서둘러 젓가락과 잔을 차려놓고 물었다.

"나리, 안주는 뭘로 하실까요?"

한 사내가 버럭 화를 냈다.

"너, 귀가 먹었냐?"

다른 한 사내가 다짜고짜 손을 뻗어 점원의 허리 뒤춤을 움켜쥐더니 번쩍 들어올렸다. 점원은 기겁을 하고 꽥꽥 소리를 지르며 버둥거렸다. 그것을 본 사내들이 뭐가 그리 좋은지 껄껄 웃어댔다.

그 사내가 손을 떨쳐 점원을 주막 밖으로 내동댕이치자 '쿵!' 하는 소리와 함께 땅바닥에 처박힌 점원이 비명을 질렀다.

"아이고… 나 죽는다…!"

사내들은 다시 박장대소를 터뜨렸다.

모십팔이 나직이 말했다.

"저것들은 씨름꾼이야. 일단 사람을 잡으면 바로 일어나서 공격을 하지 못하게 멀리 내동댕이치지."

위소보는 또 궁금증이 발동했다.

"씨름을 할 줄 알아요?"

모십팔은 솔직하게 대답했다.

"아니, 난 배우지 않았어. 힘으로 하는 그런 우악스러운 기술은 무공 고수를 만나게 되면 별 쓸모가 없지."

위소보가 그를 부추겼다.

"그럼 저들을 이길 수 있어요?"

모십팔은 빙긋이 웃었다.

"저런 무지렁이들하고 싸워서 뭐 하게?"

위소보는 또 약을 올렸다.

"혼자서 일곱을 상대하면 틀림없이 질걸!"

모십팔은 점잖게 말했다.

"저들은 내 적수가 못 돼!"

그러자 위소보가 바로 소리를 질렀다.

"이봐요! 내 친구가 그러는데, 혼자서 당신네 일곱 명을 박살낼 수 있대요!"

위소보는 원래 심심한 걸 못 참고 뭐라도 일을 저질러야만 직성이 풀리는 녀석이었다. 거칠게 생긴 일곱 사내가 별 이유도 없이 점원을 내동댕이치는 것을 보자 화가 치밀었고, 모십팔이 그들을 꺾을 수 있다고 하자 바로 끼어들었다. 모십팔이 그들을 혼내주길 바란 것이다.

일곱 사내는 일제히 위소보를 노려보았다. 그중 하나가 물었다.

"꼬마야, 너 방금 뭐라고 했지?"

위소보는 모십팔을 힐끗 쳐다보았다.

"내 친구가 그러는데, 당신네가 힘없는 점원을 구박한 건 영웅호한답지 못한 짓이래요. 배짱이 있으면 자기랑 당당하게 겨뤄보재요!"

사내 하나가 눈을 부라리며 모십팔에게 악을 썼다.

"이런 빌어먹을 놈! 네가 정말 그랬냐?"

모십팔은 그들이 씨름을 하는 만주인이라 공연히 일을 만들고 싶지 않았다. 그러나 속으로는 만주인이 행패 부리는 것을 보자 은근히 화가 났던 참인데, 그 사내가 욕을 하자 대뜸 술병을 집어들어 얼굴을 향해 내던졌다.

사내는 술병을 막으려고 팔을 들었는데, 모십팔이 술병을 던지면서 내공을 좀 주입한 것을 몰랐다. '꽉!' 하는 소리와 함께 술병이 사내의 팔에서 박살났다.

"으악!"

사내가 비명을 내지르자 다른 한 사내가 이내 덮쳐왔다. 모십팔은 냉소를 날리며 발로 그를 걷어찼다. 만주인은 씨름을 하면서 발을 쓰는 경우가 별로 없었다. 덮쳐오던 사내는 미처 피하지 못하고 아랫배를 걷어차여 붕 날아갔다.

다른 다섯 명은 일제히 욕을 해댔다.

"이런 씨부랄!"

"이 똥개새끼가!"

누가 먼저랄 것 없이 분분히 덮쳐왔다.

모십팔은 몸을 민첩하게 움직여 금나수법을 써서 팔꿈치로 밀어치고 손을 뻗어내 순식간에 네 명을 쓰러뜨렸다. 나머지 한 명은 비스듬히 덮쳐오다가 어깨에 모십팔의 일장을 맞더니 손을 쭉 뻗어 모십팔의 허리 뒤춤을 움켜잡았다. 그러고는 그를 번쩍 들어올려 몸을 거꾸로 돌려서 머리를 바닥에 패대기치려 했다.

당할 모십팔이 아니었다. 두 발로 연환퇴連環腿를 구사해 사내의 가슴팍을 팍팍 걷어찼다. 그러자 사내는 피를 울컥 토해내며 뒤춤을 잡았던 손을 놓았다.

모십팔은 뒤로 나자빠지는 그 사내의 가슴을 밟고, 처음 술병에 얼굴을 맞은 사내의 등을 겨냥해 쌍장으로 회풍불류迴風拂柳 초식을 비스듬히 후려쳐냈다. 으드득하는 소리가 들리면서 사내는 뼈가 으스러졌는지 탁자에 팍 고꾸라졌다.

모십팔은 얼른 위소보의 손을 잡았다.

"요 녀석, 하여튼 말썽이라니까! 어쨌든 빨리 가자!"

두 사람은 주막 문 쪽으로 뛰어갔다. 두어 걸음 뗐을 때 그 늙은 내관이 구부정하게 문 입구에 서 있는 게 보였다. 모십팔은 그를 밀치고 나갈 생각으로 오른팔을 들어 살짝 밀었다. 한데 어떻게 된 영문인지, 손이 늙은 내관의 어깨에 닿는 순간 온몸에 심한 진동이 일면서 자신도 모르게 비칠비칠 옆으로 밀려났고, 허리에 부딪힌 탁자가 우지직 주저앉았다. 그 바람에 모십팔의 손을 잡고 있던 위소보도 한쪽으로 내동댕이쳐졌다.

위소보는 악을 썼다.

"아이고, 나 죽는다! 이런 씨팔…!"

모십팔은 간신히 다리를 고정시켰는데 온몸이 불길에 휩싸인 듯 화끈거렸다. 속으로 소스라치게 놀라 늙은 내관을 쳐다보니 여전히 구부정하게 서서 계속 기침을 하고 있었다. 방금 있었던 일을 전혀 모르는 것 같았다.

모십팔은 오늘 고인高人을 만났다는 걸 알았다. 상대방은 높은 경지의 무공 소유자로 자신이 살짝 밀친 힘을 받아 엄청난 힘으로 전환시킨 게 분명했다. 무공 중에는 차력반타借力反打, 사량발천근四兩撥千斤이라는 게 있는데, 상대방이 힘을 쓰면 그만큼의 힘을 반대로 튕겨내 되돌려주는 수법이다. 그런데 지금 이 노인네는 약한 힘을 강한 힘으로 바꿔 되돌려준 것이다. 불가사의한 일이었다.

모십팔은 급히 몸을 돌려서 진기를 끌어올려 위소보를 부르며 뒤쪽으로 달려갔다.

그런데 세 걸음을 떼었을까, 기침 소리가 들리는가 싶더니 어느새 늙은 내관이 바로 자기 앞에 서 있었다. 모십팔은 깜짝 놀라 발끝에 힘을 주고 몸을 앞으로 튕겼다. 언뜻 보기엔 상대방에게 덮쳐가는 것처럼 보이지만 실은 몸을 뒤로 빼는 게 목적이었다. 일단 뒤로 몸을 빼기는 했는데, 발이 땅에 닿기도 전에 등에 한 갈래 부드러운 힘이 뻗쳐오는 느낌이 들었다. 얼른 왼손으로 반격했지만, 그것은 빗나가고 몸이 앞으로 거세게 밀려가 두 사내의 몸 위에 자빠지고 말았다.

정말 호되게 자빠졌는데 다행히 두 사내의 몸이 뚱뚱하고 우람해 두꺼운 방석 역할을 해줘 다치진 않았다. 그 두 사내는 다리뼈가 부러져 일어나지 못했지만 팔은 멀쩡했다. 당장 씨름 기술을 발휘해 모십팔을 꽉 끌어안았다. 모십팔은 반사적으로 저항하려 했지만 손발에 힘을 쓸 수 없었다. 알고 보니 이미 혈도가 찍혀 있었다.

모십팔은 엎어져 있어 등 뒤 상황을 볼 수 없었다. 단지 늙은 내관이 콜록콜록 기침을 하며 어린 내시를 나무라는 소리만 들릴 뿐이었다.

"또 나한테 약을 먹이려고? 그건 날 죽이려는 거나 다름없어. 이미 양이 과해서 마구 떨리는데, 지금 조금만 더 먹어도 바로 저승길이야. 콜록콜록… 콜록… 콜록… 얘가 왜 이렇게 칠칠치 못해?"

어린 내시는 손사래를 쳤다.

"아녜요, 저는 몰랐어요. 앞으로 다신 안 그럴게요."

늙은 내관이 다시 나무랐다.

"앞으론 안 그런다고? 내가 앞으로 며칠을 더 살지 모르는데… 콜록… 콜록…."

어린 내시가 은근히 화제를 돌렸다.

"공공, 이놈들은 정체가 뭘까요? 역도들 같은데요?"

늙은 내관이 물었다.

"친구들은 어디 소속인가?"

한 사내가 대답했다.

"공공께 아룁니다. 저희는 정왕부鄭王府에서 나왔습니다. 오늘 공공께서 나서주시지 않았다면 우린 개망신을 당할 뻔했습니다."

늙은 내관은 '흥!' 코웃음을 쳤다.

"그냥… 그냥 우연히 마주쳤을 뿐이야. 콜록… 다른 사람들에게 알리지 말고 너희는 이 사내 녀석과 어린것을 대궐 안 상선감尙膳監으로 데려와라. 궁 안 사람이 물으면 해海 노공이 시켜서 왔다고 해!"

몇 사내가 일제히 대답했다.

늙은 내관은 다시 어린 내시를 다그쳤다.

"어서 가마를 불러오지 않고 뭐 해? 내 꼴을 봐라, 걸어갈 수 있을 것 같으냐?"

어린 내시는 대답을 하고 바로 뛰어나갔다. 늙은 내관은 손으로 탁자를 짚고 연신 기침을 해댔다.

위소보는 모십팔이 붙잡힌 것을 보자 설화 선생이 했던 말이 생각났다. '청산이 있는 한 땔감 걱정은 마라.' 그래, 나중에야 어찌 되든 일단은 삼십육계 줄행랑을 치는 게 상수다. 그는 벽을 타고 슬그머니 뒤뜰 쪽으로 옮겨갔다. 아무도 그를 눈여겨보지 않았다. 그래서 득의양양해 있는데 늙은 내관이 젓가락 하나를 살짝 손가락으로 튕겨서 그의 무릎 안쪽에 적중시켰다.

위소보는 즉시 무릎이 꺾여 그 자리에 쓰러져서 움직이지 못했다.

그러나 입은 움직일 수 있어 욕을 했다.

"이 썩어문드러질 늙은이가…."

눈을 돌려보니 한 사내가 무섭게 자기를 노려보고 있어 흠칫하며 그 뒤에 줄줄이 나와야 할 열댓 마디의 쌍욕이 배 속으로 쑥 들어갔다.

얼마 후, 문밖에 가마가 대령하고 어린 내시가 들어왔다.

"공공, 가마가 왔어요."

늙은 내관은 기침을 해대며 어린 내시의 부축을 받아 가마에 올랐다. 가마꾼 둘이 들고 걸음을 재촉하자 어린 내시도 뒤를 따랐다.

일곱 명의 사내 중 네 명은 부상이 심하지 않았다. 그들은 곧 모십팔과 위소보를 단단히 결박했다. 그러면서 모십팔을 후려패고 걷어찼다. 위소보는 참지 못해 또 쌍욕을 뱉어냈는데 한 사내가 뺨을 호되게 후려치자 입을 꾹 다물었다.

사내들은 다시 가마 두 대를 불러와, 두 사람의 입에 재갈을 물리고 검은 천으로 눈을 가린 채 가마에 던져넣었다. 위소보는 일곱 살쯤에 엄마를 따라 불공드리러 갈 때 가마를 탄 적이 있었다. 지금은 어쩔 수 없는 상황이라 스스로를 위로했다.

'빌어먹을, 오랜만에 가마를 타보는군. 그래, 오늘 아가들이 날 가마에 태워 호강시켜주는구먼. 어이구 착한 녀석들….'

그러나 모십팔과 함께 잡혀가서 목이 달아날지도 모른다고 생각하자 절로 겁이 나서 몸이 떨려왔다.

눈을 가린 어둠 속에서 가마는 한없이 어디론가 옮겨갔다. 얼마 후 가끔 가마가 멈추면 묻는 사람이 있고, 가마 밖 사내는 계속 똑같은 대답을 했다.

"상선감 해 노공이 보낸 겁니다."

위소보는 상선감이 뭐 하는 덴지는 몰랐다. 그러나 그 해 노공은 권세가 대단한 것 같았다. 그의 이름만 대면 가마는 다 무사통과했다. 한번은 누가 가마의 휘장을 들춰 살펴보더니 한마디 했다.

"꼬마 녀석이잖아!"

위소보는 속으로 '네 할아버지다, 이놈아!' 하고 응수하고 싶었으나 입에 재갈이 물려 말을 할 수 없었다.

가마는 어디론가 계속 갔고, 위소보는 지쳐서 정신이 몽롱해지며 잠들어버렸다.

얼마나 지났을까, 갑자기 가마가 멈추고 누군가 말했다.

"해 공공이 원하는 사람을 데려왔습니다."

그러자 어린아이의 음성이 들렸다.

"알았어요, 공공은 지금 쉬고 계시니까 가마를 내려놓고 가세요."

위소보는 그 음성을 듣고 바로 주막에서 보았던 그 어린아이라는 것을 알았다. 앞서 그 사람의 음성이 다시 들려왔다.

"우리가 돌아가서 정 왕야께 보고드리면 왕야께선 틀림없이 사람을 보내 해 공공께 고맙다는 인사를 할 겁니다."

어린아이가 응답했다.

"알았어요, 해 공공을 대신해 왕야께 안부 전해주세요."

사내가 말했다.

"원 별말씀을…."

이어 누군가 모십팔과 위소보를 가마에서 끌어내더니 방 안에 부려놓았다.

여러 사람의 발걸음 소리가 멀어져갔다. 주위가 조용한 가운데 해 노공의 기침 소리가 들려왔다.

위소보는 짙은 약냄새를 맡고 속으로 생각했다.

'아따 빌어먹을 늙은이, 며칠만 일찍 죽어버리지! 까딱하다간 나랑 모 대형이 늙은이보다 먼저 염라대왕전에 이름을 올리겠는데!'

주위는 그저 조용하기만 했다. 간혹 해 노공의 기침 소리가 들리는 것 외에는 아무 소리도 들리지 않았다. 위소보는 손발이 꽁꽁 묶여서 사지가 마비된 듯 괴로웠다. 그런데 해 노공은 그들 두 사람을 까마득하게 잊은 듯 방치했다.

시간이 얼마나 흘렀을까, 해 노공의 외침이 들려왔다.

"소계자야!"

그 어린아이가 대답했다.

"네!"

위소보는 속으로 구시렁거렸다.

'이제 보니 그 어린 녀석의 이름이 소계자구나. 이 어르신 이름의 소 자와 같네.'

해 노공의 목소리가 다시 들려왔다.

"물어볼 말이 있으니까 두 사람의 결박을 풀어줘라."

소계자가 대답했다.

"네!"

위소보는 쓱싹 하는 소리를 들었다. 아마 그 어린아이가 모십팔을 묶은 포승을 칼로 자르는 모양이었다. 잠시 후 자기 손발을 묶은 밧줄도 잘려나갔다. 그리고 눈을 가렸던 검은 천도 벗겨졌다. 위소보는 비로소 눈을 뜨고 주위를 살펴볼 수 있었다.

아주 넓은 방이었다. 방 안에는 별다른 물건이 없었다. 탁자 하나와 의자 하나, 그리고 탁자에는 차호와 찻그릇이 놓여 있었다. 해 노공은 의자에 비스듬히 누운 듯 기대 앉아 있는데, 두 볼은 움푹 파이고 눈도 반은 감고 반은 뜬 채였다.

날은 이미 어두워져 벽에 걸려 있는 촛대 두 개에 촛불이 밝혀져 있었다. 그 불빛의 흔들림에 따라 누리끼리한 해 노공의 얼굴이 밝아졌다 어두워졌다 하며 음산한 분위기를 자아냈다.

소계자는 모십팔의 재갈을 풀어주고 다시 위소보 입안의 재갈을 꺼내려는데, 해 노공이 말렸다.

"고 녀석은 입이 더러우니 재갈을 좀 더 물려놓거라."

위소보는 두 손이 풀려 마음대로 움직일 수 있었지만 감히 입안의 재갈을 빼내지 못했다. 대신 속으로 욕이란 욕을 다 했다. 그 욕은 아마 해 노공이 상상하는 것보다 열 배는 더 지독할 것이었다.

해 노공이 말했다.

"앉을 수 있게 의자를 갖다줘라."

소계자가 옆방에서 의자를 가져와 모십팔 곁에 놔주자 모십팔이 앉았다. 위소보는 자기 의자가 없자 심술을 부리듯 털썩 바닥에 주저앉았다.

해 노공이 모십팔에게 물었다.

"형씨의 존성대명은 무엇이며 어느 문파에 속하는가? 금나수법이 꽤 괜찮은 것 같던데 우리 북방의 무공은 아닌 듯하더군."

모십팔이 대답했다.

"저의 성은 모, 모십팔이라고 부릅니다. 강북 태주泰州 오호단문도의 문하입니다."

해 노공이 고개를 끄덕거렸다.

"모십팔 노형, 나도 자네의 명성을 들었네. 양주 일대에서 관원을 살해하고 탈옥해 큼직한 일을 적지 않게 저질렀더군."

모십팔의 대답은 간단했다.

"그랬소이다."

그는 이 늙은 내관의 무공에 대해 탄복하지 않을 수 없었다. 그래서 감히 말을 함부로 하지 못했다.

해 노공이 다시 물었다.

"모 형은 무슨 일을 하려고 경성에 왔는지 내게 말해줄 수 있겠나?"

모십팔은 역시 근성이 있었다.

"어차피 붙잡혀온 몸이니 죽이든 말든 맘대로 하시구려. 이 모가도 강호 사내로서 눈 하나 깜박하지 않을 겁니다. 하지만 문초를 할 생각이라면 사람을 잘못 본 겁니다."

해 노공은 빙긋이 웃었다.

"모십팔이 절대 휘지 않는 무쇠 사나이라는 것을 모르는 사람이 없는데 내 어찌 감히 문초를 하겠나? 듣자니 운남 평서왕의 심복이라고 하던데…."

그의 말이 끝나기도 전에 모십팔이 악을 쓰듯 소리쳤다.

"내가 그 천하의 매국노 오삼계와 무슨 상관이 있다는 겁니까? 그렇게 말한다면 이 모십팔의 이름에 똥칠을 하는 거외다!"

해 노공은 기침을 몇 번 하더니 다시 미소를 지었다.

"평서왕은 청 왕조에 아주 큰 공을 세워 황상께서도 신임하고 있네. 모 형이 평서왕의 심복이라면, 우린 왕야의 체면을 봐서 사소한 과오 쯤이야 그냥 넘길 수도 있지."

모십팔은 더욱 목청을 높였다.

"아니에요, 아니라니까요! 이 모십팔은 오삼계 그 썩을 놈과 하등의 관계도 없어요. 절대 그의 덕을 볼 생각이 없으니 차라리 죽이세요. 만약 내가 그 오가 놈의 심복이라고 하면 조상들까지도 욕보이는 거라고요!"

오삼계는 산해관을 열어 청군이 중원에 진입하는 데 결정적인 역할을 함으로써 결국 명 왕실을 멸망의 길로 몰았다. 위소보는 항간에서 사람들이 오삼계의 이름을 거론할 때는 반드시 '매국노', '죽일 놈', '도둑놈' 따위의 쌍소리가 뒤따른다는 걸 잘 알고 있었다. 그러나 지금은 고지식한 모십팔이 안타깝고 답답했다.

'저 늙은 뼈다귀의 말투를 들어보니 모 대형이 오삼계의 심복이라고 얼버무리면 우릴 살려줄 것 같은데, 왜 저렇게 똥고집을 부리며 아니라고 악을 쓰는 거지? 강직한 것도 좋지만 사서 고생할 필요는 없잖아! 옛말에도 사나이는 눈앞에 닥친 손해는 보지 않는다고 했는데, 사나이가 돼서 왜 눈앞에 닥친 손해를 자청하고 난리야! 그냥 아무렇게나 오삼계가 우리 둘을 높이 평가한다고, 이러쿵저러쿵 씨부려 일단 도망치고 나서 오삼계의 18대 조상까지 끄집어내서 욕해도 늦지 않을 텐데 말이야!'

위소보는 저리던 손발이 풀려 슬그머니 소매로 입을 가리고 재갈을 끄집어냈다.

해 노공은 모십팔의 안색을 주시하느라 위소보가 수작을 부리는 걸

보지 못했다. 그는 모십팔이 펄쩍 뛰는 것을 보고 다시 빙긋 웃었다.

"난 평서왕이 모 형을 경성으로 보낸 줄 알았는데, 내 추측이 빗나갔 군그래."

모십팔은 속으로 생각했다.

'이번에 북경에서 붙잡혔고, 여긴 궁 안 같으니 결코 무사하지 못할 거야. 호랑이는 죽어서 가죽을 남기고 사람은 죽어서 이름을 남긴다고 했어. 이 모십팔이 죽는 건 상관없어도 삶을 헛되이 마감할 순 없지.'

그는 위소보가 자기를 빤히 쳐다보고 있자 목청을 높였다.

"솔직히 말해 난 강남에서 그 오배가 만주 제일용사라는 말을 들었 습니다. 뭐… 맨주먹으로 미친 소를 때려잡고, 발로 범을 걷어차서 죽 였다는 둥, 온갖 허접한 소리가 난무하더라고요. 배알이 꼴려서 그와 한번 겨뤄보려고 북경으로 온 겁니다."

해 노공이 한숨을 내쉬었다.

"오 소보와 한번 겨뤄보겠다고? 오 소보는 품계가 엄청 높아. 북경 에서 황상과 황태후를 제외하면 아마 다음이 바로 오 소보일 걸세. 모 형이 북경에서 10년이고 8년이고 기다려도 그를 만날 수 있을지조차 모르는데, 무슨 수로 겨뤄보겠다는 건가?"

모십팔은 처음에 해 노공이 사술邪術을 써서 자기 등의 혈도를 봉쇄 한 거라고 생각했는데, 지금 혈도가 천천히 풀리는 것으로 미뤄 그가 상승上乘(높은 경지) 내공을 구사했다는 사실을 깨달았다. 이 늙은 내관 의 생김새나 말투로 미뤄 만주인이 분명했다. 자기는 일개 병든 만주 노인도 당해내지 못하는데 무슨 수로 만주 제일용사와 겨룰 수 있겠 는가? 양주 득승산에서 사송과 싸웠을 때는 비록 상황이 위급했지만 전혀 기가 죽지 않았다. 그러나 지금 이 병약해 보이는 늙은 내관 앞에 선 기가 팍 죽어 절로 한숨을 길게 내쉬었다.

해 노공이 물었다.

"모 형은 정말 오 소보와 겨뤄보고 싶은가?"

모십팔이 되물었다.

"죄송하지만… 그 오배의 무공이 공공과 비교해 어느 정도 하수입니까?"

해 노공은 미소를 지었다.

"오 소보는 지고한 고명대신에다 어마어마한 부귀영화를 누리고 있네. 나야 그저 입에 풀칠이나 하고 사는 비천한 늙은인데 어떻게 그와 비교가 되겠는가?"

그는 두 사람의 신분과 지위를 비교해서 말할 뿐, 무공에 대해서는 일언반구도 하지 않았다.

모십팔이 솔직히 말했다.

"그 오배의 무공이 공공의 절반만 되더라도 저는 그의 적수가 못 될 겁니다."

해 노공은 다시 미소를 지었다.

"모 형은 너무 겸손하군. 그럼 모 형이 보기에 이 늙은이의 보잘것없는 무공이 진근남과 비교하면 어떨 것 같은가?"

모십팔은 깜짝 놀라며 되물었다.

"아니… 지금… 뭐라고 물었죠?"

해 노공은 태연했다.

"난 귀회의 총타주 진근남에 대해 물었네. 듣자니 진 총타주는 응혈

신조凝血神抓를 익혀 심후한 내공이 예측을 불허한다는데, 애석하게도 이 늙은이는 박복하고 신분이 미천한지라 그를 직접 만날 인연이 없었네."

모십팔은 정색을 했다.

"저는 천지회 일원도 아니고 또한 박복해서 진 총타주를 뵙지 못했습니다. 그저 소문에 진 총타주의 무공이 고절하다고 들었을 뿐, 그게 어느 정돈지는 저도 잘 모릅니다."

해 노공은 한숨을 내쉬었다.

"모 형, 나는 모 형이 진정한 사내대장부라는 걸 익히 알고 있었네. 그 실력으로 왜 황실을 위해 충성하지 않는가? 그럼 나중에 제독이나 장군에 오르는 것도 어렵지 않을 텐데. 하지만 천지회에 가담해 역모를 꾀한다면… 휴…."

그는 한숨과 함께 고개를 절레절레 흔들며 말을 이어갔다.

"결말이 좋지 않을 걸세. 내가 좋은 말로 충고하겠네. 지금이라도 늦지 않았으니 천지회에서 나오게."

모십팔은 당황했다.

"난… 난… 천지회가 아니라니까요!"

이어 갑자기 목청을 높였다.

"생떼를 쓰려고 부인하는 게 아니라, 천지회에 들어가고 싶었는데 이끌어주는 사람이 없었어요. 강호에 이런 말이 있더군요. '진근남을 모르면 영웅이라 불려도 헛되도다.' 해 공공도 아마 들어봤을 겁니다. 이 모가는 당당한 한인입니다. 비록 천지회에 가입하지 않았지만 반청복명의 의지는 확고합니다. 어찌 오히려 만청에 협력해 매국노가 되겠습니까? 차라리 속 시원하게 죽여주십시오. 일찍이 살인방화를 비롯해 죄를 많이 지었으니 벌써 죽었어야 할 몸입니다. 단지 진근남 총타주를 뵙지 못해 죽어서도 눈을 감지 못할 뿐입니다!"

해 노공은 아주 태연했다.

"만청이 천하를 차지했으니 한인들로서 불만을 갖는 건 당연한 일이겠지. 모 형이 진정한 사나이라는 것을 존중해 오늘 죽이진 않겠네. 죽어서 눈을 감을 수 있게 진근남을 만나보도록 하게. 되도록 빨리 만나길 바라네. 만나거든 이 해 노공도 그를 만나 응혈신조 신공이 대체 얼마나 대단한지 한번 가르침을 받고 싶다고 전해주게. 빠른 시일 내에 경성에 와주십사 하고. 휴… 이 늙은이는 이제 오래 못 산다네, 진 총타주가 빨리 찾아주지 않으면 영원히 못 볼 수도 있어. 흐흐… 진근남을 모르면 영웅이라 불려도 헛되도다? 진근남이 대체 얼마나 훌륭한 영걸이기에 강호에서 그런 명성을 얻었지?"

모십팔은 그가 자기를 죽이지 않고 놓아주겠다는 말이 너무나 뜻밖이었다. 그는 몸을 일으켰으나 엉거주춤, 선뜻 떠나지 못했다.

해 노공이 말했다.

"뭘 꾸물대는 건가? 왜 떠나지 않아?"

모십팔은 짤막하게 대답했다.

"네!"

그러고는 몸을 돌려 위소보의 손을 잡고 몇 마디 당부를 하고 싶었으나, 무슨 말을 해야 좋을지 쉬이 떠오르지 않았다.

해 노공은 길게 한숨을 내쉬었다.

"오랫동안 강호에서 잔뼈가 굵은 사람이 왜 그리 강호의 규칙을 모르는가? 아무것도 남겨주지 않고 그냥 떠날 심산이었나?"

모십팔은 무슨 뜻인지 알고 이를 악물었다.

"내가 너무 경솔했습니다. 이보게 소형제, 칼 좀 잠깐 빌려주겠나? 왼손을 남겨두고 가겠습니다!"

그러면서 어린 내시 옆에 놓여 있는 비수를 가리켰다. 여덟 치가량 되는 칼인데, 조금 전 소계자가 두 사람의 포승을 끊어준 그 비수였다.

해 노공이 다시 입을 열었다.

"왼손 하나로는 좀 부족하지."

모십팔의 안색이 파래졌다.

"그럼 오른손도 원한단 말입니까?"

해 노공은 고개를 끄덕였다.

"그래, 양손을 다 원하네. 그게 당연하지. 그리고 두 눈도 주고 갔으면 했는데… 콜록콜록… 진근남을 만나야 하는데 눈이 없으면 볼 수 없지 않나. 자, 이렇게 하지. 알아서 왼쪽 눈을 남기고 오른쪽 눈은 가져가게."

모십팔은 위소보의 손을 놓고 뒤로 두 걸음 물러나 왼손을 위로, 오른손을 비스듬히 해 서우망월犀牛望月의 초식을 취하며 생각했다.

'왼쪽 눈과 양손이 없으면 산다고 한들 뭘 할 수 있겠어? 차라리 너 죽고 나 죽고 생사결판을 내버리자!'

해 노공은 그를 쳐다보지도 않고 연신 기침을 했다. 갈수록 기침이 심해지더니 나중엔 숨도 제대로 못 쉴 지경이었다. 그러더니 원래 누리끼리하던 안색이 갑자기 시뻘겋게 변했다.

소계자가 얼른 나섰다.

"공공, 약을 조금 더 드시겠어요?"

해 노공은 연신 고개를 내둘렀는데 기침은 전혀 멎지 않았다. 도저히 견딜 수 없는지 몸을 일으켜 왼손으로 자신의 목을 움켜쥐고 매우 고통스러워했다.

모십팔은 더 망설일 수 없었다.

'지금 안 가면 언제 도망가겠어?'

즉시 몸을 솟구쳐 위소보의 손을 잡고 밖으로 내달렸다.

해 노공이 오른손 식지와 엄지로 탁자 모서리를 살짝 잡으니 한 귀퉁이가 약간 떨어졌다. '휘익!' 파공음이 들리며 그 나뭇조각이 튕겨져 나갔다. 모십팔은 성큼 밖으로 걸음을 내딛다가 나뭇조각이 오른쪽 무릎 안쪽 복토혈伏兔穴에 적중돼 다리가 풀리며 바로 그 자리에 꿇어앉았다. 잇따라 또 하나의 작은 나뭇조각이 왼쪽 다리의 혈도를 찍었다. 해 노공의 기침 소리가 들리는 가운데 위소보도 함께 고꾸라졌다.

소계자가 재촉했다.

"조금 더 복용해도 될 것 같아요."

해 노공이 응했다.

"그래, 그래. 조… 조금만… 많으면 위험해."

소계자가 얼른 대답했다.

"예."

그는 해 노공의 품속에서 약봉지를 꺼내놓고 내실로 들어가더니 술 한 잔을 따라 왔다. 그리고 약봉지를 풀어 새끼손톱으로 약간의 가루 약을 찍어냈다.

해 노공이 나무랐다.

"너무… 너무 많아."

소계자는 짤막하게 대답했다.

"네!"

그는 손톱에 묻어 있는 가루약을 조금 약봉지에 털고 해 노공을 쳐다보았다. 해 노공은 고개를 끄덕이더니 다시 허리를 구부려 기침을 심하게 했다. 그러고는 갑자기 앞으로 쓰러지며 바닥에 누워 부들부들 떨었다.

소계자는 깜짝 놀라 그를 부축하며 소리쳤다.

"공공, 공공! 왜 그래요?"

해 노공은 숨을 몰아쉬었다.

"아… 더워…. 어서… 어서 날 부축해 물… 물항아리에 담… 담가… 어서…."

소계자는 '네!' 하고 대답하고는 안간힘을 써서 그를 부축해 일으켰다. 두 사람이 비칠비칠 안으로 들어가더니 곧이어 철버덕 하는 물장구 소리가 들려왔다.

모든 것을 지켜보던 위소보는 살그머니 일어나 살금살금 탁자 쪽으로 걸어가서 새끼손톱으로 가루약을 세 번이나 찍어 술잔에 집어넣었다. 그러고도 행여 모자랄까 봐 다시 두 번 더 넣고 나서야 표가 안 나게 약봉지를 제대로 접어놓았다.

내실에서 소계자의 음성이 들려왔다.

"공공, 좀 나아졌어요? 너무 오래 담그지 마세요."

해 노공의 음성이 잇따랐다.

"너무 더워, 너무… 불이 붙은 것 같아…."

위소보는 그 비수가 탁자 위에 놓여 있는 것을 보고는 바로 집어들어 모십팔 곁으로 가서 바닥에 엎드렸다.

잠시 후 첨벙첨벙 물소리가 나더니 해 노공이 흠뻑 젖은 채로 소계자의 부축을 받아 내실에서 걸어나왔다. 여전히 기침을 해댔다. 소계자가 술잔을 들어 그의 입에 갖다 댔다. 해 노공은 기침 때문인지 선뜻 마시지 않았다. 위소보는 몰래 그 모습을 바라보며 긴장이 돼 심장이 목구멍 밖으로 튀어나올 것만 같았다.

해 노공이 간신히 입을 열었다.

"약을 안 먹는 게… 안 먹는 게 좋아. 약을 안 먹어…."

소계자는 무조건 순종했다.

"네!"

술잔을 탁자에 내려놓고 약봉지를 해 노공의 품속에 넣어주었다.

해 노공은 또다시 기침을 하기 시작하더니 이내 얼굴이 빨갛게 달아올라 술잔을 가리켰다. 소계자가 얼른 술잔을 그의 입에 갖다 대자 해 노공은 단숨에 다 마셔버렸다.

모십팔은 도저히 견딜 수 없어 '아!' 하고 소리를 내질렀다. 해 노공이 그를 노려보았다.

"여기서… 살아서 나가고 싶으면…."

말을 끝내기도 전에 돌연 우지직하는 소리가 들리며 의자가 부서졌다. 해 노공의 몸이 반사적으로 앞쪽으로 엎어졌다. 그 엎어지는 힘이 어찌나 센지 우당탕하며 탁자도 부서져, 사람과 탁자가 동시에 앞으로 쓰러졌다.

소계자는 소스라치게 놀라 소리쳤다.

"공공! 공공!"

황급히 그를 부축해 일으키려 하다 보니 마침 모십팔과 위소보에게 등을 보이게 되었다. 위소보는 재빨리 뛰어가 비수를 냅다 그의 등에 힘껏 꽂았다. 소계자는 나직이 신음을 토하더니 바로 숨이 끊어졌다. 그 앞에는 해 노공이 바닥에 쓰러진 채 혼자 꿈틀거리고 있었다.

위소보는 비수를 번쩍 들어 이번엔 해 노공의 등에 내리꽂으려 했다. 바로 그 순간, 해 노공이 고개를 들어 중얼거렸다.

"소… 소계자야, 약… 약이 이상한 것 같아…."

위소보는 놀라 혼비백산했다. 그 상태에서 어찌 비수를 내리꽂을 생각을 할 수 있겠는가?

해 노공은 몸을 돌려 위소보의 왼쪽 손목을 잡았다.

"소계자야, 아까 그 약이 혹시 잘못된 게…."

위소보는 잡힌 손목이 마치 뼈가 으스러지듯 아팠다. 그는 놀라 비수를 쥔 오른손을 슬쩍 뒤로 뺐다.

해 노공의 음성이 약간 떨렸다.

"어서… 촛불을 밝혀라. 너무 캄캄해서 아무것도… 아무것도 안 보이잖아."

위소보는 이상했다. 분명히 촛불이 밝혀져 있는데 왜 캄캄하다는 걸까? '혹시 눈이 먼 게 아냐?' 생각을 하며 대꾸했다.

"촛불이 꺼지지 않았는데… 공공, 저… 보이지 않나요?"

그와 소계자는 비록 다 어린애 음성이지만 소계자는 만주 말투가 섞여 있어 금방 흉내 낼 수 없었다. 그래서 위소보는 그냥 얼렁뚱땅 얼버무렸다. 해 노공이 눈치 못 채길 바랄 뿐이었다.

해 노공은 소리를 질렀다.

"눈이… 앞이 안 보여. 지금 촛불을 켰다고 했니? 거짓말하지 말고 어서 가서 밝혀!"

그러면서 위소보의 손목을 놓아주었다. 위소보는 소계자를 흉내 내 짤막하게 대답했다.

"네, 네!"

급히 물러나 벽 쪽에 걸려 있는 촛대 옆으로 가서 구리로 된 촛대를 챙챙 건드리며 말했다.

"밝혔어요."

해 노공이 나무랐다.

"뭐라고? 무슨 헛소리야? 왜 촛불은 안 밝히고…."

말이 끝나기도 전에 몸에 심한 경련이 일며 뒤로 발랑 나자빠졌다.

위소보는 모십팔에게 빨리 달아나라고 손짓을 했다. 모십팔이 함께 도망치자는 신호를 보내자 위소보는 몸을 돌려 문 쪽으로 살금살금 걸어갔다. 그때 해 노공의 음성이 들려왔다.

"소… 소계자야, 소… 소계자야. 너…."

위소보가 얼른 대답했다.

"네, 저 여기 있어요."

왼손을 연방 흔들어 자기는 해 노공을 붙잡고 있어야 하니 모십팔더러 먼저 달아나라고 신호를 보냈다.

모십팔은 안간힘을 써서 일어나려 했지만, 두 다리의 혈도가 찍혀 움직여지지 않아서 얼른 손으로 허리와 다리의 혈도를 주물렀는데 아무런 반응이 없었다.

'아뿔싸, 다리를 움직일 수 없으니 기어서 나갈 수밖에. 저 녀석은 워낙 영악해서 누구든 잠시 한눈을 팔면 바로 달아날 수 있을 거야. 나랑 함께라면 오히려 짐이 될 수 있어.'

곧 위소보에게 손을 흔들어 보이고는 두 손으로 땅을 짚어가며 기어서 나갔다.

해 노공은 계속 가볍게 신음을 했는데, 어느 순간 다시 신음 소리가 커지기도 했다. 위소보는 감히 달아날 생각을 하지 못했다. 소계자를 죽인 게 들통나서 사람들이 출동하면 자기는 물론 모십팔도 무사히 달아나기는 틀린 상황이었다.

'따지고 보면 이번 일도 다 내가 저지른 거야. 모 대형은 다리가 불편해 언제쯤 이곳을 빠져나갈지 몰라. 난 여기서 버티는 데까지 버텨야지. 늙은 뼈다귀가 내가 가짜라는 걸 눈치채지 못하는 이상 아무 일 없을 거야. 늙은이의 정신이 오락가락하는 것 같으니 기절하면 바로 단칼에 죽이고 달아나야지!'

잠시 시간이 흐른 뒤, 홀연 멀리서 '딱딱, 딱딱' 하는 소리가 들려왔다. 야경꾼이 일경을 알리는 소리였다.

촛불이 갑자기 확 밝아졌다. 왼쪽 촛불이 끝머리가 됐는지, 그러고는 이내 꺼져버렸다. 위소보는 웅크리고 있는 소계자의 시신을 보자 은근히 겁이 났다.

'내가 죽인 거야. 억울하게 죽었으니 혹시 귀신이 돼서 날 찾아오지 않을까?'

생각이 이어졌다.

'날이 밝으면 달아나기 힘들 텐데… 무슨 수를 써서라도 이 밤에 도망을 쳐야지.'

그러나 해 노공은 계속해서 신음만 할 뿐 정신을 잃지는 않았다. 그는 똑바로 누워 있었기 때문에 위소보는 제아무리 겁이 없다고 해도 감히 그에게 다가가 가슴이나 허벅지에 비수를 내리꽂을 엄두가 나지 않았다. 이 늙은이는 워낙 무공이 높아 칼끝이 살갗에 닿기만 해도 바로 장풍을 날려 자기의 머리통을 박살내버릴 게 분명했다.

다시 얼마간 시간이 흐르자 나머지 촛불마저 꺼졌다. 어둠 속에서 위소보는 소계자의 시체가 바로 손 닿는 데 있다고 생각하자 너무 무서웠다. 빨리 달아나야 할 텐데, 몸을 살짝 움직이기만 해도 해 노공이 소리를 쳤다.

"소… 소계자야, 너… 어딨니?"

위소보는 그때마다 대답할 수밖에 없었다.

"저 여기 있어요."

다시 한참 시간이 흐른 뒤, 위소보는 슬금슬금 문 쪽으로 걸어갔다. 영락없이 해 노공이 소리쳤다.

"소계자야, 어딜 가니?"

위소보는 둘러댔다.

"저… 오줌 싸러 가요."

해 노공이 물었다.

"아니… 왜 방 안에서 오줌을 누지 않고?"

위소보는 약간 당황했다.

"아, 네, 네…."

그는 내실로 들어갔다. 생전 와보지 않은 곳이라, 안으로 들어가 두어 걸음 떼었을까, 쿵 하는 소리와 함께 상다리에 무릎이 부딪혔다.

밖에 있는 해 노공이 물었다.

"소… 소계자야, 너… 너 뭐 하는 거냐?"

위소보가 얼버무렸다.

"아… 아무것도 아녜요."

그는 손으로 더듬어 탁자에 놓여 있는 화섭자를 집어 불을 밝혔다. 탁자에 10여 자루의 초가 놓여 있는 것을 발견하고 바로 그중 하나에 불을 댕겨 촛대에 꽂았다.

방 안에는 커다란 침상과 작은 침상 하나가 놓여 있었다. 미뤄 짐작 컨대 해 노공과 소계자가 자는 곳임을 알 수 있었다. 그리고 상자 몇 개와 탁자 하나, 궤짝 하나만 놓여 있을 뿐 다른 가구는 없었다. 특이한 것은 동쪽 구석진 곳에 놓여 있는 커다란 물 항아리였는데, 바닥에는 물도 좀 흥건히 고여 있었다.

위소보는 창문을 통해 밖을 내다보며 어떻게 달아날 수 있을까 궁리하고 있는데, 밖에서 해 노공의 소리가 들려왔다.

"야! 오줌을 싸지 않고 뭐 하는 것이냐?"

위소보는 흠칫 놀랐다.

"네!"

무조건 대답하고 침상 밑에서 요강을 찾아 끄집어내며 속으로 구시 렁거렸다.

'늙은이가 왜 자꾸만 부르고 난리지? 혹시 내 목소리가 달라서 의심을 하는 건가? 아니고서야 내가 오줌을 싸든 똥을 싸든 자기랑 무슨

223

상관이람?'

그는 오줌을 누며 창문 쪽을 유심히 살펴보았다. 창은 아주 꽉 잠겨 있었고, 틈새까지 창호지를 붙여놓았다. 아마 해 노공이 기침이 심해 바람 한 점 못 들어오도록 밀봉한 모양이었다. 만약 힘주어 창을 열면 해 노공이 들을 게 분명하고, 몇 걸음 달아나지도 못해 바로 붙잡힐 것이었다.

위소보는 달아날 다른 방도가 없는지 방 안을 다시 세세히 살폈다. 하지만 방에는 개구멍이 아니라 쥐구멍조차 찾아볼 수 없었다. 이때 침상 위에 소계자의 새 옷이 놓여 있는 게 눈에 들어왔다. 바로 생각을 굴려 자신이 입고 있던 옷을 벗고 새 옷으로 갈아입었다.

해 노공이 밖에서 또 소리쳤다.

"소계자야, 너… 지금 뭐 하고 있는 거니?"

위소보는 바로 대답했다.

"네, 가요, 가요!"

옷을 여미며 밖으로 뛰쳐나가 소계자가 쓰고 있던 모자를 집어 머리에 썼다.

"촛불이 꺼졌으니 다시 붙일게요."

내실로 들어가 초 두 개를 가져다 불을 붙였다.

해 노공은 길게 한숨을 내쉬었다.

"정말 촛불을 밝혔더냐?"

위소보는 고개를 갸웃했다.

"네, 안 보여요?"

해 노공은 잠시 아무 말이 없다가 콜록콜록 기침을 몇 번 하더니 입을 열었다.

"약을 많이 먹으면 안 된다는 걸 알면서도 이놈의 기침 때문에… 너무 고통스러워. 휴… 매일 조금씩 먹다 보니까 그게 갈수록 누적돼서 독성이 발작해… 결국… 눈에 이상이 생겼나 보군."

위소보는 속으로 안도의 숨을 내쉬었다.

'늙은이는 내가 술에다 약을 많이 탄 걸 모르고 오랫동안 약을 복용한 게 쌓여 독이 발작했다고 생각하는 모양이군.'

해 노공이 갑자기 엉뚱한 것을 물었다.

"소계자야, 이 공공이 평상시 널 어떻게 대해줬나?"

위소보는 해 노공이 소계자를 어떻게 대해왔는지 도통 알 리가 만무했다. 그저 얼른 건성으로 대답할 뿐이었다.

"아주 잘해줬죠."

해 노공은 그의 대답이 흐릿하게 느껴진 모양이었다.

"음… 공공은 이제 눈이 멀었어. 세상에서 날 보살펴줄 사람은 오직 너밖에 없구나. 내 곁을 떠나지 않을 거지? 날… 버리지 않을 거지?"

위소보에게 거짓말은 누워서 떡 먹기였다.

"네… 당연하죠."

해 노공은 다시 다짐을 받았다.

"그 말이 정말이냐?"

위소보는 얼른 고개를 끄덕였다.

"네! 눈곱만큼도 거짓이 없어요."

대답에 전혀 주저함이 없고 말투 또한 아주 진지했다. 해 노공을 감동시키기 위해서였다. 그러고 나서 몇 마디 덧붙였다.

"공공, 제가 공공을 곁에서 모시지 않으면 누가 모시겠어요? 눈도 아마 며칠 있으면 나을 거예요. 걱정 마세요."

해 노공은 탄식했다.

"틀렸어, 안 나을 거야."

잠시 후에 물었다.

"그 모가는 이미 달아났니?"

위소보의 대답은 간단했다.

"네!"

해 노공이 다시 물었다.

"그가 데려온 어린애는 네가 죽였니?"

위소보는 가슴이 두근두근해 약간 주춤거렸다.

"아, 네… 한데… 시체를 어떡하죠?"

해 노공은 잠시 생각하더니 말했다.

"우리 방에서 살인을 한 걸 누가 알고 캐물으면 귀찮으니까, 저… 가서 내 약상자를 가져오렴."

위소보는 무조건 대답했다.

"네!"

그러고는 내실로 들어갔다. 일단 눈에 약상자가 보이지 않아 궤짝 서랍을 하나하나 열어 찾았다.

해 노공이 갑자기 화를 냈다.

"지금 뭐 하는 거냐? 아니, 누가 서랍을 함부로 열라고 했어?"

위소보는 깜짝 놀랐다.

'이제 보니 서랍은 함부로 열면 안 되는구나….'

그렇다고 그냥 입을 다물고 있을 수는 없었다.

"지금 약을 찾고 있는데, 어딨는지 모르겠어요."

해 노공이 다시 호통을 쳤다.

"무슨 헛소리냐? 약상자가 어딨는지 모른단 말이야?"

위소보는 둘러댔다.

"저… 사람을 죽여서 너무… 무서워요. 그리고… 공공도 눈이 멀어서… 지금 정신이 없어요."

말 끝머리에 그만 엉엉하고 눈물이 쏟아졌다. 그는 약상자가 어디 있는지 알 턱이 없었다. 그 한 가지만으로도 들통이 날 것 같아 당황한 나머지 절로 울음이 터진 것이다. 일부러 짜낸 눈물이 아니었다.

해 노공의 음성이 다소 부드러워졌다.

"에그… 원, 애도… 사람 하나 죽인 게 뭐가 대수라고 그러니? 약상자는 첫 번째 서랍에 있어."

위소보는 훌쩍거리며 얼버무렸다.

"아, 네… 네… 정말 무서워요."

서랍에 상자가 두 개 있긴 한데 다 자물쇠가 물려 있었다. 열쇠가 어디 있는지 몰라 자물쇠를 일단 당겨보니 신통하게도 바로 열렸다. 채워놓지 않았던 것이다.

'우아, 다행이야. 운이 좋았다! 열쇠가 어딨는지도 모르면 늙은이가 틀림없이 의심했을 텐데.'

상자를 열어보니, 옷이 잔뜩 있고 왼쪽 귀퉁이에 의원들이 왕진 때 들고 다니는 약상자가 보여 얼른 집어들고 밖으로 나갔다.

해 노공이 지시했다.

"화시분化屍粉을 조금 집어서 시체를 녹여버려."

위소보는 대답을 안 할 수가 없었다.

"네…."

그러고는 약상자에 칸칸이 차 있는 작은 서랍을 일일이 열어보았다. 그 속에는 제각기 다른 여러 가지 색깔의 작은 자기병이 들어 있는데, 어느 것이 화시분인지 알 재간이 없었다.

"음… 어느 병이지…?"

해 노공이 역정을 냈다.

"얘 좀 보게나. 오늘 왜 그리 자꾸 흐리멍덩한 것이냐? 정말 놀라서 머리가 어떻게 된 거야?"

위소보는 따리를 붙였다.

"네… 정말 무서워요. 공공, 공공의 눈은… 곧 낫겠죠?"

눈이 몹시 염려되는 듯 음성에 진심 어린 걱정을 담았다.

역시 해 노공은 그 말에 감동을 받은 듯 손을 내밀어 부드럽게 그의 머리를 쓰다듬었다.

"그 삼각형의 청색 바탕에 흰 점이 있는 병이야. 아주 귀한 약이니 조금만 써야 한다."

위소보는 신이 났다.

"아, 네, 네!"

그는 삼각형 청색 병을 꺼내 마개를 열고, 약상자에서 흰 종이 한 장을 꺼내 가루약을 약간 쏟아냈다. 그리고 소계자의 몸에다 뿌렸다.

한참 기다렸는데도 아무 변화가 없자 해 노공이 물었다.

"왜 그래?"

위소보가 대답했다.

"아무 이상이 없는데요?"

해 노공이 다시 물었다.

"피가 있는 데다 뿌렸니?"

위소보는 아차 했다.

"아, 깜박했어요."

다시 가루약을 쏟아내 이번엔 상처 부위에 뿌렸다.

해 노공이 혀를 끌끌 찼다.

"너 오늘 정말 좀 이상한 것 같구나. 목소리도 좀 달라진 것 같고…."

바로 그때, 소계자의 시신 상처 부위에서 찌지직 하는 소리가 들리더니 엷은 연기가 피어올랐다. 이어 상처 부위에서 누런 물이 흘러내렸다. 연기는 차츰 짙어지고, 누런 물도 양이 많아졌다. 게다가 유황 냄새와 썩은 악취가 고약하게 풍겼다. 상처 부위는 갈수록 확대되어 썩어들어갔다. 누런 물이 다른 부위에 닿자 연기가 피어오르고, 천천히 물로 변해갔다. 심지어 입고 있던 옷도 마찬가지였다.*

위소보는 그저 눈이 휘둥그레질 뿐이었다. 잠시 후 그는 자신이 벗어놓은 옷을 가져다 시신 위에 던졌다. 그리고 자기가 신고 있는 낡은 신발을 보고는 황급히 소계자가 신은 신발을 벗겨 갈아신고 낡은 신은 누런 물에다 팽개쳤다.

약 한 시진 정도 지났을까, 소계자의 시신은 옷과 신발까지 전부 다 녹아버려 누런 물만 질펀하게 남았다.

위소보는 생각을 굴렸다.

'늙은 개뼈다귀가 지금 기절해버리면 바로 누런 독수毒水 속에 처넣어 뼈까지 다 녹여버릴 수 있을 텐데….'

그러나 해 노공은 계속해서 기침을 하고 숨을 몰아쉴 뿐, 정신을 잃고 쓰러지진 않았다.

창호지가 차츰 밝아지는 것으로 보아 새벽녘이 된 것 같았다. 위소보는 다시 머리를 굴렸다.

'이제 이 옷으로 갈아입었으니 당당하게 나가도 눈치채는 사람이 없을 거야. 도망치는 건 걱정 안 해도 돼.'

해 노공이 갑자기 입을 열었다.

"소계자야, 날이 밝아오는 것 같은데… 그렇지?"

위소보의 대답은 역시 짧았다.

"네."

해 노공이 분부했다.

"가서 물을 길어다 바닥을 깨끗하게 치워라. 거… 냄새가 아주 고약하구나."

위소보는 대답을 하고 내실로 들어가 항아리의 물을 여러 번 퍼서 바닥을 청소했다.

해 노공이 다시 입을 열었다.

"좀 이따 아침을 먹고 나서 걔네들하고 가 노름이나 해라."

위소보는 이해가 가지 않았다. 틀림없이 자기를 비꼬는 말이라고 생각해 얼른 응답했다.

"노름이라뇨? 난 안 가요. 공공의 눈도 안 좋은데 어떻게 저 혼자 가서 놀겠어요?"

해 노공은 화를 냈다.

"누가 너더러 가서 놀라고 했니? 너를 가르치느라 요 몇 달 새 벌써 수백 냥을 잃었어. 그게 다 그 큰일을 하기 위해선데, 왜 내가 분부하는 대로 따르지 않는 것이냐?"

위소보는 그 말뜻을 알아듣지 못해 대충 얼버무렸다.

"아니… 분부대로 안 하는 게 아니라 공공은 몸이 좋지 않고 기침도 심한데, 제가 가서… 그 일… 그 일을 하면 누가 공공을 보살펴요?"

해 노공은 진지했다.

"네가 가서 그 일만 잘 처리하면 그게 무엇보다도 더 중요해. 자, 다시 한번 내 앞에서 던져봐라."

위소보는 눈이 휘둥그레졌다.

"던지라뇨? 뭘 던지라는 건지…?"

해 노공이 다시 화를 냈다.

"잔말 말고 냉큼 가서 주사위를 가져와. 열심히 연습하라고 했는데, 그동안 별로 실력이 늘지 않았잖아."

위소보는 '주사위'라는 말을 듣자 정신이 번쩍 들었다. 양주에서 설화 선생의 이야기에 귀를 기울이는 것 외에는 대부분의 시간을 주사위놀이를 하는 데 전력했다. 비록 나이는 어리지만 양주 바닥에선 '꾼'으로 정평이 나 있었다. 한데 주사위가 어디 있는지 모르니 환장할 노릇이었다.

"어제 일 때문에 아직도 머리가 지근지근 아파요. 주사위가 어디 있는지…?"

해 노공이 꾸짖었다.

"이런 한심한 녀석을 봤나! 주사위 얘기만 나오면 그렇게 겁을 먹고

얼이 빠지니… 돈을 잃어도 네 돈을 잃는 게 아니잖아. 주사위는 늘 상
자 속에다 뒀잖니?"

위소보는 얼렁뚱땅 대답했다.

"알았다니까요…."

내실로 들어가 상자를 열어 뒤적거려보니 비단으로 싼 합盒 속에 정
말 작은 사기그릇과 여섯 알의 주사위가 들어 있었다. 위소보는 마치
반가운 고향 친구를 만난 듯 좋아서 자신도 모르게 환호성을 질렀다.
그리고 주사위를 손에 쥐고는 또 한 번 환호했다. 지금 만난 것은 보통
옛 친구가 아니라 가장 친한 옛 친구였다. 그는 여섯 알의 주사위를 만
져보자마자 이것은 수은을 주입한, 사기도박에 사용되는 특수한 주사
위임을 대번에 알아차렸다.

위소보는 사기그릇과 주사위를 해 노공에게 갖다주며 물었다.

"정말 저더러 노름을 하러 가라는 건가요? 시중들 사람도 없이 혼자
여기 계셔도 괜찮겠어요?"

해 노공은 여전히 진지했다.

"잔말 말고 열 번 던져서 한 번은 '천天'이 나오게 해봐."

당시에는 주사위 네 알이나 여섯 알로 노름을 했다. 여섯 알을 사용
하는 경우, 던진 네 알이 같은 숫자면 나머지 두 알의 점수로 승부를
가린다. 두 알이 모두 6점이면 '천'이고, 두 알이 모두 1점이면 '지地'가
되어, 점수가 높고 낮음에 따라 승패가 결정되었다.

위소보는 속으로 투덜거렸다.

'수은을 넣은 주사위로 나더러 열 번 던져 한 번 천을 만들어보라
고? 날 너무 얕잡아보는 거잖아!'

그러나 수은을 주입한 주사위는 납을 주입한 주사위보다 속임수를 쓰기가 좀 어려웠다. 그는 연거푸 다섯 번을 던졌는데 승부수가 나오지 않았다. 여섯 번째 던졌을 때 두 알이 6점, 세 알이 3점, 나머지 한 알이 4점이 됐다. 만약 그 4점이 3점이었다면 영락없는 '천'이 되었을 것이다. 그래서 새끼손가락을 살짝 튕겨 간단하게 3점으로 만들고는 손뼉을 치며 좋아라 했다.

"우아! 이게 '천'이 아니고 뭐란 말입니까?"

해 노공이 눈살을 살짝 찌푸렸다.

"내가 앞을 못 본다고 속이는 건 아니겠지? 어디 한번 만져보자."

그는 손을 내밀어 사기그릇 속을 슬쩍 더듬었다. 정말로 여섯 알 중 네 알은 3점이고, 두 알은 6점이었다.

해 노공은 고개를 끄덕였다.

"그래, 오늘은 운이 좋구나. 이번엔 '매화梅花'를 한번 던져봐라."

위소보는 주사위를 쥐고 막 던지려다가 문득 뇌리에 스치는 생각이 있었다.

'늙은이의 말을 들어보니 그 소계자 녀석은 주사위 실력이 형편없었던 것 같은데, 내가 던지는 대로 좋은 끗발이 나오면 노인네가 의심을 하겠지!'

그래서 예닐곱 번을 엉터리로 던지고 나서 한 번 더 던지며 한숨을 내쉬었다.

해 노공이 물었다.

"뭐가 나왔냐?"

위소보는 일부러 더듬거렸다.

"저… 저….'

해 노공은 '흥!' 콧방귀를 뀌더니 주사위를 더듬었다. 네 알이 2점, 한 알이 4점, 한 알은 5점이었다.

해 노공이 말했다.

"손재간이 약간 부족해 '매화'가 9점이 된 거야. 하지만 9점도 작은 게 아니지. 다시 던져봐라.'

위소보는 열댓 번을 던져 '장삼長三'을 만들어냈다. 그건 '매화'보다 한 끗발 낮은 것이었다.

해 노공은 더듬어서 확인한 후 매우 좋아했다.

"그래, 실력이 좀 늘었구나. 가서 운을 한번 확인해봐라. 오늘은 은 자를… 50냥 가져가거라.'

위소보는 조금 전에 상자를 뒤지면서 은자가 있는 것을 보았다. 노름이라면 그가 가장 좋아하는 일이었다. 단지 가진 밑천이 없고, 또한 자주 사기노름을 해서 양주 일대에선 그가 꼬마 사기꾼이라는 걸 모르는 사람이 거의 없었다. 외지에서 온 사람이 아니고서야 그에게 호락호락 당하는 이가 없었다.

지금 위소보는 너무 황홀했다. 노름을 하러 갈 수 있는 것만으로도 신바람이 나는데, 돈을 한 보따리나 주니 이게 꿈인지 생시인지 분간이 안 갈 정도였다. 게다가 수은을 주입한 사기용 주사위까지 구비했으니 그야말로 금상첨화, 지옥에서 벗어나자마자 바로 천당으로 올라간 격이었다. 설령 노름이 끝난 뒤에 모가지를 친다고 해도 지금 달아나고 싶지는 않았다.

그런데 한 가지 문제가 있었다. 노름 상대가 누구며, 어디에 가서 노름을 해야 하는지… 꼬치꼬치 물었다가는 들통이 날 게 뻔했다. 정말 골치 아픈 문제가 아닐 수 없었다.

위소보는 상자를 열어 원보元寶(말굽 모양 은으로, 은자 25냥에 해당) 두 개를 챙기고 무슨 수를 써서 해 노공의 입을 통해 문제의 답을 이끌어 낼지 궁리하고 있는데, 갑자기 밖에서 한 사람이 소리쳤다.

"소계자, 소계자!"

위소보는 대청 쪽으로 가서 건성으로 대답했다. 그러자 해 노공이 나직이 말했다.

"널 부르러 왔잖아, 빨리 가봐!"

위소보는 '룰루랄라' 막 밖으로 나가려다 내심 '아뿔싸'를 외쳤다.

'그 도박귀신들은 장님이 아닌 이상 내가 소계자가 아니라는 걸 대번에 알 텐데, 어쩌면 좋지?'

밖에 있는 사람이 또 소리쳤다.

"소계자, 나와봐. 할 말이 있어."

위소보는 응답하지 않을 수가 없었다.

"나갈게!"

그는 황급히 내실로 들어가 흰 헝겊을 찾아내 얼굴을 위아래로 감싸 눈과 입만 겨우 드러나게 했다. 그리고 해 노공에게 인사하는 것을 잊지 않았다.

"다녀올게요."

잰걸음으로 밖에 나와보니 서른 살가량의 사내가 서 있었다. 그는 위소보의 꼬락서니를 보자 나직이 물었다.

"아니, 어떻게 된 거야?"

둘러대는 데는 이골이 난 위소보였다.

"돈을 잃어서 공공한테 얻어터져 얼굴이 시퍼렇게 멍들었어."

사내는 그럴 줄 알았다는 듯 히죽 웃더니 나직이 물었다.

"가서 본전 찾지 않을래?"

위소보는 그의 소매를 잡아끌며 음성을 낮췄다.

"공공이 들으면 안 돼. 당연히 가서 본전을 찾아야지."

사내는 엄지를 세웠다.

"역시 배짱이 두둑하군. 좋아, 가자고!"

위소보는 그와 어깨를 나란히 하고 걸었다. 자세히 보니 사내는 턱이 뾰족하고 안색이 창백했다. 그가 얼마쯤 걷다가 말했다.

"온溫가 형제들과 평위平威는 먼저 갔어. 오늘 네 운수가 좀 좋아야할 텐데."

위소보는 자신이 있었다.

"오늘은 꼭 이길 거야. 그렇지 않으면… 큰일 나지!"

가는 길이 모두 회랑回廊으로 연결돼 있었다. 그리고 잘 꾸며진 화원과 정원을 여러 군데 지났다. 위소보는 괜히 배알이 뒤틀렸다.

'빌어먹을! 어떤 놈인지 돈이 무진장 많은 모양이군. 이렇게 큰 집을 갖고 있으니….'

날 듯이 치솟은 처마, 호화스러운 단청, 멋들어지게 조각된 기둥과 대들보… 이런 으리으리한 저택은 난생처음 보았다.

'우리 양주의 여춘원만 해도 어디 내놓아도 손색이 없는 큰 집인데, 여기랑 비교하면 그야말로 새 발의 피군. 이런 곳을 기루로 만들면 손님들이 얼마나 좋아하겠어. 한데 이렇게 큰 기루면 아가씨들이 최소한

100명은 넘어야 구색이 맞겠지?'

위소보는 그 사내를 따라 한참 걷다가 어느 외진 방으로 들어갔다. 다시 방 두 칸을 지나고 나서야 사내는 문을 두드렸다. 똑똑똑, 세 번을 두드리고 다시 똑똑, 두 번을 두드렸다. 그러고 나서 다시 세 번을 두드리자 비로소 문이 열렸다. 딸랑딸랑 사기그릇 안에서 주사위 굴러가는 소리가 요란하게 들렸다. 방 안에는 이미 같은 차림의 대여섯 명이 모여 주사위놀이에 푹 빠져 있었다.

스무 살가량의 남자가 물었다.

"소계자, 어떻게 된 거야?"

그를 데려온 사내가 웃으며 해명했다.

"돈을 잃었다고 해 공공한테 얻어터진 모양이야."

남자는 낄낄 웃으며 안됐다는 듯이 혀를 끌끌 찼다.

위소보는 뒤쪽에 서서 분위기를 파악했다. 각자 거는 돈이 한 냥 아니면 닷 전인데, 모두 대나무로 만든 주마籌碼(칩)로 대신하고 있었다. 그는 우선 원보 하나로 닷 전짜리 주마를 50개 샀다.

한 사람이 말을 걸어왔다.

"소계자, 오늘은 얼마나 잃으려고 훔쳐왔어?"

위소보가 퉤하고 침을 뱉었다.

"훔치다니? 듣기 거북하게…."

그는 원래 '니에미씨팔'에서부터 연줄처럼 달고 다니는 쌍욕을 줄줄이 쏟아내려다가 꾹 참았다. 자기의 말투가 다른 사람들과 다를 수 있고, 게다가 욕을 했다가는 금방 들통이 날 것 같아, 가능한 한 말수를 줄이고 남의 말투를 흉내 내기 위해 신경을 곤두세웠다.

그를 데려온 사내가 주마를 갖고 좀 망설이는 것 같으니까 옆 사람이 부추겼다.

"오吳 형, 이번 물주는 끗발이 안 좋으니 좀 많이 걸어."

오가가 대답했다.

"좋아!"

그는 은자 두 냥을 걸고 위소보에게 물었다.

"소계자, 어떡할 거야?"

위소보는 속으로 생각을 굴렸다.

'가능한 한 남들의 주의를 사지 말아야 해. 많이 따지도 말고, 많이 잃지도 말고… 적당히 걸어야지.'

그래서 닷 전을 걸었다. 아무도 그를 눈여겨보지 않았다.

물주 노릇을 하는 사내는 뚱뚱했다. 다들 그를 '평平 대형'이라고 불렀다. 위소보는 오가가 오면서 '평위'라는 이름을 들먹인 것이 생각났다. 아마 바로 이 뚱보일 거라고 추측했다. 그는 주사위를 쥐고 손목을 한 차례 털더니 소리쳤다.

"통살通殺(다 죽어라)!"

그러고는 주사위를 그릇에 던졌다. 위소보는 그의 손놀림을 유심히 지켜보고 마음이 놓였다.

'저놈은 내 밥이야!'

속임수를 모르는 노름꾼은 다 자기 밥이라고 생각하는 위소보였다.

평위가 주사위 여섯 알을 던져 나온 것이 '우두牛頭'였다. 그래도 큰 끗발에 속했다.

나머지 사람들도 차례로 주사위를 던졌고, 따는 사람과 잃는 사람이 있었다. 오가는 '8점'이 나와 잃었다. 위소보는 사람들이 주사위를 던질 때마다 속으로 '밥이야!' 하고 외쳤다. 모두 일곱 번을 외치고 나서 안심이 됐다.

그의 품속에는 해 노공한테서 가져온 수은 주사위가 들어 있었다. 원래는 중간쯤에 바꿔치기해서 한밑천 잡은 후 다시 바꿔놓으려고 했다. 사실 가짜 주사위를 던지는 수법을 익히는 건 쉬운 일이 아니었다. 그리고 주사위를 바꿔치기하는 것은 더욱 손놀림이 빠르고 마술을 부리듯 고난도의 기술이 필요하다. 일단 주위 사람들의 주의를 분산시키는 게 중요하다. 예를 들어, 갑자기 걸상을 걷어차거나 찻잔 따위를 떨어뜨려 모두의 눈이 그쪽으로 쏠리게 하고 바꿔치기를 하는 것이다. 물론 진정한 타짜라면 걸상을 찬다거나 찻잔 따위를 떨어뜨리는 수법은 쓰지 않는다. 통상적으로 손에다 주사위를 숨겨 던지는 순간 쥐도 새도 모르게 바꿔치기를 해버린다. 물론 위소보는 아직 그런 경지까지는 터득하지 못했다.

주사위에 납이나 수은을 넣으면 돈을 따는 건 떼놓은 당상이라는 말이 있다. 수은과 납은 모두 무겁다. 그것을 주입하면 주사위는 한쪽이 가볍고 한쪽이 무거워져 의도한 대로 부릴 수가 있다. 그러나 납은 고체고 수은은 유동체라, 납 주사위는 던지기 쉬워도 수은 주사위는 던지기 어려웠다. 하지만 납 주사위는 발각되기 쉽고, 자신이 큰 끗발을 던져낼 수 있듯이 남들도 마찬가지로 큰 끗발을 던져낼 수 있다는 단점이 있다. 반면 수은 주사위는 원하는 끗발을 내려면 상당한 기술이 필요하다. 일반 사기도박꾼은 해내기가 어렵다.

위소보도 납 주사위라면 6~7할 정도의 자신이 있는데, 수은 주사

3. 일촉즉발의 위기

위로는 성공률이 1~2할 정도였다. 비록 1~2할이지만 돈을 열 번 걸어서 두 번을 확실하게 따올 수 있다면, 노름은 몇 시진을 계속하게 되니, 결과적으로 적지 않은 돈을 딸 수 있다.

물론 최고의 타짜는 그냥 일반 주사위로도 자기가 원하는 끗발을 자유자재로 던져낼 수가 있다. 수은이나 납 따위를 주입한 주사위가 전혀 필요치 않다. 그러나 그런 실력자는 만에 하나도 찾아보기 힘들고, 위소보는 아직껏 만난 적이 없다. 설령 만났다고 해도 전혀 눈치를 채지 못했을 것이다.

위소보는 다른 사람들이 다 노름판의 풋내기라서 주사위를 바꿔치기하는 게 그리 어렵지 않을 거라고 생각했다. 서두를 필요도 없었다. 처음 노름판에 끼어들 때 원보 하나를 주마로 바꿨고, 나머지 원보 하나는 왼손 옆에 놓아두었다. 주사위를 바꿔치기할 때 시선을 분산시키는 용도로 쓰기 위해서였다.

그의 잔머리는 언제나 잘 돌아갔다.

'소계자는 늘 돈을 잃은 모양이니 나도 남의 의심을 사지 않게 처음엔 좀 잃어주다가 나중에 따와야지.'

그냥 아무렇게나 주사위를 던져 잃어주었다. 물론 운이 좋아 가끔 따는 경우도 없지 않았다. 그렇게 잃고 따고 하는 동안 은자 닷 냥을 잃었다.

노름판이 지속될수록 차츰 판돈이 커져갔다. 위소보가 여전히 닷 전을 걸자, 물주 평위가 그의 주마를 밀어냈다.

"최소 한 냥이야, 닷 전은 받지 않아!"

위소보는 닷 전을 더 보탰다. 물주가 주사위를 던져 나온 끗발이 제법 높은 '인ㅅ'이라 하나하나씩 다 잡아먹었다.

위소보는 그가 자신의 닷 전을 밀어낸 게 괘씸해서 이번에는 따기로 작심했다.

'돈을 왕창 잃고 싶어 환장을 했군. 빌어먹을, 어디 두고 보자!'

그러고는 오른손으로 주사위를 흔들며 왼쪽 팔꿈치로 원보를 슬쩍 건드렸다. 그 원보가 바로 평위의 발등에 떨어졌다.

"아이고… 아파!"

그는 펄쩍 뛰었다. 다른 사람들은 다 웃음을 터뜨리며 평위가 원보를 줍는 걸 쳐다보았다.

위소보는 손쉽게 주사위를 바꿔치기한 다음 던져냈다. 네 알이 3점, 두 알이 1점이니 '지'라, 마침 물주의 '인'보다 한 끗발 위였다.

평위가 욕을 했다.

"제기랄! 고 녀석, 오늘은 운이 좋은데!"

위소보는 뜨끔했다.

'안 돼! 이렇게 계속 따다가는 내가 소계자가 아니라는 걸 들킬지도 몰라.'

다음번에는 한 냥을 잃었다. 다른 사람들은 앞다퉈 석 냥, 두 냥씩 걸었다. 위소보는 두 냥을 걸어 한 번 따면 다음번에는 한 냥을 잃어주었다.

정오 무렵이 되자 위소보는 20여 냥을 땄다. 매번 적은 액수를 걸었기 때문에 그를 눈여겨보는 사람이 없었다.

오가는 가져온 30여 냥을 몽땅 털렸다. 그는 풀이 팍 죽어 두 팔을 쭉 늘어뜨리며 푸념을 했다.

"오늘은 운수가 좋지 않군, 그만해야겠어!"

위소보는 노름판에서 십중팔구는 속임수를 써왔다. 하지만 같은 노름꾼들에게는 아주 화끈했다. 평상시 남한테 얻어터지고 욕을 먹으며 멸시를 당해왔지만 만약 누가 돈을 잃으면 선뜻 돈을 꿔주곤 했다. 그 사람은 당연히 고마워하고 위소보를 달리 대했다. 위소보가 호한好漢 행세를 할 때가 있다면, 그건 노름판에서 남에게 돈을 꿔줄 때뿐이었다. 설령 그 사람이 돈을 갚지 않아도 개의치 않았다. 하여간 그 돈은 자기 호주머니에서 나온 게 아니니까!

지금 오가가 몽땅 잃고 떠나려 하자 바로 주마 한 움큼을 집어 그의 손에 쥐여주었다. 대략 열댓 냥은 될 성싶었다.

"본전을 찾아야지, 따서 갚으면 돼."

오가는 뛸 듯이 좋아했다. 노름꾼들은 생전 남에게 돈을 꿔주지 않는다. 돈을 받지 못하는 경우도 우려되고, 또한 노름판에서 돈을 빌려주면 재수가 옴 붙어 땄던 돈도 나간다는 속설이 있기 때문이다.

오가는 위소보가 호기 있게 돈을 빌려주자 기분이 엄청 좋아서 그의 어깨를 툭툭 치며 칭찬을 아끼지 않았다.

"정말 대단해, 역시 의리가 있어."

물주 평위는 마침 끗발이 오르던 때라 행여 누가 몽땅 잃고 판을 깰까 봐 걱정하고 있었기 때문에 위소보의 '의거義擧'에 대해 역시 칭찬을 해주었다.

"우아! 소계자가 아주 확 달라졌어. 오늘은 전혀 꾀죄죄하지 않네!"

노름판은 이어졌고, 위소보는 다시 6~7냥을 땄다.

그런데 갑자기 누군가 소리쳤다.

"밥 먹을 시간이야. 내일 다시 놀기로 하지!"

다들 '밥 먹을 시간'이라는 말을 듣자 노름을 끝내고 주마를 돈으로 바꿨다. 위소보는 주사위를 다시 바꿔치기할 겨를이 없었다. 하지만 다들 풋내기라 눈치채지 못할 거라고 생각해 걱정은 하지 않았다.

위소보는 오가를 따라 나오면서 생각했다.

'밥을 먹으러 어디로 가지?'

오가는 빌려간 열댓 냥도 거의 다 잃었다.

"소형제, 내일 갚아줄게."

위소보는 태연했다.

"형제끼린데, 괜찮아."

오가는 빙긋이 웃었다.

"아무튼 고마워, 소형제. 빨리 돌아가야지. 해 노공이 같이 먹으려고 기다리고 있을 거야."

위소보가 고개를 끄덕였다.

"그래."

그러고는 속으로 생각했다.

'이제 보니 그 늙은 개뼈다귀한테 가서 밥을 함께 먹어야 하는군. 지금 달아나지 않으면 언제 달아나겠어?'

오가는 위소보를 놓아두고 어느 대청 안으로 혼자 들어가버렸다.

위소보는 생각을 굴렸다.

'여긴 대청이 많고 화원에다 회랑도 계속 이어지니… 도대체 나가는 대문이 어디 있는 거야?'

어쩔 수 없이 닥치는 대로 마구 쑤시고 다녔다. 가끔 같은 복색을 한 사람들을 만났는데 대문이 어디 있냐고는 감히 물을 수 없었다. 그는 갈수록 자꾸 멀어지는 것 같아 당황하지 않을 수 없었다.

'우선 그 늙은이한테 돌아가고 봐야겠다.'

그러나 이젠 어떻게 돌아가야 하는지, 가는 길조차 잃어버렸다. 발길 닿는 데가 다 처음 와보는 곳이었다. 때때로 대청 위에 큰 현판이 걸려 있는 게 보였는데, 글을 알지 못하니 아무 소용이 없었다.

다시 얼마 정도를 걷자 이제는 마주치는 사람조차 없었다. 배에서 꾸르륵 소리가 났다. 배가 고프다는 신호였다. 다시 월동문月洞門 하나를 지나자 왼쪽에 집이 한 채 보였다. 문이 닫혀 있어 가까이 다가가보니 안에서 향긋한 음식 냄새가 새나왔다. 침이 꿀꺽 넘어갔다. 음식의 유혹을 도저히 참을 수 없어 슬그머니 문을 열고 안을 살폈다.

탁자가 놓여 있고, 10여 가지의 맛있는 다과가 접시에 담겨 있었다. 방 안에 아무도 없는 걸 확인한 위소보는 살금살금 걸어들어갔다. 그리고 천층고千層糕를 한 조각 집어 입안에 넣었다. 몇 번 씹었을 뿐인데 너무 맛있었다. 이 천층고는 밀가루떡과 꿀을 겹겹이 쌓아 만든 데다 계화桂花의 계피향까지 곁들여져서 부드럽고 달콤했다.

양주의 다과는 본디 유명했다. 기루에서도 손님 접대를 위해 다과에 정성을 많이 들였다. 위소보는 손님들의 상에 올라가기 전에 몰래 그것을 훔쳐먹기 일쑤였다. 결국 들켜서 주인아주머니한테 쥐어박히거나 욕을 먹었지만 훔쳐먹는 버릇은 끝내 고쳐지지 않았다. 지금 맛본 이 다과는 기루 것보다 훨씬 더 맛났다.

'이 천층고는 정말 잘 만들었어. 여긴 틀림없이 북경에서 으뜸가는 기루인 것 같아.'

천층고를 맛본 후에도 아무도 걸어오는 소리가 들리지 않았다. 그래서 이번엔 다른 음식을 집어 입안에 넣었다. 워낙 훔쳐먹는 데 경험이 많고 이골이 난 위소보라, 한 음식을 많이 축내면 금방 들통이 난다는 걸 잘 알고 있었다. 그래서 여기서 조금, 저기서 조금, 티가 안 나게 요령껏 빼서 먹었다.

한창 신나게 먹고 있는데 문밖에서 뚜벅뚜벅 구두 발자국 소리가 들려왔다. 위소보는 얼른 기름에 부친 소병燒餠 하나를 집고는 주위를 두리번거리며 살폈다. 방 안은 널찍하고 한쪽 벽에 소가죽으로 만든 인형이 몇 개 기대 있고, 대들보에 큼직한 포대가 몇 개 걸려 있었다. 모름지기 무슨 양곡이나 모래 같은 게 담겨 있는 것 같았다. 그것 외에는 바로 앞에 있는 탁자뿐이었다. 탁자에는 상보가 깔려 있는데 거의 바닥까지 드리워졌다. 그는 자세히 생각할 겨를도 없이 탁자 밑으로 쏙 기어들어갔다.

소현자가 거칠게 덮쳐오는 것을 보고 그 또한 돌진했다.

위소보가 돌진해가자 살짝 옆으로 피하며 그의 등을 탁 쳤다.

위소보는 덮쳐야 할 표적이 없어졌으니 몸이 앞으로 쭉 밀려나갈밖에!

게다가 등에 일장을 맞았으니 퐈당, 바로 앞으로 고꾸라지고 말았다.

구두 발자국 소리가 바로 문 앞에 이르더니 한 사람이 들어왔다. 위소보가 상보 틈으로 살펴보니 구두가 별로 크지 않았다. 자기 또래의 남자아이 같아 안심이 됐다. 그는 입안에 들어 있는 소병을 소리 안 나게 침을 섞어가며 씹어서 삼켰다.

상보 밖 탁자 옆에서 우적우적 음식 씹는 소리가 들려왔다. 그 남자아이가 신나게 먹고 있는 게 분명했다. 위소보는 또 배알이 꼴렸다.

'저놈도 음식을 훔쳐먹으러 온 것 같은데… 내가 소리를 빽 지르고 뛰쳐나가면 녀석은 기겁을 하고 달아나겠지? 그럼 난 실컷 먹을 수 있을 텐데…!'

생각은 이어졌다.

'내가 왜 이렇게 미련하게 굴었지? 아까 음식을 주머니에 잔뜩 넣었으면 좋았을걸. 여긴 여춘원이 아니니 음식이 좀 없어져도 날 내칠 리가 없잖아?'

이때 갑자기 퍽퍽 하는 소리가 들렸다. 그 남자아이가 뭘 두드려패는 것 같았다. 위소보는 호기심에 탁자 밑에서 빼꼼히 고개를 내밀고 살펴보았다. 그 아이는 나이가 열네댓 살 정도로 보이는데, 짧은 옷을 입은 채 주먹을 휘둘러 대들보에 걸려 있는 포대를 치고 있었다. 한동안 포대를 가격하더니 이번에는 벽 쪽에 있는 가죽인형을 가격했다.

주먹으로 가죽인형의 가슴을 때리고는 다시 두 팔을 뻗어 인형의 허리를 감싸 바닥에 패대기쳤다. 그가 쓰는 수법은 어제 주막에서 만주인이 구사하던 씨름과 비슷했다.

위소보는 '하하!' 웃으며 탁자 밑에서 기어나왔다.

"가죽인형하고 놀면 무슨 재미가 있어? 나랑 한번 붙어보자!"

남자아이는 그가 얼굴을 흰 헝겊으로 감싼 채 갑작스레 나타나자 약간 놀라는 듯하더니 한번 붙어보자는 말에 이내 반색을 했다.

"좋아, 덤벼봐!"

위소보가 두말 않고 덮쳐가 두 팔을 비틀려고 하자, 남자아이는 살짝 옆으로 피하며 오른손을 휘둘렀다. 위소보는 떠밀려 휘청거리더니 바로 뒤로 나자빠졌다.

남자아이는 의외인 듯 내뱉었다.

"잇? 씨름을 할 줄 모르는군!"

위소보가 반발했다.

"내가 왜 못해?"

그러고는 벌떡 일어나 남자아이의 왼쪽 다리를 끌어안았다. 그러자 남자아이는 그의 등허리를 낚아채려 했는데, 위소보가 급히 피하는 바람에 빗나갔다.

위소보는 주막에서 모십팔이 씨름꾼들을 상대했던 수법을 떠올려 잽싸게 왼쪽 주먹으로 남자아이의 아래턱을 노렸고, 퍽 하는 소리와 함께 정통으로 맞혔다.

남자아이는 약간 멍해지면서 눈에 분노의 빛이 떠올랐다. 위소보는 웃으며 그를 약올렸다.

"잇? 씨름을 할 줄 모르는군!"

남자아이는 아무 대꾸도 하지 않고 왼손을 휘두르려 했다. 위소보가 다시 비스듬히 피하는 순간, 남자아이가 팔꿈치로 그의 옆구리를 가격했다.

"으아!"

위소보는 아파서 소리를 지르며 그 자리에 꿇어앉았다. 남자아이는 그의 등 뒤에서 두 팔을 겨드랑이 사이로 잽싸게 밀어넣어 손깍지를 끼면서 뒷덜미를 조여 몸을 짓눌렀다. 위소보는 뒷발질을 할 수밖에 없었다. 남자아이가 두 손을 냅다 뻗쳐 위소보를 밀어내자, 쿵 하는 소리와 함께 위소보는 앞으로 곤두박질쳤다.

위소보는 화가 치밀어 몸을 일으켜서 다짜고짜 남자아이의 두 다리를 끌어안고 힘껏 잡아당겼다. 남자아이는 중심을 잃고 쓰러지면서 마침 위소보의 몸을 깔아뭉개고 앉아버렸다. 그리고는 즉시 팔로 위소보의 뒷덜미를 조였다.

남자아이는 위소보보다 몸집이 컸다. 위소보는 숨쉬기가 곤란해 젖먹던 힘을 다해 버둥거리다가 결국 간신히 뒤집기를 해서, 반대로 남자아이의 몸에 올라탔다. 그러나 위소보는 몸집이 작아 상대방을 계속 깔고 앉아 있지 못했다. 남자아이는 뒤집기로 전세를 바꿔 다시 위소보의 몸에 올라탔다. 그리고는 호통을 쳤다.

"항복할 거야?"

위소보는 바닥에 누운 채 무릎을 세워 남자아이의 겨드랑이를 긁었다. 남자아이는 간지러운지 낄낄 웃었다. 목을 조이던 손에서도 힘이 풀렸다. 위소보는 그 틈을 타서 벌떡 일어나 그의 목을 끌어안았다.

그러자 남자아이는 씨름 수법을 전개해 위소보의 뒷덜미를 움켜쥐고 냅다 바닥에 패대기쳤다. 위소보는 충격에 머리가 떵하고 힘이 쭉 빠졌다. 남자아이는 '하하!' 웃었다.

"이젠 항복하겠지?"

위소보는 악에 받쳐 벌떡 일어나 머리로 상대방의 아랫배를 강타했다. 남자아이는 '홍!' 코웃음을 치며 뒤로 몇 걸음 물러났다. 위소보가 다시 돌진해가자 그는 살짝 몸을 피하며 다리를 휙 쓸어냈다. 그 바람에 위소보는 다시 쓰러졌지만 무턱대고 상대의 다리를 끌어안았다. 두 사람은 동시에 나자빠졌다.

남자아이가 위에 올라탔다가, 위소보가 뒤집기로 다시 위에 올라타고… 그런 식으로 두 사람은 열댓 번이나 엎치락뒤치락하며 서로 뒤엉켰다. 둘 다 거친 숨을 헐떡이더니 갑자기 약속이나 한 듯 '하하핫!' 크게 웃음을 터뜨렸다. 너무 신나게 겨룬 한판이었다. 둘은 천천히 상대방의 몸에서 손을 풀었다.

남자아이는 갑자기 손을 뻗어 위소보의 얼굴을 가린 헝겊을 풀어헤치며 웃었다.

"뭐 하러 머리를 감쌌어?"

위소보는 깜짝 놀랐다. 그는 헝겊을 빼앗아오려다가 이미 상대방에게 얼굴이 노출됐으니 더 가려봤자 소용이 없다는 것을 알고 배시시 웃었다.

"음식을 훔쳐먹다가 들키면 안 되니까 얼굴을 가린 거지."

남자아이는 몸을 일으키며 웃었다.

"잘한다. 이제 보니 때때로 여기에 와서 음식을 훔쳐먹었군!"

위소보가 응수했다.

"때때로는 아니지!"

그도 몸을 일으켰다. 남자아이는 이목구비가 청수淸秀하고 기품이 있어 보여 호감이 갔다.

남자아이가 물었다.

"이름이 뭐니?"

위소보가 응답했다.

"난 소계자야, 너는?"

남자아이는 약간 주춤하더니 말했다.

"난… 난 소현자야. 넌 어느 공공 밑에 있는데?"

위소보는 있는 그대로 말했다.

"해 노공을 모셔."

소현자는 고개를 끄덕이더니 위소보가 썼던 흰 헝겊으로 얼굴의 땀을 닦으며 다과를 집어먹었다. 위소보도 질세라 마구 집어먹었다.

'네가 겁 없이 먹는데 나라고 못 먹을 게 무어냐?'

소현자는 웃으며 말했다.

"넌 씨름을 배우지 않은 것 같은데, 제법 손발을 민첩하게 쓰던걸! 그래도 계속 겨루면 내가 이길 거야."

위소보는 꿀리지 않았다.

"그렇지 않을걸! 어디 다시 붙어보자!"

소현자도 기꺼이 응했다.

"좋아!"

두 사람은 다시 뒤엉켰다.

소현자는 씨름 기술을 약간 배운 것 같았다. 그리고 체구도 크고 힘도 좋았다. 하지만 위소보는 양주 바닥에서 산전수전을 다 겪은 몸이었다. 시정잡배나 양아치들하고 싸움을 얼마나 많이 했는지 모른다. 막싸움의 경험은 소현자보다 훨씬 앞섰다.

다행인 것은, 그래도 모십팔의 충고를 잊지 않아 소현자와는 그저 놀이 삼아 힘을 겨룰 뿐, '너 죽고 나 죽자'는 마구잡이 싸움은 하지 않았다. 손가락 꺾기, 머리카락 잡아당기기, 목덜미 물어뜯기, 눈깔 후비기, 귀 비틀기, 음낭 움켜쥐기 같은 나름대로 터득한 비장의 기술은 전혀 사용하지 않았다. 그러니 쉽사리 승기를 잡지 못했다.

다시 얼마 동안 엎치락뒤치락을 거듭한 후에 소현자가 위소보의 등을 깔고 눌렀다. 위소보는 지쳐서 뒤집기를 할 재간이 없었다.

소현자가 웃으며 말했다.

"이젠 항복이지?"

위소보는 고집을 부렸다.

"죽어도 항복 못해!"

소현자는 '하하!' 웃으며 몸을 일으켰다.

위소보가 다시 덤비려 하자 소현자가 손사래를 쳤다.

"오늘은 그만하고 내일 다시 겨루자. 하지만 넌 내 적수가 못 되니 겨루나마나야."

위소보는 승복을 할 수 없어 석 냥쯤 되는 은자를 꺼냈다.

"좋아, 내일 다시 겨루기로 하지! 대신 내기를 하자! 너도 은자 석 냥을 가져와."

소현자는 약간 멍해졌으나 이내 고개를 끄덕였다.

"그래 좋아, 신나게 겨뤄보자고! 내일 나도 은자를 가져올 테니 정오 무렵 여기서 만나자!"

위소보는 힘주어 말했다.

"사나이끼리의 약속이야. 남아일언중천금! 한번 내뱉은 말은 죽어도 지켜야 해!"

소현자는 다시 '하하!' 웃었다.

"그래, 남아일언중천금이야. 내뱉은 말은 다시 주워담을 수 없어."

그러면서 밖으로 나갔다.

위소보도 곧 따라 나갔지만 그 전에 다과를 잔뜩 집어 품속에 넣는 걸 잊지 않았다.

그의 뇌리에 모십팔이 떠올랐다. 겨루기로 한 약조 때문에 감옥에 갇혔어도 탈옥을 하고, 중상을 입은 몸으로도 기어코 약속을 지켜 득승산에서 두 고수를 기다리지 않았던가! 그 기백과 의지는 존경하지 않을 수 없었다.

위소보는 설화 선생으로부터 영웅호걸들에 관한 고사를 숱하게 들어왔다. 그리고 자신도 그런 영웅호걸이 되는 환상에 젖곤 했다. 드디어 오늘 사나이로서 겨루기를 약속한 이상 어찌 지키지 않을쏘냐! 내일 약속을 지키려면 오늘은 해 노공에게 돌아가야만 했다.

그래서 오던 길을 더듬어 우선 노름을 했던 장소를 천천히 찾아갔다. 그의 기억으로는 노름판을 나와 오른쪽으로 갔기 때문에 갈수록 멀어진 것 같아, 이번에는 왼쪽으로 길을 꺾어 회랑 두 곳을 지나자, 어렴풋이 전에 본 기억이 있는 정원과 화원의 모습이 보였다. 다시 그 길을 더듬어가니 드디어 해 노공의 거처가 나타났다.

문 앞에 다다르자 안에서 해 노공의 기침 소리가 들려왔다.

"공공, 좀 나아지셨어요?"

해 노공의 음성에는 노여움이 섞여 있었다.

"나아지기는 개뿔! 어서 들어와!"

위소보가 들어가 보니 해 노공은 의자에 앉아 있었다. 그 부서졌던 탁자는 이미 새것으로 바뀌었다.

해 노공이 물었다.

"얼마나 땄니?"

위소보가 대답했다.

"열댓 냥 땄어요. 한데… 한데…."

해 노공이 다그쳤다.

"한데… 뭐냐?"

위소보는 안색 하나 변하지 않았다.

"한데… 오가한테 빌려줬어요."

사실 그는 20여 냥을 땄다. 오가에게 빌려준 것 외에도 8~9냥이 남았다. 만약 해 노공이 돈을 회수한다면 아귀가 맞아야 했다.

해 노공의 안색이 굳어졌다.

"오가 녀석한테 빌려주면 무슨 소용이 있어? 상서방上書房 소속도 아닌데! 왜 온가 형제에게 안 빌려줬지?"

위소보는 영문을 몰랐다.

"온가 형제는 돈을 빌리지 않던데요."

해 노공이 나무랐다.

"안 빌리면 네가 빌리게끔 만들면 되잖아! 내가 분부한 걸 벌써 다

잊은 게냐?"

위소보는 더욱 뭐가 뭔지 알 수가 없었다.

"저… 어젯밤에 사람을 죽여서 너무 무서워 다 까먹었나 봐요. 네, 온가 형제한테 빌려줘야 하는데… 그래요, 공공께서 그렇게 분부하셨어요."

해 노공은 코웃음을 쳤다.

"흥! 사람 하나 죽인 게 무에 그리 대수롭다는 거냐? 그래, 넌 아직 어리고 사람을 죽여보지 않았으니 그럴 수도 있겠지. 하지만 그 책 말이다, 그건 잊지 않았겠지?"

천하의 위소보도 이번에는 약간 당황했다.

"네? 그 책은… 책… 저….."

해 노공이 다시 코웃음을 쳤다.

"정말 다 까먹은 게냐?"

위소보는 둘러댈밖에!

"공공, 저는… 머리가 너무 아파요. 너무… 무서워요. 게다가 공공의 기침은 점점 심해지고… 정말 걱정이에요. 저… 멍청해진 것 같아요."

해 노공이 그를 불렀다.

"좋아, 가까이 와라!"

위소보는 눈치를 살피며 대답했다.

"네."

앞으로 다가가자 해 노공이 말했다.

"다시 한번 말해주마. 이번에도 역시 제대로 기억해두지 못하면 죽여버릴 거야!"

위소보는 머리를 조아렸다.

"네, 네…."

그러나 속으로는 시부렁거렸다.

'그래, 한 번만 말해주면 100년이 지나도 안 잊어먹을 거다!'

해 노공이 말했다.

"온가 형제가 노름판에서 돈을 잃으면 바로 꿔줘라. 많이 꿔줄수록 좋아. 그러고는 며칠 있다가 널 상서방으로 데려가달라고 해. 그들은 돈을 빌렸으니 그냥 들어줄 거야. 만약 자꾸 미루면 내가 직접 상서방 총관 오鳥 노공을 찾아가 따질 거라고 윽박질러. 그럼 온가 형제는 황상이 없는 틈을 타서 널…."

위소보는 깜짝 놀랐다.

"황상이요?"

해 노공이 반문했다.

"그래, 왜…?"

위소보는 얼버무렸다.

"아… 아녜요."

해 노공이 말을 이었다.

"그들은 너한테 상서방에 왜 가려고 하냐고 물을 거야. 그럼 넌 사람은 위를 보고 살아야 한다면서, 황상을 뵙고 상서방에서 일을 좀 해볼 생각이라고 말해. 온가 형제는 네가 황상과 대면하는 걸 절대 허락하지 않을 거야. 그러니 널 데려갈 때는 틀림없이 황상이 상서방에 안 계시겠지. 넌 그 틈을 타서 무슨 수를 써서라도 그 책을 훔쳐오면 되는 거다."

위소보는 해 노공이 계속 황상을 거론하자 속으로 짐작했다.

'그럼 여기가 황궁이란 말인가? 북경의 큰 기루가 아니고? 그래⋯ 그래⋯ 황궁이 아니고서야 이렇게 번쩍번쩍하고 으리으리할 리가 없지. 그럼 이⋯ 이 사람들은 황제를 모시는 내시들인가?'

위소보는 황제와 황후, 태자, 공주, 궁녀, 내시들에 관한 이야기를 많이 들었으나 황제가 용포를 입는다는 것 외엔, 다른 사람들이 어떤 차림새인지 전혀 몰랐다. 물론 양주에서 경극이나 희극 공연을 몇 번 보기는 했어도, 무대에 등장하는 내시들의 모습은 해 노공이나 오가 등의 복식과 전혀 달랐다. 손에 불진拂塵(먼지를 털거나 모기를 쫓는 생활용구) 같은 것을 들고 흔들며, 남자도 아니고 여자도 아닌 간드러진 목소리를 내는 게 꼴 보기 싫었다.

이곳에 와서 해 노공과 하루를 지냈고, 오가나 온가 형제 등과 반나절 동안 노름을 했는데도 그들이 내시라는 걸 몰랐다. 지금 해 노공의 말을 듣고서야 비로소 깨달았다.

'아이고 맙소사⋯ 그럼 나도 내시가 된 거잖아?'

해 노공이 차갑게 다그쳤다.

"알아들었느냐?"

위소보가 얼른 대답했다.

"네, 네, 알았어요. 황⋯ 황상의 상서방으로 갈게요."

해 노공이 바로 물었다.

"황상의 상서방으로 가서 뭘 할 건데? 놀 거냐?"

위소보는 고개를 내둘렀다.

"아녜요, 책을 훔쳐야죠."

해 노공은 고삐를 조였다.

"무슨 책?"

위소보는 다시 말문이 막혔다.

"저… 저… 무슨 책이냐 하면… 저… 까먹었어요."

해 노공은 힘주어 말했다.

"다시 한번 말할 테니 잘 기억해둬야 한다. 그건 불경이야. 《사십이 장경四十二章經》! 여러 권으로 돼 있는데 아주 낡았어. 그걸 한꺼번에 가져와야 돼. 기억했니? 무슨 책이라고 했지?"

위소보는 기뻐하며 큰 소리로 대답했다.

"《사십이장경》이에요!"

해 노공은 그의 음성에서 그가 기뻐하고 있다는 것을 알아차리고 물었다.

"뭐가 그리 좋으냐?"

위소보는 둘러댔다.

"다시 말씀해주시자 금방 생각이 떠올라서 기분이 좋아졌어요."

사실, 그는 처음 해 노공으로부터 상서방에 가서 책을 훔쳐오라는 말을 듣고 난감했다. '책을 훔치다'에서 '훔치다'는 어렵지 않지만 문제는 '책'이었다. 일자무식인데 무슨 책인지 어떻게 분간할 수 있단 말인가! 그건 때려죽인다고 해도 해낼 수 없는 일이었다. 그런데 책 이름이 '사십이장경'이라니! 얼씨구나, 신바람이 날밖에! '장경'은 무슨 개나발인지 알 바 아니었다. '사십이' 세 글자는 알고 있다. 다섯 글자 중 세 개나 아니, 이 어찌 아니 기쁠쏘냐!

해 노공이 다시 말했다.

"상서방에서 책을 훔치려면 뒤탈이 없도록 아주 깔끔하게 해치워야 해. 만약 누구한데 들키기라도 하는 날이면 목숨이 100개라도 무사하지 못할 게다."

위소보는 자신이 있었다.

"저도 그건 잘 알아요. 남의 물건을 훔치다가 들켰는데 무사할 리가 있겠어요?"

그러고는 속으로 생각을 굴리며 다시 말했다.

"하지만 들켜도 공공 얘기는 절대 하지 않을 거예요!"

해 노공은 한숨을 내쉬었다.

"내 얘기를 하든 말든, 그때는 아무 상관이 없을 거야."

그는 기침을 좀 하고 나서 다시 입을 열었다.

"오늘은 돈을 땄다니, 아주 잘했다. 그들이 널 의심하진 않았겠지?"

위소보는 웃었다.

"히히, 그럼요! 의심할 리가 있나요?"

그는 자화자찬을 늘어놓고 싶었지만 꾹 참았다.

해 노공이 손짓을 했다.

"가서 연습이나 더 해라. 할 일도 없는데 게으름 피우지 말고."

위소보는 대답을 하고 내실로 들어갔다. 방 안에는 반찬 네 가지와 국이 탁자 위에 놓여 있었다. 아무도 손을 안 댄 것 같았다.

"공공, 식사하셔야죠, 밥을 퍼드릴까요?"

해 노공이 말했다.

"난 배고프지 않으니 너나 먹어라."

위소보는 좋아라 하며 밥을 뜰 겨를도 없이 홍소육紅燒肉부터 한 덩어리 집어 우적우적 씹었다. 반찬은 비록 식었지만 배가 고프던 참이라 무척 맛있었다. 그야말로 꿀맛이었다.

'이 밥과 반찬을 누가 가져왔지? 이런 사소한 일은 물어볼 필요가 없어. 천천히 눈여겨보면 다 알게 될 거야.'

생각이 이어졌다.

'여기가 황궁이면 그 오가나 온가 형제, 그리고 소현자는 내시일 테고, 황제나리와 황후마마는 어떻게 생겼을까? 잘 봐뒀다가 양주로 돌아가서… 흐흐, 자랑을 실컷 늘어놔야지! 한데 모 대형은 어떻게 됐을까? 황궁에서 달아났나? 노름을 하면서도 누구를 잡았다는 얘기가 없었던 걸 보면 이미 도망쳤다고 봐야겠지.'

밥을 먹은 후 해 노공이 의심할까 봐 주사위를 그릇에 딸랑딸랑 던지며 한참 갖고 놀았다. 그러다가 슬슬 눈꺼풀이 감겼다. 간밤에 잠을 제대로 자지 못해 피로가 몰려왔다. 그는 곧 잠들어버렸다.

잠에서 깨어났을 때는 저녁 무렵이었다. 허드렛일을 하는 내관이 식사를 가져왔다. 위소보는 해 노공의 식사 시중을 들고 잠자리를 봐준 다음 작은 침상에 누웠다.

'내일 소현자랑 겨루는 게 가장 중요한데, 어떻게 하면 보란 듯이 이길 수 있을까?'

눈을 감고 모십팔이 주막에서 만주 씨름꾼들을 상대로 펼쳤던 수법을 떠올려봤지만, 그저 희미할 뿐 기억이 잘 나지 않았다. 은근히 후회가 됐다.

'모 대형이 무공을 가르쳐준다고 할 때 못 이기는 척 배워둘걸. 북경까지 오는 동안 열심히 배웠더라면, 소현자가 비록 기운은 좀 세도 어떻게 내 적수가 되겠어? 내일 또 등에 올라타 날 꼼짝 못하게 만드는 건 아닌지… 은자를 좀 잃는 건 상관없지만 체면이 말이 아니잖아! 이 소백룡 위소보가 앞으로 어떻게 강호에서 굴러먹을 수 있겠어?'

문득 생각이 엉뚱한 데로 돌아갔다.

'만주 무사들은 모 대형을 당해내지 못했는데, 모 대형은 저 늙은 뼈다귀의 적수가 되지 못했어. 늙은이한테 몇 수 가르쳐달라고 할까?'

생각은 바로 수작으로 이어졌다.

"공공, 상서방에서 책을 훔쳐오라고 하셨는데, 어려운 점이 하나 있어요."

해 노공이 물었다.

"뭐가 어렵다는 거냐?"

위소보는 잘도 꾸며댔다.

"오늘 노름을 하고 돌아오는데 도중에 어느… 어린 내관을 만났어요. 그런데 길을 막고 저더러 돈을 나눠달라는 거예요. 제가 싫다고 거절하니까 그럼 서로 겨뤄서 자기를 이기면 보내주겠다지 뭐예요. 그래서 한참 싸우는 바람에… 밥 먹는 시간도 놓친 거예요."

해 노공이 다시 물었다.

"네가 진 거지? 그렇지?"

위소보는 머리를 굴리며 말했다.

"그는 장대하고 힘도 저보다 훨씬 더 세요. 매일 저랑 겨루겠다고 했어요. 언제든 내가 자기를 이겨야만 날 귀찮게 굴지 않을 거래요."

해 노공은 고개를 갸웃했다.

"그 녀석의 이름이 뭐며, 어느 방에 있다더냐?"

위소보는 아는 대로 대답했다.

"이름은 소현자인데 어느 방인지는 잘 몰라요."

"네가 남의 돈을 따고 으스대니까 꼴사나워서 그랬겠지, 아니면 왜 공연히 시비를 걸겠니?"

위소보는 눈치를 보며 말했다.

"어쨌든 난 승복 안 해요. 내일 또 겨룰 건데, 이길 수 있을까요?"

해 노공은 콧방귀를 날렸다.

"흥! 또 나한테 무공을 가르쳐달라고 조를 모양이군. 내가 안 된다고 했잖아, 안 된다면 안 되는 거야. 네가 뭐라고 졸라도 소용없어."

위소보는 내심 놀랐다.

'이 늙은이는 안 속는군. 제법 똑똑한데!'

그래도 물러나지 않았다.

"그 소현자라는 놈도 무공을 모르는 것 같으니까, 이기려고 굳이 무공 같은 건 안 배워도 돼요. 가르쳐주기 싫으면 관둬요. 오늘 내가 분명히 그의 몸에 올라탔는데 녀석은 힘이 세서 금방 뒤집기를 했어요. 내일은 내가 있는 힘을 다해 꽉 누르고 있으면 빌어먹을, 자라새끼처럼 뒤집지 못하겠지!"

그는 하루 종일 쌍소리를 안 하려고 입조심을 했는데 지금 자신도 모르게 욕 한 마디가 튀어나왔다.

해 노공은 대수롭지 않게 말했다.

"뒤집기를 못하게 하려면… 그건 아주 간단해."

위소보는 아는 척을 했다.

"네, 저도 간단하다고 생각해요. 어깻죽지를 꽉 누르면 되겠죠."

해 노공은 코웃음을 쳤다.

"흥! 어깻죽지를 누르면 무슨 소용이 있니? 뒤집느냐 못 뒤집느냐는 허리힘에 달려 있어. 그러니 네가 무르팍으로 개의 허리 뒤 혈도만 누르면 돼. 이리 와봐, 가르쳐줄 테니."

위소보는 쪼르르 침상에서 내려와 해 노공 앞으로 갔다. 해 노공이 그의 허리 뒤쪽 한 부위를 살짝 누르자 온몸이 뻐근해지면서 힘이 쭉 빠졌다. 해 노공이 말했다.

"잘 기억해뒀니?"

위소보는 대답했다.

"네! 내일 바로 시도해볼게요. 될지 안 될지 모르겠지만…."

해 노공은 화를 냈다.

"무슨… 될지 안 될지를 몰라? 그건 백발백중 확실해!"

그러고는 손을 내밀어 다시 위소보의 목덜미 양쪽을 살짝 눌렀다.

"으악!"

위소보는 비명을 질렀다. 가슴팍이 꽉 막힌 듯 숨을 제대로 쉴 수 없었다. 해 노공이 다시 말했다.

"그 두 군데 혈도를 힘껏 누르면 걔는 더 이상 너랑 겨룰 힘이 없을 게다."

위소보는 크게 기뻐했다.

"됐어요! 내일 팍 이길게요!"

그가 말한 '팍'은 오늘 낮에 노름판에서 배운 말이다. 침상으로 돌아와 누워서 내일 '소백룡'이 소현자를 깔고 앉아 '항복! 항복!'이란 외침을 들을 생각을 하니 기분이 째지게 좋았다.

다음 날 오가가 다시 노름하러 가자고 부르러 왔다. 그 온가 형제는 온유도溫有道와 온유방溫有方이었다. 그들 형제가 물주 차례가 됐을 때, 위소보는 기술을 써서 20냥을 땄다. 온가 형제는 운이 없는지 반 시진 도 못 돼서 본전 50냥을 몽땅 잃었다. 위소보는 그들에게 20냥을 빌 려주었는데 파장쯤에는 그것마저 다 잃었다.

위소보는 소현자와의 약속을 되뇌고 있다가 파장이 되자마자 바로 그 집으로 달려갔다. 탁자 위에 여전히 맛있는 다과가 놓여 있어 우선 이것저것 집어 맛을 봤다. 그러자 밖에서 구두 발자국 소리가 들려왔 다. 소현자가 아닐 수도 있어 일단 탁자 밑으로 몸을 숨겼다. 소현자의 목소리가 바로 문밖에서 들렸다.

"소계자! 소계자!"

위소보는 문 앞으로 달려가 소리쳤다.

"남아일언중천금!"

소현자도 웃으며 응했다.

"남아일언중천금!"

그러고는 안으로 들어왔다. 그는 호화로운 옷을 입고 있었는데, 위소 보는 그가 새 옷을 입고 우쭐거리는 것 같아 은근히 배알이 뒤틀렸다.

'좋아. 좀 이따 네 그 옷을 찢어버릴 테니까, 얼마나 우쭐거리는지 두고 보자!'

바로 기합을 지르며 그에게 덮쳐갔다.

소현자도 일갈했다.

"좋았어!"

위소보의 두 팔을 잡고 왼발로 장딴지를 걸자 위소보는 중심을 잃고 비틀거리더니 쓰러졌다. 하지만 그는 쓰러지면서 소현자도 끌고 넘어졌다.

위소보는 데굴 굴러서 소현자의 등에 올라탔다. 그러고는 해 노공이 가르쳐준 대로 허리 뒤쪽 혈도를 눌렀다. 하지만 점혈수법을 배우지 않은 그가 대번에 혈도를 정확히 찍기란 그리 쉬운 일이 아니었다. 찍은 부위가 약간 빗나갔는지, 소현자는 바로 뒤집기를 해서 그의 왼팔을 잡고 뒤로 비틀었다. 위소보가 소리를 질렀다.

"아야… 비겁하게 팔을 비트냐?"

소현자는 웃었다.

"씨름은 원래 팔을 비트는 거야. 뭐가 비겁해?"

위소보는 그가 말을 하는 틈을 타서 숨을 길게 들이켜고는, 있는 힘을 다해 뒤허리 쪽으로 박치기를 하면서, 등을 그의 머리에 붙여 오른손을 겨드랑이 사이로 집어넣어서 냅다 위로 뿌리쳤다. 그러자 소현자의 몸은 그의 머리 위를 넘어 쿵 바닥에 떨어졌다.

소현자는 벌떡 일어나면서 소리쳤다.

"너도 이 영양괘각羚羊掛角 초식을 아는구나!"

위소보는 '영양괘각'이 무슨 수법인지 알 턱이 없었다. 그냥 소 뒷걸음에 쥐 잡듯, 우연찮게 일초를 이겨 의기양양했다.

"이건 아무것도 아니야. 아직 쓰지 않은 수법이 수두룩하다고!"

소현자는 몹시 기뻐했다.

"그거 정말 잘됐다. 다시 겨뤄보자!"

위소보는 속으로 궁리를 했다.

'이제 보니 넌 무공을 배웠구나! 그러니 나보다 세지. 좋아! 네가 한

266

초식을 쓰면 나도 그대로 배울 거야. 몇 번 더 쓰러져주면 네 기술을 다 배워올 수 있겠지!'

소현자가 거칠게 덮쳐오는 것을 보고 그 또한 돌진했다. 그런데 소현자의 공세攻勢는 속임수 허초였다. 위소보가 돌진해가자 살짝 옆으로 피하며 그의 등을 탁 쳤다. 위소보는 덮쳐야 할 표적이 없어졌으니 몸이 앞으로 쭉 밀려나갈밖에! 게다가 등에 일장을 맞았으니 꽈당, 바로 앞으로 고꾸라지고 말았다.

소현자는 환호를 하며 펄쩍 뛰어와 그의 등에 올라타며 소리쳤다.

"항복할래, 안 할래?"

그냥 물러날 위소보가 아니었다.

"안 해!"

허리에 힘을 줘 뒤집기를 시도하려는데 갑자기 허리가 뻐근해지며 두 군데 혈도를 제압당하고 말았다. 그건 바로 해 노공이 간밤에 가르쳐준 수법인데, 자신이 쓰기 전에 상대가 먼저 써먹은 것이었다. 위소보는 몇 번이고 버둥거리며 반전을 시도했지만 소용이 없었다.

"그래, 이번엔 항복이다!"

소현자는 '하하!' 웃으며 그를 놔주고 일어났다.

그 순간, 위소보는 난데없이 다리를 뻗어 장딴지를 걸었다. 소현자의 몸이 휘청거리자, 곧바로 주먹을 날려 그의 허리를 강타했다.

"아야!"

소현자가 아파서 비명을 지르며 허리를 구부리자, 위소보가 등 뒤에서 덮쳐 냅다 두 손으로 목덜미 양쪽을 조였다. 소현자는 아찔해지면서 바닥에 엎어졌다.

위소보는 뛸 듯이 좋아하며 두 손에 힘을 꽉 주고 놓지 않았다.

"항복할 거지?"

소현자는 코웃음을 치며 돌연 양쪽 팔꿈치를 뒤로 쭉 밀어냈다.

"으악!"

위소보는 갈비뼈가 부러지는 듯한 통증을 느끼며 비명과 함께 뒤로 벌렁 나자빠졌다. 소현자는 벌떡 일어나 이번에는 위소보의 가슴을 깔고 앉았다. 또 기선을 잡은 것이다. 하지만 그도 지쳤는지 거친 숨을 헐떡였다.

"자… 항… 항복할 거지?"

위소보는 악을 썼다.

"제기랄! 안… 항복 안 해! 백… 백번… 만번 항복 안 해! 네가 우연히 이긴 거야!"

소현자는 가소로운지, 피식 웃으며 말했다.

"승복 못하겠으면… 일어나서 다시 덤벼봐!"

위소보는 두 손으로 땅을 짚고 있는 힘을 다해 몸을 튕기려 했으나 가슴 부위 급소가 눌려 전혀 힘을 쓸 수가 없었다. 얼마 동안 버티다가 어쩔 수 없이 또 한 번 항복을 선언했다.

"항복!"

소현자는 비로소 몸을 일으켰다. 그도 온몸이 뻐근했다.

위소보는 간신히 몸을 일으켰으나 비칠거리며 다시 쓰러질 것만 같았다.

"내일… 내일 다시 붙자! 내가 꼭… 꽉 꺾고야 말 거야!"

소현자는 웃었다.

"백번을 더 겨뤄도 넌… 넌 이기지 못해. 그래도 배짱이 있으면 내일 다시 붙어보자!"

위소보는 말로는 지지 않았다.

"배짱이 없는 건 너겠지! 내가 왜 배짱이 없어? 남아일언중천금! 내일 또 보자!"

소현자 또한 마다하지 않았다.

"좋아, 남아일언중천금이야!"

두 사람은 어쨌든 신나게 몸을 풀어서인지 은자 내기에 대해선 언급하지 않았다. 소현자가 아무 말 없으니 위소보로선 얼씨구나, 모른 척할밖에! 만약 자기가 이겼다면 은자를 반드시 받아냈을 테지만….

거처로 돌아온 위소보는 해 노공에게 푸념을 했다.

"공공이 가르쳐준 그 기술은 별로 쓸모가 없었어요. 너무 평범한 것 같아요."

해 노공은 코웃음을 쳤다.

"흥! 못난 녀석 같으니라고. 또 진 모양이구나!"

위소보는 강변했다.

"만약 그냥 제 수법을 썼다면 비록 팍 이길 순 없었을지 몰라도, 팍 지지도 않았을 거예요. 한데 공공한테 배운 그 수법은 너무 평범해서 그 녀석도 알고 있더라고요. 그러니 별거 아닌 거죠."

해 노공은 고개를 갸웃했다.

"걔도 그 수법을 알고 있다고? 어떻게 했는지, 어디 한번 해봐라."

위소보는 속으로 투덜거렸다.

'눈이 멀었으니 내가 어떻게 하는지 볼 수가 없잖아!'

그러나 이내 생각을 바꿨다.

'정말 눈이 멀었는지 아닌지 알 수가 없으니 한번 시험해봐야지!'

그는 곧 양 팔꿈치를 뒤로 꽉 밀어내며 말했다.

"걔가 이렇게 하니까 전 온몸의 삼천 뼈마디가 노곤노곤해지며 다 아팠어요."

해 노공은 한숨을 내쉬었다.

"너 혼자 이렇게 저렇게 했다고 하면, 난 눈이 안 보이는데 어떻게 알 수가 있어?"

그러고는 부들부들 떨면서 일어섰다.

"다시 흉내를 내봐라."

위소보는 내심 쾌재를 불렀다.

'늙은이는 정말 눈이 멀었군.'

그는 해 노공에게 등을 돌린 채 팔꿈치를 천천히 뒤로 밀어냈다.

"걔가 팔꿈치로 날 이렇게 쳤어요."

팔꿈치가 해 노공의 가슴에 닿자 힘을 뺐다.

해 노공은 '음…' 하며 고개를 끄덕였다.

"이건 '액저추腋底錘'라고 하는 건데… 별거 아니야."

위소보가 덧붙였다.

"이런 것도 있었어요."

그러고는 해 노공의 손을 잡아 자기 오른쪽 어깨에 올려놨다.

"그가 힘껏 뿌리치자 저는 그의 머리 위로 날아갔어요."

이 동작은 원래 자기가 소현자에게 써서 먹혀들었던 자랑스러운 초식인데, 해 노공을 시험해보려고 일부러 바꿔서 말한 것이다.

해 노공이 말했다.

"그건 영양괘각이야."

위소보는 의기양양하게 말했다.

"다 아시는군요!"

이번에는 그의 팔을 잡고 천천히 뒤로 비틀었다.

해 노공이 고개를 끄덕였다.

"음… 이건 도절매倒折梅의 세 번째 초식이군. 또 뭐가 있더냐?"

위소보는 신기했다.

"이제 보니 그 소현자가 쓴 수법은 다 이름이 있군요. 저는 마구잡이로 그냥 싸웠지만 그래도 뭔가 듣기 좋은 이름을 붙여야겠네요. 내가 그에게 덮쳐가자 그는 몸을 살짝 피하면서 제 등을 밀었어요. 그래서 저는….."

그의 말이 끝나기도 전에 해 노공이 물었다.

"너의 어디를 밀었더냐?"

위소보는 울상이 되었다.

"걔가 미는 바람에 머리가 빙빙 돌았는데 어디를 밀었는지 어떻게 기억해요?"

해 노공이 달래듯이 말했다.

"잘 기억해봐. 여기를 민 것이냐?"

그러면서 손을 내밀어 왼쪽 어깨 밑을 눌렀다.

위소보는 고개를 흔들었다.

"아네요."

해 노공이 다시 물었다.

"그럼 여기니?"

이번에는 오른쪽 어깨 밑을 눌렀다. 위소보의 대답은 똑같았다.

"아녜요."

해 노공은 연달아 대여섯 군데를 눌렀고, 위소보는 다 아니라고 대답했다. 그러자 해 노공은 그의 오른쪽 갈비뼈 아래를 누르며 물었다.

"그럼 여기냐?"

그러면서 살짝 밀었다. 위소보는 곧바로 비틀비틀 뒤로 몇 걸음 밀려나 자빠졌다. 그 와중에 소현자가 누른 부위가 바로 거기라는 게 떠올라 큰 소리로 외쳤다.

"네, 맞아요! 틀림없어요. 바로 거기예요. 공공, 어떻게 아셨죠?"

해 노공은 대꾸하지 않고 잠시 생각에 잠겼다가 입을 열었다.

"내가 너한테 가르쳐준 그 두 가지 수법을 개도 할 줄 안다는 게 사실이냐?"

위소보는 눈을 동그랗게 떴다.

"그렇다니까요! 틀림없어요, 하늘에 맹세코! 그 녀석은 내 옆구리를 눌렀을 뿐 아니라, 가슴 여기도 꽉 눌렀는데, 저는 그 즉시 숨을 쉴 수가 없어서 그냥 항복을 하고 말았어요. 그걸 가리켜…"

위소보는 '이빨을 좀 까려고' 했는데 해 노공은 들으려고도 하지 않고 다짜고짜 손을 내밀었다.

"걔가 네 가슴팍 어디를 눌렀더냐?"

위소보는 그의 손을 끌어와 자신의 가슴을 눌렀다. 바로 소현자가 조금 전에 눌렀던 그 부위였다.

"여기요."

해 노공은 한숨을 내쉬었다.

"거긴 자궁혈紫宮穴이야. 걔의 사부는 고수인 모양이구나."

위소보는 대수롭지 않게 말했다.

"뭐 별거 아네요. 사나이는 이길 때도 있고 질 때도 있죠. 한 번 실패는 '병가지사상'이에요! 오늘은 이 소계자가 졌지만 내일 그를 꺾는 건 어려운 일이 아네요."

'병가지상사兵家之常事'에서 '흔히 있는 일'을 뜻하는 '상사常事'를 엉겁결에 '사상'이라고 거꾸로 말한 것이었다.

해 노공은 의자로 돌아가 앉더니, 오른손 다섯 손가락을 꼽았다 폈다 하면서 눈을 감고 한동안 생각에 잠겼다가 입을 열었다.

"걔가 소금나수小擒拿手를 아는 건 그렇다손 치더라도, 너의 오른쪽 옆구리 의사혈意舍穴을 노린 건 무당파武當派의 면장綿掌 수법이야. 그리고 나중에 너의 근축혈筋縮穴을 누르고 다시 자궁혈을 누른 것도 무당파의 타혈수법이다. 이제 보니 우리 궁궐 안에 무당파의 고수가 은신해 있었군. 음… 좋아, 좋아! 한데 그 녀석… 그 소현자가 몇 살쯤 됐다고 했지?"

위소보가 대답했다.

"저보다 훨씬 많아요."

해 노공이 다시 물었다.

"몇 살이냐?"

위소보는 건성으로 대꾸했다.

"여러 살이요!"

해 노공이 화를 냈다.

"뭐가 여러 살이냐? 한두 살도 여러 살, 예닐곱 살도 여러 살이잖아. 한데 너보다 예닐곱 살이나 많다면 네가 어떻게 상대가 되겠니?"

위소보는 변명했다.

"네, 그냥 한두 살 위라고 쳐요. 하지만 걔는 저보다 덩치가 훨씬 크다고요!"

그나마 상대가 자기보다 나이도 많고 덩치가 컸기 때문에 졌어도 덜 창피하다고 여겼다. 만약 해 노공한테 무예를 좀 배울 심산이 아니면 겨뤄서 진 일을 절대 입 밖에 내지 않았을 것이다. 오히려 초간장을 쳐가며 자기가 얼마나 용맹무쌍하게 싸웠는지 모른다며 온갖 허풍을 다 떨었을 것이었다.

해 노공은 잠시 생각에 잠겼다가 물었다.

"그럼 그 아이의 나이는 열네댓 살이겠군. 그애와 얼마 동안이나 겨뤄서 패했니?"

위소보는 허풍을 쳤다.

"최소한 두세 시진은 될걸요!"

해 노공은 안색이 차갑게 변하며 호통을 쳤다.

"헛소리하지 말고! 얼마나 겨뤘느냐?"

위소보는 거짓말이 안 통한다는 걸 알았다.

"한 시진이 못 돼도 반 시진은 넘을 거예요."

해 노공은 코웃음을 쳤다.

"흥! 내가 묻는 말에 솔직히 대답해야 해. 그는 무공을 익혔고 넌 배우지 않았으니 져도 창피한 일이 아니다. 누구와 겨뤄서 열 번이고 여덟 번이고 져도 상관없어. 설령 100번, 200번을 져도 그렇다! 넌 나이도 어린데 뭐가 걱정이냐? 마지막에 한 번 이기고, 상대가 다시는 겨루지 않겠다고 승복해야 비로소 진정한 영웅호한이지."

위소보는 아는 것을 다 끄집어냈다.

"그래요! 왕년에 한고조 유방도 백전백패를 하다가 마지막에 초패왕 항우를 격파하는 바람에, 그를 오강烏江에서 모가지를 매달아…."

해 노공은 어이가 없었다.

"무슨 모가지를 매달아? 오강에서 자결했지."

위소보는 한마디 더 했다.

"모가지를 매달아서 죽였든, 스스로 자결을 했든, 어쨌든 져서 죽은 거잖아요."

해 노공은 혀를 찼다.

"그래, 한 마디도 안 지는구나. 묻겠는데, 오늘 그 소현자와 겨뤄서 모두 몇 판을 졌니?"

위소보는 얼버무렸다.

"그저 한두 번, 두세 번이에요."

해 노공은 꿰뚫어봤다.

"네 번이야, 그렇지?"

위소보는 우겼다.

"진짜 진 건 두 번이에요. 나머지 두 번은 걔가 생떼를 쓴 것이니 졌다고 할 순 없어요!"

해 노공이 꼬치꼬치 물었다.

"그럼 한 번 겨루는 데 시간이 얼마나 걸렸니?"

위소보의 대답이 걸작이었다.

"확실하게는 알 수 없지만, 어떨 때는 똥 싸는 것 같았고, 어떨 때는 오줌 싸는 것 같았어요."

해 노공은 기가 찼다.

"또 헛소리! 뭐가 똥 싼 것 같고, 뭐가 오줌 싼 것 같다는 거냐?"

위소보가 설명했다.

"똥은 시간이 좀 걸리고, 오줌은 뭐 후다닥 금방 끝나잖아요."

해 노공은 절로 웃음이 나왔다.

"네녀석의 비유는 좀 지저분하고 조잡하지만 이해는 가는구나."

해 노공은 또 잠시 생각을 하다가 입을 열었다.

"넌 무공을 익히지 않았는데 그 소현자가 엎치락뒤치락하다가 널 이긴 걸로 봐서 그 소금나수를 배운 지 얼마 안 된 것 같으니 겁낼 필요 없다. 내가 대금나수를 가르쳐주마. 잘 기억해두었다가 내일 가서 그걸로 겨뤄봐라."

위소보는 좋아라 했다.

"걔는 소금나수를 쓰고 내가 대금나수를 쓰면, 대大로 소小를 누르니 당연히 이길 수 있겠죠?"

해 노공이 설명했다.

"꼭 그렇지는 않다. 대소 금나수는 각기 장단점이 있어. 얼마나 잘 연마하느냐에 달려 있지. 그가 소금나수를 잘 연마했다면 너의 대금나수를 이길 수 있어. 대금나수는 모두 열여덟 초식이 있고, 한 초식마다 예닐곱 가지의 변화가 있다. 짧은 시간에 네가 다 기억할 수 없으니 우선 한두 초식만 가르쳐주마."

곧 몸을 일으켜 자세를 취해가며 시연을 해 보였다.

"이 초식은 선학소령仙鶴梳翎인데, 잘 익히고 나서 나와 대련을 해보자꾸나."

위소보는 한 번만 보고 바로 기억했다. 예닐곱 번 연습을 거듭하고는 다 익혔다고 생각했다.

"다 됐어요."

해 노공은 의자에 앉은 채로 왼팔을 쭉 뻗어 그의 어깨를 낚아채갔다. 위소보는 손으로 막으려 했지만 한발 늦어 어깨를 잡혔다.

해 노공이 나무랐다.

"뭐가 다 됐어? 다시 연마해!"

위소보는 다시 여러 번 연습을 하고 나서 해 노공과 대련했다. 해 노공은 왼팔을 쭉 뻗는 게 아까 그 자세와 똑같았다. 위소보는 이번엔 준비가 돼 있던 차라 그가 팔을 뻗어오자 바로 손으로 막으려 했다. 그런데도 역시 한발 늦어 어깻죽지를 잡히고 말았다.

해 노공이 꾸짖었다.

"이런 멍청한 놈!"

위소보는 속으로 욕을 했다.

'이 개뼈다귀야!'

그는 연습을 더 한 다음 세 번째 대련을 했는데, 이번에도 역시 어깨를 붙잡혔다. 잡힌 이유를 알 수 없어 짜증이 났다.

해 노공이 말했다.

"네가 그렇게 3년을 더 연마해도 결국 잡히고 말 거야. 그러니까 피하려 하지 말고, 내가 어깨를 잡으려고 하면 넌 손으로 내 손목을 쳐야 해. 그게 이공위수以攻爲守, 공격을 함으로써 수비하는 수법이다."

위소보는 기뻐했다.

"그렇군요, 아주 간단하네요. 왜 진작 말해주지 않았어요?"

해 노공이 왼팔을 뻗어오자 위소보는 오른손으로 그의 손목을 후려 쳐갔다. 그러자 해 노공은 손을 거두지 않고 살짝 방향을 틀었다. 다음 순간, 찰싹 하는 소리와 함께 위소보는 뺨을 얻어맞고 말았다.

위소보는 화가 나 역시 상대의 뺨을 후려쳐갔다. 해 노공이 왼손을 슬쩍 뒤집어 그의 손목을 낚아채 뿌리치자, 그는 뒤로 쭉 밀려났다.

해 노공이 웃으며 말했다.

"이 미련한 녀석아, 기억해뒀니?"

위소보는 뒤로 밀려나다 어깨가 벽에 부딪히는 바람에 신음을 토했 다. 해 노공이 봐줘서 살살 뿌리쳤으니 망정이지, 아니었으면 어깨뼈 가 으스러질 뻔했다.

위소보는 더욱 화가 나서 '이 개뼈다귀!'란 욕이 입술까지 올라왔지 만 간신히 삼켰다. 스스로도 다행이라고 생각했다.

'이 기술은 아주 좋군. 내일 소현자와 겨룰 때 빌어먹을, 바로 이 수 법을 쓰면 그 녀석을 깔아뭉갤 수 있을 거야.'

그는 기어일어나 해 노공이 전개한 수법을 되새기며 뇌리에 기억해 두고 연습을 계속했다.

10여 차례 대련을 거듭하자, 해 노공의 그 신비한 수법이 더는 이상 해 보이지 않았다. 드디어 어깨를 잡히지도 않았다. 그러나 뺨은 여전 히 피할 재간이 없었다. 물론 해 노공이 처음처럼 그렇게 세게 뺨을 때 리진 않았다. 그냥 손가락이 슬쩍 스칠 정도라 아프지 않았다. 그래도 피할 수가 없으니 환장할 노릇이었다.

위소보는 풀이 팍 죽어 물었다.

"공공, 그걸 어떡해야 피할 수 있죠?"

해 노공은 빙긋이 웃었다.

"내가 때리겠다고 마음먹으면 네가 10년을 더 연마해도 피할 수 없어. 하지만 소현자는 널 때릴 수 없겠지. 자, 이제 두 번째 초식을 연마하자."

해 노공은 몸을 일으켜 대금나수의 두 번째 초식 원후적과 猿猴摘果를 시연하고, 다시 그와 대련했다.

위소보는 천성이 게을러 원래 무공을 열심히 배울 리 없었다. 그러나 호승심 好勝心이 강했다. 몇 가지 절묘한 수법을 익혀 소현자를 때려 눕혀야 속이 시원할 것 같아, 마지못해 연마에 열중했다. 해 노공도 전혀 귀찮아하지 않고 열심히 가르쳤다.

이날, 두 사람은 해가 질 무렵까지 쉬지 않고 주거니받거니 무공 연마에 전념했다. 해 노공은 의자에 앉은 채로 팔을 자유자재로 뻗었다 거두는 등, 마음만 먹으면 언제라도 위소보의 몸에 일격을 가할 수 있었다. 물론 살짝 스치기만 할 뿐 별로 힘을 주지 않았다. 그런데도 이날 밤, 위소보는 침상에 누워 머리부터 발끝까지 쑤시지 않는 데가 없었다. 모름지기 반나절에 아마 수백 대는 맞았을 것이었다. 침상에 누운 채로 그는 속으로 욕을 해댔다.

'늙은 개뼈다귀가 이 어르신을 염불하는 중이 목탁 두드리듯이 때리다니! 내일 소현자를 꺾으면 빌어먹을, 코가 땅에 닿도록 절을 골백번 해도 절대 무공을 배우지 않을 거야!'

다음 날 정오, 위소보는 노름을 끝내고 바로 소현자와 겨루러 갔다. 그는 소현자가 오늘 또 새 옷으로 갈아입은 것을 보고 속으로 투덜거렸다.

'젠장, 이 녀석은 어째서 매일 새 옷으로 갈아입지? 기루에 가서 계집이랑 놀려는 건가?'

그는 은근히 질투가 나서 붙자마자 그의 옷을 꽉 움켜잡고 있는 힘껏 끌어당겼다. 찌지직 하는 소리와 함께 옷이 쭉 찢겨나갔다. 위소보는 옷을 찢는 데 정신이 팔려 새로 배운 수법을 깜박했다. 결국 소현자의 주먹이 옆구리를 강타해 아파서 비명을 내질렀다.

"으악!"

소현자는 그 틈을 타서 손가락을 세워 그의 왼쪽 다리를 찍었다. 위소보는 다리가 마비돼 그 자리에 꿇어앉았다. 이어 소현자가 뒤에서 밀자 위소보는 그 자리에 고꾸라졌다. 소현자는 몸을 솟구쳐 그의 등에 올라타고는 다시 의사혈을 제압했다. 위소보는 항복하지 않을 수 없었다.

항복을 선언한 후, 위소보는 몸을 일으켜 정신을 가다듬었다. 바로 소현자가 덮쳐오자 선학소령의 초식을 전개해 상대의 손목을 후려쳤다. 소현자는 황급히 손을 거두며 주먹을 뻗으려고 했는데, 그 초식을 이미 예상하고 있던 위소보는 냅다 손목을 낚아채 비틀었다. 이어 왼쪽 팔꿈치를 그의 등을 겨냥해 잽싸게 밀어내자, 소현자는 아파서 비명을 지르며 반항할 힘을 잃었다.

이번 회합은 위소보가 이겼다. 두 사람이 시합을 시작한 이래 처음으로 거둔 승리라 그 기쁨은 이루 형용할 수 없었다. 그는 비록 양주 득승산에서 군관 한 명을 죽였고, 궁에서 소계자를 살해했지만, 두 번다 속임수를 쓴 것이었다. 그리고 평생 일고여덟 살짜리 어린아이들을 상대로 싸워서 전승을 거둔 것 외에, 어른들과 싸우면 늘 깨지기 일쑤였다. 간혹 우위를 점한 경우는 깨물거나 모래를 눈에 뿌리는 등 비겁한 수단을 썼을 때였다. 주막 식탁 밑에 숨어 칼로 남의 발등을 찍거나벤 일 따위는 떳떳하지 못해 입 밖에 낼 수도 없었다.

진짜 실력으로 싸워 승리를 거둔 것은 이번이 처음이었다. 너무 의기양양해 기분이 들뜨는 바람에 세 번째 판은 또 패하고 말았다.

네 번째 판에는 위소보도 정신을 집중해 그 원후적과의 초식을 써서 상대와 한참 동안 엎치락뒤치락 뒤엉켰다. 나중에는 둘 다 힘이 쭉 빠져 서로 부둥켜안고 계속 거친 숨을 헐떡이다가 결국 싸움을 중단했다.

소현자는 매우 기뻐했다.

"너 오늘… 실력이 많이 늘었는데! 너랑 겨루면 정말 재미있어. 한데… 누구한테 배운 거야?"

위소보도 숨을 헐떡이며 말했다.

"내 실력은… 원래 좋았어. 일부러 안 썼을 뿐이지. 내일이면 더… 더 놀라운 기술을 보여줄게. 도전을 받아줄 용의가 있어?"

소현자는 깔깔 웃었다.

"물론 받아줄 용의가 있지! 항복하겠다는 소리를 치는 기술은 아니겠지?"

위소보는 퉤 침을 뱉었다.

"내일은 네가 항복하겠다고 소리칠 거야!"

거처로 돌아온 위소보는 의기양양 으스댔다.

"공공, 그 대금나수는 역시 위력이 대단하던데요. 제가 그 녀석의 손목을 비틀고 팔꿈치로 등짝을 가격하자 바로 꼬리를 내렸어요."

해 노공이 물었다.

"오늘은 몇 판을 겨뤘니?"

위소보가 둘러댔다.

"네 판 겨뤄서 각자 두 판을 이겼어요. 원래 제가 세 판을 이길 수 있었는데, 셋째 판에 그만…"

해 노공이 그의 말을 잘랐다.

"네 말은 절반만 믿어야 돼. 네 판을 겨뤄서 기껏해야 한 판을 이겼겠지."

위소보는 멋쩍게 웃었다.

"첫 판은 내가 이기지 못했지만 둘째 판은 확실히 이겼어요. 거짓말이라면 당장 벼락을 맞아 죽어도 좋아요! 셋째 판은 그가 이겼다고 볼 수 없어요. 그리고 넷째 판은 서로 지쳐서 내일 다시 겨루기로 약속했어요."

해 노공이 진지하게 말했다.

"솔직하게 말해보렴. 일초일식을 자세하게 천천히 펼쳐봐라."

위소보는 기억력이 좋지만 무공에 대해 별로 아는 바가 없어, 겨룬 네 판을 일일이 소상하게 펼쳐 보일 수는 없었다. 어쨌든 자신이 이긴 그 초식은 자세히 말해줄 수 있는데, 해 노공은 한사코 어떻게 패했는지를 집중적으로 캐물었다.

위소보는 그저 얼렁뚱땅 얼버무리려 했지만, 결국은 해 노공의 다

그침에 의해 진상이 밝혀졌다. 위소보가 승리를 쟁취한 그 초식도 해 노공이 마치 직접 본 것처럼 일일이 들춰냈다. 위소보가 설명한 것보다 열 배는 더 정확했다. 그가 세세히 거론을 하니 위소보도 기억이 새롭게 났다.

위소보는 감탄하지 않을 수 없었다.

"공공, 천리안을 가졌나 봐요. 아니고서야 어떻게 그 소현자의 수법을 직접 본 것처럼 자세히 알고 있죠?"

해 노공은 고개를 숙인 채 깊은 생각에 잠겼다가 혼잣말로 중얼거렸다.

"역시 무당 고수야, 무당 고수가 틀림없어."

위소보는 놀랍고도 기뻤다.

"그 소현자가 무당 고수라고요? 제가 고수와 막상막하라니, 정말…하하….

해 노공은 퉤 침을 뱉었다.

"좋아하네! 누가 그 애가 고수라고 했니? 그에게 무공을 가르쳐준 사부를 말하는 거야."

위소보는 궁금했다.

"그럼 공공은 무슨 문판데요? 우리 문파는 천하무적이니 그따위 무당파보다야 훨씬 세겠죠? 그건 두말할 나위가 없잖아요!"

위소보는 해 노공이 어느 문파인지 모르지만 일단 띄워주고 볼 심산으로 마구 지껄인 것이었다.

해 노공은 짤막하게 대답했다.

"난 소림파다."

위소보도 소림파는 잘 알았다. 절로 환호성이 터졌다.

"우아! 정말 잘됐군요. 무당파가 우리 소림파를 만나면 그야말로 추풍낙엽, 혼비백산… 꼬리를 감추고 달아나는 수밖에 없죠!"

해 노공은 코웃음을 날렸다.

"흥! 내가 널 제자로 삼지도 않았는데 네가 어째서 소림파냐?"

위소보는 멋쩍었지만 가만있지 않았다.

"언제 내가 소림파라고 했나요? 하지만 어쨌든 소림 무공을 배운 건 사실이잖아요?"

해 노공은 자못 진지했다.

"소현자가 정녕 무당의 정통 금나수법을 구사한다면 우린 소림의 정통 금나수법으로 상대해야 해. 아니면 당해내지 못할 거야."

위소보가 부채질을 했다.

"그야 당연하죠! 제가 지는 건 상관없지만 우리 소림의 명예에 누를 끼친다면, 그건 쪽팔리는 일이죠."

그는 소림파라는 이름을 들어보긴 했어도 위명이 어느 정도인지는 잘 몰랐다. 그래도 소림과 얽어놓으면 손해 볼 것이 없다고 생각했다.

해 노공이 말했다.

"상서방에 가서 책을 가져와야 하는데 소현자가 자꾸 귀찮게 군다고 해서 어제 그 두 초식의 금나수법을 가르쳐준 거야. 소현자가 자신의 분수를 알고 물러나야 하니까. 한데 지금은 상황이 좀 달라졌구나. 소현자가 정말 무당파의 직계 제자라면 소림 18초식의 대금나수를 처음부터 끝까지 다 배워야 해. 너 궁전보弓箭步를 아느냐?"

위소보는 나름대로 생각해서 말했다.

"궁전보요? 궁전은 활인데… 궁전보라면 당연히 활을 쏠 때 취하는 자세겠죠!"

해 노공의 안색이 심각해졌다.

"무학을 배우는 사람은 우선 마음을 비워야 해. 모르면 모르는 거야. 괜히 똑똑한 척, 섣불리 아는 척을 하는 건 금물이다. 앞다리를 구부려 활처럼 하는 게 궁족弓足이고, 뒷다리를 비스듬히 쭉 뻗어 화살처럼 하는 게 전족箭足이다. 그리고 그 두 가지를 합한 게 궁전보야."

그러면서 궁전보의 자세를 취해 보였다.

위소보는 따라서 하며 한마디 했다.

"이게 뭐가 어려워요? 하루에 100번이고 80번이고 할 수 있을 것 같은데요."

해 노공이 나무라듯 말했다.

"그 자세를 80번이고 100번이고 할 필요는 없어. 딱 한 번만 취하면 돼. 대신 내가 일어서라고 하기 전엔 움직이면 안 된다!"

위소보는 자신만만했다.

"그것도 뭐 어려울 건 없죠."

그러나 궁전보 자세를 취한 채 움직이지 않고 향이 절반 정도 타는 시간이 경과하자, 두 다리가 뻐근하게 저려와 소리를 질렀다.

"이젠 일어서도 되겠죠?"

해 노공은 잘라 말했다.

"안 돼! 아직 멀었어."

위소보는 입을 삐죽였다.

"이런 이상한 자세를 연습해서 무슨 소용이 있어요? 이걸로 소현자

4. 황제와 천덕꾸러기

를 자빠뜨릴 수 있다는 건가요?"

해 노공이 설명했다.

"그 궁전보를 잘 연마하면 누가 떠밀어도 쓰러지지 않으니 쓸모가 아주 많단다."

위소보는 억지를 부렸다.

"누가 날 쓰러뜨려도 바로 벌떡 일어날 수 있어요. 끄떡없다고요!"

해 노공은 천천히 고개를 끄덕일 뿐, 위소보의 억지소리에 응하지 않았다. 위소보는 그가 고개를 끄덕이는 것을 보고는 바로 몸을 일으켜 뻐근한 무릎을 탁탁 쳤다.

해 노공이 호통을 쳤다.

"누가 일어나라고 하더냐? 다시 궁전보 자세를 취해!"

그냥 물러설 위소보가 아니었다.

"오줌 마려워요!"

해 노공은 단호했다.

"안 돼!"

위소보는 목청을 높였다.

"오줌 마렵다고요!"

해 노공도 호락호락하지 않았다.

"안 된다니까!"

위소보는 생떼의 진수를 보여줬다.

"그럼 여기서 쌀게요!"

해 노공은 '어휴!' 한숨을 내쉬었다. 정말 측간에 가든, 가는 척하든, 다리를 좀 풀도록 내버려두었다.

위소보는 비록 똑똑하지만 고분고분 시키는 대로 차근차근 무공을 연마한다는 건 도저히 있을 수 없는 일이었다. 그래서 해 노공도 무리하게 강요하지는 않았다. 그저 몇 가지 자세와 금나수법의 초식을 전수해줄 뿐이었다. 원래는 대련까지 해야 했다. 그 과정에서 허리를 구부리거나 몸을 돌리거나, 혹은 땅에 엎드리거나 곤두박질을 해야 하는 경우도 있는데, 해 노공은 위소보가 제대로 하는지 세세히 확인하지 않고 그냥 말로만 지도했다. 그러다 가끔 손으로 위소보를 더듬어 자세와 수법을 시정해주었다.

다음 날, 위소보는 비무를 하기 위해 다시 소현자를 찾아갔다. 그는 자신에 차 있었다. 어제는 네 판 중 두 판은 지고 한 판은 이기고 한 판은 비겼다. 오늘은 많은 기술을 배워왔으니 사전전승은 떼놓은 당상이라고 생각했다.

그런데 이게 웬일인가! 겨룸이 시작되고, 위소보가 몇 가지 새로운 수법을 썼는데 전혀 먹히지 않았다. 소현자가 아주 특이한 수법으로 그의 공격을 와해시키는 바람에 연달아 두 판을 내주고 말았다.

위소보는 놀라기도 했지만 은근히 부아가 났다. 셋째 판에서 정신을 바싹 차려 겨우 소현자의 왼팔을 뒤로 꺾어 맥을 못 추게 만들어서 한 판을 만회했다. 의기양양해진 위소보는 덤벙거리다가 넷째 판도 패하고 말았다. 소현자가 목덜미에 올라타 두 다리로 목을 조이는 바람에 하마터면 숨이 막힐 뻔했다.

위소보는 항복을 선언한 후 몸을 일으키자 자신도 모르게 욕이 나왔다.

"제기랄, 이…."

소현자는 안색이 차갑게 돌변하며 소리쳤다.

"뭐라고?"

왠지 모르게 위엄이 있어 보였다.

위소보는 흠칫하며 얼른 생각을 굴렸다.

'안 돼! 여긴 황궁인데 쌍소리를 하면 안 되지. 모 대형도 북경에 가면 들통나지 않게 조심하라고 당부했잖아. 쌍욕을 해댔다가는 빌어먹을, 들통나기 십상이지. 조심해야 해.'

그는 얼른 말을 바꿨다.

"내가 전개한 초식이 '제기랄'인데 널 당할 수 없어서 항복한 거야."

소현자는 재미있다는 듯 웃으며 물었다.

"그 초식이 '제기랄'이라고? 무슨 뜻인데?"

위소보는 속으로 쾌재를 불렀다.

'얼씨구, 잘됐다. 이 빌어먹을 녀석은 늘 궁 안에 있으니까 항간의 쌍소리를 잘 모르는구먼.'

생각나는 대로 둘러댔다.

"그 '제기랄'은 원래는 재기할 수 있는 초식이야. 네가 날 깔고 눌러도 다시 뒤집기를 해서 재기, 다시 일어날 수 있는데 네 기술이 워낙 좋아서 '제기랄'이 안 통했나 봐."

소현자는 껄껄 웃었다.

"무슨 '제기랄', '안 제기랄'이야? 나한테는 다 안 통해! 내일 다시 겨뤄볼 거야?"

거절할 위소보가 아니었다.

"그걸 말이라고 해? 당연하지! 참, 소현자! 한 가지 물어볼 게 있는데… 속이지 말고 솔직하게 대답해줄 수 있어?"

소현자가 반문했다.

"무슨 일인데?"

위소보가 물었다.

"너한테 무공을 가르쳐주는 사부가 무당파지, 그렇지?"

소현자는 의외의 말인 듯 눈이 둥그레졌다.

"네가 그걸 어떻게 알았어?"

위소보는 특기를 살려 또 둘러댔다.

"네 수법을 보고 금방 알았지."

소현자의 눈이 좀 더 커졌다.

"내 무공을 알고 있어? 어떤 무공인데?"

위소보는 우쭐댔다.

"내가 모를 리가 있겠어? 그건 무당파의 정통 무공 소금나수야. 강호에서 그런대로 일류 무공이라 할 수 있지. 하지만 우리 소림의 대금나수를 만나면 역시 한 끗발 아래야."

소현자는 하하 웃으며 말했다.

"허풍떨지 마. 창피하지도 않니? 오늘 시합에서 네가 이겼냐, 내가 이겼냐?"

위소보는 즉답을 하지 않았다.

"지고 이기는 건 흔한 일이야. 따고 잃고를 가지고 영웅을 논할 순 없지."

소현자가 웃으며 그의 말을 받았다.

"그건 그래. 승패는 병가지상사니, 성패成敗로 영웅을 논할 순 없지."

위소보는 양주에서 설화 선생한테 숱하게 들은 말인데, 선뜻 생각이 나지 않아 그냥 지껄였는데, 소현자가 바로 그 문장을 정확하게 말한 것이다. 위소보는 절로 감탄했다.

"너 나보다 한두 살 많을 뿐인데 아는 게 정말 많네!"

거처로 돌아온 위소보는 일부러 한숨을 쉬며 푸념을 했다.

"공공, 내가 무공을 배우니까 걔도 무공을 배워요. 그런데 그의 사부는 실력이 아주 뛰어난 모양이에요. 정말 잘 가르쳐주나 봐요."

자기 실력이 부족한 게 아니라, 해 노공이 잘못 가르쳐서 진 거라고 떼를 쓰는 것이었다.

해 노공은 그의 속을 꿰뚫어봤다.

"오늘은 네 판을 다 졌구나! 못된 녀석, 제놈 실력이 모자란 걸 반성하지 않고 남을 원망하다니!"

위소보는 순순히 시인하지 않았다.

"흥! 무슨 네 판을 다 져요? 어찌 됐든 한두 판, 두세 판은 이겼어요. 그리고 오늘 제가 물어보니까 걔 사부가 정말로 무당파의 정통 고수라더군요."

해 노공이 물었다. 다소 흥분된 어조였다.

"그 아이가 시인하더냐?"

이번에 위소보는 솔직히 말했다.

"제가 '너한테 무공을 가르쳐준 사부가 무당파지?' 하고 물으니까, 소현자가 '네가 어떻게 알았어?' 하고 반문했어요. 그게 시인한 거지

뭐겠어요?"

해 노공은 혼잣말을 하듯 중얼거렸다.

"내가 추측한 대로 역시 무당파였군…."

이어 뭔가 이해가 되지 않는 일을 골똘히 생각하듯 넋을 놓고 있다가, 한참 후에야 입을 열었다.

"이번엔 장딴지를 거는 방법을 배워보자."

이렇게 해서 위소보는 매일 해 노공에게 무공을 배우고 소현자와 겨뤘다. 무슨 곤란한 일이 생기면 위소보는 그냥 얼렁뚱땅 넘겼고, 해 노공도 굳이 꼬치꼬치 따져묻지 않았다. 해 노공은 그에게 기초를 다지는 무공은 대충 넘기고, 우선 겨루는 데 필요한, 요령껏 피하거나 최소한 방어하는 방법을 위주로, 심지어 잔재주까지 가르쳐주었다.

어쨌든 위소보는 소현자와 겨루는 횟수가 늘어갈수록 기술이 좋아졌고, 소현자도 덩달아 초식의 변화가 다양해지고 실력도 늘었다. 겨뤄서 지는 쪽은 십중팔구 역시 위소보였다.

그러는 동안에도 위소보는 매일 변함없이 오가와 온가 형제 등 내시들과 노름을 했다. 처음 얼마 동안은 얼굴을 거의 다 가렸는데 날이 지날수록 가리는 부분이 조금씩 적어졌다. 노름판 사람들은 그의 생김새가 소계자와 다르지만 처음에는 부어서 그러려니 하고, 또는 노름에 정신이 팔려 별로 신경을 쓰지 않았다. 이럭저럭 시간이 흐르다 보니 소계자의 예전 모습마저 시나브로 희미해져갔다.

또 다른 결정적인 이유가 있다면, 위소보가 그들에게 돈을 빌려줘 다들 그의 호감을 사기 위해 귀찮게 따져묻지 않았던 것이다. 게다가 위소보가 얼굴을 가린 헝겊을 조금씩 야금야금 줄였기 때문에 다른 사람들이 눈치를 채기 어려웠을 수도 있다.

노름이 끝나면 소현자와 한판 겨루러 가고, 점심을 먹고 나서는 무공 연마를 하는 게 위소보의 일상이었다. 금나수법은 갈수록 어려워졌고, 위소보는 게을러서 잘 기억을 하지 않고 또한 열심히 연마하지도 않았다. 다행히 해 노공은 그를 심하게 다그치지 않고 물 흘러가듯이 그냥 자연스럽게 넘겼다.

세월이 빨라 위소보가 궁에 들어온 지도 어언 두 달이 되었다. 매일 노름을 할 수 있으니 멋대로 망나니짓을 할 수는 없어도 즐거운 나날이었다. 단지 내키는 대로 쌍소리를 해대고, 기회만 생기면 남의 물건을 훔치고, 아무 데서나 오줌을 찍찍 갈기는 자유를 만끽하지 못하는 게 옥의 티라고나 할까. 물론 가끔은 궁에서 달아날까 하는 생각을 해보기도 했다. 그러나 북경에는 아는 사람이 하나도 없고 모든 게 낯설어서 선뜻 용기가 나지 않아 그냥 하루하루 궁에 머물게 되었다.

위소보와 소현자는 두 달 동안 매일 만나서 서로 엉겨붙어 치거니 받거니 어울리다 보니 아주 친해졌다. 위소보는 무공 겨룸에서 지기 일쑤지만 '승패는 병가지상사, 성패로 영웅을 논할 수는 없다'는 대원칙 아래 별로 개의치 않았다. 더구나 무공 겨룸에선 지지만 노름에서 자주 따니 피장파장, 아무렇지도 않았다.

그와 소현자는 이제 하루만 겨루지 않아도 몸이 근질근질할 지경이되었다. 위소보의 무공 진척은 느리고, 소현자도 그저 평범했다. 위소보는 비록 지는 횟수가 많지만 늘 지는 건 아니었다.

한편, 두 달간 노름을 하다 보니 온가 형제가 위소보에게 진 빚이 어느덧 200냥이 넘었다. 이날은 노름이 끝나기도 전에 온가 형제가 서로 눈빛을 교환하더니 온유도가 넌지시 위소보에게 말했다.

"소형제, 상의할 일이 있으니 자리를 좀 옮겼으면 좋겠는데…."

위소보는 쾌히 응했다.

"좋아요, 은자가 필요해요? 가져가요."

온유방은 일단 인사를 했다.

"고맙네."

형제가 문밖으로 나갔고 위소보도 뒤따라나갔다. 세 사람은 함께 옆방으로 갔다.

온유도가 우선 칭찬부터 늘어놓았다.

"소형제, 나이도 어린데 됨됨이가 화끈하고 남의 어려움을 잘 들어주니 정말이지 대견해."

위소보는 누가 조금만 치켜세워도 좋아서 어쩔 줄을 몰랐다. 칭찬에 약한 그가 헤벌쭉 웃었다.

"뭘… 쑥스럽게! 형제끼린데 돈을 빌려주고 꿔 쓰는 게 당연하죠. 주고받는 중에 행복이 싹트는 것 아니겠소? 그게 사람 된 도리고요."

그는 두 달 동안 북경 말투를 많이 배웠다. 물론 가끔 양주 말투가 튀어나오긴 해도 주위 사람들은 차츰 익숙해져 개의치 않았다.

온유도가 다시 말했다.

"우리 형제는 요 두 달 동안 운이 좋지 않아 적지 않은 돈을 빌렸어. 소형제야 워낙 인심이 좋아 대수롭지 않게 생각하겠지만 우린 속으로 늘 미안하게 여긴다네."

온유방도 끼어들었다.

"빚이 갈수록 늘어나고 있어. 자넨 운이 죽을 줄 모르고 나날이 욱일승천인데 우린 계속 찌그러지니, 이러다간 언제 빚을 청산할지 정말 막막하네. 빚을 짊어지고 있다는 게 얼마나 괴로운 일인지 아나?"

위소보는 가볍게 웃어넘겼다.

"노름빚이야 뭐 안 갚을 수도 있죠. 다신 얘기하지 말아요."

온유도가 한숨을 내쉬었다.

"소형제의 사람됨으로 봐선 얼마든지 그렇게 말할 수 있겠지. 솔직히 말해 우리 형제가 진 빚을 100년 동안 안 갚은들 자네가 뒤따라다니며 빚 독촉을 하겠나, 안 그래?"

위소보는 빙긋이 웃으며 말했다.

"네, 그래요. 100년이 아니라 200년, 300년인들 무슨 상관이 있겠어요?"

온유방은 멋쩍게 웃었다.

"300년이라고? 우리가 그때까지 살 수 있겠나?"

형을 힐끗 쳐다보더니, 온유도가 고개를 끄덕이자 말을 이었다.

"하지만 우리 형제는 자네 어른이 아주 무서운 분이라는 걸 잘 알고 있네."

위소보가 물었다.

"해 노공 말인가요?"

온유도가 대답했다.

"그렇지 않은가. 자네야 독촉을 안 해도 해 노공은 우리 형제를 가만두지 않을 걸세. 그 어르신이 손가락 하나만 까딱해도 우리 온가 형제는 벌벌 길 수밖에 없어. 그래서 말인데, 빚을 갚을 수 있는 무슨 좋은 방법이 없을까?"

위소보는 내심 혀를 찼다.

'그래, 드디어 걸려들었군. 해 노공 그 늙은 뼈다귀는 정말 귀신같단 말이야. 요즘 난 소현자와 무예를 겨루는 데 정신이 팔려 상서방에 가서 책을 훔치는 일은 깜박 잊고 있었는데… 일단 모른 척하고 뭐라고 말하는지 들어봐야지.'

그는 그냥 '음, 음…' 하며 아무 반응도 보이지 않았다.

온유방이 눈알을 굴리며 말했다.

"우리가 곰곰 생각해봤는데… 방법은 딱 한 가지야. 자네가 하해와 같은 아량을 베풀어 우리 빚을 일단 눈감아주고, 해 노공한텐 말하지 말아주게. 나중에 우리가 돈을 따면 한 푼도 빠짐없이 다 갚아줌세."

위소보는 속으로 욕을 했다.

'이런 육시랄! 이 두 마리 똥강아지들이 날 바보천치로 아나 보지? 네놈들 주제에 내가 낀 노름판에서 무슨 수로 돈을 따겠다는 거야?'

그는 곧 난처한 표정을 지으며 말했다.

"미안하지만 이미 해 노공에게 말씀드렸어요. 그 어르신께서는 돈이야 언제든지 갚을 거니, 좀 늦어도 상관없다고 하셨어요."

온가 형제는 서로 마주 보며 몹시 난감한 표정을 지었다. 해 노공을 두려워하고 있는 게 분명했다.

온유도가 다시 말했다.

"그럼 소형제가 좀 도와주면 안 될까? 앞으로 돈을 따면 해 노공한테 갖다드리면서, 저… 우리가 갚은 거라고 말해주면…."

위소보는 다시 속으로 욕을 했다.

'갈수록 태산이라더니, 이것들이 날 세 살 먹은 어린애로 보나?'

그러고는 약간 주저하듯 말했다.

"글쎄… 굳이 안 된다는 건 아니지만… 나로선… 너무 손해 보는 거 아닐까요?"

온가 형제는 그가 잘라서 거절한 게 아니라, 이내 만면에 웃음을 지으며 함께 공수의 예를 취했다.

"고맙네, 고마워. 여러모로 좀 도와주게나."

온유방이 간곡하게 말했다.

"소형제의 은혜는 죽을 때까지 잊지 않겠네."

위소보는 이때다 싶었다.

"그렇다면 나도 한 가지 부탁이 있는데… 들어줄지 모르겠네요?"

두 사람은 이구동성으로 대답했다.

"들어주지, 들어주고말고! 무슨 일인데?"

위소보는 말을 꾸며내면서도 안색 하나 변하지 않았다.

"난 궁에서 오래 있었는데 황상을 한 번도 뵌 적이 없어요. 두 분은 상서방에서 황상을 모시고 있으니 황상을 뵐 수 있게끔 날 좀 데려가주세요."

온가 형제는 서로 마주 보며 몹시 난처해했다. 온유도는 머리를 긁적였고, 온유방은 한숨을 내쉬었다.

"휴… 그건… 그건… 그건…."

계속 '그건'이란 말만 반복할 뿐 제대로 말을 잇지 못했다.

꾀돌이 위소보가 나섰다.

"난 황상께 뭘 주청하려는 게 아니라 그냥 상서방에 가 있다가 황상의 용안만 한번 뵈면 돼요. 그게 내 평생의 소원이라니까요. 만약 복이 없어 뵙지 못한다 해도 결코 두 분을 원망하지 않을 거예요."

온유도가 얼른 말했다.

"그거야 어렵지 않지. 오늘 신시(오후 3~5시) 무렵에 내가 자네한테 들러 상서방으로 데리고 감세. 그때쯤이면 황상께서 늘 서재에 앉아 글을 쓰거나 시를 읽으시니 용안을 뵐 수 있을 걸세. 다른 때는 대전에서 정사를 돌보느라 뵙기가 쉽지 않아."

그러면서 곁에 있는 온유방에게 슬쩍 눈을 깜박였다.

위소보는 속으로 또 욕을 해댔다.

'이런 썩을 놈들, 똥물에 튀겨 죽여도 시원찮을 놈들 같으니라고!'

욕을 있는 대로 다 하고, 나름대로 생각을 굴렸다.

'이 두 호랑말코는 내가 황상을 보겠다고 하니까 낯빛이 똥색이 됐어. 신시 무렵에 황상이 상서방에 있을 거란 말은, 즉 그 시간에 절대로 상서방에 없다는 뜻이야. 네놈들은 내가 황상을 못 보게 수작을 부리는데, 난들 뭐 황상이 보고 싶겠냐? 빌어먹을, 만약 황상이 나한테 뭐라고 시부렁거리며 묻는다면 내가 무슨 수로 대답하겠어? 바로 들통이 나서 목이 잘리겠지! 어쩌면 양주에 있는 엄마까지 붙잡아와서 멸문시킬지도 몰라.'

생각은 엉뚱한 방향으로 이어졌다.

'그 늙은 개뼈다귀가 가르쳐준 무공이 제대로 된 무공인지 알 수가 없단 말이야. 왜 매일 가서 맞붙는데도 그 소현자를 꺾을 수 없는 거지? 만약 내가 그 무슨 육시할 삼십이장경인지, 사십이장경인지 하는 책을 훔쳐온다면 개뼈다귀는 기분이 좋아서 진짜 무공을 전수해줄지도 몰라!'

그는 곧 온가 형제에게 공수의 예를 갖추며 말했다.

"아무튼 고맙소. 우리 같은 아랫것들이 황상 천자의 용안도 뵙지 못한다면 지옥에 가서라도 염라대왕에게 욕을 진탕 얻어먹을 거요."

위소보는 소현자와 겨루고 나서 거처로 돌아왔다. 그는 해 노공에게 무공을 겨룬 일만 거론했을 뿐, 온가 형제가 성서방으로 데려가기로 약속한 이야기는 입 밖에 내지 않았다. 사전에 아무런 내색도 하지 않고 책을 훔쳐와 불쑥 해 노공에게 내밀면 그가 분명 눈이 휘둥그레져서 더욱 좋아할 거라고 생각했기 때문이다.

약속한 시간이 되자 온가 형제가 정말 나타났다. 온유방이 가볍게 휘파람을 불자 위소보는 쪼르르 달려나갔다.

온가 형제는 아무 말 없이 손짓을 하며 서쪽 방향으로 걸어갔고, 위소보도 뒤따랐다. 전에 혼이 났던 경험이 있기 때문에 이번에는 지나치는 회랑과 정원, 가옥 등을 일일이 눈여겨봤다. 돌아올 때 길을 잃으면 낭패니까.

그의 거처에서 상서방까지는 노름판보다 더 멀었다. 대략 차 한 잔 마시는 시간이 걸렸다. 온유도가 그제야 나직이 입을 열었다.

"상서방에 다 왔어, 조심해야 돼."

위소보는 고개를 끄덕였다.

"나도 알아요."

두 사람은 그를 데리고 후원 하나를 지나더니 어느 쪽문으로 비집고 들어가 다시 작은 화원 두 곳을 거치고서야 커다란 방 안으로 들어갔다. 방 안에는 책장이 즐비하게 놓여 있고, 책장마다 책이 빽빽하게 꽂혀 있었다. 몇천 권이 되는지 어림잡을 수도 없을 정도로 많았다.

위소보는 숨을 길게 들이쉬며 속으로 투덜거렸다.

'저잣거리 도떼기시장에 사람들이 바글바글하듯이 여긴 온통 책으로 넘치는구먼. 황제나리는 이 많은 책을 낮에도 읽고 밤에도 읽느라 노름은 언제 하겠어? 해 노공이 원하는 책을 잡긴 잡아야 하는데, 이 많은 책 중에서 무슨 수로 잡지? 책 잡다가 책잡히기 딱 좋겠군!'

위소보는 시정잡배로 자라 평생 서재가 어떻게 생겼는지 본 적이 없었다. 그냥 방 안에 책이 10여 권만 있으면 다 서재인 줄 알았다. 그 10여 권의 책 중에서 무슨 '삼십이'니 '사십이'를 찾아내는 것은 그리 어렵지 않을 거라고 생각했다. 그런데 웬걸, 눈앞에 갑자기 천여 권이 나타나니 눈이 빙글빙글 돌고 어찌할 바를 몰라 그냥 도망치고 싶은 심정이었다.

온유도가 나직이 말했다.

"좀 있으면 황상께서 들어와 이 책상에 앉아 책을 읽거나 글을 쓰실 거야."

위소보가 살펴보니 그 자단목으로 된 책상은 큼지막하고 모서리와 군데군데 금과 옥이 박혀 있었다. 은근히 욕심이 났다.

'여기 박힌 금과 옥은 틀림없이 진짜일 거야. 캐내서 보석점에 갖다 팔면 돈깨나 생길 텐데….'

책상 위에는 책 한 권이 놓여 있고, 그 한쪽에 놓인 벼루와 필통도 아주 정교하게 조각이 되어 있었다. 그리고 의자에는 금룡金龍이 수놓인 비단이 씌워져 있었다.

위소보는 압도해오는 분위기에 그저 가슴이 두근거렸다.

'제기랄! 이 빌어먹을 황제는 정말 호강하는군.'

책상 오른쪽에는 청동 향로가 놓여 있는데, 향로 상단 짐승 모양의 입을 통해 청연靑煙이 모락모락 피어올랐다.

온유도가 다시 말했다.

"책장 뒤에 숨어 있다가 몰래 황상을 보도록 해. 황상은 책을 읽거나 글을 쓸 때는 누가 시끄럽게 하는 걸 싫어하셔. 재채기나 기침도 절대 하면 안 돼. 만약 들켜서 황상이 노여워하면 당장 시위侍衛들을 시켜서 끌어내 참수할지도 몰라."

위소보는 익살스럽게 말했다.

"나도 알아요. 재채기나 기침은 물론이고 방귀도 절대로 뀌어서는 안 되겠죠."

온유도의 안색이 심각하게 변했다.

"소형제, 여긴 다른 데와 달리 황상의 서재야. 불공한 말을 함부로 하면 안 돼."

위소보는 혀를 날름하고는 감히 더 이상 말을 하지 못했다.

온가 형제는 먼지떨이와 걸레를 갖고 군데군데 청소를 하기 시작했다. 서재 안은 원래 먼지 하나 없이 아주 청결했다. 그래도 두 사람은 부지런히 털고 닦았다. 그리고 나서 서랍을 열어 눈처럼 하얀 천을 꺼내더니 다시 한번 구석구석을 훔치며 부산을 떨었다. 흰 천에 먼지가 묻어 있지 않은 것을 확인하고 나서야 청소를 마칠 정도로 아주 세심했다. 시간도 반나절이나 걸렸다.

청소를 마친 온유도가 말했다.

"소형제, 황상께서 아직도 행차를 안 하시는 걸로 봐서 오늘은 서재에 오시지 않을 모양이야. 좀 이따 시위들이 순시를 하러 와서 낯선 자네를 보면 캐물을 게 분명하고, 그럼 다들 문책을 면치 못할 거야."

위소보는 퉁명스럽게 말했다.

"그럼 먼저 가세요. 난 좀 이따 갈게요."

온가 형제는 이구동성으로 외쳤다.

"그건 안 돼!"

온유도가 설명했다.

"궁 안은 규칙이 엄하다는 걸 자네도 잘 알잖아. 황상이 행차하는 곳에는 누가 수반을 하고 시중을 들 건지 정확하게 정해져 있어. 추호라도 착오가 있으면 안 돼. 궁 안에 내관과 궁녀가 수천 명인데 다들 아무 때나 황상을 뵙겠다고 불쑥불쑥 나서면 법통法統이 서겠어?"

온유방도 나섰다.

"소형제, 우리가 자넬 돕지 않으려는 게 아니라… 사실 우리 두 사람도 함부로 여기 오래 머물 수가 없어. 청소가 끝나면 바로 물러가야 해. 좀 이따 시위가 와서 추궁하면 감옥에 갇히는 것은 물론이고, 자칫 목이 달아날 수도 있어."

위소보는 혀를 내밀었다.

"그렇게 심각해요?"

온유방이 발을 굴렀다.

"황상에 관한 일인데, 우리가 농담을 하겠어? 소형제, 황상을 꼭 뵙고 싶거든 우리 내일 다시 와서 운을 한번 시험해보자고."

위소보는 더 이상 떼를 쓰지 않았다.

"좋아요, 그럼 가자고요."

온가 형제는 무거운 짐을 내려놓은 듯 안도의 숨을 내쉬며 위소보의 팔을 끼고 행여나 미꾸라지처럼 빠져나갈까 봐 끌다시피 데리고 나왔다.

위소보가 갑자기 이상한 질문을 했다.

"사실 두 분도 여태껏 황상을 뵌 적이 없는 거 아녜요?"

온유방은 멍해졌다.

"그걸… 그걸… 어떻게…?"

그는 원래 '그걸 어떻게 알았지?' 하고 반문하려 했는데 온유도가 얼른 나서 말을 잘랐다.

"어떻게 못 뵐 수가 있겠어? 황상께서 서재에 앉아 책을 읽고 글을 쓰시는 건 흔히 있는 일이야."

위소보는 또 속으로 시부렁거렸다.

'매일 이맘때면 네놈들이 청소를 하는데 황상이 청소를 도우러 오겠냐? 헛소리하고 자빠졌네! 여기 먼지를 털고, 저길 걸레질하는 네놈들을 황제가 뭐가 예쁘다고 대면을 하겠냐?'

온유도가 위소보의 눈치를 살폈다.

"소형제가 해 노공에게 은자를 조금씩 갚아주면 우리 형제가 나중에 반드시 보답을 할게. 황상을 뵙는 일은 한 사람의 타고난 복운福運이야. 전생에 길을 닦고 다리를 세우고, 무수한 음덕을 쌓아야만 가능한 일이지. 대박나는 운명을 타고나지 않는 이상 억지로 성취되는 일이 아니야."

말을 하는 사이에 세 사람은 쪽문으로 나왔다.

위소보는 포기한 듯했다.

"그럼 며칠 후에 기회가 있으면 다시 날 데려와서 운을 한번 시험해 봐요."

두 사람은 연신 고개를 끄덕이며 대답했다.

"그래, 그래…."

세 사람은 여기서 헤어졌다.

위소보는 빠른 걸음으로 회랑 두 곳을 지나서는 잽싸게 어느 문짝 뒤로 몸을 숨겼다. 잠시 후, 두 사람이 멀리 갔을 거라고 생각하고는 슬그머니 문 뒤에서 나와 왔던 길을 따라 상서방으로 갔다. 그 쪽문 앞에 이르러 밀어보니 뜻밖에도 안에서 빗장으로 잠겨 있었다.

'잠깐 사인데 안에서 벌써 문을 잠가버렸군. 역시 온가 형제의 말이 맞는 것 같아. 시위가 정말 순시를 하러 왔나 봐. 한데 지금은 갔을까?'

문에 귀를 바싹 갖다 대고 들어보니 안에서 아무 소리도 들리지 않았다. 이어 문틈으로 안을 살펴봐도 역시 아무도 보이지 않았다. 그는 잠시 망설이다가 신발 속에서 얄팍한 비수 한 자루를 꺼냈다. 그날 소계자를 죽였던 흉기였다. 그날 이후로 언제 무슨 위기가 닥칠지 몰라 늘 몸에 지니고 다녔다.

위소보는 비수를 문틈으로 밀어넣어 살짝 위아래로 움직였다. 빗장이 풀렸다. 그는 문을 빠끔히 열고 문틈으로 우선 손을 집어넣어 빗장을 잡았다. 행여 떨어져 소리가 나지 않도록 하기 위해서였다. 그러고 나서 문을 열고 잽싸게 안으로 들어가 문을 다시 닫고 빗장도 도로 채웠다. 잠시 귀를 기울여보았지만 역시 아무 인기척이 없어 까치걸음으로 걸어가 서재 안을 살폈다. 다행히 아무도 보이지 않았다. 그래도 잠시 기다렸다가 들어가는 조심성을 잊지 않았다.

그는 책상 앞으로 다가가 그 금룡이 수놓인 비단보가 드리워진 의자를 보자 억제하기 어려운 충동이 일었다.

'빌어먹을! 이 의자는 황제가 앉는 거라지만, 나라고 앉지 말라는 법은 없잖아?'

옆으로 한 걸음 내디뎌 정말로 의자에 앉았다.

처음 앉을 때는 가슴이 두근두근했는데, 잠시 후에는 속으로 또 투덜거렸다.

'이 의자도 별로 편하지 않군. 황제도 뭐 별거 아니구먼.'

그래도 오래 앉아 있기는 겁이 났다. 게다가 그《사십이장경》을 찾아야 하지 않는가. 그러나 책장에 수천 권의 책이 꽂혀 있고, 100권 중 책명 한두 자를 알아보는 건 고작 서너 권이 될까 말까였다. 일단 그 '사四' 자를 찾는 것이 관건이었다. '사' 자도 찾다 보니 몇 권이 나왔다. 그러나 '사' 자 아래 '십十' 자나 '이二' 자가 없었다. 알고 보니 그가 찾아낸 책은《사서四書》,《사서집주四書集註》,《사서정의四書正義》 같은 것들이었다.

한참 찾다가《십삼경주소十三經注疏》를 발견하고 순간적으로 기쁨에 사로잡혔다. '십삼十三'이란 두 글자를 한꺼번에 알아봤기 때문이다. 그러나 어쨌든 '사십이장경'은 아니었다.

위소보가 정신없이 막 찾고 있는 중에 홀연 서재 뒤쪽에서 구두 발자국 소리가 들리는가 싶더니 삐걱하고 문 열리는 소리가 들렸다. 알고 보니 커다란 병풍 뒤에 다른 문이 있었고, 그 문을 통해 누군가 들어온 것이었다.

위소보는 소스라치게 놀랐다.

'뒤쪽에도 문이 있었군. 오늘 정말 멸문을 당하는 거 아냐?'

쪽문 쪽으로 달아나기에는 이미 늦었다. 얼른 몸을 벽에 바싹 붙여 책장 뒤로 숨었다. 소리만으로도 두 사람이 들어와 여기저기 먼지를 털고 있다는 것을 알 수 있었다.

얼마 후, 또 한 사람이 들어오자 앞서 들어온 두 사람은 나가버렸다. 나중에 들어온 사람은 서재 안을 이리저리 천천히 왔다 갔다 했다.

위소보는 속으로 뜨끔했다.

'아뿔싸, 시위가 방 안을 순시하러 온 모양이군. 내가 쪽문으로 들어온 흔적을 발견한 것 아닐까?'

등에 식은땀이 주르륵 흘렀다.

그 사람이 한참 동안 왔다 갔다 하는 중에 홀연 밖에서 낭랑한 음성이 들려왔다.

"황상께 아뢰옵니다. 오 소보가 급한 일로 황상을 알현코자 밖에 대령해 있사옵니다."

서재 안에 있는 사람에게서 '음…' 하는 소리가 들렸다.

위소보는 놀라는 한편 기쁘기도 했다.

'저 사람이 바로 황제였구나. 그 오 소보는 모 대형이 한번 붙어보겠다고 벼르던 장본인이잖아. 만주의 제일용사라는데 정말 그렇게 뽀다구 있게 생겼는지 한번 봐야겠군. 그래야 다음에 모 대형을 만나면 제대로 얘기를 해주지.'

곧 문밖에서 육중한 발자국 소리가 들리더니 한 사람이 서재 안으로 들어왔다.

"소신 오배가 황상을 알현하옵니다."

그러면서 무릎을 꿇었다.

위소보가 살그머니 고개를 내밀어 살펴보니 우람하게 생긴 사내가 무릎을 꿇고 머리를 조아리고 있었다. 그는 행여 들킬까 봐 얼른 머리통을 쑥 뒤로 뺐다. 대신 몸통을 약간 비스듬히 해 오배와 대각선을 만들고 속으로 으스댔다.

'넌 지금 황제한테 무릎 꿇고 절하면서 나한테도 큰절을 한 거야. 네가 무슨 개뼈다귀 같은 만주 제일용사며, 설령 그렇다 해도 그게 뭐가 대수롭다는 거야? 이렇게 이 위소보한테 절을 올리고 있는데!'

황제가 말했다.

"그만 일어나시오."

오배는 몸을 일으키더니 낭랑하게 말했다.

"폐하, 소극살합은 흑심을 품고 있사오니 그의 주청은 대역무도하옵니다. 반드시 극형에 처해야 마땅하옵니다."

황제가 '음…' 하고 대꾸를 하지 않자 오배는 다시 아뢰었다.

"황상께서 등극해 친정親政을 하자마자 소극살합은 바로 '치휴걸명致休乞命'이라 상소하였습니다. 그 내용인즉슨, '황상께서 친정을 하게 되어 엎드려 청하오니, 신을 선황 능침陵寢의 능지기로 보내 얼마 남지 않은 여생을 보존케 하옵소서'라니, 그럼 황상께서 친정을 하지 않았다면 자기는 당당히 살 수 있고, 친정을 했기 때문에 여생을 구걸하겠다는 것이 아닙니까! 이는 황상께서 신하들을 잔포殘暴하게 대한다는 이야기와 다를 바가 없습니다."

그의 일방적인 말에 황제는 여전히 '음…' 할 뿐 다른 대꾸를 하지 않았다.

오배가 다시 목청을 높였다.

"소신은 왕공대신들과 회의를 했는데 모두들 소극살합이 '24가지 대죄'를 범했다고 했습니다. 간악한 마음을 품고, 역모를 꾀하였으며, 어린 황상을 멸시해 정사 복귀 명령에 불응하니, 실로 대역무도하옵니다. 조정이 정한 '대역률大逆律'에 따라 장자인 내대신內大臣 찰극단察克旦과 함께 능지처참해야 마땅하옵니다. 아울러 양자 6인, 손자 1인, 형제의 자식 2인까지 모두 처결해야 합니다. 그리고 일족인 전봉영의 통령統領 백이혁白爾赫과 시위 액도額圖 등도 처단해야 하옵니다!"

황제가 비로소 입을 열었다.

"그와 같은 처벌은 너무 과중하지 않소?"

위소보는 내심 의아했다.

'황제의 목소리가 어린애 같아. 그리고 소현자와 비슷한 게… 정말 웃기는데?'

오배가 다시 아뢰었다.

"아룁니다. 황상께선 아직 나이가 어려 조정 대사에 대해 잘 모르시는 모양입니다. 그 소극살합은 소신 등과 함께 황상을 잘 보필하라는 선황의 유지遺旨를 받았으니, 황상이 등극하면 기뻐하는 게 당연합니다. 하온데 황상을 비방하는 그따위 상소를 올렸으니 흉심凶心을 품고 있는 게 분명합니다. 부디 중신들의 의견을 받아들여 즉시 중형을 내려주십시오. 황상께서 친정에 임한 지 얼마 되지 않았으니 바로 위엄을 보여 신하들에게 경외심을 심어주어야 하옵니다. 만약 소극살합의 대역죄를 관용하오면 차후에 중신들은 황상의 연유年幼함을 업신여겨 불경한 언사와 무례한 행동을 일삼아 황상께서 국사를 처리하는 데

307

어려움이 따를 것입니다."

위소보는 그의 말투가 몹시 거만하다고 느꼈다.

'이런 죽일 놈! 네놈의 언동 자체가 아주 불경하고 무례하구나. 자꾸 황제가 어리고 연유하다고 지껄이는데, 황제가 정말 어린애란 말인가? 정말 재밌는데! 어쩐지 황제의 말투가 소현자 같더라고.'

황제가 다시 말했다.

"소극살합은 비록 잘못이 있다고 해도 짐을 보필하는 보정대신輔政大臣이오. 경과 마찬가지로 선황의 지대한 신임을 받았던 충신이었소. 만약 짐이 등극하자마자 바로… 선황께서 신임하던 중신을 처단한다면, 구천에 계신 선황도 달가워하시지 않을 거요."

오배는 '하핫!' 웃었다.

"황상! 그건 정말 어린애 같은 말씀입니다. 선황께서 소극살합을 보정대신에 명한 것은 황상을 잘 모시고 정사에 열심히 임하라는 뜻이었습니다. 그가 만약 선황의 뜻을 헤아린다면 응당 물불을 안 가리고 전심전력으로 황상을 위해 최선을 다해야만 신하 된 도리이옵니다. 하오나 소극살합은 원망으로 가득 차 있고, 공공연히 황상을 비방하며, 은퇴하여 목숨을 구걸하겠다고 하니, 그럼 자신의 목숨은 중요하고 황상의 국사는 중요하지 않다는 뜻이잖습니까! 다시 말해 그놈이 선황께 잘못한 것이지, 황상이 그놈한테 잘못한 게 아닙니다. 하하, 하하!"

황제가 그에게 물었다.

"오 소보는 무엇이 그리 우스운 게요?"

오배는 갑작스러운 물음에 다소 당황했다.

"아, 예? 예, 아닙니다."

위소보는 몸을 숨긴 채 속으로 고소해했다. 오배의 얼굴은 볼 수 없어도 아마 어색하게 일그러졌을 거라고 생각했다.

황제는 잠시 침묵을 지키다가 입을 열었다.

"짐이 만약 이대로 소극살합을 죽인다면 선황의 영명함에 누를 끼치게 될 것이오. 천하 백성들은 짐이 사람을 잘못 죽였다고 하거나, 아니면 선황께서 사람을 잘못 봤다고 할 게 아니겠소? 조정에서 소극살합의 24가지 죄목을 천하에 공포한다면 백성들이 어떻게 생각하겠소? 알고 보니, 소극살합은 극악무도한 대죄를 범한 아주 나쁜 놈이구나 하고 생각하지 않겠소? 그리고 선황께서 그런 사람을 보정대신에 명해 오 소보와 동격으로 신임하다니, 그건 너무 견식이 부족한 처사가 아니었나 하고 비웃지 않겠소?"

그 말을 듣고 위소보는 속이 후련했다.

'어린 황제가 말을 아주 조리 있게 하네.'

오배가 반박했다.

"황상은 하나만 알고 둘은 모르시는 모양입니다. 천하 백성이 어떻게 생각하든 멋대로 생각하라고 놔두십시오. 그들은 생각은 하되 감히 입 밖에 내지 못할 겁니다. 누구든 감히 선황을 비방하는 언사를 내뱉기만 하면 바로 목을 쳐버릴 테니까요."

황제가 말했다.

"옛 책에 '백성의 입을 막는 것은 냇물을 막는 것보다 더 어렵다'고 했소. 백성들이 마음속에 있는 말을 못하게 무조건 죽인다면, 그건 바람직한 일이 아니겠지요."

오배는 자신의 생각을 고집했다.

"한인 서생들의 말은 다 엉터리입니다. 만약 한인 서생들의 말이 옳다면 왜 그들의 강산이 우리 만인滿人 손에 넘어왔겠습니까? 그래서 소신이 황상께 권고하는 겁니다. 한인들의 책은 가급적 읽지 않는 게 좋습니다. 읽을수록 생각이 흐려집니다."

황제는 아무 대꾸도 하지 않았다.

오배가 혼자 지껄였다.

"소신은 왕년에 태종 황제와 선황을 따라 동서를 정복하고, 관외에서 중원까지 전투를 벌이면서 무수한 공을 세웠습니다. 한자를 전혀 몰라도 남만南蠻까지 쳐부쉈습니다. 천하를 차지하고 천하를 지키는 데는 그저 우리 만인들의 방법을 써야 합니다."

황제가 말했다.

"오 소보의 공이야 당연히 지대하오. 아니면 선황께서 오 소보를 이렇게 중용하셨을 리가 없지요."

오배는 기가 살아 목소리에 힘을 주었다.

"소신은 오로지 충심 하나로 황상을 모시고 있습니다. 태종 황제부터 세조 황제, 그리고 황상에 이르기까지 다 마찬가지입니다. 우리 만주인은 매사에 상벌이 분명합니다. 충성하면 상을 주고 불충하면 벌을 내리고…. 그 소극살합은 아주 고약한 간신이니 기필코 중형에 처해야 합니다."

위소보는 또 속으로 투덜거렸다.

'조잘조잘, 네놈의 목소리만 들어도 아주 고약한 간신이라는 것을 금방 알 수 있어.'

황제가 물었다.

"기어코 소극살합을 죽이려 하는데, 도대체 그 사적인 이유가 무엇이오?"

오배는 반박했다.

"무슨 사적인 이유가 있겠습니까? 황상은 소신이 그에게 원한을 품고 있다고 생각하시는 겁니까?"

그의 음성은 갈수록 높아지고 말투 또한 거칠어졌다. 잠시 멈칫하더니 더욱 싸늘하게 소리쳤다.

"소신은 우리 만주인의 천하를 지키기 위해서 이러는 겁니다! 태조 황제, 태종 황제께서 피땀 흘려 이룩해놓은 위업을 그 자손이 그르치게 할 순 없습니다. 황상께서 그렇게 물으시면, 소신은 정말 황상의 뜻이 무엇인지 알 수가 없습니다!"

위소보는 그의 이런 사나운 말투를 듣고는 내심 흠칫해 자신도 모르게 고개를 쑥 빼고 내다보았다. 얼굴에 근육이 울퉁불퉁한 사나이가 커다란 눈을 부라리며 마치 악귀처럼 앞으로 걸어나가는 모습이 보였다. 게다가 두 주먹을 불끈 쥐고 있었다.

"앗!"

이때 한 소년이 놀라 비명을 지르며 의자에서 벌떡 일어났다. 그가 얼굴을 살짝 돌리는 순간 위소보의 입에서도 놀란 외침이 터졌다.

"앗!"

그 소년 황제는 다름 아닌, 바로 매일 자기와 무예를 겨루던 그 소현자가 아닌가!

열두 명의 어린 내관이 일제히 그에게 달려들었다.

손과 팔을 비틀고, 허리와 다리를 끌어안았다.

위소보는 벌써 그의 등 뒤로 다가가 관자놀이 태양혈太陽穴을 겨냥해

냅다 주먹을 뻗어냈다.

강희는 손뼉을 치며 웃어댔다.

"오 소보, 오늘은 아무래도 질 것 같소!"

위소보는 황제를 보았다. 설령 그가 악마나 요괴처럼 생겼다고 해도 소리를 지르지 않았을 텐데, 황제가 바로 소현자라는 것을 확인하는 순간, 그 놀라움은 이루 말할 수 없었다. 저절로 탄성이 터질밖에!

위소보는 사달이 났다는 것을 알고 바로 몸을 돌려 달아나려다가 생각을 달리했다.

'소현자만 해도 무공이 나보다 높아. 한데 오배는 훨씬 더 셀 거잖아. 난 도저히 여기서 도망칠 수 없어.'

절망은 그에게 다른 영감을 불러일으켰다.

'거덜이 나든 몽땅 따든 한판 승부를 걸자! 마지막 주사위다!'

그는 대뜸 뛰쳐나가 황제 앞을 가로막고 오배에게 호통을 쳤다.

"오배, 뭐 하는 짓이오? 감히 황상께 이런 무례를 범하다니! 누굴 때리든 죽이든 우선 나부터 상대해야 될 거요!"

오배는 산전수전을 다 겪고 큰 공을 세운 고명대신이라 나이 어린 강희康熙* 황제를 별로 안중에 두지 않았다. 그런데 강희가 그에게 사적인 원한 때문에 소극살합을 죽이려는 게 아니냐고 에둘러 말한 것이, 바로 오배의 정곡을 찌른 것이다.

오배는 본디 전쟁터에서 상대를 무조건 거칠게 몰아붙이는 무인이라, 화가 치밀자 눈을 부라리고 주먹을 불끈 쥔 채 강희에게 따지려 한 것이었다. 대역무도를 범할 생각은 없었다. 그런데 난데없이 책장 뒤에서 어린 내관이 뛰쳐나와 황제 앞을 가로막고 자신을 질책하자 깜짝 놀랐다. 그리고 신하로서 주먹을 쥐고 황제께 덤비는 듯한 자신의 행위가 도리에 어긋난다는 걸 깨닫고 황급히 뒤로 몇 걸음 물러났다. 하지만 당황해 되레 역정을 냈다.

"지금 무슨 헛소릴 하는 게냐? 황제께 주청을 하려는 건데 누가 황상께 무례를 범했다는 것이야?"

그러면서 다시 뒤로 두 걸음 물러나 팔을 늘어뜨렸다.

매일 위소보와 무예를 겨루던 소현자가 바로 지금의 대청 황제 강희였던 것이다. 그의 본명은 '현엽玄燁'인데 위소보가 자신을 몰라보고 이름을 묻자 장난기가 동해 그냥 아무렇게나 '소현자'라고 대답한 것이었다.

그는 만주인의 혈통을 타고나 씨름 같은 것을 좋아했다. 알다시피 씨름을 하려면 서로 붙잡고 있는 힘을 다해 몸싸움을 하면서 목을 조이거나 허리를 꺾고 팔을 비틀어야 한다. 시위들은 그에게 씨름을 가르쳐주었으나 누가 감히 황제에게 그와 같은 무례를 범할 수 있겠는가? 어느 누가 감히 그의 용두를 힘껏 끌어안고 목을 조일 수 있겠는가? 겨루자고 하면 마지못해서 그저 씨름을 하는 척 흉내를 낼 뿐이었다. 황제가 다리를 걸어오면 그냥 맥없이 땅에 쓰러지고, 팔을 비틀면 무릎을 꿇고 항복을 하기 일쑤였다. 억지로 반격을 하더라도 그저 가볍게 옷자락을 스치는 정도에서 그치곤 했다. 강희는 진짜 실력을 겨뤄보자고 거듭 당부를 했지만 시위들 중 감히 응해줄 용기를 가진 자가 없었다. 기장 그럴싸하게 연기를 하는 게 고작이었다.

황제와 장기를 둘 때도 마찬가지였다. 초반에는 일부러 막상막하의 국면을 만들다가 종국에는 반드시 져야만 했다.* 씨름은 장기와 달리 어영부영 넘기기가 그리 쉽지 않았다. 설령 마지막에 가서 지더라도 그 과정에서는 서로 엎치락뒤치락해야 하는데 누가 감히 황제를 자빠뜨릴 수가 있겠는가?

강희는 씨름에 유독 흥미를 가지고 즐겼다. 시위들끼리 시합을 할 때는 다양한 기술을 구사하고 박진감이 넘치는데, 막상 자기와 붙으면 상대는 다들 전전긍긍 비실비실, 전혀 겨룰 맛이 나지 않았다. 강희는 나중에 상대를 내관으로 바꿨다. 하지만 내관들은 한술 더 떠, 죽은 사람마냥 그냥 당하기만 했다. 재미가 하나도 없었다.

황제는 원하는 것은 무엇이든 가질 수 있는데, 무예를 겨루는 진정한 상대를 구하기는 하늘의 별 따기였다. 도저히 불가능했다. 오죽하면 미복잠행을 핑계 삼아 궐 밖으로 나가 자신의 실력이 도대체 어느 정도인지, 백성들을 상대로 겨뤄보고 싶은 마음이 굴뚝같았다. 하지만 그것은 위험이 따르는 일이었다. 그저 어린 황제의 동심에서 우러난 현실성 없는 몽상에 불과했다.

그러던 중에 위소보를 만난 것이었다. 그 겨룸에서 위소보는 전력을 다했는데도 결국 지고 말았다. 강희는 기분이 무척 좋았다. 평생 그렇게 속 시원한 성취감을 맛본 적이 없었다. 위소보가 씩씩거리면서 다음 날 다시 겨루자고 했을 때 속으로 '얼씨구 좋다!'를 외쳤다.

그로부터 두 사람은 매일 실력을 겨뤘고, 강희는 시종 자신의 신분을 밝히지 않았다. 그리고 위소보와 겨룰 때는 비밀이 탄로나지 않도록 다른 내관들은 주위에 얼씬도 못하게 했다. 만약 상대인 어린 내관이 자기가 황제라는 사실을 알면 아무래도 실감나게 치고받지 못해 흥미를 잃을 게 뻔했다.

궁중의 내관은 천 명이 넘는데, 그중엔 황제를 전혀 본 적이 없는 사람도 적지 않았다. 하지만 거세되어 입궐하면 여러 가지 궁중 규칙과 품계에 따른 복식을 구별하는 법을 배우고 지켜야 한다. 그런데 강희의 복식을 보고도 황제라는 걸 알아차리지 못한 내관은 아마 위소보한 사람뿐일 것이다. 그는 가짜니 당연한 일이었다. 반면, 강희의 입장에서 볼 땐 이 흐리멍덩한 어린 내관이 천금을 주고도 살 수 없는 아주 귀한 존재일 수밖에 없었다.

그 후로 강희는 무공이 날로 향상되었는데 위소보의 실력도 덩달아 뒤쫓아오는 바람에 두 사람은 주거니받거니 시종 그 상태를 유지했고, 위소보가 늘 한 수 아래였다. 어쨌든 강희는 위소보에게 지지 않으려고 열심히 무공을 연마했다. 그는 본디 호승심이 강해 무공이 늘수록 더욱 흥미를 느끼고, 위소보에 대한 호감도 따라서 커졌다.

이날 오배가 상서방으로 강희를 찾아와 소극살합을 죽여야 한다고 상소했을 때, 강희는 오배가 청 왕조 개국 당시 정예부대였던 팔기八旗 중에서 서열의 높낮이가 있는 양황기鑲黃旗와 정백기正白旗의 자리다툼으로 인해 소극살합과 원한이 생겨, 한사코 그를 죽음으로 몰아넣으려고 하는 걸 잘 알고 있었다. 단순히 사적인 원한이었다. 그래서 주저하며 선뜻 청을 윤허하지 않았다.

그런데 오배는 뜻밖에도 울화가 치민 나머지 무지렁이 무인들의 습성을 그대로 드러내 흉흉한 태도로 주먹을 불끈 쥐고 황제 앞으로 나섰던 것이다. 오배는 워낙 몸집이 우람하고 생김새도 흉측했다. 강희는 그가 당장이라도 달려들 듯 거칠게 나오자 절로 흠칫했다. 시위들은 모두 상서방 밖에서 대기하고 있어 부를 겨를도 없거니와, 그들 역시 거의 다 오배의 심복이어서 믿을 수가 없었다.

강희는 어찌할 바를 몰라 하던 차에 마침 위소보가 달려나와 도와주자 내심 크게 기뻐했다.

'소계자랑 힘을 합치면 오배와 한번 겨뤄볼 만도 하지!'

그리고 오배가 뒤로 물러나는 것을 보자 한결 마음이 놓였다.

한편 위소보는 자신도 모르게 소리를 지르는 바람에 행적이 드러나자 부득이하게 마지막 주사위를 던져 한판 승부를 내겠다는 각오로 뛰쳐나와 오배에게 호통을 쳤던 것이다. 한데 그 난데없는 호통이 주효해 오배가 뒤로 물러나니, 우쭐해져서 다시 큰 소리로 꾸짖었다.

"소극살합을 죽이든 말든 그건 황상의 결정에 달린 거요! 한데 감히 황상께 무례하게 주먹을 쓰려 하다니, 목이 달아나고 멸문을 당하고 싶은 거요?"

그의 말은 오배의 정곡을 정확하게 찔렀다. 절로 등에 식은땀이 배며 자신의 행동이 너무 무례하고 거칠었다는 것을 깨달았다. 당황함을 감추려고 바로 강희께 아뢰었다.

"황상, 저 어린 내관의 헛소리를 들으시면 아니 되옵니다. 소신은 오로지 황상만 떠받드는 충신이옵니다!"

강희는 등극한 지 얼마 되지 않아 고명대신인 오배에 대해 꺼리는 바가 없지 않았다. 지금 그가 꽁무니를 빼는 것을 보자 굳이 얼굴을 붉힐 필요가 없다고 생각했다.

"소계자, 넌 물러나 있거라."

위소보는 공손하게 몸을 숙였다.

"네, 황상."

그러고는 바로 책상 옆으로 물러났다.

강희는 오배를 응시했다.

"오 소보, 짐도 경이 대충신이라는 것을 잘 알고 있소. 적진을 종횡하며 거친 풍파를 겪어온 습성이 몸에 배어 선비들처럼 차분하진 않겠지만… 짐은 나무랄 생각이 없소."

오배는 기뻐하며 연신 머리를 조아렸다.

"아, 예, 예… 황공무지로소이다."

강희는 그를 달래기로 작심했다.

"소극살합에 관한 일은 경의 뜻대로 처리하시오. 경은 대충신이고 그는 대간신이니 짐은 당연히 상벌을 분명히 할 것이오."

오배는 더욱 기뻐했다.

"황상께서는 영명하시옵니다. 소신은 앞으로도 오로지 충성을 다 바쳐 황상을 보필하겠습니다."

강희는 고개를 끄덕였다.

"좋소, 짐이 황태후께 천명하여 내일 조회 때 후한 상을 내리겠소."

오배의 얼굴에 희색이 만면했다.

"성은이 망극하옵니다, 황상!"

강희가 물었다.

"또 다른 주청이 있소?"

오배가 얼른 대답했다.

"아니옵니다, 소신은 이만 물러가겠습니다."

강희가 고개를 끄덕이자 오배는 헤벌쭉 웃으며 물러갔다.

강희는 그가 물러가자 바로 의자에서 펄쩍 일어나 웃으며 말했다.

"소계자, 그동안 지켜온 비밀이 오늘 들통났네."

위소보는 멋쩍어했다.

"황상, 저는… 죽을죄를 지었습니다. 황제인지 모르고 손찌검에 발차기를 막 했으니… 정말 무엄했습니다."

강희는 한숨을 내쉬었다.

"이제 내 신분을 알았으니 예전처럼 신나게 싸우지 않겠군. 그럼 재미가 없는데…."

위소보는 빙긋이 웃었다.

"저를 나무라지 않으신다면, 앞으로도 신나게 싸울 수 있어요."

강희는 매우 기뻐했다.

"좋아, 약속하자! 진짜로 겨루지 않으면 호한이 아니야!"

그러면서 손을 내밀었다. 위소보는 궁중 법도를 모르고, 또한 원래 천방지축으로 겁이 없는지라 바로 손을 마주 잡으며 낄낄 웃었다.

"앞으로 진짜로 겨루지 않으면 호한이 아니다!"

두 사람은 서로 손을 잡은 채 '하하!' 웃음을 터뜨렸다.

일단 황태자에 책봉되면 후에 황제가 되는 운명이 정해지고, 어려서부터 다른 사람과 달리 엄격한 교육을 받는다. 울고 웃고, 일거수일투족까지 많은 감시의 이목에서 벗어날 수 없어, 그야말로 자유라곤 조금도 허용되지 않는다. 감옥에 갇힌 죄수라고 해도 마음대로 말을 하고 나름대로 행동을 할 수 있는데, 황태자가 받는 구속은 아마 죄수들보다 백배는 더할 것이다.

글공부를 시키는 사보師保, 기거를 시중드는 내관과 궁녀들은 행여 태자의 몸에 무슨 이상이 생길세라 온종일 살얼음을 딛는 듯 전전긍 긍한다. 그리고 태자의 언행이 조금이라도 법도에서 벗어나면 사보는 행여 황제에게 문책을 당할까 봐 즉시 간곡하게 거듭 권고한다. 태자 가 옷이라도 한 가지 적게 입으려 하면 내관과 궁녀들은 감기에 걸릴 세라 마치 큰 화를 당하는 것처럼 어찌할 바를 몰라 한다. 이렇듯 태자 가 되면 어려서부터 주야장천 엄격한 보살핌을 받아, 일반 사람들이 소소하게 누리는 삶의 낙과는 거리가 멀었다.

역대 왕조에 폭군이 많은 원인 가운데는, 황위에 등극해 무소불위 의 자유를 얻은 후 그전에 받아온 여러 가지 억제가 엉뚱한 방향으로 발산된 탓도 없지 않았다. 종종 불가사의한 행동을 하는 것도 실은 그 폭발이 좀 지나쳤기 때문이리라.

강희는 비록 아주 어려서 태자에 책봉되지는 않았어도 엄격한 보살 핌을 받아온 것은 사실이었다. 그래서 등극한 후에는 궁녀와 내관들이 가까이 따라붙지 못하게 일부러 멀리했다. 물론 모후나 많은 사람들 앞에서는 법도에 따라 노숙한 태도를 취하고, 궁녀나 내관들에게도 황 제의 위상을 보였다. 당연히 마음 놓고 크게 웃는 경우도 별로 없었다.

하지만 나이가 아직 어린지라 재미있게 뛰어놀고 싶어 하는 것은 거지나 황제나 다 마찬가지였다. 일반 평민 가정에서는 소년이 매일 뛰어놀고 장난치는 것이 당연한 일이었다. 이 소년 황제가 위소보를 만난 것은 그야말로 '복연福緣'이라 아니할 수 없었다. 그는 위소보와 함께 있을 때만 아무런 구속도 받지 않고, 황제의 위신도 다 내려놓고 맘껏 웃고 뒹굴 수 있었다. 이런 즐거움을 그는 평생 느껴보지 못했다.

그동안 잠을 자면서도 위소보와 어우러져 재미있게 노는 꿈을 자주 꾸곤 했다.

강희는 위소보의 손을 잡고 놓지 않았다.

"사람들이 있을 때는 날 황상이라고 부르고, 단둘이 있을 때는 예전과 똑같이 해야 해!"

마다할 위소보가 아니었다.

"그럼 나야 좋죠! 진짜 꿈에도 황제인 줄 몰랐어요. 난 황제가 흰 수염을 길게 기른 할아버지일 거라고 생각했죠."

강희는 속으로 어이가 없었다.

'부황이 붕어하셨을 때가 불과 24세였는데, 무슨 흰 수염을 기른 할아버지야? 이 녀석은 도대체 아무것도 모르는 것 같지?'

그래서 물었다.

"그럼 해 노공이 너한테 내 얘기를 해준 적이 없어?"

위소보는 고개를 내둘렀다.

"아뇨, 그냥 무공만 가르쳐줬어요. 황상, 황상은 무공을 누구한테 배웠어요?"

강희는 웃었다.

"내가 방금 다른 사람이 없을 때는 예전과 똑같이 하라고 했잖아. 왜 황상이라고 부르는 거야?"

위소보도 웃었다.

"맞아, 내가 좀 당황했나 봐요."

강희는 한숨을 내쉬었다.

"거봐, 내가 황제라는 걸 알면 전처럼 신나게 무공을 겨루지 않을 거라고 했잖아.”

위소보는 다시 배시시 웃었다.

“꼭 전처럼 싸울게요. 하지만 잘 될지… 참, 소현자는 누가 무공을 전수해줬어요?”

강희는 즉답을 피했다.

“그건 말해줄 수 없어. 한데 그걸 왜 묻지?”

위소보가 눈알을 굴렸다.

“아까 그 오배라는 놈은 자신의 무공이 대단한 줄 알고 소현자한테 주먹을 쥐고 덤빌 기세였어요. 내 생각에 소현자의 사부는 분명 무공의 고수일 테니 그를 모셔와서 오배를 상대하면 되지 않겠어요?”

강희는 미소를 지으며 고개를 내둘렀다.

“그건 안 돼, 내 사부님이 어떻게 그런 일을 할 수 있겠어?”

위소보는 힘주어 말했다.

“나의 사부 해 노공은 눈이 멀어서 정말 애석해요. 아니면 그를 모셔와 오배와 싸움을 붙이면 분명 이길 텐데. 아, 맞아요! 내일 우리 둘이 힘을 합쳐 오배랑 한바탕 싸워보는 게 어때요? 그가 무슨 만주 제일용사라고 하던데, 우리 둘이 합세하면 지지 않을 수도 있어요!”

강희는 크게 기뻐하며 소리쳤다.

“좋아, 멋진 생각이야!”

그러나 이내 실행하기 어려운 일임을 깨닫고 고개를 흔들며 한숨을 내쉬었다.

“황제가 누구랑 싸운다는 건 말도 안 되는 일이야.”

위소보는 아쉬웠다.

"황제가 아니었으면 좋았을 텐데…."

강희는 고개를 끄덕였다. 이 순간 그는 내시인 소계자가 부러웠다. 그냥 하고 싶은 대로 다 하고, 비록 궁에 있지만 그래도 여유작작하지 않은가. 그리고 한편으론 아까 오배가 기세등등하게 눈을 부라리고 압박해오던 모습이 떠올라 절로 움찔했다.

'그자는 나한테 너무 무례해. 자기가 누구를 죽이고 싶으면 꼭 죽여야 하고, 나는 안중에도 없어. 도대체 그가 황제야, 내가 황제야? 한데 궁 안의 시위는 전부 그가 통솔하고, 팔기를 움직이는 병권도 그가 장악하고 있어. 내가 만약 황명을 내려 그를 죽이려 하면 틀림없이 반란을 일으켜 날 먼저 죽이려고 들겠지. 그러니 우선 시위총관을 바꿔 병권을 회수하고, 고명대신의 직위를 박탈한 후에 성문 밖으로 끌어내 공개 처형해야 해. 그래야만 내 울분이 풀릴 거야!'

그러나 이내 생각을 바꿨다.

'그 수도 통하지 않을 거야. 내가 시위총관을 바꾸면 오배는 자기를 겨냥한 거라고 생각하겠지. 대권을 쥐고 있으니 선수를 칠 게 분명해. 그럼 결국 당하는 건 나야. 일단 아무 내색을 하지 말고 좋은 수를 생각해낸 후에 처단해야지.'

그는 위소보 앞에서 갈팡질팡하는 모습을 보이고 싶지 않아 태연한 척했다.

"넌 먼저 해 노공한테 돌아가 무공이나 열심히 배워. 내일 거기서 다시 겨뤄보자고!"

위소보가 대답했다.

"네!"

그러자 강희가 다시 말했다.

"나랑 오배 사이에 있었던 일은 누구한테도 발설하면 안 돼!"

위소보는 다시 흔쾌히 대답했다.

"네!"

그리고 한마디 덧붙였다.

"여긴 아무도 없으니 무릎 꿇거나 절을 하지 않고 그냥 갈게요."

강희는 '하하!' 웃으며 손을 내둘렀다.

"그래. 내일 약속 잊지 마, 남아일언중천금!"

위소보는 비록 《사십이장경》을 훔쳐내지 못했으나 날마다 자기랑 무공을 겨루던 소현자가 황제라는 것을 알게 되어 흥분을 금치 못했다. 다행히 해 노공은 눈이 멀어 그에게서 이상한 낌새를 채지 못했다. 단지 평상시보다 말수가 좀 많은 것 같아 무슨 좋은 일이라도 있는가 슬쩍 에둘러 물어보았지만, 위소보는 워낙 꾀돌이라 오늘 있었던 일에 대해 일언반구도 누설하지 않았다.

다음 날 위소보는 다시 강희와 무공을 겨루러 갔다. 그는 평상시와 같이 싸우고 싶었으나 상대가 황제라는 것을 안 후로는 행동이 생각처럼 되지 않았다. 방어는 물론 최선을 다했지만 공격을 할 때는 아무래도 좀 무기력했다.

강희도 그의 입장을 이해했다. 그래서 공격할 때는 전력을 다하지 않았다. 상대가 엉거주춤한데 자기만 맹공을 퍼부으면 이겨도 떳떳지 못하기 때문이었다.

얼마 겨루지도 않았는데 위소보는 내리 두 판을 졌다.

강희가 한숨을 내쉬며 물었다.

"소계자, 어제 상서방엔 왜 왔니?"

위소보가 바로 대답했다.

"온유도가 어제 열이 너무 심해 일어날 수 없어서, 나더러 대신 상서 방에 가 청소를 좀 해달라고 부탁했어요. 난 아무래도 일이 서툴러 시간이 많이 걸렸고, 그래서 뜻밖의 상황에 처한 거죠."

위소보는 안색 하나 변하지 않고 아주 그럴싸하게 둘러댔다. 그 자신도 자기가 한 말을 믿을 정도였다.

강희는 아쉬워했다.

"내가 황제라는 걸 알았으니 이젠 진짜로 싸울 수는 없을 것 같아."

흥을 잃은 것 같았다. 위소보도 마찬가지였다.

"나도 오늘은 아무래도 기운이 안 나요."

강희는 불현듯 떠오르는 생각이 있었다.

"아, 좋은 생각이 있다. 우리끼리 직접 싸울 수 없으면, 네가 다른 사람들과 겨루는 걸 지켜보는 것도 재미가 있을 거야. 자, 나를 따라와. 옷을 갈아입고 우리 포고방布庫房으로 가자!"

위소보가 물었다.

"포고방이 뭐 하는 덴데요? 옷감을 놔두는 창곤가요?"

강희는 빙긋이 웃었다.

"아니야, 포고방은 무사들이 무공을 연마하고 씨름을 하는 곳이다."

위소보는 박수를 치며 환호했다.

"그거 잘됐군요!"

강희는 옷을 갈아입으러 갔고, 위소보도 그 뒤를 따랐다. 강희는 장포로 갈아입었다. 앞뒤로 내관 열여섯 명의 호위를 받으며 두 사람은 무사들이 씨름을 하는 포고방에 이르렀다. 강희는 표정이 엄숙하게 변해 다시는 위소보와 웃거나 농담을 하지 않았다.

무사들은 황제가 납시자 모두 전력을 다해 씨름을 했다. 강희는 잠시 구경을 하더니 뚱뚱한 무사 한 명을 불렀다.

"내 곁에 있는 어린 내관도 씨름을 좀 배웠는데 네가 한 수 가르쳐주도록 해라."

이어 위소보에게 말했다.

"나가서 몇 수 배워보아라."

그러면서 위소보에게 왼쪽 눈을 찡긋했다.

강희와 위소보는 잠시 무사들이 씨름하는 것을 지켜보았기 때문에 상황을 어느 정도 파악하고 있었다. 그 뚱뚱한 무사는 비록 몸집이 크지만 위소보의 적수는 안 될 것 같았다.

두 사람은 일단 서로 맞잡고 밀고 당겼다. 그러다가 위소보가 '물결을 따라 배를 민다'는 뜻의 순수추주順水推舟 초식을 전개해 그를 밀었는데, 그는 워낙 몸이 뚱뚱해 아무리 힘껏 밀어도 쓰러지지 않았다. 이때 무사의 우두머리가 등을 돌려 슬쩍 그에게 눈짓을 했다. 그 뚱뚱한 무사는 이내 눈치를 채고 일부러 비칠거리더니 바닥에 쓰러져 좀처럼 일어나지 못했다. 주위에 있는 무사와 내관들이 일제히 박수갈채를 보냈다.

강희는 크게 기뻐했다. 그는 측근 내관인 근시태감近侍太監에게 위소보한테 은자 한 덩어리를 하사하라고 명했다. 그리고 그 뚱보에게도 은자를 내리고 속으로 흐뭇해했다.

'소계자의 무공은 나보다 약한데도 저 몸집 큰 무사를 꺾었으니 나도 당연히 이기겠지!'

나가서 직접 겨뤄보고 싶어서 몸이 근질근질했지만 만인지상의 지엄한 몸이라 나설 수가 없었다. 그래서 한숨을 내쉬며 측근 내관에게 명했다.

"가서 서른 명의 어린 내관을 선발해오도록 해라. 나이는 모두 열서너 살 정도로 하고, 매일 여기 와서 무예를 연마케 해라. 누구든 무공을 빨리 익히면 소계자처럼 짐이 상을 내릴 것이다."

"예, 분부대로 거행하겠사옵니다."

측근 내관은 웃으며 대답했다. 그리고 속으로 '황제가 어려서 역시 어린애 장난을 좋아하는구나' 하고 생각했다.

위소보는 거처로 돌아왔다. 해 노공은 오늘도 소현자와 겨룬 일을 물었다. 위소보는 쌍방이 아주 치열하고 흥미진진하게 싸웠다고, 침을 튀겨가며 그럴싸하게 얘기해주었다. 그러나 해 노공이 꼬치꼬치 캐묻자 거짓말임이 바로 들통났다. 해 노공의 표정이 차갑게 변했다.

"소현자가 왜 그래? 오늘 병이라도 난 것이냐?"

위소보는 얼른 얼버무렸다.

"아녜요, 오늘은 기분이 별로 좋지 않았나 봐요."

해 노공은 코웃음을 날렸다.

"처음부터 끝까지 하나도 빠짐없이 일초일식을 자세히 말해봐라."

위소보는 더 이상 숨길 수 없다는 것을 알고 솔직하게 이야기했다.

해 노공은 고개를 들고 천천히 말했다.

"그 초식에서 넌 분명히 그의 머리통을 왼쪽으로 비틀 수 있었을 텐데 왜 몸을 들어올려 패배를 자초했지? 넌 그 방법을 뻔히 알면서도 일부러 져준 거야. 그 이유가 대체 무엇이냐?"

위소보는 웃으면서 대답했다.

"실은 내가 일부러 져준 게 아니라 그가 느슨하게 공격을 하는 바람에 나도 좀 봐줄 수밖에 없었어요. 우리는 친한 친구가 됐는데 너무 지나치게 싸울 순 없잖아요."

자기가 황제와 '친한 친구'가 됐다고 생각하니 절로 기분이 우쭐해졌다.

해 노공이 다시 물었다.

"그와 친한 친구가 되었다고? 흥! 네가 일부러 봐준 게 아니라 감히 그를 건드리지 못한 거야. 그럼 넌 드디어… 드디어 알았니?"

위소보는 뜨끔했다. 절로 음성이 떨렸다.

"뭘… 뭘 알았냐는 거죠?"

해 노공이 반문했다.

"그가 스스로 밝힌 거냐, 아니면 네가 짐작한 거냐?"

위소보는 잡아뗐다.

"무슨 말을 하는 거예요? 난 잘 모르겠는데요."

해 노공의 음성이 싸늘하게 변했다.

"내가 묻는 말에 솔직히 대답해! 콜록, 콜록… 소현자의 신분을 어떻게 알았니?"

그러면서 대뜸 그의 손목을 움켜잡았다. 위소보는 즉시 뼛속까지 파고드는 아픔을 느꼈다. 손목에서 으드득 소리가 들리는 듯했다. 이러다가 정말 손목이 부러질 것 같았다. 그는 비명을 질렀다.

"항복! 항복!"

해 노공은 봐주지 않았다.

"그의 신분을 어떻게 알았어?"

오히려 손에 더 힘을 가했다. 위소보는 악을 썼다.

"아! 이봐요! 아… 이건 반칙이잖아요! 내가 항복이라고 했는데 왜 손을 놓지 않는 거죠?"

해 노공은 막무가내였다.

"내가 묻는 말에나 솔직히 대답해!"

위소보도 대충 눈치를 챘다.

"좋아요! 소현자가 누군지 진작 알고 있었다면 나도 솔직히 말할게요. 그렇지 않으면 날 때려죽인다 해도 말 안 할 거예요!"

해 노공이 또렷하게 말했다.

"그게 무슨 대단한 일이냐? 소현자는 바로 황상이지! 내가 애당초 네게 대금나수를 가르쳐줬을 때 이미 알고 있었다."

그러면서 손을 풀어주었다. 위소보의 표정이 환해졌다.

"벌써 알고 있었군요. 감쪽같이 날 속였네요. 알고 있었으면 말해줘도 상관없겠죠."

위소보는 어제 상서방에서 우연히 강희와 오배를 만나게 된 일부터 오늘 포고방에 가서 뚱보 무사와 겨룬 일까지 신나게 이야기해주었다. 해 노공은 그의 말을 들으면서 중간중간 끼어들어 당시 상황을 세세히 되물었다.

위소보는 이야기를 끝내고 나서 한마디 덧붙였다.

"이 일을 절대 공공께 말하지 말라는 황상의 명이 있었어요. 만약 조금이라도 누설하면 우리 둘 다 목이 달아날 거예요."

해 노공이 차갑게 말했다.

"넌 황상과 친한 친구니 죽일 리 없고, 나만 죽이겠지!"

위소보는 득의양양했다.

"그걸 알면 됐어요."

해 노공은 잠시 생각에 잠겼다가 입을 열었다.

"황상이 서른 명의 어린 내시를 모아 무공을 가르치려는 이유가 뭘까? 너하고만 겨루는 재미가 미진해서 어린 내시들을 모아 두드려패려는 걸까?"

그는 몸을 일으켜 방 안을 이리저리 열 번 넘게 돌았다. 무언가 곰곰이 생각하는 게 분명했다.

"소계자야, 황상의 환심을 사고 싶니?"

위소보는 으스댔다.

"나랑은 벌써 친한 친군데요, 뭐… 그래도 기쁘게 해주는 게 친구의 도리 아니겠어요?"

해 노공은 무섭게 호통을 쳤다.

"내가 분명히 말할 테니 명심해둬! 앞으로 황상께서 설령 너한테 친구니 뭐니 해도 넌 절대로 으스대서는 안 돼! 네가 대관절 뭔데? 정말 황상과 친구가 될 자격이 있다고 생각하니? 황상은 아직 어려서 그냥 너 기분 좋으라고 한 말인데 그걸 어떻게 진짜로 받아들인단 말이냐? 또 헛소리를 했다간 모가지 위에 붙은 대갈통이 달아날 줄 알아라!"

위소보도 실은 이런 말을 함부로 해서는 안 된다고 생각했는데, 지금 해 노공의 호된 질책을 받자 정신이 번쩍 들어 혀를 날름 내밀고는 말했다.

"앞으론 때려죽인다고 해도 말 안 할게요. 한데 대갈통이 떨어지면 입을 열어 말은 할 수 있을지 한번 잘 생각해봐야겠어요."

그는 끝까지 주둥아리를 놀렸다.

해 노공이 콧방귀를 날리며 물었다.

"흥! 상승 무공을 배울 거니, 말 거니?"

위소보는 기뻐했다.

"정말 상승 무공을 가르쳐준다면 저야 마다할 이유가 없죠. 공공, 공 공은 아주 훌륭한 무예를 지니고 계신데 전수받을 제자가 없으면 너 무 아깝잖아요?"

해 노공의 표정이 침울해졌다.

"인간의 심사는 태반 다 사악해. 중후하고 정직한 사람은 드물지. 고 약한 제자를 거뒀다가 나중에 사부를 해칠 수도 있는데, 왜 사서 고생 을 하겠니?"

위소보는 내심 께름칙했다.

'내가 그의 눈을 멀게 만들었는데, 혹시 속으로 뭔가 짚이는 바가 있 는 게 아닐까? 이건 목숨이 달린 일이니 확실하게 해둬야 해.'

해 노공은 그저 좀 침울해 보일 뿐, 노여워하는 기색이 없어 조심스 럽게 입을 열었다.

"네, 정직한 사람을 찾는 건 쉬운 일이 아니겠죠. 공공께 충성하면서 정직한 건 세상에서 아마 이 소계자밖에 없을 겁니다. 공공, 제가 왜 상서방에 갔는지 아세요? 저는 목이 달아날 위험을 무릅쓰고 그《사십 이장경》을 훔쳐내려 했어요. 한데 황상의 서재에는 책이 수만 권이라 아는 글이 별로 없는 저로서는…."

해 노공이 불쑥 끼어들었다.

"음… 글도 모르는군!"

위소보는 가슴이 철렁했다.

'아뿔싸! 소계자는 글을 얼마나 알았을까? 만약 글을 많이 알았다면
바로 들통이 나잖아!'

얼른 얼버무렸다.

"아무리 찾아봐도 그《사십이장경》이 보이지 않더라고요. 하지만 걱
정 마세요. 앞으로 상서방에 갈 기회가 많으니 그 책은 낭중지물 囊中之物
(주머니 속 물건)이나 마찬가지예요. 훔쳐오는 건 이여반장 易如反掌 (손바
닥 뒤집듯 쉽다)이죠."

그는 유식한 척하려고 아는 사자성어를 다 끄집어냈다.

해 노공은 아무 내색도 하지 않았다.

"그래, 네가 잊지 않았으면 됐다."

위소보는 한술 더 떴다.

"제가 어떻게 잊어버리겠어요? 공공이 저한테 얼마나 잘해주시는데
요. 제가 무슨 수를 써서라도 보답을 해야지, 그러지 않으면 그게 어디
사람이라고 할 수 있겠어요?"

해 노공이 혼잣말처럼 중얼거렸다.

"음… 제가 무슨 수를 써서라도 보답을 해야지, 그러지 않으면 그게
어디 사람이라고 할 수 있겠어요?"

이 두 마디의 말투는 마치 얼음장처럼 차가워 위소보는 자신도 모
르게 등줄기가 써늘해졌다. 조심스레 해 노공의 표정을 살펴보니 뭔가

5. 만주 제일용사를 제압하다

눈치를 챈 것 같지는 않았다. 다소 마음이 놓였다.

'이 늙은 개뼈다귀는 정말 무서워. 소현자가 황상이라는 걸 벌써 알았으면서도 전혀 내색을 하지 않았어. 난 조심해야 해. 만약 내가 자기의 눈깔을 해쳤다는 걸 알고도 이 위소보의 눈깔이 무사하다면, 그건 하느님 눈깔이 삔 거겠지!'

두 사람은 더 이상 아무 말 없이 그냥 묵묵히 마주했다. 위소보는 슬금슬금 문 쪽으로 뒷걸음질했다. 해 노공이 조금이라도 이상한 기미를 보이면 바로 꽁무니를 뺄 심산이었다. 아예 궐 밖으로 달아나 다시는 돌아오지 않을 생각이었다.

이때 해 노공이 입을 열었다.

"앞으로는 대금나수로 황상과 겨뤄선 안 된다. 그 무공을 계속 익히다 보면 분근착골分筋錯骨의 경지에 이르러 상대방의 관절과 뼈를 으스러뜨리게 된다. 그걸 어찌 황상께 쓸 수 있겠느냐?"

위소보도 수긍이 갔다.

"네!"

해 노공이 말을 이었다.

"오늘부터 네게 가르쳐줄 무공은 대자대비천엽수大慈大悲千葉手다."

위소보는 고개를 갸웃했다.

"이름이 참 이상하네요. 제가 들어본 건 대자대비, 구고구난, 관세음보살뿐이에요."

해 노공이 불쑥 물었다.

"천수관음千手觀音을 보았느냐?"

위소보는 거침없이 대답했다.

"천수관음이요? 네, 봤어요. 천수관음보살은 손이 여러 개예요. 그 손에 들고 있는 게 다 다르고요. 어느 손엔 물병, 어느 손은 나뭇가지, 그리고 바구니, 방울… 아주 재미있어요."

이어진 해 노공의 질문은 아주 뜻밖이었다.

"양주 사찰에서 보았나 보군?"

위소보는 소스라치게 놀랐다.

"양주 사찰이라고요?"

'아차! 들통이 났군!'

위소보는 기겁을 하며 날 듯이 문 쪽으로 달려가 바로 줄행랑을 치려 했다. 해 노공의 음성이 그를 불러세웠다.

"천수관음은 양주 사찰에만 있어. 넌 양주 사찰에 간 적이 없는데 천수관음을 어떻게 알지?"

위소보는 안도의 숨을 내쉬었다.

'이제 보니 양주 사찰에만 천수관음보살이 있는 모양이군. 하마터면 놀라서 오줌을 쌀 뻔했잖아!'

그는 또 얼른 얼버무렸다.

"제가 양주에 갔을 리가 있나요? 양주가 어디 붙어 있는데요? 천수관음이니 뭐니 다 사람들에게 들은 거지, 직접 본 적은 없어요. 공공 앞에서 좀 아는 척하려고 허풍을 떨었는데, 공공은 워낙 견식이 넓어서 바로 들통이 나고 말았네요."

해 노공이 탄식했다.

"너같이 뺀질뺀질한 녀석을 까발리기란 정말 쉬운 일이 아니구나."

위소보는 농담으로 이 위기를 넘기려 했다.

"아녜요. 쉬워요, 쉬워! 제가 허풍을 떨거나 거짓말을 하면 공공께선 바로 그 즉시 알아차리시잖아요!"

해 노공은 그저 고개를 끄덕이더니 물었다.

"춥니? 왜 옷을 좀 더 껴입지 않고?"

위소보는 고개를 내둘렀다.

"안 추워요."

해 노공이 묻는 이유가 있었다.

"한데 왜 목소리가 좀 떨리는 것 같지?"

위소보는 뜨끔했지만 얼른 둘러댔다.

"아, 아까 찬바람이 불어서 그랬어요. 이젠 괜찮아요."

해 노공은 태연했다.

"문 쪽은 바람이 세다, 안으로 들어와!"

위소보는 응하지 않을 수 없었다.

"아, 네… 네."

그는 앞으로 몇 걸음 내디뎠으나 감히 해 노공에게 가까이 가지는 못했다.

해 노공이 말했다.

"이 대자대비천엽수는 불가佛家의 무공이다. 이 무공으로 상대를 제압할 순 있어도, 상대를 죽이거나 다치게 하진 않는다. 세상에서 가장 인자한 무공이라 할 수 있지."

위소보는 좋아했다.

"사람을 죽이거나 다치게 하는 무공이 아니라니, 황상을 상대할 때 쓰면 안성맞춤이겠네요."

해 노공은 정색을 하고 말했다.

"허나 이 무공은 배우기가 까다롭다. 초식도 워낙 많아서 일일이 다 기억하기가 쉽지 않지."

위소보는 웃었다.

"정녕 초식이 많다면 다 기억하지 않아도 되잖아요. 반은 잊고 반만 기억해도 아마 적지 않을걸요."

해 노공은 코웃음을 쳤다.

"흥, 이런 게으름뱅이 같으니라고! 무공을 배우기도 전에 게으름을 피울 생각을 하다니! 그러다간 평생을 배워도 상승 무공을 터득하긴 틀린 것 같구나."

위소보는 또 슬슬 장난기가 발동했다.

"아, 네, 네! 어르신처럼 그런 상승 무공을 익힌다는 건 저로선 가택家宅, 주택住宅, 유택幽宅(묏자리)도 없는 그야말로 '택'도 없는 소리죠!"

속으로는 딴생각을 했다.

'너 같은 무공 경지를 터득한들 무슨 소용이 있어? 결국은 풋내기한데 눈이 멀었잖아! 치켜세워주니 기분이 좋으냐?'

해 노공이 손짓을 했다.

"이리 가까이 와봐."

위소보는 짤막하게 대답했다.

"네!"

그러고는 몇 걸음 내디뎠으나 해 노공과는 여전히 몇 자 간격으로 떨어져 있었다.

해 노공이 물었다.

"내가 잡아먹을까 봐 겁이 나니?"

위소보는 히죽 웃었다.

"저의 살코기는 시큼해서 별로 맛이 없어요."

해 노공이 왼손을 들기 무섭게 냅다 후려쳤다. 위소보는 깜짝 놀라 오른쪽으로 피했는데, 순간 '팍팍!' 하는 소리가 들리며 등에 이미 해 노공의 장풍을 맞았다. 바로 그 자리에 무릎을 꿇고 꼼짝도 할 수 없었다. 그저 소스라치게 놀랄밖에.

'아차! 날… 죽이려 하는군!'

해 노공의 음성이 들려왔다.

"그게 바로 대자대비천엽수의 첫 번째 초식 남해예불南海禮佛이다. 넌 등에 두 군데 혈도를 찍혔다. 허나 그 혈도를 찍는 타혈수법은 쉬이 배워지는 게 아니야. 상승 내공을 다져야만 가능하지. 그리고 황상과 겨루면서 정말 혈도를 찍어 네 앞에 무릎을 꿇게 할 순 없지 않느냐? 넌 그냥 그 수법만 기억해두었다가 자세를 흉내 내기만 하면 돼."

그러면서 그의 등허리 두 군데 혈도를 살짝 눌렀다. 위소보는 이내 손발을 움직이게 되어 정신을 가다듬고 천천히 일어났다. 속으로는 또 시부렁거렸다.

'나한테 무공을 가르쳐준 거였구나. 얼마나 놀랐는지 혼쭐이 다 달아났어. 그 혼쭐이 다시 돌아왔는지 모르겠네.'

이날 해 노공은 세 초식밖에 가르쳐주지 않았다. 그러고는 점잖게 말했다.

"첫날이라 배우기가 좀 어려웠을 게다. 앞으로 열심히 하면 많은 초식을 익힐 수 있을 거야."

위소보는 이튿날 노름을 하러 가지 않고, 정오 무렵에 늘 무예를 겨루던 그 방으로 가서 강희를 기다렸다. 탁자에 놓여 있는 다과가 황제를 위한 것임을 알았기 때문에 감히 집어먹지 못했다. 반 시진 정도 기다렸을까, 강희는 결국 오지 않았다. 위소보는 나름대로 생각했다.

'그래, 이젠 나랑 겨루는 게 재미없으니 안 오는 모양이군.'

그는 내친김에 상서방으로 갔다. 상서방 문밖을 지키던 시위들은 어제 강희가 위소보와 포고방으로 가는 것을 보았으므로, 그가 황제의 총애를 받고 있는 내관임을 알고 가로막지 않았다.

위소보가 서재로 들어가서 보니 강희는 이상하게도 가죽의자를 걷어차고 있었다. 걷어차고 또 찼다. 게다가 잔뜩 화가 난 표정으로 계속 소리를 쳤다.

"너를 차 죽이겠다! 차 죽이겠어!"

위소보는 속으로 생각했다.

'발차기 연습을 하고 있나 보군.'

감히 다가가서 방해할 수가 없어 멀찌감치 떨어져 구경만 했다.

강희는 한참 동안 의자를 걷어차다가 위소보를 발견하고는 얼굴에 웃음이 피었다.

"답답해 죽겠는데 마침 잘 왔어. 함께 놀자!"

위소보는 고개를 끄덕였다.

"네, 해 노공이 그 무슨 대자대비천엽수라는 새로운 무공을 가르쳐줬어요. 전에 배운 대금나수보다 훨씬 세대요. 이 무공만 익히면 틀림없이 이길 수 있다고 장담하던데요."

강희는 구미가 당겼다.

"그게 무슨 무공인데? 어서 한번 보여봐."

위소보는 신이 났다.

"좋아요! 맞아도 날 원망하지 말아요."

곧 자세를 취하고 쌍장을 날렸다. 남해예불, 금옥와력金玉瓦礫, 인명호흡人命呼吸, 모두 세 초식인데 전개하는 속도가 매우 빨랐다. 강희의 어깻죽지, 왼쪽 가슴, 오른쪽 다리, 목줄기 등 다섯 군데를 손가락으로 살짝 스쳤다.

이 대자대비천엽수는 대금나수와 판이하게 달랐다. 강희는 예측을 불허하는 공격에 단 한 차례도 피하지 못했다. 위소보는 힘을 약하게 써서 그를 아프게 타격하진 않았다. 사실 위소보는 전혀 내공을 쌓지 않아서 팔힘이 미약했다. 설령 진짜 겨뤘다고 해도 역시 상대에게 고통을 주진 못했을 것이다. 어쨌든 이렇게 연거푸 다섯 번이나 공격에 성공한 건 처음 있는 일이었다.

"잇?"

강희는 의아해하더니 바로 환호했다.

"이 무공은 정말 오묘하네. 내일 다시 만나. 나도 사부님께 상승 무공을 배워올 테니 다시 겨뤄보자!"

위소보는 그저 신바람이 났다.

"좋아요, 좋아!"

거처로 돌아온 위소보는 강희와 있었던 일을 이야기해주었다.

해 노공은 진지했다.

"그의 사부가 무슨 무공을 가르쳐줄지 모르겠군. 오늘 대자대비천엽수를 몇 초식 더 배워라."

이날 위소보는 다시 여섯 초식을 배웠다. '거울을 통해 그림자를 본다'는 뜻의 경리관영鏡裏觀影, '물속의 달을 잡는다'는 수중착월水中捉月, '뜬구름이 오락가락한다'는 부운거래浮雲去來, '물방울이 일었다가 사라진다'는 수포출몰水泡出沒, '꿈속에서 어른거린다'는 몽리진환夢裏眞幻, 그리고 '깨어나서 텅텅 비어 있다'는 뜻의 각후공공覺後空空이었다.

이 여섯 초식은 모두 드러나는 듯 갈무리되는 듯, 걷잡을 수 없이 변화무쌍했다. 그리고 실질적인 공격의 실초보다 상대를 현혹시키는 허초가 더 많았다. 그야말로 허허실실이라 해도 과언이 아니었다.

해 노공은 위소보더러 그저 초식을 무조건 기억해두라고만 강조할 뿐, 그 초식 속에 숨겨져 있는 오묘한 변화에 대해서는 자세히 설명해주지 않았다. 심지어 자세가 과연 정확한지, 노렸던 상대의 부위가 적절한지도 지적하지 않았다. 눈이 보이지 않는 탓도 있겠지만 아예 신경을 쓰지 않는 것 같았다.

위소보는 해 노공이 대충대충 가르쳐주는 것 같아 속으로 쾌재를 불렀다.

'네가 얼렁뚱땅 가르치면 나도 흐지부지 배울 수밖에! 우리 둘은 그저 어영부영 지나가는 거야. 설령 네가 정말로 열과 성을 다해 가르친다고 해도, 이 어르신은 진지하게 배울 생각이 없으니까.'

다음 날 위소보가 상서방에 이르니 문밖 네 명의 당직 시위가 새로 바뀌어 있었다. 그래서 엉거주춤하고 있는데 한 시위가 그를 반갑게 맞아주었다.

"계桂 공공이죠? 황상께서 빨리 들어오라고 하셨습니다."

위소보는 멍해졌다.

'무슨… 계 공공이라고?'

그러나 이내 깨달았다.

'계 공공은 바로 이 어르신이구나. 이 시위들은 내가 황제의 심복이라는 것을 알고 아주 깍듯이 대하는군.'

네 명의 시위는 차례로 통성명을 했고, 위소보도 인사치레로 몇 마디 듣기 좋은 말을 해주었다.

장씨 성의 시위가 웃으며 말했다.

"빨리 들어가십시오. 황상께서 계 공공이 오셨는지 여러 번 하문하셨습니다."

위소보가 서재로 들어가자 강희는 의자에서 벌떡 일어나 웃으며 반겼다.

"어제 그 세 초식의 해법을 사부님이 가르쳐주셨어. 우리 바로 가서 시험해보자."

위소보는 여유작작했다.

"사부님이 해법을 찾았다면 당연히 깰 수 있겠죠. 시험해보지 않아도 돼요."

강희는 성화를 부렸다.

"꼭 확인해야 돼! 네가 먼저 비무청比武廳에 가 있어라. 다른 사람들이 모르게 해. 나도 곧 뒤따라갈게."

강희는 새로 배운 초식의 위력을 빨리 확인해보고 싶었는지, 금방 뒤따라왔다.

두 사람은 곧 겨루기 시작했고, 강희는 과연 아주 절묘한 수법으로 위소보가 어제 선보였던 세 초식을 보기 좋게 다 파해破解했다. 게다가 위소보의 등에 살짝 일장을 내리치기까지 했다.

위소보는 그의 고명한 초식에 내심 탄복하며 물었다.

"그 무공의 이름은 뭐예요?"

강희가 대답했다.

"팔괘유룡장八卦遊龍掌이야. 사부님이 그러시는데, 너희 그 대자대비 천엽수는 초식이 너무 많아 다 외우기가 여간 어렵지 않대. 반면 우리 팔괘유룡장은 단지 팔팔 64초식뿐이지만, 반복적으로 변화를 구사해 그 천엽수를 파괴할 수 있대."

위소보가 물었다.

"그럼 어느 무공이 더 센 건가요?"

강희가 대답했다.

"나도 여쭤봤더니 사부님께선 두 가지 무공은 다 상승 무학이고 나름대로 장단점이 있어서 어느 것이 더 세다고는 단정할 수 없대. 누가 더 깊은 경지에 이르느냐에 따라 승패가 갈린다고 하시더군."

위소보가 말했다.

"난 어제 또 여섯 가지 초식을 배웠는데, 한번 시험해볼까요?"

그는 곧 어제 배운 여섯 초식을 전개했다. 비록 두 번째와 세 번째 초식은 다 잊었고, 다섯 번째 초식은 제대로 하지 못했지만, 그래도 강희는 연거푸 일고여덟 차례나 얻어맞았다.

강희가 고개를 끄덕였다.

"지금 이 여섯 가지 초식은 아주 절묘하군. 돌아가서 바로 해법을 배워야겠어."

위소보는 거처로 돌아와 강희가 연마한 팔괘유룡장에 대해 해 노공에게 얘기해주었다. 해 노공은 고개를 끄덕였다.

"우리 소림의 천엽수는 무당파의 팔괘유룡장만이 파해할 수 있지. 그의 사부가 한 말이 맞다. 두 장법은 나름대로 다 절묘한 무학이라 누가 더 심도 있게 연마하느냐에 따라서 그 위력이 좌우되지."

위소보는 또 잔꾀를 부렸다.

"그는 황상인데 제가 어떻게 감히 황상을 능가할 수 있겠어요? 그냥 한 수 아래로 만족해야죠."

게을러서 무공 연마를 열심히 하고 싶지 않은 위소보는, 미리 변명할 여지를 남겨놓으려는 것이었다. 해 노공이 그의 속셈을 모를 리가 없었다.

"그래도 네 실력이 너무 뒤떨어지면 황상은 계속 겨루고 싶은 흥미를 잃게 될 거야."

위소보는 알랑방귀를 뀌었다.

"옛말에도 있잖아요. 훌륭한 스승 밑에서 걸출한 제자가 나오고, 명장 밑에는 약졸이 없대요. 공공은 훌륭한 스승이고 또한 명장이시니 그 밑에서 배운 사람이 아주 약할 리는 없잖아요. 그러니 염려 마세요. 안심, 안심, 백번 안심해도 돼요."

해 노공은 고개를 절레절레 흔들었다.

"그따위 허풍은 그만 떨고, 가져온 식사가 다 식었으니 가서 국물이라도 좀 마셔라."

위소보가 또 따리를 붙였다.

"제가 시중을 들 테니 어르신도 국물을 좀 드세요."

해 노공은 사양했다.

"난 안 마셔. 마시면 또 기침을 해."

위소보는 더 이상 권하지 않았다.

"알았어요."

그는 혼자 국물을 마시며 속으로 시부렁거렸다.

'이 어르신은 국을 마셔도 기침을 안 해!'

이후로 몇 달 동안, 강희와 위소보는 각자 배운 초식으로 매일 겨뤘다. 처음처럼 상대방의 항복을 받아내기 위해 죽기살기로 싸우는 게 아니라서 짜릿한 재미가 덜했다. 그나마 이제 두 사람이 배운 초식이 제법 복잡다양하고 변화무쌍해, 나름대로 그 해법을 찾아가는 재미가 쏠쏠했다. 다시 말해 이건 비무가 아니라 마치 장기를 두는 것 같았다. 위소보가 감히 강희의 엉덩이를 걷어차지 못하고, 강희도 그런 위소보의 입장을 이해하기 때문에 머리통을 세게 쥐어박기가 미안했다.

위소보는 황제의 뜻에 따르고 함께 있기 위해 비무를 하는 것이라 열심히 하지 않았다. 뒤엣것을 배우면 앞엣것을 잊기 일쑤였다. 강희의 사부도 그냥 건성건성 가르치는 것 같았다. 두 사람의 진척은 느릴 수밖에 없었고, 흥미도 크게 줄었다. 나중에 이르러선, 강희가 며칠 간격을 두고 위소보를 불러 한 번 겨루는 정도가 되었다.

그동안 강희는 위소보와 비무를 하는 것 외에 가끔 상서방으로 데려가 말벗을 삼곤 했다. 궁 안 무사들과 내관들은 상선감 소속의 어린 내관 소계자가 황제의 최측근이라는 사실을 다 알게 되었다. 그를 만나면 감히 '소계자'라 부르지 못하고 '계 공공, 계 공공' 하면서 친절하고도 공손하게 대했다.

위소보는 해 노공의 환심을 사기 위해 상서방에 들르면 그《사십이장경》을 훔칠 궁리를 했으나, 아무리 찾아봐도 '사십이'란 글자가 들어 있는 그 책은 보이지 않았다.

이날, 강희는 위소보와 무공을 겨루고 나서 아주 심각한 표정으로 나직이 말했다.

"소계자, 우리 내일 한 가지 큰일을 해야 하니 좀 일찍 내 서재로 오도록 해."

위소보는 그저 짤막하게 대답했다.

"네!"

그는 황제가 자질구레 말을 많이 늘어놓는 것을 별로 좋아하지 않는 걸 알았다. 그래서 황제가 무슨 일인지 스스로 밝히지 않는 한 꼬치꼬치 캐묻지 않았다.

다음 날 아침, 그는 상서방으로 갔다.

강희가 속삭이듯 말했다.

"너한테 시킬 일이 하나 있는데, 해낼 용기가 있느냐?"

위소보는 주저하지 않았다.

"황상이 시키는 일인데 겁날 게 뭐 있겠어요?"

강희는 자못 심각했다.

"이 일은 예사롭지 않아. 잘못하면 너와 나 모두 목숨을 잃을 수도 있어."

위소보는 약간 놀랐다.

"아니, 저야 목숨을 잃을 수도 있겠지만 황상을 누가 감히 해하겠어요? 그리고 황상께서 저를 지켜주시는데 저도 마찬가지로 목숨을 잃는 일은 없겠죠."

그는 미리 자구책을 마련해놓아야겠다고 생각했다. 혹시라도 만에 하나, 자신의 목숨이 위태로워진다면 그건 황제의 책임이니 절대 외면하지 말라는 뜻이었다.

강희는 본론으로 들어갔다.

"오배 그놈은 흉악무도한 데다 역모를 꾀하고 있으니 오늘 우리가 처단하자. 그럴 배짱이 있느냐?"

위소보는 이제 궁에 머문 지 제법 오래되었다. 강희와 비무를 하고 함께 시간을 보내는 것 외엔 별로 재밌게 놀 틈이 없었다. 근래 몇 달 동안은 해 노공이 온가 형제들과 어울려 도박을 하지 말라고 해서, 그저 가끔 몰래 가서 노름을 한두 판 한 게 고작이었다. 게다가 강희와의 비무도 갈수록 시들해져, 그렇지 않아도 무료하던 차에 오배를 처단하자는 말을 듣자 크게 기뻐했다.

"좋아요, 좋아! 우리 둘이 힘을 합쳐 한번 혼내주자고 했잖아요. 그가 설령 만주 제일용사라 해도, 우리도 이젠 무공 실력을 어느 정도 쌓았으니 겁낼 이유가 없어요!"

강희는 고개를 내저었다.

"나는 황제라 직접 손을 쓸 수가 없어. 오배는 시위대신侍衛大臣을 겸직하고 있어서 궁 안 시위들이 모두 다 그의 심복이야. 내가 자기를 처단하려는 것을 눈치채면 바로 반란을 일으킬 거야. 시위들도 동시에 반란에 가담하겠지. 그럼 우리의 목숨이 위태로운 것은 물론이고, 심지어 태황태후와 황태후마저 변을 당할 수 있어. 그래서 이번 일이 아주 위험하다는 거야."

위소보는 주먹으로 가슴을 쳤다.

"그럼 제가 궁 밖에서 그를 기다렸다가 방심한 틈을 타서 칼로 팍 찔러 죽일게요. 만약 죽이지 못한다 해도 황상의 지시였다는 것을 모를 거예요."

강희가 그를 말렸다.

"그는 무공이 매우 뛰어나고 넌 아직 어려서 그의 적수가 되지 못해. 더구나 궁 밖에선 많은 시위들이 그를 호위하고 있어서 넌 가까이 접근하기조차 어려워. 설령 그를 찔러 죽였다고 해도 너 역시 시위들에게 죽음을 당할 거야. 내게 다른 계획이 있으니 들어봐."

위소보는 따를밖에!

"네."

강희가 말을 이었다.

"좀 이따 그는 주청할 게 있어 이곳으로 올 거야. 넌 미리 어린 내관들을 불러모아 여기서 대기하고 있어. 그리고 내가 손에서 찻잔을 떨어뜨리는 순간, 그를 덮쳐서 붙잡아. 10여 명의 내관들도 동시에 달려들어 그의 팔과 다리를 잡고 늘어지면 무공을 제대로 쓰지 못할 거야. 만약 네가 안 되겠다 싶으면 그땐 내가 직접 나서서 도울게."

위소보는 기뻐했다.

"아주 좋은 생각이에요. 한데 칼을 갖고 있나요? 실수하면 안 되니, 만약 그를 제압하지 못한다면 내가 칼로 찔러 죽일게요."

위소보는 소계자를 죽이고 나서 그 비수를 늘 신발 속에 숨기고 다녔다. 하지만 소현자가 황제라는 것을 안 이후 그 비수를 치웠다. 무공을 겨루는 도중에 이리저리 뛰다가 비수가 떨어질지도 모르기 때문이었다. 궁 안에서 당직 시위 외에 누구든 칼을 휴대하면 극형에 처해진다. 위소보도 그것을 잘 알고 있었다.

강희는 고개를 끄덕이며 서랍에서 손잡이가 황금으로 된 비수 두 자루를 꺼내 하나는 위소보에게 주고, 하나는 자신의 신발 속에 감췄다. 위소보 역시 비수를 신발 속에 숨기고 나니, 왠지 자신도 모르게 피가 끓어오르고 온몸이 화끈 달아올랐다. 흥분되어 호흡마저 거칠어진 것 같았다.

"나쁜 놈, 해치워버립시다!"

강희가 분부했다.

"가서 열두 명의 내관을 불러오라."

위소보는 대답을 하고 나가서 어린 내관들을 불러모았다. 어린 내관들은 포고방에서 무예를 연마한 지 이미 수개월이 지났다. 비록 아직은 무공이라고 내세울 것은 없지만 다리를 걸고 팔을 비트는 실력은 그런대로 쓸 만했다.

강희는 열두 명의 어린 내관에게 말했다.

"너희는 몇 달 동안 무예를 연마했는데 실력이 어느 정도 늘었는지 알 수가 없구나. 좀 이따 대관 한 명이 들어올 것이다. 그는 우리 궁 안에서 실력이 출중한 씨름 고수다. 그가 너희의 실력을 시험해보도록 명할 것이다. 너희는 내가 찻잔을 떨어뜨리는 순간 일제히 그에게 덤벼들어 12대 1로 그와 싸워라. 만약 그를 바닥에 짓눌러 움직이지 못하게 한다면 후한 상을 내릴 것이다."

그러면서 서랍을 열어 은자 50냥짜리 원보 열두 개를 꺼냈다.

"그를 이기면 각자 원보 하나씩 줄 것이고, 만약 그를 제압하지 못하면 가차 없이 열두 명 모두 참수형에 처하겠다! 열두 명이 힘을 합쳐 한 사람을 제압하지 못한다면, 그런 쓸모없는 식충이들을 살려둬서 무엇 하겠느냐?"

마지막 말은 소름이 쫙 끼칠 정도로 싸늘했다.

열두 명의 어린 내관은 일제히 무릎을 꿇고 굳게 다짐했다.

"소인들은 최선을 다해 황상의 분부를 받들겠사옵니다!"

강희는 이내 얼굴에 미소를 띠었다.

"너무 긴장할 필요는 없느니라. 짐은 다만 너희가 그동안 게으름을 피우지 않고 무공을 얼마나 열심히 연마했는지 한번 확인해보고 싶을 뿐이다."

위소보는 내심 탄복했다.

'이 어린 내관들에겐 전혀 핵심을 언급하지 않는군. 사전에 만약 모종의 계획을 안다면 아무래도 나이가 어려 당황하겠지. 그러면 오배가 낌새를 챌 수도 있으니까, 그걸 미연에 방지하는 거야.'

내관들이 일어서자 강희는 탁자에서 책 한 권을 집어 천천히 장을 넘기며 읽었다. 위소보는 그가 나직이 읊조리는 목소리나 손이 전혀 떨리지 않는 것을 확인했다. 엄청난 일을 눈앞에 두고도 이렇게 침착하다니! 위소보는 등에 식은땀이 배고 손바닥이 화끈거렸다. 그는 속으로 자책했다.

'위소보, 이 썩어문드러질 놈아! 이러고도 소현자랑 뭘 겨뤄보겠다는 거냐? 무공도 그에 못 미치고, 침착성도 비교가 안 되잖아!'

그러나 이내 또 생각을 달리했다.

'그는 황제야. 당연히 간담이 나보다야 크겠지. 따지고 보면 뭐 별거

아니야. 만약 내가 황제라면 역시 그보다 나을걸!'

오기로 그렇게 생각하긴 했어도, 정말 그럴지는 자신도 장담할 수 없었다.

한참 후 문밖에서 구두 발자국 소리가 들리는가 싶더니 시위 한 명이 외쳤다.

"오 소보께서 황상을 알현코자 대령했사옵니다!"

강희가 차분히 응답했다.

"오 소보는 들라 해라."

오배는 휘장을 젖히고 들어와 무릎을 꿇고 큰절을 올렸다.

강희는 웃으며 말했다.

"오 소보, 마침 잘 왔소. 여기 있는 10여 명의 어린 내관들은 씨름을 좀 배웠는데, 오 소보가 만주 용사 중에 무공이 으뜸이라고 들었소. 직접 몇 수 좀 가르쳐줄 수 있겠소?"

오배는 우쭐댔다.

"황상의 분부를 어찌 거역하겠습니까?"

강희는 여전히 웃으며 말했다.

"소계자, 나가서 시위들더러 쉬라고 전해라. 짐이 부르지 않으면 들어와 시중을 들 필요가 없다고 해라."

그러면서 오배에게 익살스러운 표정을 지어 보였다. 오배는 좋아서 껄껄 웃었고, 위소보는 명을 받고 나갔다.

강희가 나직이 말했다.

"오 소보, 짐더러 한인의 책을 읽지 말라고 했는데 그 말이 맞는 것 같소. 차라리 서재에서 씨름을 하는 게 훨씬 나을 거요. 하지만 다른 사람이 모르게 해야 하오. 만약 황태후께서 아시면 한인의 책을 읽으라고 더욱 강요할 거요."

오배는 입이 찢어지게 좋아하며 연신 고개를 끄덕였다.

"네, 네… 그래요. 황상은 역시 영명하십니다. 한인의 책 같은 게 무슨 소용이 있겠습니까?"

위소보가 다시 방으로 들어왔다.

"시위들은 황은에 감사하며 모두 물러갔습니다."

강희는 웃음을 잃지 않았다.

"좋아, 우리끼리 놀아보자. 내관들은 2인 1조, 여섯 조로 나누어 서로 겨뤄보아라."

열두 명의 어린 내관들은 소매를 걷어붙이고 허리춤을 조여매더니 여섯 조로 나눠서 서로 엉겨붙어 씨름을 벌였다. 오배는 빙긋이 웃으며 한쪽에서 지켜보았다. 어린 내관들의 실력이 너무 평범해 웃으며 고개를 절레절레 흔들었다.

강희는 찻잔을 들어 한 모금 마시고 넌지시 물었다.

"오 소보, 저 아이들의 실력이 쓸 만하오?"

오배는 적당히 넘겼다.

"그럭저럭 그런대로 무난한 것 같습니다."

강희가 바로 그의 말을 받았다.

"오 소보와 비교하면 당연히 안 되겠죠?"

그러면서 몸을 약간 틀며 손에 쥐고 있던 찻잔을 떨어뜨렸다. 쨍그랑, 찻잔이 바닥에 떨어져 깨지자 강희는 소리를 질렀다.

"아야!"

오배는 영문을 몰라 멍해졌다.

"황상!"

두 글자를 내뱉자마자 뒤에 있던 열두 명의 어린 내관이 일제히 그에게 달려들었다. 손과 팔을 비틀고, 허리와 다리를 끌어안았다. 총공세를 펼친 것이다.

강희는 태연하게 웃었다.

"오 소보, 조심하시오."

오배는 이 소년 황제가 내관들의 실력을 시험해보려는 줄 알고, 피식 웃으며 양팔을 좌우로 휘둘러 네 명의 내관을 뿌리쳤다. 행여 어린 내관들이 다칠세라 힘을 많이 쓰지도 않았다. 이어 왼쪽 다리를 휘저어 또 두 명의 내관을 쓰러뜨리고 껄껄 웃었다.

나머지 여섯 명의 내관은 좀 전에 황제가 한 말을 잊지 않고 속으로 뇌까렸다.

'만약 지면 열두 명을 모두 참수하겠다!'

그들은 젖 먹던 힘을 다해 오배의 허리와 다리를 붙잡고 늘어졌다.

위소보는 벌써 그의 등 뒤로 다가가 관자놀이 태양혈太陽穴을 겨냥해 냅다 주먹을 뻗어냈다. 오배는 머리가 핑 돌며 정신이 아찔해졌다. 은근히 화가 치밀었다.

'요 조그만 녀석들이 싸가지가 없군!'

그는 잽싸게 왼팔을 쓸어내 세 명의 내관을 멀리 밀어냈다. 그리고 몸을 돌리는 순간, 가슴팍에 다시 위소보의 주먹을 맞고 말았다. 위소보의 거듭된 기습은 속도가 매우 빨랐다. 그러나 내공이 실리지 않아 비록 오배의 급소를 강타했지만 그다지 큰 충격을 주지는 못했다.

오배는 두 번이나 자신을 기습한 자가 황제의 총애를 받고 있는 내관이라는 것을 확인하고 내심 뭔가 심상치 않다고 느꼈다. 그러나 설마 황제가 자신을 제압하려고 어린 내관들을 사주했을 거라고는 믿기지 않았다. 그는 왼손을 쭉 뻗어 위소보의 오른쪽 어깨를 누르려 했다.

위소보는 바로 각후공공의 초식을 전개해 왼손을 오배 앞에 두어 번 휘저었다. 오배는 살짝 고개를 숙였고, 그와 동시에 픽 하는 소리와 함께 가슴을 다시 걷어차였다.

"앗!"

그러나 비명을 지른 사람은 오배가 아니라 위소보였다. 그는 분명히 상대의 가슴을 걷어찼는데 마치 두꺼운 벽을 찬 듯 발에 극심한 통증이 밀려왔다.

오배는 그가 연거푸 살수殺手를 펼치자 놀라고 화가 치밀었다. 그러나 혼전이 벌어지고 있는 상황이라 황제가 무슨 뜻으로 이러는지 자세히 생각할 겨를이 없었다. 우선 무더기로 덤비는 내관들을 뿌리치고 위소보를 제압하려 했다. 그러나 내관들은 끈질기게 그의 허리와 다리를 붙잡고 늘어졌다. 몇 명을 내동댕이치면 다른 내관이 다시 달려들곤 했다.

강희는 손뼉을 치며 웃어댔다.

"오 소보, 오늘은 아무래도 질 것 같소!"

오배는 위소보의 머리통을 힘껏 내리치려다가 강희의 말을 듣고는 생각을 달리했다.

'나랑 지금 장난을 치자는 거군. 그렇다면 어린 녀석들을 너무 우악스럽게 다룰 수는 없지.'

그런 생각에 내리치던 손이 약간 비끼고 힘도 훨씬 줄어들었다. 팍 하는 소리와 함께 위소보의 머리통을 노리려던 손이 어깨에 떨어졌다. 단지 1할의 힘밖에 쓰지 않았다. 그래도 그 힘은 어마어마했다. 왕년에 전쟁터에서 명나라 군사와 교전을 하면서 두 손으로 적군을 들어올려 마치 허수아비를 휘두르듯이 멀리 던져내 박살내버리곤 했던 그였다.

위소보는 이럭저럭 몇 달간 무공을 배웠으나 수박 겉핥기 식이었고 나이도 어려, 비록 여러 내관이 도와주고 있지만 오배를 꺾기엔 역부족이었다. 그는 어깨를 맞아 비칠비칠 앞으로 밀려나가며 왼쪽 팔꿈치로 오배의 옆구리를 때렸다.

오배는 어처구니가 없다는 듯 웃었다.

"허허… 요 녀석 봐라, 아주 교활하네!"

그러면서 오른손으로 위소보의 등을 살짝 밀었다. 위소보는 앞으로 고꾸라졌다가 바로 일어났다. 그의 손에는 어느새 비수 한 자루가 쥐여져 있었다. 그는 다짜고짜 오배를 향해 돌진해갔다.

오배는 위소보의 손에 비수가 들려 있는 것을 보고는 멍해져서 소리쳤다.

"야! 너… 무슨 짓이냐?"

위소보는 웃으며 응했다.

"빈손과 칼로 한번 겨뤄봅시다!"

오배가 호통을 쳤다.

"어서 칼을 내려놔! 황상 앞에서 흉기를 쓰면 안 돼!"

위소보는 히죽 웃었다.

"네, 알았어요."

그는 몸을 숙여 비수를 신발 속에 다시 갈무리했다. 이때 내관 일고
여덟 명이 여전히 오배에게 달라붙어 있었다. 위소보는 마치 몸의 중
심을 잃은 듯 앞으로 밀리며 오배를 향해 돌진했다. 그러고는 어느새
다시 칼을 뽑아 오배의 배를 겨냥해 찔러갔다.

오배의 반응은 민첩했다. 그가 잽싸게 배를 뒤로 빼자, 위소보의 비
수는 약간 빗나가 그의 허벅지를 찔렀다.

"으앗!"

오배는 악을 쓰며 두 손으로 내관 세 명을 뿌리치고 위소보의 목을
감아쥐었다.

강희는 위소보와 내관들이 시종 오배를 제압하지 못하자, 그의 등
뒤로 돌아가 비수를 뽑아서 등을 겨냥해 힘껏 내리찔렀다.

오배는 등에 따끔한 아픔을 느끼는 순간 잽싸게 몸을 움츠렸다. 그
바람에 강희의 비수는 약간 빗나가 그의 급소를 찌르지 못했다. 오배
는 반사적으로 위소보를 휙 뿌리치고 회오리바람인 양 빠르게 몸을
돌렸다. 순간, 눈앞에 선 소년이 바로 황제라는 걸 알았다.

오배는 너무나 뜻밖의 상황에 멍해졌고, 놀란 강희는 뒤로 두 걸음
물러났다.

"으악!"

오배는 드디어 황제가 자신의 목숨을 노리고 있다는 사실을 깨닫고
괴성을 질러대며 강희를 향해 주먹을 날렸다. 놀란 강희는 몸을 비틀
어 피했다.

오배는 자신을 붙잡고 있는 내관 두 명의 머리를 잡고 힘껏 맞부딪

쳤다. 팍 하는 소리와 함께 내관 둘은 두개골이 깨졌다. 이어 왼손을 뻗어 한 내관의 가슴을 강타하고, 오른발을 연거푸 휘둘러 내관 네 명을 멀리 벽 쪽으로 걷어찼다. 쿵! 쾅! 요란한 소리와 함께 네 명의 내관은 모두 뼈가 으스러져 비명조차 내지 못하고 숨을 거뒀다.

오배는 숨 돌릴 새도 없이 자신의 다리를 붙잡고 있는 내관의 배를 걷어찼다. 그 내관은 즉시 오장육부가 파열됐다. 오배가 삽시간에 내관 여덟 명을 잔인하게 죽이자, 나머지 네 명은 혼비백산하여 어쩔 줄을 몰라 했다.

위소보가 비수를 쥔 채 몸을 날려 그에게 덮쳐가자, 오배는 왼손 주먹을 쭉 뻗어냈다. 한 갈래 강맹한 바람이 휘몰아쳐와 위소보는 숨이 막힐 지경이었다. 그래도 상대의 손등을 향해 비수를 내리쳤다.

오배는 손목을 살짝 뒤집어 비수를 피하고 주먹을 휘둘러 위소보의 왼쪽 어깨를 강타했다. 위소보의 몸이 허공으로 붕 떠올라 책상을 넘어 뒤쪽에 놓여 있는 향로 위에 쿵 떨어졌다. 향로에 담겨 있던 재가 사방으로 마구 흩날렸다.

강희는 여전히 침착했다. 그는 팔괘유룡장을 구사해 오배와 겨뤘다. 그러나 장법의 조예가 아직 부족하고, 게다가 상대는 괴력을 타고난 맹장이라 우위를 점하기가 불가능했다.

오배는 강희의 장법에 두 번이나 적중됐으나 아무렇지도 않았다. 그는 왼발을 날려 강희의 오른쪽 다리를 후려쳤다. 강희는 몸의 중심을 잃고 앞으로 고꾸라졌다. 오배는 이제 제정신이 아니었다. 성난 야수처럼 포효했다.

"이젠 너 죽고 나 죽자!"

발악을 하면서 강희의 머리를 향해 두 주먹을 내리쳤다.

강희는 위소보와 오랫동안 겨뤄오면서 임기응변의 신법身法, 즉 상황에 대처하는 몸놀림이 아주 빨라졌다. 오배의 주먹이 날아오자 때굴 책상 밑으로 굴러들어갔다. 오배는 대뜸 왼발로 책상을 걷어차고 오른발로 다시 강희를 걷어차갔다. 그 순간, 희뿌옇게 재가 날아와 그의 두 눈을 온통 뒤덮었다.

"으악! 악…!"

오배는 고래고래 괴성을 지르며 두 손으로 눈을 비벼댔다. 동시에 오른발을 마구 앞쪽으로 걷어찼다. 눈이 보이지 않는 틈을 타서 적이 기습해올까 봐 몸부림을 치는 것이었다.

위소보가 상황이 다급해지자 향로에서 재를 한 움큼 쥐어 냅다 오배에게 뿌린 것이었다. 눈에 재가 잔뜩 들어간 오배는 사족을 못 썼다. 그때 왼쪽 팔에 극심한 통증이 전해져왔다. 위소보가 비수로 그의 급소를 노리려다 빗나가 팔을 찌른 것이었다.

상서방은 책상이고 의자고 다 박살이 나고 이미 난장판으로 변해 있었다. 위소보는 오배의 등 뒤에 의자가 놓여 있는 것을 보았다. 바로 평상시 황제가 앉던 용의龍椅였다. 위소보는 바로 향로를 집어들고 그 용의에 뛰어올라, 향로를 냅다 오배의 뒤통수를 향해 힘껏 내리쳤다.

이 향로는 주周나라 때의 유물로 무게가 족히 30근은 나갈 것이다. 오배는 앞을 보지 못하니 피할 재간이 없었다. 쿵 하는 소리와 함께 정통으로 머리를 맞고는 몸이 흐느적거리더니 풀썩 바닥에 쓰러져 기절해버렸다. 향로가 박살났는데 놀랍게도 그의 두개골은 온전했다. 정말 신기한 일이었다.

강희는 뛸 듯이 기뻐하며 환호했다.

"소계자, 너 정말 대단하구나!"

그는 벌써 쇠심줄 우근牛筋과 포승줄을 준비해두었다. 뒤집힌 책상 서랍에서 서둘러 그것을 꺼내 위소보와 함께 오배의 손발을 꽁꽁 묶었다.

위소보는 놀란 가슴이 진정되지 않아 전신에서 식은땀이 흐르고, 손발이 떨렸다. 밧줄로 오배를 묶는 데도 힘이 부쳤다. 그래도 강희와 서로 마주 보며 기쁨을 감추지 못했다.

오배는 얼마 안 지나 정신이 돌아와서는 악을 썼다.

"나는 충신이야! 죄가 없어! 이렇게 날 모함하면 죽어서도 눈을 못 감고 원한을 갚을 거야!"

위소보가 호통을 쳤다.

"너는 역모를 꾀했어! 칼을 갖고 상서방에 들어온 죄만으로도 백번 죽어 마땅하다!"

억지를 부리는 데는 천하의 오배라 해도 도저히 위소보를 당해낼 재간이 없었다. 더구나 향로에 머리를 호되게 맞았고, 등과 팔을 칼에 찔렸다. 비록 치명상은 아니지만 결코 가벼운 상처는 아니었다. 그는 분통이 터져 계속 고래고래 악을 써댔다.

열두 명의 어린 내관 중 살아남은 이는 네 명뿐이었다. 강희는 그들에게 위엄 있게 말했다.

"너희도 직접 봐서 다 알겠지만 오배는 역모를 꾀해 짐을 죽이려 했다. 안 그러냐?"

네 명의 어린 내관은 달아난 혼이 아직도 돌아오지 않은 듯 안색이 창백했다. 그저 연신 고개를 끄덕일 뿐이었다. 그중 한 명이 아뢰었다.

"네… 네… 황상, 오배가 역모를 꾀하였습니다."

나머지 세 명은 말도 제대로 나오지 않았다.

강희는 그들을 똑바로 쳐다보며 명했다.

"너희는 가서 짐의 어지御旨를 알려 강친왕康親王 걸서傑書와 색액도索額圖를 들라 해라. 좀 전에 있었던 일은 일절 입 밖에 내서는 아니 된다! 만약 추호라도 누설이 된다면 다들 목이 달아날 줄 알아라!"

네 명의 내관은 일제히 대답하고 밖으로 나갔다.

오배는 다시 악을 썼다.

"억울해요, 억울해! 황상이 고명대신을 죽이려는 걸 선황께서 아시면 결코 용서치 않을 거요!"

강희의 안색이 차갑게 변했다.

"무슨 수를 써서라도 저놈이 헛소리를 하지 못하게 입을 막아야 하는데!"

위소보가 대답했다.

"네!"

그러고는 왼손으로 오배의 코를 비틀었다. 오배는 입을 벌려 숨을 쉴 수밖에 없었다. 위소보는 그의 팔에 꽂혀 있는 비수를 뽑아 입안을 마구 찔러댄 다음, 재를 억지로 쑤셔넣었다. 오배는 목구멍에서 껙껙 소리가 나고 호흡이 멎을 것 같은데 어찌 말을 내뱉을 수 있겠는가.

위소보는 그의 등에 꽂혀 있는 비수마저 뽑아 책상 위에 두 자루를 나란히 놔두고 오배 곁을 지켰다. 만약 조금이라도 이상한 행동을 하면 바로 비수로 찌를 것이었다.

강희는 대사를 성공시켜 내심 기뻤다. 그러나 오배의 우람한 체구와 선혈로 뒤범벅된 징그러운 얼굴을 보자 섬뜩함을 금할 수 없었다. 아울러 이번 일이 너무 무모했다는 생각도 들었다. 자신과 소계자는 그동안 꾸준히 무공을 연마해왔으니 둘이 힘을 합치고, 씨름을 익혀온 열두 명의 내관까지 합세하면 오배를 제압할 수 있을 거라 믿었다. 그런데 만주 제일의 용사를 상대하기에는, 몇몇 어린아이들은 별 도움이 되지 못했다. 그리고 자신과 소계자의 무예도 그다지 고명한 것이 아니어서, 만약 소계자가 암수를 쓰지 않았다면 지금쯤 자신은 이미 오배에게 살해됐을 것이었다. 오배는 내친김에 태황태후와 황태후까지 해쳤을 게 명약관화했다. 조정대신과 궁중의 시위들은 다 그의 심복이니 그가 새로운 군주를 옹립한다면 아무도 감히 나서서 제지하지 못할 것이었다. 생각이 거기에 미치자 강희는 절로 몸서리가 쳐졌다.

한참 기다린 후에야 네 명의 내관으로부터 전갈을 받은 강친왕과 색액도가 달려왔다. 두 사람은 서재로 들어와서 시신이 널브러져 있고 선혈이 낭자한 채 아수라장으로 변한 모습을 보고는 경악을 금치 못했다. 즉시 무릎을 꿇고 연신 큰절을 올렸다.

"황상, 용체 강녕하옵니까?"

강희는 제왕답게 의젓했다.

"오배는 대역무도하게도 칼을 휴대한 채 입궐해 짐을 시해하려 했소. 다행히 선조들의 가호와 상선감 내관 소계자, 그리고 다른 내관들이 힘을 합쳐 희생을 무릅쓰고 간신히 그를 제압한 거요. 앞으로 그를 어떻게 처리할 것인지는 두 분이 알아서 하시오."

강친왕과 색액도는 원래 오배와 견원지간 앙숙이었다. 오랫동안 오배에게 배척당해왔는데 이런 엄청난 변고를 맞이하니 놀라움을 금치 못하면서도 내심 고소해했다.

그들은 거듭 황상의 무사강녕을 축원하며 자신들의 불찰로 신변의 안전을 지켜드리지 못해 죽을죄를 지었다면서 머리를 조아렸다. 아울러 황상께서 홍복洪福이 하늘에 닿고 성령聖靈들의 가호가 있어 결국 오배의 대역무도를 제압한 것이라고 입을 모았다.

강희는 당부를 잊지 않았다.

"오배가 짐을 시해하려 한 일을 당분간 외부에 알리지 마시오. 태황태후와 황태후께서 몹시 놀라실 것이고, 한관漢官(한인 관료)과 백성들의 웃음거리가 될까 두렵소. 오배는 무엄하고 사악하여 오늘의 죄행이 없었더라도 결코 용납할 수 없는 대역죄인이오!"

강친왕과 색액도는 연신 머리를 조아렸다.

"예, 예!"

그러면서도 속으로는 몹시 의아해했다.

'오배 놈은 워낙 괴력을 타고난 우리 만주 제일의 용사인데, 정말 황상을 시해할 의도였다면 몇몇 어린 내관이 어떻게 제압했을까? 모름지기 다른 사연이 있을 거야.'

두 사람은 오배를 씹어먹어도 속이 시원치 않던 터라, 세세한 속사연을 물을 필요가 없었다. 더구나 황제가 친히 자초지종을 언급했는데 누가 감히 캐묻거나 토를 달 수 있겠는가.

강친왕이 아뢰었다.

"황상께 아뢰옵니다. 오배는 일당이 많으니 다른 변고를 미연에 막기 위해서라도 그들을 일망타진해야 합니다. 색 대인으로 하여금 이곳에서 황상을 호가護駕케 하고, 신은 성지를 전하여 오배 일당을 모두 체포해서 의법조치토록 하겠습니다. 황상의 뜻은 어떠하신지요?"

강희가 윤허했다.

"아주 좋소."

강친왕은 곧 물러갔다.

색액도는 위소보를 자세히 훑어보고 나서 입을 열었다.

"소공공, 오늘 황상을 호가한 공은 정말로 대단하네."

위소보는 겸허히 말했다.

"모두가 황상의 홍복이옵니다. 저희는 직분을 다했을 뿐, 무슨 공로라 할 수 있겠습니까?"

강희는 소계자가 공을 내세우지 않고, 좀 전에 있었던 악전고투에 대해서도 전혀 언급하지 않자 심히 기뻐했다. 만약 자신이 직접 나서 오배의 등에 비수를 꽂은 일이 알려진다면 군자로서의 품위가 손상될 게 분명했다. 소계자에게 고마운 마음이 들었다.

'소계자가 오늘 세운 공로는 너무 지대해 이루 다 말할 수 없지. 내 생명을 구해줬다고 해도 과언이 아니야. 한데 애석하게도 그는 내관이라 내가 아무리 이끌어줘도 그저 내관일 뿐이야. 선조께서는 내관이 내정에 간여해선 안 된다는 지엄한 유지를 남겼으니, 은자로 보상해줄 수밖에 없겠군.'

강친왕은 일을 신속하게 처리했다. 얼마 후 몇몇 심복 왕공대신들을 이끌고 와서 강희에게 문안을 올렸다. 그리고 오배 일당을 대부분 다 체포했고, 원래 궁중에서 봉직하던 시위들은 남김없이 다 궐 밖으로 내보냈으니, 황상께서 새로운 영내領內 시위대신을 임명해 그로 하여금 직접 신임할 수 있는 시위들을 선발하도록 해서 호가를 맡기라고 아뢰었다.

강희는 심히 만족해했다.

"아주 적절하게 잘 처리했소."

몇몇 친왕과 패륵貝勒(황족), 문무대신들은 상서방에서 오배에 의해 머리통이 깨지고 오장육부가 터진 어린 내관들의 참상을 보자 경악하지 않는 사람이 없었다. 그들은 입을 모아 오배의 대역무도를 통렬하게 질타했다. 곧이어 형부상서刑部尚書가 직접 오배를 끌어내 하옥시켰다. 그리고 왕공대신들은 황제의 강녕을 축원하는 말을 줄줄이 늘어놓고 나서, 오배의 죄를 다스릴 안건을 상의하기 위해 물러갔다.

강친왕 걸서는 강희의 뜻을 받들어 모두에게 당부했다.

"황상께서 인후仁厚하고 효심이 지극하여, 가급적 지나친 살육을 금하고, 태황태후와 황태후께 우려를 끼칠 수 있으니 오배의 대역무도를 당분간 조야에 공포하지 말라고 명하셨소. 단지 그가 평소 자행해온 무소불위한 만행과 정사를 그르친 죄목을 일일이 열거하여 엄히 다스리라 하셨소."

왕공대신들은 입을 모아 성덕聖德을 칭송했다. 황제를 시해하려 한 죄는 크나큰 대역죄였다. 오배가 능지처참당하는 것은 물론이고, 그의 가족은 남녀노소를 막론하고 일당의 가족과 친족들까지 극형에 처할 것이었다. 이 사건으로 말미암아 최소한 수천 명이 죽음을 당해야만 했다. 강희는 비록 오배의 횡포를 증오했지만 터무니없는 죄명의 추가나 무고한 희생은 가능한 한 피하고자 했다.

강희가 집정한 지도 결코 짧은 기간이 아니었다. 하지만 조정의 모든 대소사를 늘 오배가 혼자서 처리해 조정의 관원들은 모두 그의 말에만 순종했다. 한데 이번에 오배를 처결하자 왕공대신들의 태도가 판이하게 달라졌다. 모두들 머리를 조아리며 경외하는 기색이 역력했다. 강희는 이제야 군주지락君主之樂이 무엇인지 몸소 느낄 수 있었다.

강희는 위소보를 힐끗 쳐다보았다. 그는 한쪽 구석에 얌전하게 서서 아무 말도 하지 않았다. 강희는 흐뭇했다.

'저 녀석이 말이 없으니 아주 착해 보이는군.'

대신들이 물러간 뒤에 색액도가 아뢰었다.

"황상, 상서방을 정리해야 하니 침궁으로 옮기시어 편히 쉬시는 게 어떻습니까?"

강희는 고개를 끄덕였다. 강친왕과 색액도가 그를 침궁으로 모셨다. 위소보는 어찌해야 좋을지 몰라 엉거주춤하자 강희가 그에게 고개를 끄덕여 보이며 말했다.

"날 따라오너라."

강친왕과 색액도는 침실에서 수백 보 떨어진 곳에서 물러갔다. 황궁 내원에는 황후, 황비, 공주, 그리고 내감, 궁녀를 제외하고 외신들은 함부로 발을 들여놓을 수 없었다.

위소보는 강희를 따라 침실로 들어갔다. 그는 황제의 침실은 틀림없이 휘황찬란하게 꾸며져 있을 거라고 생각했다. 도처에 비취와 백옥이 박혀 있고 벽에는 야명주夜明珠가 수천 개나 박혀서 밤에 불을 밝히지 않아도 환할 거라고 믿어 의심치 않았다.

그런데 막상 황제의 침실에 들어가서 보니 뜻밖에도 그냥 평범한 방이었다. 단지 베개와 이불 같은 것이 용이 수놓인 황금색 비단으로 돼 있을 뿐이었다.

위소보는 크게 실망해 속으로 투덜거렸다.

'우리 양주 여춘원의 방과 비교해도 뭐 나을 게 별로 없군!'

강희는 궁녀가 가져온 인삼탕을 한 그릇 마시고 나서 위소보에게 말했다.

"소계자, 나와 함께 황태후를 뵈러 가자."

당시 강희는 혼례를 올리지 않아 침궁이 황태후가 거처하는 자령궁慈寧宮과 멀지 않았다. 황태후의 침궁에 이르자 강희만 안으로 들어가고, 위소보는 밖에서 대기했다.

위소보는 한참을 기다렸다. 무료해진 그는 속으로 생각을 굴렸다.

'해 노공은 나한테 대자대비천엽수를 가르쳐줬고 황상은 팔괘유룡장을 익혔는데도 오늘 오배와 싸우면서 다 쓸모가 없었어. 역시 이 소백룡 위소보가 재를 날리고 향로로 내리쳐서 일을 확실하게 마무리한 거야. 그따위 무공은 더 배워봤자 아무 재미가 없어. 게다가 그냥 궁에서 가짜 내시 노릇을 하며 매일 소현자한테 굽실굽실 절이나 해야 하니 얼마나 갑갑하겠어. 게다가 오배도 제압했으니 소현자는 더 이상 내 도움이 필요 없을 거야. 내일 기회를 봐서 몰래 궁을 빠져나가 다시는 돌아오지 말아야지!'

그가 그렇게 엉뚱한 궁리를 하고 있을 때 내관 한 명이 미소를 띠며 다가왔다.

"계 형제, 황태후께서 들어와 절을 올리라 하시네."

위소보는 속으로 또 투덜거렸다.

'빌어먹을! 절은 무슨 육시할 절이야? 호랑말코 같은 황태후는 왜 이 어르신한테 절을 올리지 않는 건데?'

겉으로는 공손하게 대답했다.

"네."

바로 내관을 따라 침궁 안으로 들어갔다.

잘 꾸며진 뜰 두 곳을 지나고 나서 그 내관은 휘장을 사이에 두고 아뢰었다.

"태후마마께 아룁니다. 소계자가 대령하였사옵니다."

그러고는 휘장을 걷으면서 입을 삐죽해 보였다.

위소보가 휘장 안쪽으로 들어가자 발이 길게 드리워져 있었다. 모두 진주를 엮어 만든 것으로 부드러운 광채가 흘렀다. 궁녀 한 명이 그 발을 살짝 젖혔다. 위소보는 고개를 숙이고 들어가 슬쩍 눈꺼풀을 들어보니, 서른 살 안팎의 귀부인이 의자에 앉아 있었다. 강희가 바로 그녀 곁에 있었다. 황태후임이 분명했다.

위소보는 얼른 무릎을 꿇고 큰절을 올렸다.

황태후는 미소를 지으며 고개를 끄덕였다.

"일어나거라."

위소보가 일어나자 다시 말했다.

"황상의 말을 듣자니 오늘 오배를 제압하는 데 네가 큰 공을 세웠다더구나."

위소보는 공손하게 답했다.

"태후마마께 아룁니다. 소인은 오로지 충심 하나로 황상을 호위했을 따름이옵니다. 황상께서 어떻게 하라고 분부하면 소인은 황명에 따를 뿐입니다. 소인은 아직 나이가 어려 아무것도 모르옵니다."

그는 궁중에서 몇 달 머물렀을 뿐이지만, 노름판에서 내관들이 궁중 법도에 대해 얘기하는 것을 하나하나 다 마음속에 기억해두었다. 그래서 아랫것들이 공치사하는 것을 주군이 가장 싫어한다는 것도 잘 알고 있었다. 공을 크게 세울수록 공로가 없는 양 생색을 내지 않아야 주군이 좋아한다는 것이었다. 만약 거드름을 피우고 으스대는 기색을 보이면 살신지화殺身之禍를 자초할지도 모른다고 했다. 물론 주군의 노여움을 사서 총애를 잃으면 끈 떨어진 연처럼 신세를 망치는 게 당연지사였다.

위소보의 대답에 황태후는 역시 매우 흐뭇해했다.

"너는 나이도 어린데 아주 기특하구나. 그 일등 무공武公에 봉해진 오배보다 훨씬 낫다."

이어 강희에게 물었다.

"황상, 우리가 이 아이한테 무슨 상을 내렸으면 좋겠어요?"

강희가 대답했다.

"태후마마 분부에 따르겠습니다."

황태후는 잠시 생각하다가 입을 열었다.

"너는 상선감에서 아직 품계가 없겠지? 해대부海大富 해 내관은 5품이니 너에게 6품 품계를 내려서 수령首領 내관으로 승진시켜 황상을 곁에서 모시도록 하겠다."

투덜거리지 않을 위소보가 아니었다.

'제기랄! 무슨 6품, 7품이야? 설령 1품 내관을 시켜준다고 해도 이

어르신은 안 할 거야!'

하지만 얼굴엔 웃음을 가득 띤 채 무릎을 꿇고 큰절을 올렸다.

"황태후마마의 은전恩典이 망극하옵니다. 황상의 성은이 또한 망극하옵니다."

청 왕조 정례에 따르면 궁중 총관 내관은 총 14명이고, 부총관 내관은 8명, 수령 내관은 189명이었다. 그 이하 일반 내관은 정해진 수가 없어서, 청나라 초기에는 1천여 명이었고, 나중에는 2천 명이 넘었다. 직급이 있는 내관 중 최고는 4품, 최저는 8품, 그리고 일반 내관들은 품급이 없었다. 위소보가 아무 품급 없는 내관에서 6품으로 승진한 것은 궁에서 흔치 않은, 아주 큰 은총이라 할 수 있었다.

황태후는 고개를 끄덕였다.

"그래, 열심히 하도록 해라."

위소보는 연신 굽실거렸다.

"예, 예."

그리고 일어나 뒷걸음질로 물러나왔다. 궁녀가 발을 젖힐 때 위소보는 다시 황태후를 힐끗 훔쳐보았다. 안색이 매우 창백하고 눈빛은 형형하나 미간을 찌푸린 게, 뭔가 수심에 차 있는 것 같기도 하고, 뭘 골똘히 생각하고 있는 것 같기도 했다.

위소보는 또 나름대로 생각을 굴렸다.

'고귀하신 황태후의 몸인데 무슨 근심이 있지? 그래, 맞아! 남편이 죽었잖아. 설령 황태후라고 해도 남편을 잃으면 기분이 좋을 리 없지.'

위소보는 거처로 돌아와 오늘 있었던 경천동지할 일을 해 노공에게

다 말해주었다. 뜻밖에도 해 노공은 전혀 놀라는 기색이 없었다. 그저 담담하게 말했다.

"그래, 요 며칠 사이에 행동을 취할 거라고 생각했어. 황상은 선황보다 인내심이 훨씬 많구면."

놀란 쪽은 오히려 위소보였다.

"아니, 그럼 벌써 다 알고 있었다는 건가요?"

해 노공은 그저 담담했다.

"내가 어떻게 알았겠느냐? 그냥 추측을 했을 뿐이지. 황상이 씨름을 익히고 서른 명의 어린 내관까지 씨름을 배우도록 한 의도가 무엇이 겠니? 그리고 팔괘유룡장을 익힌 것도 나름대로 목적이 있었겠지. 대자대비천엽수와 팔괘유룡장을 8년이고 10년을 익혀 그 위력을 제대로 발휘한다면 둘이 힘을 합쳐 오배를 제압할 수도 있겠지. 허나 수박 겉핥기 식으로 몇 달 배워가지고 무슨 쓸모가 있겠니? 휴… 혈기가 왕성하니 하늘 높은 줄 모르고 겁 없이 나선 거지. 오늘 일은 정말 위험천만했어."

위소보는 해 노공의 옆모습을 쳐다보며 내심 경악과 감탄을 금치 못했다.

'이 늙은 개뼈다귀는 눈이 멀었는데도 무슨 일이든 다 먼저 꿰뚫어 본다니까!'

해 노공이 점쟁이처럼 물었다.

"황상이 널 황태후께 데리고 갔지?"

위소보는 솔직히 대답할밖에.

"네."

속으로는 또 투덜거렸다.

'또 알고 있군!'

해 노공이 다시 물었다.

"황태후께서 무슨 상을 내렸니?"

위소보는 대수롭지 않게 대답했다.

"뭐 별거 아니에요. 그냥 6품 품계를 내려 수령 내관으로 승진시켜 줬어요."

해 노공은 웃었다.

"좋겠다. 나보다 단 한 품계 아래로군. 난 그냥 내관에서 수령 내관까지 오르는 데 족히 13년이란 세월이 걸렸다."

그의 한탄에 위소보는 측은한 생각도 들었다.

'난 이제 곧 떠나야 돼. 넌 내게 무공을 전수해줬는데 난 눈을 멀게 만들었으니 미안한 마음이 없진 않지. 당연히 그 책을 훔쳐와 조금이라도 보상을 해줘야 할 텐데, 훔쳐낼 재간이 있어야지!'

해 노공이 다시 입을 열었다.

"넌 오늘 큰 공을 세웠으니 앞으로 상서방에 들락거리기가 더 쉬워지겠군."

위소보가 얼른 그의 말을 받았다.

"그래요, 그《사십이장경》을 빌리기가 더 쉬워졌지요. 그런데 공공, 눈도 불편하신데 그 경전이 무슨 소용이 있어요?"

해 노공은 잠시 울적해하다가 말했다.

"그래, 눈이 멀었으니 경전을 볼 수가 없지. 너… 네가 읽어주면 되잖니? 넌 평생 내 곁에서… 그…《사십이장경》을 읽어줘… 나한테…

371

콜록! 콜록…."

　그러더니 돌연 기침을 심하게 했다.

　위소보는 구부정하게 기침을 계속하는 그의 모습을 보고 연민의 정을 느꼈다.

　'이 늙은… 늙은이는 정말 이상해.'

　원래 속으로는 계속 '늙은 개뼈다귀'라고 불렀는데 지금은 차마 그렇게 부르지 못하고 그냥 '늙은이'라고 했다.

　이날 밤, 해 노공의 기침이 좀처럼 멎지 않았다. 위소보는 꿈결에도 그의 기침 소리를 들었다.

　다음 날, 위소보는 상서방으로 갔다. 문밖 시위들이 이미 새 사람으로 바뀌어 있었다.

　강희가 좌정하자 강친왕 걸서와 색액도가 들어와 상주上奏했다. 그 내용인즉슨 왕공대신들과 회동해 이미 오배의 죄상을 확인했다는 것이었다. 그런데 그 죄목이 모두 30항에 달했다. 강희로선 의외였다.

　"30항이나? 그렇게 많습니까?"

　강친왕이 아뢰었다.

　"오배는 워낙 간악무도하여 그 죄가 훨씬 많은데, 소신들이 황상의 성지를 받들어 관대히 다스린 것입니다."

　강희가 물었다.

　"그렇군요. 30항이 다 무엇입니까?"

　강친왕은 종이를 꺼내 오배의 죄목을 하나하나 읽어내려갔다.

　"오배는 군주를 기만하고 월권을 했으니 첫 번째 죄요, 간악한 무리들을 중용했으니 두 번째 죄고, 결당 모의하여 국정을 어지럽혔으니 세 번째 죄요, 부정축재하여 간악한 무리를 키웠으니 네 번째 죄고, 감언이설로 사실을 왜곡한 것이 다섯 번째 죄요, 선황께서 등용하지 않았던 마이새馬爾賽 등을 채용한 것이 여섯 번째 죄고, 소극살합 등을 죽인 것이 일곱 번째 죄요, 소납해蘇納海 등을 죽인 것이 여덟 번째 죄고, 자신의 기군旗軍을 감싸고 하사받은 땅 봉지封地를 바꾼 것이 아홉 번째 죄며, 태황태후께 불경을 저지른 것이 열 번째 죄입니다."

마지막 서른 번째는 '타인의 무덤이 자기 집안 풍수에 저해된다고 칙명을 내려 옮기게 한 죄'였다.

강희도 놀랐다.

"오배가 그렇게 많이 나쁜 일을 저질렀군요. 그에게 어떤 형벌을 내릴 겁니까?"

강친왕이 대답했다.

"오배의 죄는 극악하여 능지처참이 마땅하나 인후하신 성지를 받들어 관직을 박탈하고 처형을 할 겁니다. 그리고 그의 일당 필륭必隆, 반포이선班布爾善, 아사합阿思哈 등도 모두 참형에 처하겠습니다."

강희는 잠시 생각하더니 말했다.

"오배는 비록 중죄를 저질렀으나 선황의 명을 받은 고명대신으로 오랫동안 조정에 협력해왔으니 죽음은 면해주시오. 삭탈관직하여 영구히 석방하지 못하도록 구금하고 가산은 몰수하시오. 그의 일당은 중신들의 결정에 따라 처결하시오."•

강친왕과 색액도는 무릎을 꿇고 큰절을 올렸다.

"황상의 너그럽고 인자하심은 역대의 명군들도 따르지 못할 것이옵니다.”

이날 중신들은 강희 앞에서 오배와 그의 일당을 처리하는 일을 의논하기 위해 분주했다. 중신들은 강희에게 팔기군 중에서 양황기와 정백기 간 그동안 있어온 분쟁에 대해 소상히 아뢰었다. 위소보는 들어도 이해가 잘 되지 않았다. 그저 어림짐작으로 양황기의 기주가 오배고, 정백기의 기주가 소극살합이라는 것만 알았을 뿐이었다. 이 양대기주는 좋은 땅과 논밭을 차지하기 위해 다툼이 극심했다. 소극살합이모함을 받아 처형된 후 정백기가 소유했던 재산과 토지를 거의 다 오배의 양황기가 빼앗아갔다. 그래서 정백기에 속한 대신들은 그 재산과토지를 도로 원주인에게 돌려줄 것을 강희에게 간청했다.

강희가 결론을 내렸다.

“모두들 공정무사하게 협정하여 짐에게 보고하시오. 양황기는 3대군기 중 하나요. 오배는 비록 죄가 있으나 양황기에 소속된 모든 사람에게 벌을 내릴 순 없소. 우리는 이 일을 사심 없이 공정하게 처리해야하오.”

중신들은 일제히 큰절을 올렸다.

“황상께선 영명하시옵니다. 양황기의 모든 사람이 성은을 입은 것입니다.”

강희는 고개를 끄덕였다.

“이제 그만 물러들 가시오. 색액도는 따로 분부할 것이 있으니 남도록 하시오.”

중신들이 물러가자 강희는 색액도에게 말했다.

“소극살합이 죽은 후에 오배가 그의 재산을 다 차지했소?”

색액도가 아뢰었다.

"소극살합의 논밭과 재산은 국고로 귀납되었으나, 오배가 당시 친히 심복들을 데리고 가서 소극살합의 집을 수색해 금은보화와 같은 귀중품을 전부 착복했습니다."

강희가 분부했다.

"짐도 예상하고 있었던 일이오. 오배의 집으로 가서 가산을 파악해 원래 소극살합이 소유했던 재물은 도로 그의 후손들에게 돌려주도록 하시오."

색액도가 목청을 높였다.

"성은이 망극하옵니다."

그는 강희가 더 이상 별다른 분부를 하지 않자, 천천히 문 쪽으로 물러갔다.

그때 강희가 다시 입을 열었다.

"이건 황태후의 분부요. 그 어르신은 불경에 관심이 많은데, 듣자하니 정백기와 양황기의 두 기주는 각자《사십이장경》을 갖고 있었다고하니…."

위소보는《사십이장경》이란 말에 흠칫, 귀가 쫑긋해졌다.

강희의 말이 이어졌다.

"그 두 부의 경전은 모두 비단집이 둘려 있소. 정백기는 흰 비단집이고, 양황기는 황색 비단에 빨간 테두리가 있는 집이오. 황태후께서는 그 두 부의 경전이 궁에 있는 것과 같은지 확인해보고 싶다 하시니 오배의 집을 수색할 때 알아보도록 하시오."

벌써 걸음을 멈추고 듣고 있던 색액도는 강희의 분부가 끝나자 바로 대답했다.

"예, 예! 소신이 바로 가서 분부대로 처리하겠습니다."

그는 황제가 아직 어리고 황태후에 대한 효심이 지극하다는 걸 잘 알고 있었다. 조정 대사에 관해서도 황태후의 한마디면 황상은 무조건 따랐다. 그러니 황태후가 분부한 일이면 황상이 원하는 일보다 더 중요했다. 불경 두 부를 확인하는 것은 너무 쉬운 일이라 신속하고 적절하게 처리할 자신이 있었다.

강희는 이번엔 위소보에게 명했다.

"소계자, 너도 따라가서 불경을 찾아내 함께 가져오도록 해라."

"예!"

위소보는 너무 기뻐서 얼른 대답했다.

해 노공이 《사십이장경》을 훔쳐오라고 시킨 지도 어언 반년이 넘은 것 같은데 어떻게 생긴 책인지 그림자도 보지 못했다. 그런데 이번에 황명에 따라 그 책을 가지러 가니 손에 넣는 건 그야말로 누워서 떡 먹기가 아닌가! 오배의 집에 그 책이 세 부 정도 있기를 바랐다. 그럼 슬쩍 한 부 정도 꿀꺽하는 건 정말 식은 죽 먹기다. 그것을 해 노공에게 갖다주면 틀림없이 뛸 듯이 기뻐할 것이었다.

색액도는 소계자가 황제가 가장 총애하는 내관이며 이번에 용체를 호위하고 오배를 제거하는 데도 큰 공을 세운 사실을 잘 알고 있었다. 그리고 내심 짚이는 바가 있었다. 경전 두 부를 가져오는 것은 별로 대수롭지 않은 일이었다. 굳이 누굴 딸려보낼 이유가 없었다. 그는 황제의 속마음을 지레짐작했다.

'그래, 황상은 그에게 뭔가 보상을 해주고 싶은 거야. 오배는 오랫동안 권세를 누려왔으니 집에 금은보화가 부지기수겠지. 황상이 이번 일에 아무 공도 세우지 못한 나에게 왜 이런 횡재할 수 있는 임무를 선뜻 맡기겠어? 소계자더러 동행하라고 한 것은, 경전은 구실이고 실은 날 감시하라는 거야. 따지고 보면 이번에 오배의 가산을 몰수하는 일은 이 어린 내관이 주최고 난 그저 깃털일 뿐이야. 내가 상황 파악을 제대로 하지 못하고 착각에 빠진다면 큰 오산이고, 결국 불이익을 당하게 되겠지.'

색액도의 부친 색니索尼는 강희가 처음 등극할 당시 고명대신 네 명 중에서도 수장이었다. 색니가 죽자 색액도는 이부시랑吏部侍郎으로 승진했다. 하지만 그때 오배의 전횡이 워낙 심해 색액도는 감히 그에 맞설 엄두가 나지 않아 이부시랑직을 사퇴하고 일등 시위가 되았나. 강희는 그가 오배와 앙숙이라는 것을 알기 때문에 이번에 중용을 한 것이었다.

두 사람이 궐 밖으로 나오자 색액도의 시종이 말을 대기하고 있었다. 색액도가 먼저 권했다.

"계 공공, 먼저 말에 오르게."

그는 속으로 이 꼬마 내관은 말을 탈 줄 모를 테니 떨어지지 않게 잘 보살펴줘야겠다고 생각했다. 그런데 위소보는 궁에서 몇 달 동안 무공을 배웠다. 비록 내세울 만한 경지에 이른 것은 아니어도 손발의 움직임은 제법 민첩했다. 게다가 전에 모십팔에게 말 타는 법을 배워 이번엔 '장과로張果老(8선仙 중 한 사람) 도기려倒騎驢(나귀를 거꾸로 타는 풍경)'를 연출하지 않고 가볍게 안장에 올라탔다. 자세도 제법 안정적이었다.

두 사람은 오배 집에 다다랐다. 오배의 식솔들은 이미 전부 붙잡혀 갔고, 가택 주위를 병사들이 삼엄하게 지키고 있었다.

색액도가 위소보에게 말했다.

"계 공공, 마음에 드는 재밌는 물건이 있으면 얼마든지 가져가게. 황상께서 이번에 경전을 가져오라고 보낸 것은 공로를 보상해주기 위함이니 무엇을 가져가든 상관하지 않을 걸세."

위소보는 오배 집 곳곳에 진귀한 것들이 놓여 있는 것을 보고 눈이 휘둥그레졌다. 탐나지 않는 물건이 없었다. 양주 여춘원에서 보았던 자기나 장식품 따위와 비교하면 천양지차였다. 처음에는 그저 다 갖고 싶었다. 이것도 좋은 것 같고, 저것도 재미있을 것 같았다. 뭘 가져야 좋을지 갈팡질팡했다. 하지만 얼마 안 있어 궁에서 몰래 달아나야 하는데 너무 많은 것을 가져가면 아무래도 불편할 테니 아주 귀한 보물 몇 개만 골라가야겠다고 생각했다.

색액도의 부하들은 물품을 점검하면서 하나하나 장부에 적어내려갔다. 그러다가 위소보가 어느 물건을 집으면 장부에 적었던 것을 붓으로 쭉 그어버렸다가, 위소보가 갸웃하며 도로 내려놓으면 다시 적곤 했다.

두 사람이 주욱 점검해나가는 도중에 관리 한 명이 헐레벌떡 뛰어들어와 우선 색액도와 위소보에게 인사를 올린 후 말했다.

"두 분 대인께 아룁니다. 오배의 침실에서 보물창고를 발견했습니다. 제가 임의로 열 수 없으니 두 분이 가셔서 직접 확인해보십시오."

색액도는 좋아했다.

"보물창고가 있다고? 아주 희귀한 것들을 숨겨놓았겠군."

이어 그 관리에게 물었다.

"그 두 부의 경전은 찾아냈느냐?"

관리가 대답했다.

"방 안에 책이라곤 없고, 장부만 몇십 권 있을 뿐입니다. 계속 찾는 중입니다."

색액도는 위소보의 손을 잡고 오배의 침실로 갔다. 침실 바닥에는 호피가 깔려 있고 벽면은 온통 활과 도검으로 장식돼 있었다. 역시 만주 용사다운 투박한 일면을 엿볼 수 있었다.

그 보물창고라 하는 곳은 땅속에 파놓은 큰 구덩이를 말하는 것이었다. 위쪽은 철판으로 덮여 있고, 그 위에 다시 두꺼운 호피를 깔아놓았다. 지금 호피와 철판은 이미 젖혀져 있고, 두 명의 병사가 구덩이 옆을 지키고 있었다.

색액도가 명을 내렸다.

"다 끄집어내봐라."

두 병사가 구덩이 속으로 내려가 숨겨져 있는 물건들을 일일이 다 위로 올렸다. 두 명의 서리書吏가 그것을 받아 조심스레 호피 위에 내려놓았다.

색액도는 입이 귀밑까지 찢어졌다.

"오배는 진짜 아끼는 보물을 전부 이곳에 숨겨뒀을 거야. 계 공공, 여기서 몇 가지 맘에 드는 것을 고르면 아마 틀림없을 걸세."

위소보가 웃으며 말했다.

"대인께서도 서슴지 말고 골라보시죠."

이 말을 끝내자마자 그는 갑자기 '아!' 하고 소리를 질렀다. 병사 한 명이 백옥으로 된 합을 들어올렸는데, 거기에 다섯 글자가 새겨져 있었던 것이다. 그리고 앞 세 글자는 분명 '사십이'였다.

위소보가 얼른 그 합을 받아 뚜껑을 열어보니 안에 얇은 책자가 들어 있었다. 겉장은 흰 비단으로 돼 있고, 역시 똑같은 다섯 글자가 적혀 있었다. 그는 황급히 색액도에게 물었다.

"대인, 이게 바로 그 《사십이장경》이겠죠? 저는 '사십이'는 알지만 나머지 두 글자는 잘 모릅니다."

색액도는 희색만면했다.

"그래, 그래, 바로 《사십이장경》이네."

위소보는 멋쩍게 말했다.

"'장경' 두 글자는 읽기 어렵지만 골 아프게 생각할 필요 없어요. 다섯 글자가 붙어 있고, 앞 세 글자가 '사십이'면 당연히 《사십이장경》이겠죠."

색액도는 속으로 콧방귀를 뀌었다.

'그렇지 않을 수도 있지!'

그러나 겉으론 웃으며 말했다.

"당연하지!"

이어 한 병사가 또 하나의 옥합을 올렸는데, 그 안에도 역시 책자가 들어 있었다. 이번에는 겉장이 황색 비단에 빨간 테두리가 쳐진 책이었다. 두 부의 경전은 모두 낡아 보였다. 이 보물창고에서 세 번째 경전이 나오지 않아 위소보는 다소 실망했다.

색액도는 연신 웃었다.

"계 공공, 이 중요한 임무를 완수했으니 황태후께서 기뻐하시며 후한 상을 내려줄 걸세."

위소보는 궁금했다.

"대관절 무슨 경전인지 한번 구경 좀 해야겠습니다."

그러면서 책장을 들춰보려 하자, 색액도가 얼른 웃으며 말했다.

"계 공공, 내가 이런 말을 한다고 화는 내지 말게."

위소보는 어려서부터 기루에서 자라며 남들에게 '이놈', '이 녀석', '이 새끼' 같은 욕을 밥 먹듯이 들었다. 그런데 강희의 총애를 받으면서는 궁중에서 누구든 그를 보면 지극히 공손하게 대했다. 열서너 살이 된 어린아이가 어디서 그와 같은 존경을 받아보겠는가. 지금 오배의 집에서 모든 문무대관들이 굽실거리는 위풍당당한 색액도가 자기한테 이다지도 겸손하니, 기분이 좋고 그에게 왠지 호감이 갔다.

"색 대인, 무슨 분부할 게 있으면 말씀해주십시오."

색액도가 웃으며 말했다.

"분부라니, 당치 않네. 단지 갑자기 생각나는 일이 있어서 그러네. 계 공공, 이 두 부의 경전은 황태후께서 가져오라고 직접 점지한 것이고, 오배가 보물창고에 숨겨놓은 것으로 미루어 예사 책자가 아님이 분명하네. 대체 왜 그렇게 소중한지 우리로선 알 수가 없지. 솔직히 나도 한번 내용을 보고 싶네. 그러나 우리가 알아선 안 될 중요한 문자가 적혀 있을지도 모르지 않는가. 황태후께선 우리 같은 아랫것들이 책을 훑어보는 걸 별로 좋아하지 않을 걸세. 그러니… 아무래도…"

위소보는 그의 말에 뒤통수를 한 대 얻어맞은 듯 흠칫하며 얼른 책을 조심스레 탁자에 내려놓았다.

"예, 백번 지당하신 말씀입니다. 색 대인, 귀띔해주셔서 정말 감사합니다. 저는 그런 중요한 이치를 잘 몰라 하마터면 큰 화를 자초할 뻔했습니다."

색액도는 시종 웃음을 띤 채 말했다.

"계 공공, 그게 무슨 말인가? 황상께서 우리 두 사람을 함께 보냈으니 자네 일이 바로 내 일인데 그렇게 내외할 필요가 있겠나? 내가 만약 계 공공을 한 식구로 생각하지 않았다면 감히 그런 말을 입 밖에 내지도 못했을 걸세."

위소보는 황송해했다.

"대인은 조정대신이고 저는… 저는 일개 작은 내관인데 어떻게 한 식구가 될 수 있겠습니까?"

색액도는 방 안에 있는 관리들에게 손을 흔들며 명했다.

"다들 밖에 나가서 대기해라."

관리들은 공손히 몸을 숙였다.

"네, 네!"

다들 물러가자, 색액도가 위소보의 손을 덥석 잡았다.

"계 공공, 제발 그런 말은 하지 말게. 이 색아무개를 탐탁지 않게 여기지 않는다면, 우리 오늘 결의형제를 하는 게 어떻겠나?"

위소보는 깜짝 놀랐다.

"제가… 제가 어떻게… 대인과 결의형제를… 저에게 그럴 자격이 있나요?"

색액도는 자못 진지했다.

"계 형제, 자꾸 그런 식으로 말하면 날 욕하는 거나 다름없네. 자네를 처음 본 순간 왠지 모르게 마음이 이끌렸네. 이게 다 인연이 아니고 뭐겠나? 우리 형제끼리 바로 불당에 가서 결의의 예를 올리고 앞으로 진짜 형제처럼 지내는 거네. 그저 우리 두 사람만 알고 남에게 말하지 않으면 무슨 상관이 있겠나?"

그러고는 위소보의 손을 꼭 쥐었다. 눈에는 따듯한 정이 가득했다.

사실 색액도는 지금 처해 있는 상황이 아주 간절했다. 오배는 이미 쓰러졌고, 조정의 패권을 장악할 대신들이 새로 개편될 시기였다. 이 번에 황제가 자신에게 중임을 맡긴 것으로 미루어 잘만 하면 욱일승 천도 기대할 수 있을 것이었다.

조정에서 황제의 총애를 얻으려면 우선 황제의 취향과 동태를 잘 파악해야 한다. 이 어린 내관이 밤낮으로 황제를 곁에서 모시고 있으 니 어전에서 자기에 관해 좋은 말을 몇 마디만 해줘도 그 효용은 무궁 할 것이었다. 설령 좋은 말을 해주지 않아도, 황제가 무엇을 좋아하며 무엇을 싫어하는지, 또한 무슨 일을 하고 싶어 하는지 조금이라도 귀 띔을 해주면 일을 처리하는 데 훨씬 수월하고 황제의 의중에도 부합 될 것이었다.

색액도는 관가에서 나고 자랐으며 부친은 고명대신의 수장이었다. 그래서 '위의 뜻을 헤아리는 것'이 승승장구할 수 있는 유일한 비결임 을 잘 알고 있었다. 그리고 가장 어려운 일도 바로 그것이었다. 지금 절 호의 기회가 눈앞에 있으니, 이 어린 내관만 잘 구워삶으면 앞으로 청 운만리, 높은 작위를 받고 승상에 봉해지는 것도 어려운 일이 아닐 터 였다. 그래서 잔머리를 굴려 위소보와 결의형제를 하고자 한 것이었다.

위소보는 비록 꾀가 많고 눈치가 빠르나 조정에서 벌어지는 암투나 처세 요령에 대해서는 전혀 알지 못했다. 그저 이 고관대작이 진짜 자기를 좋아하는 줄 알고 속으로 의기양양했다.

"그건… 그건… 정말로 생각지 못한 일입니다."

색액도는 머뭇거리는 그의 손을 잡아끌었다.

"자, 자, 가자고! 우리 형제끼리 불당으로 가세."

만주인은 대부분 불교를 믿어 문무대신의 집에는 거의 다 불당이 마련돼 있었다. 두 사람은 함께 불당에 들어갔다. 색액도는 우선 향을 피우고 위소보를 잡아끌어 불상 앞에 함께 꿇어앉아 예를 올리고 나서 읊조렸다.

"제자 색액도는 오늘 저… 저….'"

그는 고개를 돌려 물었다.

"계 형제, 성함이 뭔가? 아직도 그것을 모르고 있으니 참으로 황당하구먼."

위소보는 약간 당황했다.

"저는… 소계자예요."

색액도는 미소를 지었다.

"성은 계桂 씨가 맞지? 그럼 대명大名은 어떻게 되나?"

위소보는 떠듬거렸다.

"저… 저… 계소보라고 해요."

색액도는 활짝 웃었다.

"계소보… 좋은 이름이군, 좋은 이름이야. 인중지보人中之寶, 그야말로 보배로운 사람이구먼."

위소보는 속으로 투덜거렸다.

'양주에 있을 땐 다들 나더러 소보, 이 소보× 같은 후레자식이라고

불렀는데, 소보란 이름이 뭐가 좋다는 거야?'

색액도가 축원했다.

"제자 색액도는 오늘 계소보 형제와 결의를 맺고 앞으로 기쁜 일이든 어려운 일이든 함께 나눌 것이며, 비록 동년 동월 동일에 태어나진 못했지만 동년 동월 동일에 죽기를 바랍니다. 제가 만약 의리를 저버리고 이 약속을 지키지 않는다면 천벌을 받아 억겁億劫에서 헤어나지 못할 것입니다."

그러면서 다시 절을 올렸다. 그렇게 예를 올리고 나서 위소보에게 말했다.

"형제, 자네도 예를 올리고 맹세를 해야지."

위소보는 속으로 시부렁거렸다.

'넌 나이가 그렇게 많은데 동년 동월 동일에 함께 죽는다면 내가 너무 손해잖아?'

그러나 이내 생각을 바꿨다.

'아무튼 난 계소보가 아니니 그런 헛소리를 지껄여댄다고 해도 겁날 게 없지.'

그래서 불상 앞에 무릎을 꿇고 낭랑한 목소리로 말했다.

"제자 계소보는 황제가 사는 궁에서 내시 노릇을 하고 있으며 남들은 다 소계자라고 불러요. 색액도 대인과 결의형제를 해 고난을 함께하며 동년 동월 동일에 함께 태어나진 못했을망정 동월 동월 동일에 함께 죽기를 원합니다. 만약 이 소계자가 의리를 저버리고 약속을 어긴다면 죽은 후에 18층 지옥에 떨어져 우두마면牛頭馬面, 소 대가리에 말 머리 요귀들에게 붙잡혀 천년만년 환생을 하지 못할 겁니다!"

그는 모든 재화를 소계자가 짊어지도록 했다. 그리고 '동월'을 두 번 말해 원래 '동년 동월 동일에 함께 죽기를 원한다'는 것을, '동월 동월 동일에 함께 죽기를 원한다'로 슬쩍 바꿨다. 워낙 막힘없이 빨리 이어서 말했기 때문에 색액도는 그가 말 속에 수작을 부린 것을 전혀 눈치채지 못했다.

위소보는 속으로 생각했다.

'너랑 동월 동일에 죽는 건 상관없어. 네가 삼월 초사흗날에 죽는다면, 난 100년 후 삼월 초사흗날에 귀천하면 되니까! 손해 볼 게 전혀 없지.'

소계자가 죽은 후 18층 지옥에 떨어져 천년만년 환생하지 못한다는 말은 진심이었다. 소계자는 자기가 죽였다. 만약 귀신혼백이 되어 복수하러 온다면, 그건 예삿일이 아니었다. 반면 지옥에 떨어져 우두마면 악귀들에게 붙잡혀 있다면, 지금 양지에 살고 있는 위소보는 무사태평할 것이었다.

그가 맹세를 마치자, 둘은 다시 팔배의 예로 마주 보며 절을 여덟 번 올렸다. 둘 다 기분이 좋아서 깔깔 웃었다.

색액도가 말했다.

"형제, 우린 이제 결의형제가 되었네. 지금부터는 친형제보다도 열 배는 더 가깝네. 앞으로 이 형한테 부탁할 일이 있으면 겸양하지 말고 얼마든지 말하게."

위소보도 웃으며 말했다.

"그야 여부가 있겠습니까? 저는 어머니 배 속에서 나온 이래 '겸양'이 무슨 뜻인지 잘 모릅니다. 형님, 겸양이 뭡니까?"

두 사람은 마주 보며 다시 파안대소를 터뜨렸다.

색액도가 조심스레 말했다.

"형제, 우리 둘이 형제결의를 한 일을 다른 사람이 알게 해선 안 되네. 우리를 경계할지 모르니까 말일세. 그리고 궁중 규칙에 의하면 우리 같은 외관外官은 형제 같은 내관과 너무 친하게 지내서는 안 된다네. 그러니 그냥 우리 두 사람만 속으로 알고 있음세."

위소보가 대답했다.

"아, 네… 네! 입 꾹 닫고 속으로만 알고 있으면 되는 거죠?"

색액도는 그가 아주 영특하게 말뜻을 척척 잘 알아듣자 더욱 좋아했다.

"형제, 남들 보는 앞에선 난 '계 공공'이라 부를 테니 형제는 날 '색대인'으로 부르게. 며칠 있다가 우리집으로 와서 창극도 보고 술도 한잔하세. 형제끼리 오붓한 시간을 보내자고."

위소보 역시 아주 좋아했다. 술은 잘 못 마시지만 창극이란 말을 듣자 귀가 쫑긋했다. 그는 무엇보다도 창극을 보자는 소리에 손뼉을 치며 웃었다.

"좋아요, 좋아! 저는 창극을 아주 좋아해요. 언제 가면 될까요?"

양주의 돈 많은 염상들은 호화롭게 살았다. 며느리를 얻거나 사위를 보거나, 아니면 아이를 낳거나 생일을 맞이하면 창극단을 불러와 며칠 동안 잔치를 벌였다. 그런 날이면 위소보는 당연히 무대 주위를 들락거리며 잔치판에 끼어서 공짜로 구경을 하곤 했다. 그렇게 경사스러운 날에 꼬마 망나니를 내치는 사람은 없었다. 왕왕 고기를 듬뿍 얹은 밥 한 그릇을 내주기도 했다. 그리고 신을 맞이하는 영신회迎神會나

다른 축일에도 창극단들이 신나게 솜씨를 뽐냈다. 그래서 '창극'이란 말을 듣자 위소보는 신바람이 났다.

색액도가 말했다.

"형제가 그렇게 좋아하면 내 자주 부르지. 언제든 틈이 나면 말해주게나."

위소보는 바로 말했다.

"내일은 어때요?"

색액도는 거절할 이유가 없었다.

"좋아! 내일 유시에 내가 궁 밖에서 기다리지."

위소보가 다시 물었다.

"내가 궁 밖으로 나와도 괜찮을까요?"

색액도는 고개를 끄덕였다.

"당연히 괜찮지. 낮에는 황상을 모시고… 저녁이면 아무도 자넬 간섭하지 않아. 이미 수령 내관으로 승진했겠다, 또한 황상의 총애를 받고 있는 최측근인데 누가 감히 간섭을 하겠나?"

위소보는 입이 귀에 걸렸다. 원래 내일 바로 궁을 빠져나와 다시는 돌아가지 않을 생각이었다. 한데 색액도의 말을 듣자 이내 생각이 달라졌다. 자신은 지금 신분이 꽤 높아 황궁을 자유자재로 출입할 수 있는데 군이 서둘러 뺑소니칠 이유가 없었다. 절로 웃음이 나왔다.

"좋아요, 그럼 약속한 겁니다! 형제끼리 화복을 함께 나누고, 창극도 함께 봅시다!"

색액도는 그의 손을 잡고 오배의 침실로 돌아갔다. 그러고는 구덩이에서 나온 물건들을 자세히 살펴본 후 위소보에게 물었다.

"형제, 어떤 것들이 맘에 드나?"

위소보는 솔직히 말했다.

"뭐가 귀중한 건지 저는 잘 모르니 대신 좀 골라주세요."

색액도는 흔쾌히 응했다.

"좋아!"

그는 명주 목걸이 두 줄과 비취로 조각한 옥마玉馬를 집었다.

"이 두 가지 보물은 아주 값나가는 것이니 형제가 갖게."

사양할 위소보가 아니었다.

"좋아요!"

그는 명주 목걸이와 옥마를 품속에 넣고 비수 한 자루를 쥐었다. 비수는 자루까지 길이가 불과 한 자 두 치 정도인데, 아주 묵직했다. 칼집은 상어 가죽으로 돼 있는데, 그 무게가 일반 장도長刀나 장검과 거의 비슷했다.

위소보는 왼손으로 칼집을 잡고 비수를 뽑았다. 순간, 한 갈래의 싸늘한 기운이 얼굴을 엄습해왔다.

"에취!"

그는 그 한기로 인해 코가 시큰해지며 자신도 모르게 재채기가 나왔다.

비수를 자세히 살펴보니 검신劍身은 먹물을 뿌려놓은 듯 시커멓고 광택이라곤 찾아볼 수 없었다. 위소보는 오배가 이 비수를 보물창고에 숨겨놓은 것으로 미루어 틀림없이 보도寶刀일 거라고 생각했는데, 모양새가 영 신통치 않았다. 마치 나무로 만든 목도木刀 같았다.

위소보는 매우 실망해 그냥 아무렇게나 한쪽에 내던졌다. 그러자

싹 하는 경쾌한 소리가 들리며 비수가 바닥 깊숙이 쑥 꽂혀 자루만 겉
으로 드러났다.

"잇?"

"아니…?"

뜻하지 않은 상황에 위소보와 색액도는 모두 놀란 외침을 토해냈
다. 위소보는 전혀 힘을 쓰지 않고 그냥 던졌는데, 비수가 저절로 바닥
깊숙이 박히다니, 그 예리함은 실로 불가사의했다. 흡사 진흙에 박힌
것 같았다.

위소보는 몸을 숙여 비수를 뽑았다.

"이 단검은 좀 이상한 것 같네요?"

색액도는 견문이 넓었다.

"보아하니 보검 같은데… 우리가 한번 시험해보세."

그러면서 벽에 걸려 있는, 기마병들이 쓰는 육중한 마도馬刀 한 자루
를 집어들고, 칼집에서 칼을 뽑았다. 그 칼을 가로쥐고 위소보에게 말
했다.

"형제, 그 단검으로 이 마도를 내리쳐보게."

위소보가 비수를 쥐고 마도를 향해 내리치자, 싹 하는 소리와 함께
마도가 두 동강이 났다. 두 사람은 약속이나 한 듯 동시에 소리쳤다.

"우아!"

이 비수는 세상에서 보기 드문 보검임에 의심할 나위가 없었다. 한
데 이상한 것은, 마도를 나무 베듯 절단시켰는데도 전혀 금속성 같은
소리가 나지 않았다는 사실이었다.

색액도가 만면에 미소를 띠었다.

"이런 절세의 보검을 얻게 된 것을 진심으로 축하하네. 오배 집에 있는 보물 중에 아마 그 단검이 최고인 것 같아."

위소보도 매우 기뻐했다.

"형님, 원하신다면 가져가십시오."

색액도는 연신 손사래를 쳤다.

"이 형은 원래 무관 출신이지만 앞으론 무관이 아니라 문관이 될 걸세. 그 보검은 역시 형제가 가져가서 노는 게 좋을 것 같네."

위소보는 보검을 검집에 넣어 허리춤에 찼다. 그것을 본 색액도가 웃으며 말했다.

"형제, 그 단검은 역시 신발 속에 넣어두는 게 좋을 것 같네. 입궐할 때 남한테 보이지 않게 말이지."

청 왕조의 궁중 법례에 의하면, 칼을 휴대하는 당직 '대도帶刀 시위' 외에는 누구든 입궐할 때는 무기를 휴대할 수 없었다. 위소보도 당연히 따라야 했다.

"예!"

그는 황제의 측근 심복이라 궁문을 출입할 때 시위들이 혹시 이상한 금지 물품을 숨겼는지 몸을 수색할 리 만무했지만, 그래도 비수를 신발 속에 잘 갈무리했다.

위소보는 비수를 얻자 다른 물건은 더 이상 안중에 없었다.

얼마 후 그는 비수를 뽑아 벽에 걸려 있던 쇠창을 내리쳐보았다. 역시 싹 하는 소리와 함께 바로 두 동강이 났다. 너무 신기하고 재미있어서 방 안에 진열돼 있는 견고한 물건들을 비수로 마구 내리치고 찌르고 휘둘렀다. 비수가 닿자 모두 다 절단이 났다.

나중에 그는 비수로 단목 탁자 위에 자라 한 마리를 그렸다. 다 그리고 나자, 팍 소리가 나면서 그가 비수로 그린 자라 부분이 바닥에 툭 떨어졌다. 당연히 탁자에는 자라 모양의 구멍이 뚫렸다. 위소보는 그 자라 모양의 구멍을 향해 소리쳤다. (체면, 즉 중국어로 멘츠面子를 중요시하는 중국에서 '자라'는 '개새끼'보다 더 심한 욕이다. 자라는 목을 몸속으로 움츠려서 얼굴 즉 체면이 없기 때문이다.)

"오배 노형, 안녕허슈? 하하!"

색액도는 보물창고에서 나온 다른 물품들을 자세히 확인하고 기록했다. 그러다가 보물더미 속에서 시커먼 조끼를 발견했다. 들어보니 아주 가벼웠다. 옷감은 비단도 아니고 모毛도 아닌 게 촉감이 아주 부드럽고 가벼웠다. 그는 위소보의 환심을 사려고 말했다.

"형제, 이 조끼를 걸치면 아주 따뜻할 것 같아. 겉옷을 벗고 한번 입어보게."

위소보가 물었다.

"그건 또 무슨 보물인데요?"

색액도가 고개를 저었다.

"글쎄, 잘 모르겠는데… 아무튼 입어봐."

위소보는 선뜻 내키지 않았다.

"내가 입으면 너무 클 텐데요."

색액도는 그래도 권했다.

"옷감이 아주 부드러워서 약간 크더라도 괜찮을 거야."

위소보가 조끼를 받아보니 정말 아주 가볍고 부드러웠다. 작년에 엄마한테 명주 윗도리를 해달라고 졸라댔던 기억이 떠올랐다. 엄마는 며칠간 애를 썼으나 결국 돈을 마련하지 못해 그의 청을 들어주지 못했다. 이 조끼는 명주 윗도리보다 못하진 않지만 색깔이 선명하지 않은 게 흠이었다.

'그래, 나중에 양주로 돌아가 엄마한테 보여줘야지.'

이렇게 생각하면서 겉옷을 벗고 조끼를 걸친 다음 다시 옷을 입었다. 조끼는 약간 큰 편이지만 부드럽고 얇아서 안에 껴입어도 별로 불편하지 않았다.

색액도는 오배의 보물창고를 정리하고 나서 부하를 불렀다. 그리고 오배의 재산을 일일이 열거해 집계한 액수를 보고는 혀를 내둘렀다.

"오배 이놈은 정말 많이도 긁어모았군. 그의 재산은 내가 생각했던 것보다 배 이상 많아."

그는 손짓으로 부하를 내보내고 나서 위소보에게 말했다.

"형제, 한인들은 '기를 쓰고 벼슬을 하는 건 다 돈 때문'이라고 말한다네. 황상께서 황은을 베풀어 우리 형제에게 이번 임무를 맡긴 것은 횡재할 수 있는 기회를 준 거야. 이 집계된 액수를 아무래도 좀 수정해야 하지 않을까? 은자로 쳐서 200만 냥이 훨씬 넘는데, 얼마를 보고해야 하지?"

위소보로서는 알 턱이 없었다.

"저는 잘 모르겠으니 형님께서 다 알아서 하세요."

색액도는 의미심장하게 웃었다.

"집계된 총액이 모두 2,353,418냥이야. 뒤에 우수리는 그냥 두고, 우린 앞자리 '2'에서만 요술을 부리듯 슬쩍 '1'을 빼버리자고. 그럼 1,353,418냥이 되는 거지. 빼낸 그 '1'은 우리 둘이 반씩 나눠갖는 거야. 어떤가?"

위소보는 깜짝 놀랐다.

"아니, 그럼… 그건…?"

색액도는 여전히 웃고 있었다.

"왜, 부족한가?"

위소보는 얼른 손사래를 쳤다.

"아… 아녜요. 저… 저는 잘 몰라요."

색액도는 또렷하게 말했다.

"내 말은 그 100만 냥의 은자를 우리가 나눠갖자는 걸세. 각자 50만 냥이지. 자네가 적다고 하면 다시 상의할 수도 있어."

위소보는 너무 놀라 안색까지 변했다. 양주 기루에 있을 때 손에 은자 한두 냥만 들어와도 그런 횡재가 없었다. 궁에 들어와서는 남과 노름을 하면서 잃고 따고, 기껏해야 몇십 냥에서 일이백 냥이 왔다 갔다 했다. 한데 지금 갑자기 50만 냥을 나눠갖는다는 말을 듣자, 자신의 귀를 의심할 정도였다.

색액도가 좀 전에 자꾸 그의 손에 보물을 쥐여준 것도 다 입막음을 하기 위함이었다. 위소보더러 황제에게 오배의 재산에 대한 진상을 밝히지 말라는 것이었다. 만약 황제 앞에서 조금이라도 실상을 누설하면, 자기가 꿀꺽 삼킨 것을 몽땅 다 토해내야 할 뿐 아니라 욱일승천할 수 있는 기회까지 사라지고 죄인으로 전락할 게 분명했다.

그는 위소보의 표정이 좀 이상한 것 같아 얼른 강조했다.

"형제가 어떻게 하겠다고 하면 난 무조건 따르겠네."

위소보는 숨을 들이켰다.

"형님 뜻대로 하시라고 제가 말씀드렸잖아요. 한데 저한테 50만 냥을 준다는 것은… 50만 냥은 아무래도… 아무래도… 좀… 많은 것 같은데요."

색액도는 그의 이야기를 들으며 마음이 조마조마했는데, '너무 많다'는 말을 듣고는 이내 무거운 짐을 내려놓은 듯 껄껄 웃었다.

"많지 않네, 많지 않아, 전혀 많지 않아. 이렇게 하는 게 어떤가? 지금 여기서 애쓰는 사람들에게도 뭔가 떡고물이 좀 있어야 하니까, 형이 50만 냥 중에서 5만 냥을 그들에게 골고루 나눠주겠네. 형제도 역시 50만 냥 중에서 5만 냥을 덜어 궁 안 빈비嬪妃나 내관들에게 좀 나눠주게. 단맛을 좀 보면 아무도 쓸데없는 말을 지껄이지 않을 걸세."

위소보는 울상이 됐다.

"그럼 좋긴 한데, 저는 어떻게 나눠줘야 할지 잘 몰라요."

색액도는 자신 있게 말했다.

"걱정 말게, 그런 일은 이 형이 다 알아서 처리함세. 어느 누구도 서운하지 않게 적절히 잘 마무리할 테니까. 앞으로 아마 다들 계 공공이 나이는 어리지만 의리 하나는 딱 부러진다고 칭찬을 아끼지 않을 거야. 은자의 위력은 무시 못한다네. 앞으로 다른 사람의 도움이 필요할 때가 많을 텐데, 그때마다 누구한테 이야기하든 바람에 돛 단 배처럼 다 순조로울 걸세."

위소보는 그저 머리를 조아렸다.

"아, 네! 네…."

색액도가 다시 말했다.

"은자가 100만 냥인데 오배 집엔 그렇게 많은 현금이 없네. 그러니 우린 그의 재산을 빨리 처분해 은자로 바꿔야 해. 남한테 흠잡히지 않게 아주 깔끔하게 해치워야지. 형제는 궁 안에서 그 많은 금은보화나 은자를 놔둘 데가 없을 텐데… 안 그래?"

위소보는 졸지에 45만 냥의 은자가 들어오는 횡재를 만나자 머리가 띵하니 어지러워 어찌할 바를 몰랐다. 그저 색액도가 뭐라고 말하면 고개를 끄덕일 뿐이었다.

"아, 네! 네…."

색액도는 여유 있게 웃었다.

"며칠 있다가 내가 몇몇 금포金鋪를 시켜 금표金票나 은표銀票를 만들어놓으라고 할게. 모두 100냥에 한 장, 50냥에 한 장짜리로. 형제는 그걸 몸에 지니고 있다가 아무 때나 돈이 필요하면 금포에 가서 금은으로 바꾸면 되네. 아주 편리하고도 안전하지. 누가 주머니를 뒤져보기 전에는 아무도 나이 어린 계 형제가 북경에서 내로라하는 부호라는 사실을 모를 걸세. 하하, 하하…."

위소보도 덩달아 하하 웃었지만 속으로는 도무지 믿기지 않았다.

'나한테 정말 45만 냥이 있는 거야? 정말 45만 냥이 생긴 거야?'

생각은 나래를 폈다.

'45만 냥이 있으면 어떻게 쓰지? 제기랄, 매일 족발에 닭고기를 먹어도 평생 45만 냥어치를 다 먹지 못할 거야. 이런 빌어먹을! 양주로 돌아가서 기루를 열 개 정도 차려야지. 다 여춘원보다 열 배는 더 큰 걸로.'

그는 어려서부터 '원대한 포부'를 갖고 있었다. 나중에 만약 출세하면 여춘원보다 더 크고 더 화려한 기루를 차려 으스대는 것이 꿈이었다. 그래서 여춘원 주인아주머니와 입씨름을 벌일 때면 큰소리를 치곤 했다.

"빌어먹을! 여춘원이 뭐가 대단하다고 으스대는 거야? 내가 나중에 횡재를 하면 맞은편에다 여하원麗夏院을 열고, 왼쪽엔 여추원麗秋院, 오른쪽엔 여동원麗冬院을 만들어 아줌마 장사를 몽땅 빼앗아올 거야! 내가 연 기루로 손님들을 모조리 빼앗아와 여춘원엔 파리만 날리게 만들 테니 두고 봐!"

그런데 지금은 기루를 열 군데 개업하고도 남을 돈이 있다. 그러고도 돈을 주체 못하니, 양주 사람들이 누군들 자기를 괄목상대하지 않을쏘냐! 생각이 거기에 미치자 좋아서 가슴이 터질 것 같았다.

색액도는 그가 어릴 적 품었던 그 '원대한 포부'에 대해선 전혀 알 턱이 없었다.

"계 형제, 황상께선 오배가 소극살합의 가산을 빼앗아갔으니 실상을 파악해 그 후손들에게 돌려주라고 하셨네. 은자 7~8만 냥을 추려 소극살합 가족에게 주도록 하지. 이건 황상의 은전이니 소씨 집안은 그저 눈물을 흘리며 감은할 뿐 은자가 적다, 많다 감히 따지지 못할 걸세. 그리고 만약 그 후손들에게 너무 많은 은자를 돌려주면, 소극살합이 생전에 많은 재물을 긁어모은 탐관으로 비쳐질 테니 후손들도 낯이 뜨겁겠지. 안 그런가?"

위소보의 대답은 똑같았다.

"아, 네! 네…."

그러나 속으로는 딴생각을 했다.

'소극살합은 어땠는지 몰라도 우린 청렴한 관리가 아니지, 그러니

낯짝이 뜨겁겠지?'

색액도가 정색을 하고 말했다.

"황태후와 황상께서 이 두 부의 경전을 따로 언급하셨으니 무엇보다도 중요한 일이네. 우선 궁으로 보내드려야겠어. 오배의 재산은 천천히 정리해도 늦지 않네."

위소보는 역시 고개를 끄덕였다.

색액도는 비단보자기로 옥합 두 개를 정성 들여 쌌다. 두 사람은 그것을 들고 입궐해 강희를 알현했다.

강희는 그들이 황태후가 맡긴 임무를 원만하게 완수한 것을 심히 기뻐했다. 그리고 위소보더러 그것을 들고 뒤따르라고 했다. 강희는 직접 태후궁으로 갔고, 색액도는 태후궁에 들어갈 수 없어 먼저 황제께 물러가겠다고 고하고는 오배의 가산을 정리하러 떠났다.

강희는 황태후의 침궁으로 가는 도중에 위소보에게 물었다.

"오배의 재산이 얼마나 되더냐?"

위소보가 또렷하게 대답했다.

"색 대인께서 직접 확인한 결과 모두 1,353,418냥이라고 합니다."

그는 색액도가 직접 확인한 것임을 강조했다. 만에 하나 나중에 황제가 진상을 알게 돼 탈이 나면 발뺌할 여지를 남겨두기 위해서였다.

남의 것을 슬쩍 빼돌리고, 눈 가리고 아옹 하는 속임수 따위는 위소보의 특기였다. 천부적인 소질을 타고났다고 해도 과언이 아니었다. 그가 다섯 살 되던 해에 어느 기녀가 닷 푼을 주면서 복숭아를 사오라고 심부름을 시켰는데, 그중 한 푼을 꿀꺽해 사탕을 사먹고, 복숭아는 넉 푼어치만 사서 기녀에게 갖다주었다. 그래도 기녀는 전혀 눈치채지 못하고 오히려 그에게 복숭아 하나를 심부름값 대신 주었다.

그 후 위소보는 어떤 돈이든 일단 자기 손에 들어오면 떡고물이 떨어지는 게 당연지사라고 생각했다. 만약 재수가 없어 발각되면 늘 이 핑계 저 핑계를 대며 생떼를 쓰곤 했다. 물론 꿀밤을 얻어맞거나 엉덩이를 걷어차이는 경우도 허다했다. 위소보로선 그게 다 '귀한 경험'이 됐다.

강희는 코웃음을 쳤다.

"흥, 고약한 놈! 백성들로부터 그렇게 많은 재물을 긁어모았군. 130여만 냥이라니, 정말 큰 액수로군!"

위소보는 내색하지 않았지만 기분이 몹시 좋았다.

'첫머리에서 1을 하나 뺐는데도 큰 액수라니! 그걸 이미 우리 둘이 반씩 나눴어.'

두 사람이 말을 하는 사이에 황태후의 자령궁에 다다랐다.

황태후는 그 두 부의 경전을 다 가져왔다고 하니 매우 기뻐했다. 강희에게서 그것을 받아들고 옥합을 열어 안에 들어 있는 책을 확인하고는 더욱 희색이 만면했다.

"소계자, 일을 아주 깔끔하게 잘 처리했구나."

위소보는 무릎을 꿇고 머리를 조아렸다.

"모두가 황태후마마와 황상의 홍복이옵니다."

황태후는 곁에 있는 어린 궁녀에게 분부했다.

"예초蕊初야, 소계자를 뒷방으로 데려가 꿀전병과 다과를 내줘라."

위소보는 다시 절을 올렸다.

"태후마마와 황상의 하사에 망극할 따름이옵니다."

강희가 그에게 말했다.

"소계자, 다과를 먹고 혼자 돌아가거라. 짐은 태후마마를 모시고 수라를 하고 갈 테니 넌 시중을 들지 않아도 된다."

위소보는 대답을 하고 예초를 따라 안쪽에 자리한 작은 방으로 들어갔다.

예초가 망사로 된 휘장을 젖히자 몇십 가지의 다과가 찬장 안에 놓여 있었다.

그녀가 웃으며 말했다.

"소계자라고? 우선 계화송자桂花松子 사탕을 먹어봐요."

그러면서 사탕이 담긴 합을 하나 꺼냈다. 계피와 잣 향이 어우러져 냄새만 맡아도 군침이 돌았다.

위소보도 웃으며 말했다.

"누나도 좀 먹어요."

예초가 곱게 눈을 흘겼다.

"태후마마께서 소계자한테 하사한 거지 나에게 하사한 게 아니잖아요. 우리 같은 하천한 궁녀 따위가 어떻게 함부로 먹을 수 있겠어요?"

위소보가 짓궂게 말했다.

"아무도 안 보잖아요, 몰래 먹는데 어때서요?"

예초는 얼굴이 빨개지며 고개를 흔들었다.

"안 먹어요."

위소보는 수작을 부렸다.

"나 혼자만 먹고 누나는 옆에서 지켜만 본다니, 말도 안 돼요."

예초가 미소를 지었다.

"그게 복인 줄 아세요! 난 태후마마의 시중만 들고 황상도 모시지 않는데, 오늘 공공의 다과 시중을 들고 있네요."

위소보가 보니, 그녀의 웃는 모습이 예뻤다.

"나도 황상의 시중만 드는데 오늘 누나의 다과 시중을 들면 서로 손해 볼 게 없잖아요."

예초는 까르르 웃다가 얼른 손으로 입을 가렸다.

"어서 먹어요. 우리가 여기서 희희낙락거리는 걸 태후마마께서 알면 화를 내실 거예요."

위소보가 양주 여춘원에 있을 때, 재잘거리며 들락날락하는 사람들이 거의 다 여자였다. 그런데 궁에 들어와서는 자기와 나이가 비슷한 여자아이를 오늘 처음 보았다. 괜히 기분이 들떠 살짝 떠봤다.

"우리 이렇게 해요! 내가 다과를 좀 가지고 나갈 테니, 태후마마의 시중을 들고 나서 밖으로 나와 나랑 함께 먹어요."

예초의 얼굴이 다시 빨개졌다.

"안 돼요, 태후마마의 시중을 들고 나면 야심해져요."

그냥 물러날 위소보가 아니었다.

"야심하면 어때요, 내가 어디서 기다릴까요?"

예초는 태후를 곁에서 모시고 있는데, 다른 궁녀들은 다 자기보다 나이가 많아 대화나 마음이 잘 맞지 않았다. 한데 오늘 나이가 비슷한 위소보가 자꾸 다과를 함께 먹자고 조르고, 그 태도가 매우 진지해 절로 마음이 움직였다.

위소보가 고삐를 조였다.

"바깥 화원이 어때요? 한밤중이라 아무도 모를 거예요."

예초는 망설이는 듯하더니 결국 고개를 끄덕였다.

위소보는 기뻤다.

"좋아요, 그럼 약속한 거예요. 빨리 다과를 나한테 주고, 누나도 먹고 싶은 걸 많이 골라요."

예초는 생긋이 웃었다.

"내가 먹을 것도 아닌데… 공공은 뭘 먹고 싶죠?"

위소보가 바로 받아쳤다.

"누나가 먹고 싶은 거라면 나도 무조건 먹고 싶어요."

예초는 그의 달콤한 사탕발림에 기분이 좋아져서 열댓 가지 꿀전병과 사탕, 다과를 종이상자에 담아 건넸다.

위소보가 나직이 말했다.

"오늘 밤 삼경에 화원 정자에서 기다릴게요."

예초는 고개를 끄덕이며 역시 나직이 말했다.

"조심해야 해요."

위소보도 당부했다.

"누나도 조심해요."

위소보는 상자를 들고 룰루랄라 기분 좋게 거처로 돌아갔다.

그는 원래 황제인 줄 모르고 소현자와 어울려 아주 재미있게 놀았다. 그러나 진상이 밝혀지자 그와 더 이상 놀 수가 없었다. 요 며칠 동안 궁 안에서 보는 사람마다 자기를 떠받드니 의기양양하긴 해도 별로 낙이 없었다. 그러던 차에 어린 궁녀와 한밤중에 몰래 만나기로 약속을 한 것이다. 재미가 있기도 하고, 어느 정도 위험을 무릅써야 하니 짜릿한 흥분마저 느껴졌다. 그는 비록 어려서부터 기루에서 자랐지만 아직은 어려 남녀 간의 애정문제에 대해서는, 본 건 많아도 아는 것은 별로 없었다.

〈2권에서 계속〉

미주

▶ **모든 주석은 옮긴이 주이다.**

1 1970~80년대에 김용이 개정한 판본으로, 가장 흔하게 알려져 있음. 국내에 알려진 이름에 따라 외래어 표기법에 따르지 않고 '삼련판'으로 썼음.

2 대련의 앞 구절을 내어 다른 사람에게 뒤 구절을 붙이게 하는 것.

3 중국어 사성 중 입성, 상성, 거성을 아울러 이르는 말.

4 중국어 사성 중 측성이 아닌 것.

5 광둥·광시 지방에서 유행한 중국 전통 희곡. 현지 민속 음악을 사용하며 복장이 독특함.

6 외국 교육기관이 중국에서 운영하는 대학.

1장(89쪽)   1697년에 포송령蒲松齡이 지은《요재지이聊齋誌異》(훌륭한 재판에 관한 이야기도 들어 있으나 대부분은 초현실적인 요괴와 자연을 융합한 괴담이다)에 〈대력 장군〉 편이 수록돼 있는데, 이황과 오육기의 기이한 만남에 대해 서술하고 있다. '이황이 사서史書를 찬수한 사건으로 말미암아 화를 당하게 되었는데 대력 장군 덕분에 죽음을 면하게 되었다'는 대목과, '이황은 남에게 베풀면서도 자신을 과시하지 않으니 가히 대장부요, 오 장군은 호방하면서 은혜를 갚을 줄 아는 기남아니 이 두 사람의 만남은 결코 단순한 우연으로만 볼 수가 없다'는 평도 실려 있다. 또한《고잉觚賸》이라는 책에도 이 일에 관한 서술이 있다. '부유한 집안에 장정룡이란 사람이 있었는데 주 상국의 유고를 손에 넣게 되어 강남의 문사들에게 부탁해 수정 작업을 거쳐 시정에 책을 출간했다. 책 편찬에 참여한 사람들은 10여 명인데 그중 이황의 명성이 가장 널리 알려져 있었다. 나중에 그 책이 화근이 되어 관여된 자들은 모두 변을 당했는데, 오육기 장군이 나서 이황은 화를 면하게 되었다.' 그리고 오육기가 천지회에 가입했다는 것은, 정사正史나 과거 책에서 찾아볼 수가 없다.

1장   이 책을 집필한 기간은 1969년 10월 23일에서 1972년 9월 22일까지다.

처음 글을 쓸 당시 중국 문화혁명에 관한 사화 즉 '문자옥文字獄'의 광란기는 지났지만 그 참상의 상처는 여전히 남아 있었다. 가슴이 아팠다. 그래서 작품을 구상했을 때부터 자연스럽게 '문자옥'을 염두에 두었던 것이다.

나의 집안에서도 역사적으로 잘 알려진 문자옥을 겪었던 사실이 있다. 선조 중 한 분이신 사사정査嗣庭은 청나라 옹정 4년에 예부시랑이라는 벼슬에 계셨는데 고시관으로 강서성으로 가게 되었다. 출제된 시제는 '유민소지維民所止'였다. 이 구절은 《시경》의 〈상송商頌, 현조玄鳥〉 편에서 비롯되었다. '방기천리邦畿千里, 유민소지維民所止.' 나라의 광활한 토지는 다 백성들이 사는 곳이니, 백성을 아끼고 사랑하라는 뜻이다. 아무 하자가 없는 극히 상식적인 시제였다.

그러나 옹정 황제에게 고발이 들어갔다. 이유인즉, '유지維止'라는 두 글자가 옹정雍正의 머리를 없앤 것이라고 풀이해, 이런 시제를 낸 것은 옹정의 머리를 쳐서 죽이자는 뜻의 대역무도라는 것이었다.

당시 옹정 황제는 즉위한 지 얼마 되지 않았다. 그는 즉위 과정에서 치열한 투쟁을 거쳤고, 적지 않은 사람들의 목을 쳤기 때문에 뭔가 켕기는 마음이 없지 않던 터였다. 당연히 '글자 풀이'를 문제 삼아 사사정 일가를 체포해 엄히 다스렸다.

사사정이 모진 고문으로 인해 옥사하자, 옹정은 육시戮屍 즉 그의 시신을 난도질하라는 명을 내린다. 사사정의 아들도 감옥에서 죽고 가족들은 유배되었다. 뿐만 아니라 절강성의 모든 문인은 6년 동안 거인擧人과 진사進士 시험에 응시하지 못하도록 엄명을 내렸다. 사사정의 형인 사신행査慎行도 나중에 귀향해, 그로부터 얼마 후 세상을 떠났다.

'유민소지' 외에도 또 한 가지 설이 있다. 사사정이 지은 책의 제목이 '유지록維止錄'이었는데, 어느 내관이 옹정 황제에게 '유지'는 바로 옹정의 머리를 없애는 것이라고 고자질하고《유지록》의 내용을 문제 삼았다는 이야기도 전해진다. '강희康熙 61년 모월 모일, 하늘에서 천둥 번개가 휘몰아친다. 나는 휴가를 내 집에 있는데 갑자기 대행大行 소식이 들려오고 4황자가 즉위를 하니, 기재奇哉하도다.' 대행은 황제의 서거를 뜻하고, 4황자는 옹정을 뜻하며, 기재는 기이하다는 뜻이다. 한데 책에서 '기재'라고 한 것을 옹정이 부정한 수단으로 왕위를 찬탈했다는 뜻으로 풀이했다.

《유지록》에 또 기술하기를, 항주 부근 제교진諸橋鎭의 관제묘關帝廟(관운장을 모신 사당)에 시 한 수가 걸려 있는데… '황촌고묘유유한荒村古廟猶留漢, 야점부교독성제野店浮橋獨姓諸(외딴 마을 옛 사당에는 한漢나라가 남아 있는 듯하고, 들에 있는 구름다리는 이름이 외자 제諸로다).' 참고로, 중국어에서 제諸 자와 주朱 자의 발음은 모두 같은 '쭈우'다. 알다시피 명나라의 황제는 주원장朱元璋의 후손이니 성이 주朱다. 옹정 황제는 한인들이 명나라를 그리워하고 있다는 뜻으로 풀이했다.

사사정이 강서성에서 출제한 첫 번째 시제는《논어》에서 발췌했다. '군자불이언거인君子不以言擧人, 불이인폐언不以人廢言(군자는 말로써 사람을 거론하지 아니하며, 사람을 보고 말을 함부로 하지 않는다).'

그리고 세 번째 시제는《맹자》에서 발췌했다. '산경지혜간山徑之蹊間, 개연용지이성로介然用之而成路, 위간불용爲間不用, 즉모색지의則茅塞之矣. 금모색자지심의今茅塞子之心矣(산간 계곡 사이는 사람이 걸어야 길이 되고, 그냥 방치하면 모색 즉 막혀버리느니라. 오늘날이 바로 모색이로구나).'

이때는 마침 천거를 시행하던 때라 조정에서는 사사정이 일부러 비방할 의도를 갖고 있다고 판단했다. 세 번째 시제의 '모색'이 '무언가를 가리키는 것이며, 그 속셈이 무엇인지 알 수 없다'는 게 조정의 뜻이었다.

옹정의 성지는 다음과 같았다. '사사정… 짐은 내정內庭의 일을 행하며 내각內閣 학사를 사사라고 명하였거늘, 언어가 허사虛詐한 것으로 미루어 마음가짐이 불순한 게 분명하다. 강서 과시에서의 시제를 보아도 흉중에 원망을 품고 현실을 풍자하는 뜻이 다분하다. 그 방자한 생각으로 짐작컨대 평소에도 기록을 남겼을 터이니, 사람을 집으로 보내 행낭을 수색한 결과 일기 두 권을 찾아냈다. 그 내용이 더욱 황당무계하고 사실 날조가 허다하다는 것이 밝혀졌다. 또한 선조들의 행정을 크게 왜곡했다. …… 열하烈河 지방에 우연히 수해가 발생했는데 관원 800여 명이 익사했으며, 우중에 메뚜기 떼가 하늘을 뒤덮었다고 기재돼 있다. 이는 터무니없는 기록으로 전혀 근거가 없는 일이다. …… 즉시 체포해 삼법사三法司에 넘겨 심리하여 엄히 처단하리라.'

옹정이 공개적으로 내린 죄명은 그 상相을 보아 심기가 불순함을 예측할 수 있고, 일기에 천재天災를 빙자하여 행정을 왜곡했다는 것이었다.

후세 사학자들은 고증을 통해 사사정이 화를 입게 된 것은 '문자옥'이 주원인이 아니라, 글은 단순히 옹정의 일방적인 평계에 불과했다고 주장한다. 옹정은 즉위하는 과정에서 옳지 않은 일을 저질렀다. 등극한 후에도 자신과 왕위 쟁탈을 벌였던 태자당太子黨, 윤사당允禩黨, 윤제당允禵黨의 관원을 대대적으로 숙청했다. 사사정은 태자당의 색액도索額圖 일파에 속했다는 설이 있다. 그래서 옹정이 집권한 후 그를 죽이려 했다는 것이다.

이 책이 처음 홍콩 〈명보明報〉에 발표됐을 때 제1회는 서문이었고, 다음 회 제목은 사신행의 시 한 구절을 응용했다. '여차빙상여차로如此冰霜如此路(이와 같은 얼음서리, 이와 같은 길이라)'였다.

사신행의 본명은 사련嗣璉이고 사사정의 친형이다. 그는 둘째 동생 사률嗣瑮, 셋째인 사정과 함께 알려진 유생이었다. 그리고 사촌형 사위嗣韓는 방안榜眼(과시의 2등)이고, 조카 사승査昇은 왕손을 가르치는 시강侍講이니 모두 유림이었다. 또한 사신행의 큰아들 극건克建, 사촌동생 사순嗣珣은 진사였다. 하여 당시 '일문 7진사, 숙질 5한림'이라 일컬어지며 명문 선비가문으로 정평이 나 있었다.

사신행과 둘째 동생 사률은 셋째의 필화로 인해 모두 엄동설한에 엄명을 받아 일가족이 고향에서 경성으로 끌려가 투옥되었다. 당시 그 외에도 많은 문사들이 연루되었다. 사신행은 투옥 도중에 시를 한 수 써서 함께 진사에 급제한 친구에게 보냈는데 그중 두 구절이 바로 '이와 같은 얼음서리, 이와 같은 길이라. 칠순七旬 이외以外 둘이 동년同年이로세'였다.

사신행은 청나라 당시에는 일류 시인이라 할 수 있었는데, 당나라와 송나라 시인들과 비교한다면 아마 이류 정도가 될 것이다. 청나라 사람 왕사정王士禎, 조익趙翼, 기효람紀曉嵐 등은 그의 시를 이백과 비견되는 송나라 최고의 시인 육유陸遊와 어깨를 나란히 할 수 있다고 평했는데, 이는 다소 과찬인 듯싶다.

강희 황제는 그의 시를 무척 좋아했다. 그가 진사에 세 번이나 응시했지만 뜻을 이루지 못하자, 강희는 그를 궁으로 불러들여 남서방南書房에서 당직 일을 맡도록 했다. 입궐한 후에 다시 과시에 응시해 2등으로 진사에 급제했다. 그때 그의 사촌형, 둘째 동생, 조카는 이미 진사가 되어 있었다. 사신행과 계미년, 즉 강희 42년에 함께 진사가 된 사람 중 사촌동생 사순과 동향인 진세관陳世倌(《서검은구록》중 진가락陳家洛의 부친)도 있었다. 사신행과 사순은 모두 황종희의 제자였다.

사신행의 저서 가운데《경업당시집敬業堂詩集》50권과 속집 6권이 있다. 그는 북경 옥중에서도 부단히 시를 썼다. 옥중시만 여러 편이 되는데, 그의 시풍이 잘 드러나 있다.

〈곡삼제윤목哭三弟潤木(통곡하며 셋째 동생 윤목에게)〉이란 시에 다음과 같이 쓰여 있다. '식구끼리 함께 모이기가 참으로 어려운데, 이제 그의 임종을 보게 되다니, 내 동생이여 울음을 삼키며 속으로 피를 토하노라. 암울한 동굴에서 벗어나면, 하늘도 울고 바람도 절규하니. 저승길이 멀다고 한탄 마라, 부자는 다시 만나게 되리라.' ('윤목'은 동생 사사정이고, 그의 아들이 하루 먼저 죽었다.)

〈윤삼월삭작閏三月朔作〉이라는 시는 다음과 같다. '세월아 늙어가는 것도 서러운데, 어이하여 때때로 부르려 하는가. 온갖 들풀을 위해 봄비가 적게 내려 걱정하고, 숱한 꽃을 대신해 새벽바람이 거세어 우려하노라.' ('봄비가 적다'는 것은 조정의 배려가 적다는 뜻이고, '새벽바람이 거세다'는 것은 정사가 냉엄하고 각박하다는 뜻이다.)

오언절구 중에는 이런 시도 있다. '남쪽 맞은편 북쪽 감옥은, 듣자니 금의옥錦衣獄이라는데. 억울하게 잡혀온 사람도 있을 터, 지난날 당화璫禍를 생각하게 하네.' ('당화'는 명나라 말기 잘 알려진 간신인 내관 위충현이 무고한 충량들을 모함한 사건을 뜻한다.) '벌레는 더러움으로 이름을 얻어, 그 흉측한 죄악 감출 수 없다. 모두 혈육에 해를 입히니 개미나 벼룩은 죽여 마땅하니라.'

〈패군작敗軍鵲〉이라는 시도 있다. '아침에 쩍쩍, 저녁에 찍찍. 까치 소리는 기쁨을 전해주고, 까마귀 소리는 좋지 않다. 아이들은 까마귀를 잡되 까치는 잡지 아니하니. 건간乾干(산 이름, 눈이 많이 쌓이고 몹시 춥다)에서 태어나 즐겁게 살아야 하거늘. 두 마리의 까치는 의롭지 못해, 높은 나무에 둥지를 차지하고 이웃이 없도다. 마치 독수리인 양 매서운 눈으로, 사방을 두리번 거려 사납게 병란을 꾀하려 하니. 먹이를 먹을 때마다, 다들 물러나 피하는 구나. 육국六國은 어이 진秦과 쟁패를 하리오? 나는 전령사가 되어 가리라. 횃불을 높이 들어 둥지를 태우고, 번번이 탄식하며 돌아다니리라. 천하 만 물 중에 어찌 무리를 해치는 자 없을쏘냐? 슬프도다, 천하 만물 중에 어찌 무리를 해치는 자 없을쏘냐?'

〈봄은 이미 지나갔건만, 외로운 버드나무 아직 가지를 드리우지 못해, 그 아래를 한가로이 거니노라〉라는 시는 이렇다. '담장 밖은 나뭇잎 푸르건만, 그 담장 벗어나기에는 너무 높아. 땅을 그어 감옥으로 삼고, 홀로 형구와 벗하노라. 내가 쇠망한들 무슨 상관 있으랴, 그대가 잘되기를 밤낮 바랄 뿐. 이미 석 달여이거늘, 기다림에 눈이 빠지네. 제발 병은 들지 말아야지, 앙 상한 가지가 될 말이냐? 다들 천지간에 태어나서, 초목인들 정이 없을쏘냐. 뒤에 들어오는 자에게 전하노니, 면회에 연연하지 말지어다.'

사신행의 시에는 평민 백성의 고통을 동정하는 구절이 많고, 심지어 금수 와 초목에게도 측은한 마음을 전한다. 당시《경업당시집》은 공개적으로 출 간되었고, 옥중에서 지은 시도 수록되었다. 그때는 청나라 철권통치가 가 장 혹독한 시기였는데도 불구하고, 문자에 대한 검열은 중국 문화대혁명 때가 훨씬 더 매서웠다.

옛사람들은 문장에서 자신의 선조를 언급할 때는 절대 직접 이름을 부르 지 않았다. 통상적으로 자호字號나 관직官職 아래 공公 자를 붙였다. 어릴 적 에 집에서 웃어른들로부터 선조에 관한 이야기를 들을 때, 사신행을 칭할 경우 '초백태공初白太公'이라 했다. 사승을 언급할 때는 '성산태공聲山太公'이 라 했다. 현대에 와서는 백화문으로 글을 쓰기 때문에 군이 그런 형식에 얽매이지 않아도 될 것 같다.

3장(229쪽)　중국 고대 책에서 가루약으로 시신을 녹이는 방법이 가장 먼저 등장한 것은 당나라 때 기전소설奇傳小說인《섭은낭聶隱娘》이다. 검객 노니교老尼敎의 제자 섭은낭이 살인을 한 후 시신에 약을 뿌려 물처럼 녹였다는 내용이 담겨 있다. 하지만 현대과학에서는 이런 방법을 찾아볼 수 없다. 영국 소설《도리언 그레이의 초상The Picture of Dorian Gray》(오스카 와일드)에는 화학적인 방법으로 시신을 없애는 묘사가 있는데 그 수순이 아주 복잡하다.

5장(314쪽)　'강희'는 원래 연호다. 그러나 일반 소설에서는 그의 본명인 '현엽玄燁'을 쓰지 않고 '강희'라 칭한다.

5장(316쪽)　일설에, 청나라 말기 대권을 휘어잡은 자희慈禧 태후가 어느 내관과 장기를 두다가 그 내관이 자희의 마馬를 취하고 나서 "소인이 태후마마의 말을 먹었습니다" 하고 말했더니, 자희 태후가 그의 언사가 무례하다며 당장 끌어내 곤장을 때려 죽였다고 한다.

5장(373쪽)　《청사고淸史稿》〈성조본기聖祖本紀〉에 의하면, 강희 8년에 황상은 오배가 전횡하여 국정을 어지럽히는 것을 알았으나 워낙 힘이 강해 제압하기 어려웠다. 하여 힘이 좋은 소년들을 뽑아 씨름을 배우게 하였다. 어느 날 오배가 알현하자 측근과 씨름에 능한 자들을 시켜 제압했다. 왕공대신들은 오배의 죄목 30가지를 작성하여 멸족을 주청했다. 강희는 성지를 내려 '오배는 우매무지하여 역모를 꾀하였으나, 전공을 세웠고 다년간 조정에 협력한 바, 죽음은 면하게 하고 관직을 발탁하여 투옥토록 하여라'라고 했다고 기록되어 있다.

김용 대하역사무협 《녹정기》 깊이 읽기

천하를 품을 진정한 영웅을 찾아서

김영사

천하를 품을 진정한 영웅을 찾아서

김용 대하역사무협 《녹정기》 깊이 읽기

천하를 품을 진정한 영웅을 찾아서

김용 대하역사무협 《녹정기》 깊이 읽기

발행인 고세규
발행처 김영사
등록 1979년 5월 17일 (제406-2003-036호)
주소 경기도 파주시 문발로 197(문발동) 우편번호 10881
전화 마케팅부 031)955-3100, 편집부 031)955-3200 | 팩스 031)955-3111

홈페이지 www.gimmyoung.com   블로그 blog.naver.com/gybook
인스타그램 instagram.com/gimmyoung   이메일 bestbook@gimmyoung.com

좋은 독자가 좋은 책을 만듭니다.
김영사는 독자 여러분의 의견에 항상 귀 기울이고 있습니다.

천하를 품을 진정한 영웅을 찾아서

김용 대하역사무협 《녹정기》 깊이 읽기

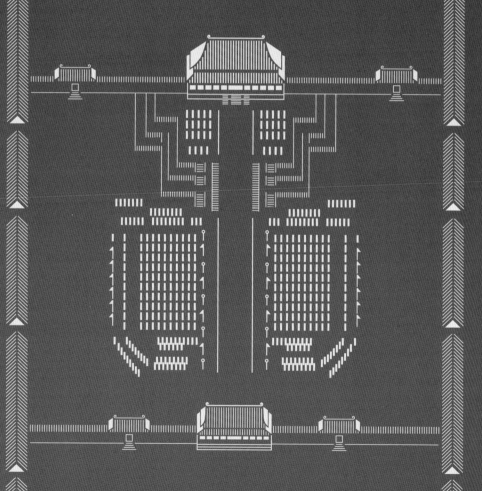

《녹정기》 깊이 읽기

신필 김용 문학의 정수

녹정기 깊이 읽기

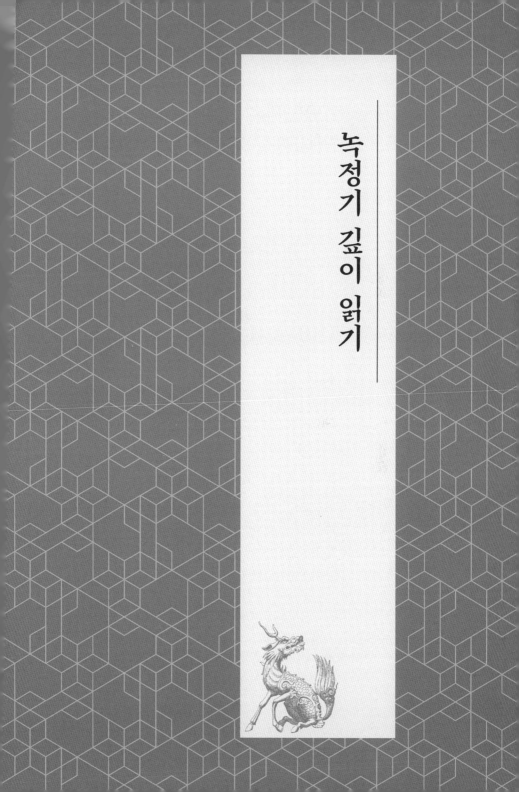

서민문학의 진정한
막내아들 위소보

이정욱

무협은 본질적으로 영웅의 이야기이다. 영웅은 역사 속에서 약자로서 고통에 신음하던 민초와는 전혀 다른 위치에 있지만, 역설적으로 이들이야말로 서민의 깊은 염원을 대변해주는 표상이었다. 영웅은 인간의 욕망 속에서 용기, 사랑으로 대표되는 내면의 선한 본성인 양심을 표현하는 주체이기 때문이다. 특히 무협의 영웅은 국가의 명령을 받지 않고 자유롭게 살아가는 서민의 영웅으로, 외부의 명령이 아닌 사람의 내면에서 요청하는 목소리에 따라 움직이는 존재다.

　욕망과 양심은 무협 영웅을 이루는 가장 중요한 두 축이다. 욕망에서 양심으로 이어지기, 이것이야말로 모든 무협 작가들이 고민하는 일

· 글 | **이정욱** 무협과 동양고전을 사랑하는 직장인이자 나무위키러. 국내 김용소설 대표카페인 〈화산논검〉에서 칼럼을 쓰고 있고, 팟캐스트 〈무협토크 주화입마〉에서 '오덕삼성 곤륜'이라는 고정패널로 활동하고 있다.

관련 주제이다. 그들은 모든 노력을 짜내어 인간의 인성을 탐구하고, 역사와 경전 등을 섭렵해 그 시대 사람들에게 호소력을 갖는 영웅의 전기를 만들어냈다. 환주루주 이수민부터 시작하여 왕도려, 와룡생, 양우생 등 많은 뛰어난 작가들이 개성 있는 영웅들을 창조했고, 그러한 흐름 속에 무협문학의 불세출의 기인奇人 김용이 있다.

　김용은《서검은구록》을 시작으로 살아 있는 인간, 새로운 영웅을 만들어내고자 많은 실험을 했다. 생전에 그는 "나는 한 번도 똑같은 인물을 만들어내지 않았다"라고 선언하며 새로운 전형을 만들어내는 작업에 누구보다도 많은 열정을 쏟았다. 영웅의 전기라는 무협의 본질을 잊지 않으면서도 그 안에서 영웅으로 성장해가는 과정에는 진실한 감정과 욕망, 고뇌를 담았고, 후기의 작품으로 갈수록 더욱더 정교하고 사실적인 형태로 표현하였다. 그리고 최후의 장편소설《녹정기》에 이르러 이전에 볼 수 없었던 아주 독특한 영웅, 위소보를 창조하게 된다.

위소보, 추함과 볼품없음을 품은 소인배이자 현실적 인간

영웅이란 무엇인가? 김용은《사조영웅전》에서 영웅이란 불세출의 능력을 가진 뛰어난 인물이 아니라 백성을 사랑하고 도리에 맞게 행동하는 사람임을, 우둔하나 올곧은 심성을 지닌 곽정이라는 주인공을 통해 드러낸 바 있다.

　《녹정기》에서는 반대로 도덕보다는 '욕망'에 충실한 인물인 위소보를 주인공으로 삼았다. 무협을 포함한 서민문학에 나오는 전통적인 영웅들은 기본적으로 공자가 중시한 인의에 벗어나지 않으려고 힘쓰고, 작은 이익을 가지고 치졸한 모습을 보이지 않는 것을 미덕으로 삼는다. 그러나 위소보는 재물욕, 색욕, 명예욕 등 김용 문학 전체를 통틀어 가장 욕망에 충실한 면모들을 지녔으며, 정의로움을 표방한 전통적인 영웅과 전혀 다른 세속적이고 현실적인 인간상을 그려내었다.

위소보는 출신부터 아주 특이하다. 그는 청나라 시대 양주지방의 기루 '여춘원' 기생의 자식이다. 동서고금을 통틀어 영웅은 왕족이나 귀족 등 특별한 출생인 경우가 많은 데 비해, 위소보는 사람들에게 멸시받기 쉬운 아주 천한 출신이다. 출신이 천한 것은 영웅으로서 심각한 결점으로 작용하는데, 위소보는 이에 대해 별 문제의식조차 없다. 김용의 작품 중에서 《신조협려》의 양과가 송나라를 저버린 역적 양강의 자식이었고, 《소오강호》의 영호충은 고아 출신의 내세울 게 없는 인물로 등장한 바 있지만, 그들 모두 자신의 출신을 부끄러워하여 스스로의 가치를 높이는 데 많은 노력을 기울였다. 반면, 위소보는 자신이 기생의 자식이라는 출신뿐 아니라, 나중에 맡게 되는 내관직에 대해서도 그저 잘 먹고 잘 살면 그만이라며 아주 즐거운 것으로 여긴다.

무협의 주인공이 이렇듯 비천한 출신이라면 하다못해 타인의 추종을 불허하는 특출난 재주와 용기를 가지는 것이 보통인데, 위소보는 그런 것조차도 없다. 제대로 된 교육을 받지 못해 글자를 제대로 읽고 쓸 줄 모르고, 몹시 산만한 데다 한 가지를 끝까지 해내는 근기가 없어 무술도 제대로 익히지 않았다. 그래서 작품 처음부터 끝까지 강적을 만나면 오줌을 지리며 도망치고, 그래도 안 되면 상대보다 더 강한 인물의 뒤편으로 은근슬쩍 들어가 호가호위를 부리는 모습으로 일관한다. 게을러서 무공을 제대로 익히지 않는 오줌싸개 겁쟁이 주인공이라니 호쾌한 영웅의 활약을 기대하는 독자로서 황당하기 이를 데 없다.

그가 오로지 능한 것은 아첨과 상대를 골탕 먹이는 말솜씨와 장난질에 가까운 잔꾀, 그리고 노름질뿐이다. 대도 모십팔을 만나 그를 도울 때에도 시장에서 석회가루를 사서 그의 맞수들에게 냅다 뿌려버리고, 관병들이 추격해오자 식탁 밑으로 들어가 칼로 발을 찍어댄다. 심지어는 상선감 해대부에게 붙잡혔을 때 그가 상복하는 가루약을 술에다 부어서 그를 실명시키기까지 한다. 하나같이 영웅들이 금기시하는 것들이며, 정상적인 무림인들이라면 절대로 하지 못하는 수법들을 아무렇지 않게 벌인다. 그는 어떠한 상황에서도 욕을 먹을지언정, 자신의 몸을 지키는 것만큼은 아주 탁월한 경지를 보여준다. 이 또한 보신을 최우선으로 여기며 살아가는 범인, 소인배들이 보이는 모습이다.

이렇듯 김용은 흔히 영웅적이라 여기는 요소들을 하나씩 해체하고, 그 자리에 현실 세계에서 볼 법한 볼품없는 인간들의 추태들을 채워넣어 무협 영웅에 대한 환상을 철저하게 파괴했다. 이 위소보로 인해 《녹정기》는 전체적으로 아주 우스꽝스러운 분위기를 자아낸다.

그럼에도 불구하고 영웅답고 양심적으로

흔히 《녹정기》를 가리켜 무협 아닌 무협소설, 무협에 대한 안티테제이자 이단아 격인 작품이라는 평이 자자한데, 그것은 작품의 아주 표면적인 것만 읽어낸 해석이다. 자세히 들여다보면 《녹정기》 역시 욕망에서 양심으로 이어지는 무협의 핵심주제를 충실히 따르고 있을 뿐 아니라, 그것을 어떠한 무협소설보다도 더 사실적이고 열린 안목으로 조명하고 있다.

위소보는 비천한 출신으로 시작하여 소인배와 같은 기질로 자신의 욕망에 충실하게 살아가지만, 놀랍게도 그가 여춘원을 벗어나 세상의 한복판으로 들어간 이후의 행적과 내면적인 변화는 역설적으로 영웅을 따른다. 그저 좋은 게 좋은 거라는 생각으로 별 대수롭지 않게 벌이는 일들도 알고 보면 양심적이고 영웅적인 결단이 들어 있다. 《녹정기》는 위소보의 이러한 면모를 통해 소인배도 어떻게 마음먹고 행동하느냐에 따라 훌륭한 인간이 될 수 있다는 가능성을 보여준다. 작중 그는 수많은 어려운 일들을 해냈고, 어떠한 무림영웅이나 고관대작, 황제도 해내지 못한 협행을 이루었다. 그의 활약으로 강희제는 청제국 최전성기의 문을 열며 태평성대를 이루었다. 또 천지회로 대표되는 한족 부흥의 불씨가 꺼지지 않도록 하여 한족들이 청 제국의 통치하에서도 계속 투쟁해나갈 수 있도록 명맥을 이어주었다.

혹자들은 위소보의 대단한 영웅적 활약은 그의 타고난 재치와 지략에 힘입은 것이라고 말한다. 그러나 위소보는 잔꾀는 많을지언정 진정한 의미에서 지혜롭다고 하기 어려운 인물이다. 그는 학문을 제대로 익히지 못했기에 저잣거리 건달의 수준을 크게 벗어나지 못하며, 천하를 대국으로 삼는 큰일에 대해서는 한계가 뚜렷할 수밖에 없었다. 이는 강희제와 오삼계 등의 노련한 인물들이 그의 얄팍한 술책을 곧바로 간파하고 오히려 함정을 씌워 여러 차례 곤경에 빠뜨리는 대목들을 통해 분명히 알 수 있다. 위소보의 영웅적 면모는 재주나 지략이 아니라, 위소보라는 인물의 내면, 인간 자체에서 찾아야 한다.

우정으로 사람을 모으고, 의리로 천하를 제패하다

소인배같이 살아가는 위소보가 영웅으로 느껴지는 이유는 먼저 의리에서 찾을 수 있다. 그는 왜 의리를 중시하는 것일까? 기본적으로 친구 사귀기를 좋아하는 사람이기 때문이다. 위소보는 친구를 사귀는 데 필수적인 의리에 대해 아주 잘 알았다. 출신도 비천하고 가진 것도 없는 위소보가 인정받는 방법은 역설적으로 가장 인간적인 방법으로 사람을 대하는 것이었다.

단적인 예로 모십팔이 심부름을 시키며 준 은자를 받아 도주하지 않고 제대로 물건을 사서 돌아왔고, 소현자로 알았던 강희제와 싸움놀이를 하다가 그의 정체를 알게 된 뒤에도 어느 정도 신하의 예를 갖추기는 하지만 언제나 친구라는 마음으로 대하였다. 어떠한 상황에서도 친구를 인간적으로 대하는 위소보의 방식은, 황제의 자리를 차지하고 있지만 언제나 위험에 노출되어 누구도 믿지 못하고 사는 강희제에게 큰 감동을 주었다.

이렇듯 위소보는 친구를 어떻게 대하고, 무엇을 해주어야 하는지 분명하게 아는 사람이었다. 김용은 이전에 썼던 작품들에서도 의리를 강조하기는 했지만 친구와의 우정을 동반한 의리는 잘 표현하지 않았는데, 위소보는 친구와의 관계에 있어서만큼은 아주 투철했다. 강희제가 자신을 거스르는 행동을 하는 위소보를 나무랄지언정 절대로 해치지 않고, 오히려 자신과 함께 영광을 누리길 갈망했던 까닭은 이 때문이다.

《육도六韜》에서 태공망은 천하인들의 마음을 사는 방법에 대하여 "사람들이 좋아하는 것은 함께하고, 미워하는 것은 함께 미워하는 것이다"라고 하였다. 결국 사람들과 가까이 지내며 인간적으로 대하는 사람만이 천하를 얻을 수 있다. 위소보는 이를 충실히 실천했고, 그가 곤경에 처할 때마다 많은 친구들이 그를 도왔다. 사람이 지닌 것 중 으뜸은 바로 나와 가까이 있는 사람들에게 매 순간 진실하게 대하고 친구로 삼는 '인화人和'에 있음을 돌아보게 한다.

천하인들 사이에서 그들의 심법을 전수받다

위소보는 작중 여러 스승을 만났다. 그의 둘도 없는 사우師友 강희제, 그가 일생을 진심으로 따르고 존경했던 천지회 총타주 진근남, 철검문 장문 구난 등 한 사람 한 사람이 천하에 이름난 큰 스승들이었다. 그러나 게으르고 안이한 성품 때문에 그들로부터 재주를 제대로 물려받지 못했다. 표면적으로만 보면 위소보는 그저 현철로 만들어진 비수와 몸을 지키는 조끼 한 벌에 의지하여 별다른 성장이 없는 인물로 보인다. 위소보는 정말 의리 빼고 별 볼 일 없는 인물일까? 거듭 강조했듯 위소보는 지략과 무용으로 평가받는 인물이 아니다. 그는 스승들로부터 재주가 아니라 심법을 전수받는 데서 빛을 발하고 있다.

14

위소보의 심법을 형성하는 데 가장 큰 역할을 했던 인물은 강희제와 진근남 두 사람이다. 한 사람은 보기 드문 명군의 자질을 가진 황제이고, 또 한 사람은 어떠한 역경 앞에서도 굴하지 않고 충의를 지키는 일세의 영웅이다. 둘 다 자신의 한 몸보다 만인의 행복을 위해 살아가는 대장부들이다. 세상의 허다한 소인배들은 대장부를 만나면 겁을 먹고 피하거나, 그들을 무너뜨리기 위해 비열한 술수를 쓰는 것이 보통이다. 그런데 위소보는 자신이 소인배임을 의식하면서도 이들 대장부들과 함께하는 것을 진정한 즐거움으로 삼았다. 자신의 부족함을 알고 훌륭한 이를 곁에 두는 것을 즐겁게 생각하는 것이야말로 배우는 이의 마음가짐이며, 군자의 길을 따르는 첫걸음이다.

작중 위소보는 강희제가 만주족의 황제이지만 요순우탕을 좇아 백성을 위해 선정을 베풀고, 일을 처리함에 있어 과감하고 용기 있게 결단하는 모습에 진심으로 탄복해 그를 도와주려 했다. 강희제는 친구이나 스승이기도 했다.

진근남은 언제나 거짓으로 일관한 위소보에게 처음으로 진실함과 덕망이 무엇인지 알게 하였고, 어떠한 상황에서도 뜻을 저버리지 않는 충의의 아름다움을 알게 해주었다. 비록 친구이긴 하지만 만주족의 황제이기에 한인을 위해 몰래 일하는 위소보에게 내심 의심을 버리지 못하는 강희제와 달리 진근남은 그에게 착한 아이로 살 것과 한족의 강산을 회복하는 뜻을 버리지 말 것을 요청할 뿐이었다. 아버지 없이 제대로 된 가정교육을 받지 못하고 자란 그는 진근남을 아버지처럼 생각하고 따랐다. 그가 세상을 떠나자 위소보는 누구에게도 보이지 않았던 서러운 눈물을 쏟아내며, 그의 모든 공을 허물어뜨린 정극상 일당과 변절자 수군 제독 시랑에게 통쾌하게 보복한다.

위소보는 이 두 사람의 치열한 삶과 천하를 대하는 심법을 자신의 것으로 받아들여 어떠한 상황에서도 두려움을 이기고 굳세게 나아가는 진정한 용기를 터득하였다. 자신도 모르는 새 자신만 잘 되면 그만이라는 필부 소인배를 넘어 자연스레 대장부에 가까워졌던 것이다.

서민문학에 담긴 보편적 지혜를 현실의 세계로 끌어올리다

아무런 학문을 익히지 못한 위소보가 중대사를 직면할 때마다 그에게 방략을 제공한 것은 거리에서 공연과 이야기꾼들을 통해 보고 듣던 고사와 예술작품들이었다. 글자는 아는 것이 거의 없지만 고사와 예술작품들을 달달 외울 정도로 파고들어서 결정적인 순간마다 이야기 속 주인공들이 보인 지략과 처세술을 자신의 것으로 활용할 수 있었다. 그의 탁월한 기지처럼 보이는 숱한 책략들의 상당수는 고사에 기초한 대중예술작품에서 착안했으며, 어떠한 무술이나 용병술보다도 승리를 가져오는 원동력이었다.

대중예술을 통해 선인들의 지혜를 얻어 자신의 것으로 활용하는 위소보의 활약상은 그저 책만 많이 읽어 지식 뽐내기에 급급한 지식인들을 부끄럽게 한다. 서민들이 향유하는 대중예술이라 할지라도 어떠한 내용을 담고 활용하느냐에 따라 전문지식보다도 더 큰 역할을 할 수 있다는 가능성을 보여주고 있다. 더 나아가 예술은 역사와 철학과 결합하여 그 시대 사람들과 생동하며 의식을 변화시키고, 인류가 쌓아온 불멸의 지혜를 미래로 이어주며 현실 세계를 적극적으로 변화시키는 촉매가 된다는 현대적인 가치를 끌어내고 있다. 이렇듯 위소보는 인류의 보편적 지혜와 깨달음을 담으려는 동양 서민문학의 정신을 이어받는 김용 무협소설의 막내아들로서 독자들과 동일한 지평에 있는 존재이기에 그 의의는 더욱 크다.

천하를 떠받치는 솥과 사슴, 범인과 민초의 영웅을 향한 꿈

미비한 신분으로 태어나 천하를 종횡하고, 몸은 조정에 있어도 마음은 언제나 백성을 떠나지 않았던 위소보는 언제나 권력자들의 쟁패 대상이었지만, 사실은 그런 권력자들보다 뿌리 깊게 세상을 지탱하는 민초를 대변하는 인물이다. 사슴鹿은 곧 위소보이자 천지회의 형제들, 그리고 청 제국의 치하에 놓인 수많은 한인 백성들이며, 솥鼎은 강희제와 만족 황실이면서, 지금까지 백성들을 통치해 온 권력자들의 상징이라 할 수 있다. 이 둘을 합쳐 '녹정鹿鼎'이라는 제목이 이루어지듯, 권력자와 민초는 언제나 함께하는 한 쌍의 수레바퀴로서 존재했다.

권력자는 비록 강한 힘을 가졌을지언정 결코 도도한 역사의 흐름 속에서 영원할 수 없고, 민초를 핍박하는 순간부터 멸망을 재촉했다. 만년의 대청제국을 꿈꾸었던 강희제의 야심은 300년이 채 안 되어 거듭되는 실정으로 여러 차례 큰 반란을 맞이하다가 마침내 손문을 비롯한 천지회의 후예들이 일으킨 신해혁명으로 무너졌다. 청 제국의 지배자였던 만주족들이 중화인민공화국이라는 새로운 중국의 일부로 흡수되어 버린 채 사실상 사라져버린 오늘날을 돌아보면 패권은 영원할 수 없다는 역사의 섭리를 무섭게 깨닫게 된다.

권력자는 언제나 민초를 두려워하고 귀하게 여길 줄 알아야 하며, 다시 민초들은 올바른 통치를 행하는 권력자와 짝이 되어 세상을 지탱하며 나아가야 한다. 일찍이 김용은 《의천도룡기》에서 무림지존武林至尊 도룡도와 수여쟁봉誰與爭鋒 의천검을 통해 민초란 비록 미약해 보이지만 언제든지 권력자를 뒤엎고 새로운 역사를 열 수 있는 주체임을 역설했다. 《녹정기》에서도 새로운 시대를 여는 영웅이란 과거 유방과 주원장처럼 출신을 가리지 않는다는 진리를 강조하고 있다.

위소보는 소인배로 가득해 형편없는 것으로 보이기 십상인 서민들의 세상, 범부들의 세계에서 인간의 보편적인 윤리인 의리를 바탕으로, 세상 사람들과 더불어 대인의 심법을 얻고, 예술을 통해 보편적 지혜를 얻을 수 있다면 비록 그 출신과 능력이 볼품없어도 세상을 움직이는 천하인이 될 수 있다는 가능성을 연 우리와 가장 가까운 영웅이다. 그는 거짓말과 술수, 온갖 비겁한 책략을 반복해왔지만, 남을 돕는 데만큼은 주저함이 없었고, 호걸은 아니더라도 항상 자신의 두려움을 이기며 앞으로 나아갔으며, 양심에 어긋나는 행동을 하지 않으려고 애썼기에 더욱 큰 울림이 되어 다가온다.

"무공을 익히지 않아도 착한 아이면 된다"는 진근남이 위소보에게 남긴 유언은 어쩌면 마지막까지 인간다움을 버리지 않는 인간이야말로 모든 사람이 원하는 인간이며, 바다처럼 모두를 포용할 수 있는 영웅 중의 영웅이 되는 길임을 독자들에게 깨우쳐준 것이라 할 수 있다. 이런 인간이야말로 과거부터 서민문학이 가장 숭상해왔던 민초들의 영웅이다.

위소보는 항상 상황에 맞게 변통하는 가운데서 인간의 진실한 모습을 잃지 않고자 노력했다. 안목이 있는 사람이라면 김용이 창조한 인물 가운데서 최절정에 이른 인물이라는 평을 주는 데 주저하지 않을 것이다. 위소보는 어느 시대 어느 공간에서나 영웅의 꿈을 꾸는 서민문학의 막내아들로서 앞으로도 길이 사람들을 매료시키리라 확신한다. 또한 범부이자 소인배일지라도 결코 하찮은 존재가 아님을 증명해주는 위소보와 같은 영웅이 현실에도 등장하길 기원해본다.

청 제국과 천지회,
끝나지 않는 대립의 역사

이정욱

중국의 역사를 가리켜 한족과 이민족의 투쟁의 역사라 부른다. 황하와 장강 일대를 중심으로 펼쳐진 중국 대륙은 땅이 비옥하고 물산이 풍부하여 토착민인 한족은 고대부터 이민족의 침략에 시달려야 했다. 특히 북방 유목제국의 침략이 아주 심했는데, 찬란한 문화를 자랑하던 주나라가 쇠퇴하고 멸망하게 된 것도 그 이면에 흉노의 침입이 있었기 때문이다. 주나라 이후에 들어선 한족의 왕조들도 유목제국과 대치하면서 일어나고 스러져갔다.

무협소설은 한족들이 외적에게 침노당한 역사적 경험을 예술로 승화하는 시도 속에서 탄생했다. 소설의 배경으로 남송 말기, 원말명초, 명말청초의 세 시기가 유달리 많이 등장하는 이유도 이때 한족과 북방 이민족 사이의 혈투가 가장 장렬하게 이루어졌고, 한족들 스스로 민족의식을 고취시킬 수 있는 좋은 조건을 갖추었기 때문이다.

원통하게 무너진 명 제국, 청 제국의 등장과 한족의 굴욕

명이 망하고 청이 들어서는 시간대의 역사는 중국의 역사 전체를 통틀어도 아주 극적인 것으로 유명하다. 강대한 원나라를 몰아내고 한족의 힘으로 일어난 명나라는 말기에 이르러 절박한 상황에 이르렀다. 황제들의 실정과 위충현을 비롯한 폭정, 임진왜란의 무리한 참전과 만주지역에서의 만주족들의 강성으로 안과 밖으로 무너지고 있었다.

수탈에 견디다 못한 농민들은 조정에 항거해 봉기하기 이르렀고, 이자성은 이들을 이끌고 반군을 조직해 북경을 공격하여 명은 결국 멸망한다. 만주족에 맞서 산해관을 지키던 오삼계는 나라를 잃고, 아끼던 애첩 진원원까지 빼앗긴 것에 격분하여 당시 천하제일관이라 불리던 산해관의 문을 열어 청군을 중원으로 들여보내 그들과 힘을 합쳐 이자성의 군대를 격파했다. 조국을 지키던 장군이 외적의 앞잡이가 되는 아이러니한 상황 속에서 만주족은 그대로 북경으로 진군하여 중원의 새로운 지배자 대청제국을 선포하였다.

이처럼 명나라의 멸망은 이전에 남송의 멸망 이상으로 비극적이었기 때문에 나라를 빼앗긴 한족들의 저항 의지 또한 결코 쉽게 사그러들지 않았다. 한족들의 저항을 염려한 만주족은 자신들의 정권을 지키기 위해 많은 회유책과 강경책을 번갈아 사용했다. 먼저 가혹한 통치로 무너진 원나라의 전철을 막고자 한족 출신 관리를 적극적으로 기용하고, 한족 왕조의 제도와 학문도 적극적으로 수용해 한족을 회유했다. 그러면서 한족들에게 완전히 동화하는 것을 막고자 만주족의 의복제도와 변발을 강요하여 이를 어길 시에는 엄벌에 처한다는 강경책도 내놓았다.

특히 저작물을 철저히 검열하여 한 글자라도 만주인의 통치를 비방하는 내용이 있으면 잔인한 숙청도 불사하였다. 대표적인 사건이 청조를 비방한 한족 선비들을 대거 처형한 '문자文字의 옥獄'이었는데, 강희제 때 《명사집략明史輯略》이라는 이름으로 명나라의 역사를 정리한 책의 내용에 만주족의 지배를 풍자한 구절들이 들어갔다는 이유로 편찬에 참여한 모든 한족 선비들이 떼죽음을 당한 일이었다. 이 문자의 옥은 무려 건륭제 때까지 계속 이어졌다.

이처럼 청 제국의 통치가 공고해지는 가운데, 다시 나라를 되찾으려는 뜻을 품은 한족들은 조정의 감시를 피하고자 비밀리에 결사 단체를 결성하여 반청 운동을 벌인다. 이 결사 단체가 바로 유명한 천지회天地會이다. 천지회는 청 제국 시절부터 신해혁명에 이르기까지 한족 독립운동을 상징하는 단체로, 《녹정기》는 바로 이 천지회와 청나라 간 대립의 역사를 반영하고 있다.

반청운동의 중심 천지회의 등장

천지회는 홍문洪門, 혹은 홍방洪幫이라고 불리는데, 중국 역사를 통틀어 가장 큰 영향을 주었던 방회이다. 중화권에서 나온 대중문화 매체들, 특히 홍콩영화의 전성기 시절을 상징하는 영화인 〈방세옥〉, 〈소림오조〉, 〈황비홍〉, 〈철마류〉, 〈소걸아〉 등은 천지회와 직간접적으로 관련되어 있다.

천지회의 기원은 정확히 밝혀지지는 않았지만, 민간에서 전해지는 이야기와 몇몇 기록을 통해 추정한 몇 가지 설들이 존재한다. 하나는 대만 남명 왕조의 창시자 국성야 정성공의 막하 장수였던 진영화가 창설했다는 것으로, 이 진영화의 가명 중 하나가 진근남이며 바로《녹정기》에 등장하는 진근남 총타주이다.

진영화는 정성공의 제갈량이라는 별명이 붙을 정도로 지략과 재주가 출중한 인물로 대만 왕조의 지원 아래 대륙의 한인들을 규합하고자 민간을 중심으로 천지회를 결성했다고 한다. 또 다른 설에 따르면 천지회는 진근남이 아니라 홍이화상이라는 인물이 만들었다고 하는데, 건륭제 연간에 반청주의자 엄연이라는 인물을 체포하는 와중에 광동의 홍이방이라는 속명을 가진 승려와 주씨 성을 가진 이가 같이 천지회를 창설했다는 진술이 있었다 한다.《녹정기》는 여러 설 중에서 정성공과 진영화를 통해 창설되었다는 설을 채택하였다.

천지회는 지속적으로 조정의 탄압을 받았지만, 그 규모가 상상 이상으로 거대했다. 특히 민간에서 은밀하게 활동했기 때문에 이들을 모두 소탕하는 것은 불가능에 가까웠다. 천지회는 지역사회를 거점으로 노동자, 상인, 의원, 문인 등의 다양한 계층들이 포섭되어 있었는데, 자신들이 천지회 소속임을 서로 확인하기 위해 독특한 암호를 만들어 사용했다. 일설에 따르면 과거 중국인들이 즐겨 사용한 인사법인 포권례抱拳禮도 두 손으로 해와 달을 서로 감싸는 형상을 취하여 반청복명反淸復明을 뜻하는 암호로 사용했다고 한다.

천지회와 더불어 빼놓을 수 없는 존재는 바로 홍가권, 영춘권, 채리불권 등 중국 남부를 대표하는 무술들의 뿌리가 되었다는 복건 소림사이다. 실제로 있었는지 의견이 분분하지만, 민간에 전해지는 전설에 따르면 청이 명을 무너뜨린 후 소림사는 반청복명 지사들이 운집하는 일종의 근거지가 되었고, 이에 청 조정이 군대를 동원해 대대적인 탄압을 가하자 몇몇 고승들이 복건성으로 도피하여 건립한 것이 남소림사라 한다. 이 남소림사의 창건자가 지선선사이며 그의 제자가 홍희관이다.

홍희관은 천지회의 대표적인 인물인데 무술이 아주 뛰어났다. 그가 지선선사로부터 전수받은 소림권을 계승하여 반청복명을 위해 만든 군사훈련용 무술이 홍가권이라고 전해진다. 홍희관의 무술은 그의 이름난 사형제인 방세옥에게 전해지고, 방세옥은 육하체를 제자로 두고, 육하체는 다시 황비홍의 아버지 황기영을 제자로 두었다. 중국 무술영화의 상징적인 인물 황비홍과 방세옥은 출신과 배경에 있어 천지회와 밀접한 연관이 있었다.

이렇듯 천지회는 청의 통치 기간 내내 비밀리에 활동하며 민간과 뿌리 깊게 연관을 맺어 활동했기 때문에 한인들의 폭넓은 지지를 받았고, 이것이 지속적으로 방회가 유지되는 기반이 되었다.

강건성세 만족의 치세와 한족 독립의 딜레마

나라를 빼앗긴 한족들의 분노는 깊었지만, 청 제국은 중국역사에 등장하는 여느 이민족 왕조보다도 통치가 군건했다. 《녹정기》의 배경인 강희제 시대부터 건륭제 중기까지를 강건성세康乾盛世라고 부를 정도로 중국역사 전체를 통틀어도 보기 드문 태평성대였다. 특히 강희제는 천고일제千古一帝라는 말이 붙을 정도로 유능한 군주로 칭송받은 청 제국 최고의 황제였다. 강희제는 요절한 순치제를 이어 어린 나이에 보위에 올랐음에도 일찍부터 노련한 정치수완을 발휘하여 제국의 통치를 안정시켰다.

그는 가장 먼저 오배 등의 권신들을 대대적으로 숙청하여 권력을 자신에게 집중시켰고, 적극적으로 인재를 임용해 내치와 외치에 큰 성과를 거두었다. 그는 만주족 황제지만 가능하면 많은 한족들이 관직에 들어올 수 있도록 문을 열어주었다. 또한 세금을 동결시켜 백성들의 부담을 최대한 덜어주는 등 선정을 베풀어 민생을 안정시켰다. 대외원정 사업도 활발히 벌였는데, 대표적인 것이 러시아와 전쟁을 벌여 전략상 승리를 거두고 네르친스크 조약을 맺어 청 제국과 러시아 사이의 국경을 정하고 몽골 중가르 부를 토벌한 일이었다. 강희제가 세워놓은 기틀은 아주 탄탄하여 그가 물러난 뒤에도 청 제국의 치세는 계속되었다.

만주족에 의한 치세가 길어진다는 것은 반대로 한족 독립의 불씨가 점점 약화되어 간다는 것을 의미했다. 만주족은 안정된 통치 속에서 한족들이 청 제국을 중국의 정통왕조로 인정하길 원했으나, 한족들 입장에서는 겉으로는 관대해도 변발을 강요하며 그들의 정기를 꺾으려는 만주족의 영원한 통치를 결코 그대로 받아들일 수는 없었다.《녹정기》에서 강희제와 천지회 양쪽에서 고뇌했던 위소보는 태평성대를 바라는 백성의 꿈과 한족의 강산을 되찾으려는 염원이 서로 충돌하는 당시의 딜레마를 그대로 반영하고 있다. 이런 딜레마 속에서 한족들은 대부분 겉으로는 만주족에게 복종하는 척하지만, 속으로는 그들의 힘이 약화되는 순간이 오면 반드시 청나라를 무너뜨리겠다는 의지를 불태우고 있었다.

제국의 쇠퇴와 한족의 부흥

계속 이어질 것 같았던 청 제국의 치세는 건륭제 말기를 기점으로 하여 점차 쇠퇴의 길을 걷기 시작했다. 백련교의 난을 거치며 크게 쇠약해진 청 제국이 아편전쟁에서 영국에게 굴욕적인 패배를 당하고 남경조약을 체결하자 한족들은 본격적인 반청운동을 밀어붙이기 시작한다. 대표적인 것이 무려 15년간 계속되어 사실상 청 제국의 명줄을 끊어놓은 홍수전의 '태평천국의 난'이었다. 태평천국이 커다란 위세를 떨칠 수 있었던 것은 만주족의 통치에 반발한 농민과 천지회를 비롯한 반청주의자들이 적극적으로 가담했기 때문이었다.

　태평천국의 군대는 약해질 대로 약해진 정규군을 깨뜨리고 호남성을 취하고, 남쪽의 중심지인 남경까지 입성하여 독자적인 정권까지 수립했다. 패배를 거듭한 청 조정은 태평천국을 만주인들의 힘으로 몰아낼 수 없다고 판단하여 같은 한족들로 이루어진 의용군을 모집하기에 이르렀다. 이 시점부터 청 조정 내부에서조차 한족이 만주족을 밀어내고 주도권을 잡아가기 시작한다.

　태평천국의 난 진압에 앞장섰던 증국번은 상군을 모집하며 토월비격討越匪檄이라는 격문을 띄우는데, 그 내용을 살펴보면 인륜도 모르는 사교의 무리가 유구한 한족의 전통문화를 파괴하고 있기에 마땅히 싸위야 한다고 호소하고 있을 뿐, 단 한 글자도 청을 위해 충성을 바쳐 달라는 문장을 넣지 않았다. 즉 태평천국의 난의 시점에 이르러서는 만주족의 청나라는 한족들에게 있어 이름뿐인 나라였고, 역사의 주도권은 한족들에게 넘어가게 된 셈이었다.

태평천국의 난도 한족들의 독립 의지가 반영되었고, 난을 주도한 세력을 진압하고 전통문화 유산을 지키려던 이들도 한족이었으니 한족들의 독립은 사실상 시간문제였다. 아니나 다를까 태평천국의 난이 진압되고, 청나라의 마지막 중흥을 꾀했던 신진인사 대부분이 한족 출신들로 채워졌다. 이들은 양무운동을 거쳐 변법자강운동을 일으키다가 좌절하면서 서태후로 대표되는 무도한 만주족을 몰아내지 않으면 서양 제국주의로부터 백성들을 지키지 못한다는 판단에 이르게 된다.

한족의 독립, 그리고 중국 아닌 중국이 된 만주인의 제국

서양 외세의 침략으로 중국은 반식민지화의 길을 걷고 있었다. 이제 더이상 제 구실을 못하는 청 제국은 수호의 대상이 아니라 적폐의 대상이 되었다. 그나마 한인들과 손을 잡고 마지막 중흥을 꿈꾸었던 광서제가 갑작스러운 죽음을 맞이하자, 청의 황실은 더이상 지켜야 할 대상이 아니게 되었다. 외세와의 거듭된 전쟁으로 막대한 배상금과 이권침탈만 떠안게 된 상황에서 드디어 천지회의 일원 중 하나인 손문이 홍중회를 중심으로 청조에 불만을 품은 여러 한인 혁명단체를 묶어 삼민주의를 선언하고 본격적인 반청활동을 시작한다. 오랫동안 조정의 탄압을 받았던 천지회가 드디어 천운을 만나 만주족을 몰아내고 독립을 이룰 좋은 기회였다.

손문은 청 황실을 유지하려는 강유위 등의 관리 출신의 한족 정치인들을 밀어내고, 혁명의 불을 붙였다. 1911년 사천성에서 철도 국유령으로 인해 일어난 민중들의 봉기를 청 조정에서 무력으로 진압하자, 이것을 명분으로 삼아 손문은 혁명군을 일으켜 무기고를 탈취하고 무창을 장악했다.

그리고 이듬해 중화민국 정부를 수립하고 민국원년을 선포해 북경으로 진격하여 북양대신 원세개와 대치를 이루었다. 비록 일본에 패배하기는 했지만 여전히 막강한 북양함대를 거느린 청 제국 군부 최고실세인 원세개는 결코 만만한 상대가 아니었기에 손문은 원세개에게 황제를 퇴위시키면 대총통의 직위를 그에게 이양한다는 조건으로 회유한다. 원래부터 권력욕이 강했던 원세개는 이를 수락하고 선통제 부의와 황후 완용에게 퇴위를 강행해 청 제국은 마침내 멸망하게 된다.

역사는 반복된다는 말이 있다. 300여 년 전 산해관을 개문하여 만주족의 입성을 도왔던 오삼계가 그랬듯이, 원세개가 손문의 혁명군을 도와 청나라를 멸망시켰던 것이다. 선통제를 비롯한 황족들이 자금성을 떠나자 많은 한인들이 만세를 불렀다고 하는데, 베르톨루치 감독의 영화 〈마지막 황제The Last Emperor〉(1987)에서 이를 잘 묘사하고 있다.

청 제국은 무너졌지만, 청 황실의 후예들은 여전히 대청제국의 복고를 꿈꾸었다. 그들은 당시 동아시아 최고의 국력을 자랑하는 일본과 결탁하고 자신이 원래 살던 고향이었던 만주로 가서 만주국을 수립하게된다.《녹정기》에 먼 훗날 중원을 떠나 관외로 가서 부유를 누리자는 순치제의 말이 기묘한 방식으로 실현된 것이다.

워낙 역사가 짧아서인지 만주국은 많이 알려지지 않았지만, 명분상으로는 청의 계보를 이은 만주족의 국가였다. 그러나 만주국은 그 태생부터 일본의 괴뢰국과 같은 입장이었기 때문에 일본의 내정간섭으로 제대로 된 나라 구실을 못하다가, 일본이 태평양 전쟁에서 패망하자 순망치한 격으로 연합군의 점령과 함께 멸망한다. 졸지에 황제에서 전범자의 신세가 되어 체포된 부의는 그대로 모택동이 이끄는 공산당의 수용소에 감금되고 혹독한 정신교화를 받은 끝에 자신의 생애를 반성하는 저서를 남기고 평범한 인민이 되어 최후를 맞이했다. 부의를 체포하고 석방한 중화인민공화국의 지도자 모택동 역시 천지회의 방파 중 하나인 가로회의 일원으로 활동하던 인물이었다. 이렇듯 만주족과 천지회는 최후의 순간까지 대립하며 중국의 근현대사를 장식했다.

하나의 중국과 민족문제의 충돌

한족은 마침내 만주족에 복수하며 중국을 되찾았다. 오늘날 만주족은 사실상 완전히 동화되어 흔적조차 찾기 어렵다. 모택동을 거쳐 등소평을 기점으로 전 세계로부터 막대한 부를 끌어모은 중국은 이제 명실상부한 세계 최강대국 중 하나로 급부상하였고, 과거 한나라, 당나라에 이어 오랜만에 한족 국가의 전성기를 맞이했다. 이제는 과거 자신들에게 굴욕을 입혔던 서방세계에 대해 복수의 칼을 갈고, 주변국들에 영향을 행사하려는 본격적인 패권주의를 드러내고 있다. 그 패권주의의 중심에는 '하나의 중국'이라는 이데올로기가 존재한다.

김용은 《녹정기》를 통해 한족과 만주족의 경계를 넘어 중화문명을 공유하는 하나의 중국인을 표현했다는 평가를 받고 있다. 실제로도 중국의 많은 지식인과 정치인이 《녹정기》를 그러한 관점으로 보고 있으며, 민족이 아니라 하나의 문화권으로서 중국인의 통합을 이루자는 국가적 시책에 영향을 주었다고까지 평하기도 한다. 이러한 중국의 의도가 엿보이는 정책이 우리나라에 엄청난 반발을 초래한 동북공정이다. 중국은 신강, 위구르, 티베트에서의 독립운동 역시 철저하게 탄압하고 있다.

중국 당국은 어떠한 공론의 장에서도 '민족'이라는 두 글자를 외치지 못하도록 강경하게 대응하고 있는데, 이러한 패권주의가 하나의 중국 모습이고, 김용이 《녹정기》를 통해 말하고자 한 하나의 중화인지 심각한 의문을 제기하게 한다. 만주족과 한족 구별 없는 천하를 만들겠다고 주장했으나 실제로는 천지회를 탄압하며 한족들의 독립 의지를 꺾으려 했던 청나라와, 소수민족과 주변국들을 흡수하려는 지금의 중국 모습은 놀랍도록 비슷하다.

모두가 화합하는 동양의 평화를 향하여

김용은 과거에는 한족 왕조를 위해 작품을 썼으나, 이후에는 다른 민족들도 존중하며 글을 썼다고 밝힌 적이 있다. 적어도 그의 생각은 패권주의로 일관하며 일방적으로 하나의 중국인을 만들려는 현 중국의 방향과 같지 않을 것이다. 그가 말한 대로 중화문명은 한족만이 아니라 동아시아 여러 나라가 서로 공유한 유서 깊은 문명으로, 각자에게 맞는 방식으로 수용하고 발전시켜왔다. 단지 주도권을 쥐고 있다는 이유로 굴복시키고 하나로 종속을 강요하는 것은 한인들에게 300여 년 동안 골수에 사무치는 원한을 불러일으킨 만주족의 횡포와 마찬가지로 저항만 불러일으켰다.

사람은 자신이 태어난 본모습을 잃지 않고 자신이 의지하는 바에 따라 삶을 이끌어가는 존재이다. 이는 국가에도 동일하게 적용된다. 대외적으로 하나의 중국인 통합을 주장하면서, 한복복원 열풍, 공자학교 설립 등으로 한족의 고유문화를 되찾으려고 열정을 쏟는 지금의 중국인들을 보면 한족들 자신도 본모습을 회복하려 한다는 것을 알 수 있다.

《녹정기》에서 위소보는 강희제의 친구로서 여러 공을 세우며 청의 통치를 반석에 올리는 역할을 수행했다. 그러나 한편으로는 그가 가장 존경하는 인물인 진근남을 위해 천지회 형제들을 돕는 것을 주저하지 않았다. 비록 자신에게 강희제를 죽이라는 강요를 할지라도 그들을 적으로 돌리지 않고, 결정적인 순간에 그들을 위기에서 구출하여 한족의 독립운동 의지가 사라지지 않도록 지켜주었다. 김용은 위소보라는 인물의 행적을 통해 만주족의 역사와 한족의 역사를 모두 긍정하고 싶었던 것이라 확신한다. 김용의 진정한 꿈은 단순한 하나의 중국이 아니라, 한족과 타민족이 화합할 수 있는 세상, 다시 말해 동양의 평화였을 것이다.

《녹정기》를 동양의 평화라는 관점에서 본다면 또 다른 숨은 가치를 발견하게 될 것이다. 주권을 누리되, 문화는 널리 공유한다는 의식이 없다면, 동양세계에는 결코 평화가 오지 않고 언제든 청과 천지회로 대변되는 민족 간의 처절한 피의 역사가 계속될 것이다.

등장인물 및 문파 소개

등장인물

위소보 韋小寶

양주 여춘원에서 기녀의 자식으로 태어난 개구쟁이 소년. 제대로 할 줄 아는 무공 하나 없이 위기의 순간마다 눈치와 기지로 얼렁뚱땅 빠져나간다. 여춘원에서 벌어진 싸움에 끼었다가 장안에 이름난 도적 모십팔과 친구가 되어 북경에 가고, 궁에서 소년 황제 강희를 만나 친구가 된다. 내관으로 생활하며 강희제를 도와 활약하는 한편 반청복명의 뜻을 가진 '천지회'의 향주가 되어 궁의 첩자 역할을 하게 된다.

청나라 황실

강희제 康熙帝

'천년에 한 번 나오는 제왕'이라 불릴 정도로 이름난 청나라 황제. 여덟 살의 어린 나이에 즉위하여 소현자라는 가명으로 위소보와 친구가 된다. 위소보를 신임하여 나라 안팎의 중대사들을 맡겨 나라를 안정적으로 통치한다. 능력 있는 사람은 차별 없이 대하는 관대한 성품이지만, 한족 부흥운동에 대해서는 매우 강경한 태도를 취하고 있다.

오배鰲拜

만주 제일 용사로 불리며 조정 대권을 움켜쥐고 황제의 권위를 위협하는 고명대신. 한인 출신 관리와 선비들을 멸시하여 《명서집략》 편찬을 빌미로 수백 명의 문인을 죽여 백성들의 원성을 산다. 강희제와 위소보의 계략에 속아 살해된다.

해대부海大富

황실에서 요리를 만드는 내관으로 무공 고수. 위소보를 인질로 잡다가 눈이 멀게 되고, 그를 통해 황실의 기밀이 담긴 《사십이장경》을 탈취하려고 한다. 강희제의 신하로 있지만 배후에서 다른 인물의 명을 받고 있다.

모동주毛東珠

무공과 계략이 뛰어난 황태후. 《사십이장경》을 얻기 위해 혈안이 되어 있다. 궁중의 비밀을 알고 있는 위소보를 죽이기 위해 호시탐탐 기회를 노린다.

건녕 공주建寧公主

강희제의 여동생. 다른 사람을 괴롭히고 자신도 고통받는 것을 즐기는 괴이한 성격의 소유자. 공주인 자신을 막 대하는 위소보를 최적의 놀이 상대로 여긴다. 운남의 오응웅吳應熊과 결혼하지만 남편보다 위소보를 더 좋아한다.

색액도索額圖

청나라 조정의 대신. 위소보가 크게 출세할 것을 예견하여 그와 의형제를 맺고 함께 오배의 재산몰수에 참여하는 등 약삭빠른 모습을 보인다. 위소보의 보물인 조끼와 비수를 제공한다.

다륭多隆

무공이 뛰어난 황실 시위총관. 청나라 조정 사람들 중에서 위소보와 특히 친하다. 충성스럽고 거짓 없이 소탈한 성품의 소유자이다.

시랑施琅

대만의 장수였으나 억울한 일을 겪고 청에 투항했다. 해전에 능하여 위소보의 도움으로 출세해 대만을 정벌한다.

천지회天地會

진근남陳近南

'진근남을 만나지 않으면 영웅이 아니다'라는 말이 있을 정도로 이름난 절세고수. 천지회의 총타주로 본명은 진영화陳永華이다. 위소보를 제자로 받아 무공을 가르쳐주려 하나 성취하지는 못했다. 위소보가 진심으로 존경하는 몇 안 되는 인물이다.

서천천徐天川

'팔비원후八臂猿猴'라는 별명을 지닌 무공 실력자. 손이 빠르고 민첩하며 천지회의 연락책을 맡고 있다. 당왕과 계왕의 정통 문제를 두고 목왕부 백씨 형제와 논쟁을 벌이다가 그들 중 맏이인 백한송을 죽인다. 이를 계기로 천지회와 목왕부 사이에 분쟁이 생긴다.

오육기吳六奇

광동 전역의 병권을 쥐고 있는 제독. 청나라 군사가 되어 동포들을 죽인 자신의 과거를 뉘우치고 비밀리에 천지회에 투신하여 홍순당 향주가 된다.

운남雲南 목왕부沐王府

목검병沐劍屏

운남 목왕부 후계자인 목검성沐劍聲의 여동생. 천지회와 목왕부 사이에 분쟁이 생기자 천지회에 의해 납치되어 위소보를 만난다. 위소보의 거짓말에 속는 순진한 성격으로 그와 티격태격하며 정이 든다.

방이方怡

목검병의 사저로 상당한 미인. 오삼계의 아들 오응웅의 부하로 위장하여 강희제를 죽이러 왔다가 큰 부상을 입어 위소보에게 구출된다. 사형 유일주와 장래를 약속했지만 방이의 마음을 빼앗기 위한 위소보의 각종 훼방으로 조금씩 마음이 흔들린다.

유일주劉一舟

방이의 사형으로 준수한 외모를 가진 청년. 방이를 무척 사랑하지만 비겁하고 나약한 성품 때문에 목왕부 사람들을 위기에 빠뜨린다.

오입신吳立身

말을 하면서 고개를 흔드는 버릇이 있어 '요두사자搖頭獅子'라는 별호를 지녔으며 목왕부의 호걸인 오표敖彪의 스승이다. 방이와 마찬가지로 강희제를 암살하러 궁에 왔다가 잡히는데 위소보에 의해 구출된다.

평서왕부平西王府

오삼계吳三桂

산해관을 열어 청나라가 한족을 지배하는 데 결정적인 기여를 한 장군. 청 조정의 신임을 얻어 운남의 평서왕이 되어 위세를 떨친다. 나라를 저버린 역적으로 한인들의 공분 대상이며, 강희제의 경계를 받는다.

오지영吳之榮

오삼계에게《명서집략》을 전달하여 피의 사화를 일으킨 간신배. 사화를 일으켜 부귀영화를 누리는 것이 주특기이다. 쌍아 집안의 원수이다.

정극상鄭克塽

대만 정씨 왕조 정경鄭經의 둘째 아들. 아가와 서로 사랑하는 사이이지만 아가의 사랑을 얻으려는 위소보에 의해 여러 번 망신을 당한다. 오삼계를 죽이기 위한 '살계대회'의 맹주가 된다.

풍석범馮錫範

'일검무혈一劍無血'이라는 별호가 있는 검법의 달인으로 정극상의 사부이다. 유력한 왕위 계승 후보인 정극상의 위세를 믿고 진근남과 천지회를 업신여긴다.

구난九难

절세의 무공을 지닌 외팔이 여승. 그녀의 정체는 명나라 숭정제의 딸인 장평공주 아구阿九로 나라와 부모를 잃은 깊은 원한을 품고 복수할 기회를 호시탐탐 엿보고 있다. 경공술이 뛰어나며 위소보를 제자로 삼아 신행백변神行百變을 전수한다.

도홍영陶红英

강한 무공 실력을 지닌 궁녀. 대명 숭정 황제 때 공주를 모셨던 인물로 궁

녀의 신분을 이용해 《사십이장경》을 찾는다. 위소보와 궁에서 표식을 통해
비밀스럽게 소통한다.

아가 阿珂

구난의 제자. 대단한 미모를 가진 소녀로 소림사에 있던 위소보가 한눈에
반해 필사적으로 쫓아다닌다. 대만의 정극상과 정을 나누는 사이이며 자신
을 희롱하는 위소보를 미워한다.

진원원 陳圓圓

평서왕 오삼계의 애첩. 그녀 때문에 명나라가 망했다는 저주가 돌 정도로
절세의 미녀이다. 속세에 염증을 느껴 출가하여 비구니가 되었다. 오삼계
와 이자성 사이에서 갈등한다.

신룡교 神龍教

홍안통 洪安通

요동 지역에 위치한 외딴 섬 신룡도에 근거지를 둔 신룡교의 교주. 무공이
막강하고 사술 邪術에도 능해 많은 이들을 수하로 두고 있으나, 성격이 극도
로 오만방자하여 교단 내에 반감을 품은 이들도 많다. 《사십이장경》을 탈
취하기 위해 위소보를 이용하려 든다.

소전蘇荃

미모와 무공이 뛰어난 홍안통의 부인. 계략에도 밝아서 홍안통과 함께 위
소보를 신룡교로 끌어들이는 함정을 팠다. 위소보에게 미인삼초美人三招라
는 무공을 전수하기도 했다.

반胖 두타頭陀

신룡교의 일원으로 위소보가 지닌《사십이장경》을 빼앗으려고 한다. 신룡
교 홍교주에게 위소보를 데려가려다 그의 거짓말에 놀아난다.

장씨 문중

쌍아雙兒

위소보의 든든한 조력자. 가족의 원수인 오배를 죽인 감사의 표시로 장씨
문중 셋째 마님이 위소보에게 붙여준 인물로 굉장한 무공 실력의 소유자
이다. 자신보다도 위소보를 위하며 위험에 빠질 때마다 도와준다.

청량사淸凉寺

행치대사行癡大師

순치제. 강희제의 아버지로 속세와 연을 끊어 오대산의 승려가 된다. 강희
제에게 백성을 위해 세금을 올리지 않는 '영불가부'를 명심하라고 전한다.

옥림대사玉林大師
행치대사와 행전대사의 스승으로 순치황제를 곁에서 지킨다.

소림사少林寺

회총대사晦聰大師
무공이 뛰어난 소림사의 방장. 반야당 징관의 사형이다. 순치제의 보호를 겸하여 위소보에게 무공을 가르치라는 강희제의 명을 받아 그를 받아들인다.

징관대사澄觀大師
반야당의 수좌인 노승. 여덟 살에 소림에 출가해 오로지 무학 연구에만 몰두해온 고수로 위소보에게 무공을 가르쳐준다. 절 밖으로 나간 적이 없어 위소보에게 늘 속는다.

러시아

알렉세예브나 소피아
러시아의 공주. 러시아 황제가 죽고 표트르 1세가 등극하자 권력에서 밀리는데, 위소보의 도움으로 섭정왕이 되어 실권을 장악하게 된다.

갈이단

몽골의 왕자. 오삼계의 휘하 총병으로 라마승과 어울려 왔다. 위소보의 꾀
에 넘어가 그와 결의형제를 맺는다.

문파

천지회

명나라가 망한 뒤 국성야 정성공이 만주족을 물리치고 명나라를 다시 일
으키기 위해 진근남을 통해 결성한 비밀결사단체. 민간을 중심으로 청나라
의 지배에 반감을 품은 농민, 상인, 관리, 승려 등 다양한 계층의 한인들이
가입하여 은밀하게 반청운동을 벌인다. 대만을 본거지로 두고 복건 지역
을 중심으로 전국적으로 영향을 뻗친다. 천지회 전체를 이끄는 우두머리를
총타주라 부르며, 진근남은 초대 총타주이다. 각 지역을 관할하는 휘하 조
직으로 향당을 두고 있으며, 향당은 명나라 황제를 배향하는 곳이자 실질
적으로 회원들을 움직이는 각 지부에 해당한다. 향당을 관할하는 책임자는
명나라 황제에게 향을 사르는 일을 한다고 하여 '향주'라고 부른다. 연화
당, 홍순당, 가후당, 굉화당, 청목당, 적화당, 현수당, 황통당 등이 존재하며,
위소보는 오배의 탄압으로 공석이 된 청목당의 향주로 추대되었다. 청나라
조정의 지속적인 감시와 탄압을 받았으나, 결국 마지막까지 살아남아 신해

혁명을 일으켜 청나라를 멸망시킨다.

목왕부

명태조 주원장朱元璋을 도왔던 개국공신 목영沐英의 후손들로 대대로 운남 일대를 다스려왔다. 그러나 명나라가 망하고, 청나라가 오삼계를 앞세워 운남을 공격하면서 근거지를 잃고 강호를 떠도는 신세가 되었다. 비록 망하기는 했지만 여전히 한인들을 중심으로 따르는 무리들이 많으며, 목가권을 비롯한 무공은 천하에 널리 알려져 있다. 망국의 후예답게 명나라에 충성을 다하고 있으며, 자신들을 몰락시킨 평서왕 오삼계를 극도로 미워한다. 천지회와는 반청운동이라는 동일한 목표를 두고 있지만, 명 황족의 후예인 '계왕'을 옹립하여 명나라 재건을 도모하는 입장으로 인해 대만 정씨 왕조와 긴밀한 관계를 맺고 있는 천지회와 적잖은 불화가 있다. 작중 목검병과 방이가 이곳에 속해 있다.

철검문

명나라 말기부터 있었던 무림 문파 중 하나로 김용 작가의 다른 작품인 《벽혈검》에서 처음 등장했다. 무림에서 손꼽히게 강한 무공을 자랑하며 암기술과 경공술이 독보적이다. 옥진자와 목상도인을 거쳐 망국의 몸이 되고 구난이라는 법명으로 출가한 장평공주에게 종통이 전수되었으며, 구난의

자질이 매우 뛰어나 후대에 와서 퇴보에 이른 다른 문파들에 비해 무공이 더욱 높은 경지에 이르렀다. 목상도인 이래로 화산파와는 친밀한 관계를 유지했으며, 천지회와 다른 방식으로 반청운동에 가담하고 있다. 독문무공으로 '신행백변'이라는 경공술이 있으며, 원승지와 구난에 이어 위소보에게도 전수되었다.

신룡교

요동 지방 해역에 있는 외딴 섬 '신룡도'에 근거지를 두고 있으며 신령스러운 뱀을 숭배하는 사교 집단으로 홍안통이 창시하였다. 육지와 떨어진 지리적인 위치에 홍안통의 강력한 무공과 교묘한 용인술로 인해 결코 작지 않은 규모를 자랑한다. 청나라 조정을 무너뜨리고 중원을 차지하려는 야욕을 품고 《사십이장경》을 노리고 있으며, 각 지역으로 수하의 고수들을 보내 암약한다. 오행의 방위를 따서 청룡, 적룡, 백룡, 흑룡, 황룡을 각각의 상징물로 삼는 하부조직이 있다. 교단으로부터 배신하는 자들을 방지하기 위해 신도들에게 홍안통이 직접 조제한 표태역근환豹胎易筋丸이라는 독약을 강제로 먹인다. 이 독약을 먹고 해약을 제때 복용하지 않으면 경맥과 신체가 심각하게 망가진다. 초창기에는 교주와 신도들이 합심하여 크게 세를 늘려갔지만, 홍안통이 점차 교만하고 포악해지면서 기존에 그를 오랫동안 따르던 신도들이 반감을 품고 있다.

소림파

무림의 태산북두로 불릴 정도로 무림의 가장 큰 위세를 자랑하는 불교 선종 계열의 문파로 숭산 소림사에 본거지를 두고 있다. 소림 무공의 창시자 달마조사 이래 내공심법인 역근경과 72절기를 비롯한 다양한 무공이 전해지고 있으며, 천하의 다른 무림 방파들의 무공에 대해서도 깊이 연구하고 있다. 문파의 장문인이자 주지를 '방장'이라 칭하며 현 방장은 회총 대사이다. 방장 이외에 징관을 포함한 무공이 뛰어난 18명의 징자 항렬 고승들을 가리켜 '소림 18나한'이라 하여 무림 내에서 명성이 자자하다. 출가인들이 수도하는 곳이기 때문에 여성의 경내 출입을 엄격히 금하고 있다.

화산파

화산에 본거지를 둔 유서 깊은 도가 계열의 명문정파로 특히 검법이 뛰어나다. 북칠진北七眞 중 한 사람인 학대통郝大通이 시조로 알려져 있지만 정확한 기원은 알 수 없다.《벽혈검》의 무대가 된 명나라 말기, 장문인인 목인청을 시작으로 황진, 귀신수, 원승지 등 천하를 주름잡은 뛰어난 고수들을 여럿 배출했다. 오랜 친분을 유지한 철검문과 마찬가지로 반청 성향이 강하여 명나라가 망하기 직전부터 청나라가 중원을 지배한 이후까지 조정에 대항하였다.《벽혈검》에 이어 본작에도 등장하는 '신권무적 귀신수'는 상당한 고령에 불구하고 여전히 당해낼 자가 없는 절세의 무공을 자랑한다.

신필 김용 문학의 정수

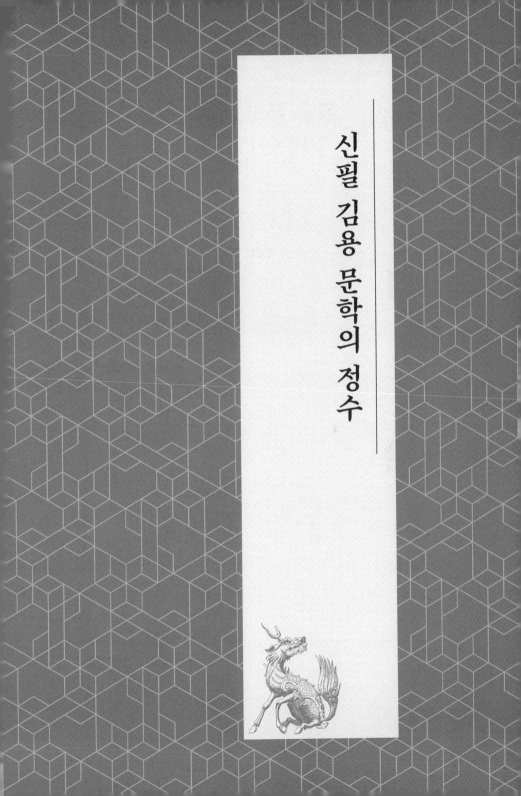

김용, 무협 소설의
일대종사 一代宗師

주성철

"전당강錢塘江의 도도한 물줄기는 밤낮을 가리지 않고 쉴 새 없이 임안臨安 우가촌을 휘감아 돌아 동쪽 바다로 흘러간다." 김용 전설의 진정한 시작이라 할 수 있는 《사조영웅전》의 첫 문장이다. 그렇게 중국 문단의 기인으로 불리는 신필神筆 김용의 작품들은 도도한 물줄기를 이뤄 홍콩과 중국 대륙은 물론 유럽과 미국의 독자들까지 사로잡았다. 한 문파에서 한 시대에 걸쳐 한 번 나올까 말까 한 위대한 스승을 일대종사一代宗師라고 한다면, 그는 그 누구도 견주기 힘든 진정한 무협 소설의 일대종사였다.

· 글 | **주성철** 영화평론가, 영화주간지 〈씨네21〉 전 편집장. 지은 책으로 《홍콩에 두 번째 가게 된다면》, 《그 시절 우리가 사랑했던 장국영》, 《우리 시대 영화 장인》, 《데뷔의 순간》, 《영화를 좋아하는 사람이라면 꼭 알아야 할 70가지》가 있다. 현재 SK B tv 영화 프로그램 〈백업무비〉, JTBC 영화 프로그램인 〈방구석1열〉에 출연하고 있다.

한국에서는 한참 세월이 흘러, 1985년 12월부터 신문 광고가 시작되어 1986년 내내 큰 사랑을 받으며 김용의 소설은 그해 출간 도서 베스트셀러 5위에 오르는 기염을 토했다. 2003년《사조영웅전》을 시작으로 김영사에서 정식으로 판권 계약을 맺은《신조협려》,《의천도룡기》까지 사조삼부곡射雕三部曲이 출간되기 이전, 당시 고려원은 사조삼부곡 3부작을《영웅문》이라는 이름으로 바꿔서 각각 임의의 제목을 달아 출간했다.《사조영웅전》을 제1부〈몽고의 별〉, 제2부〈영웅의 별〉, 제3부〈중원의 별〉로 나누어 총 18권을 잇달아 출간하였다.

당시 홍콩에서 도착한, 제목마저 비슷한 1986년의 소설《영웅문》과 1987년의 영화〈영웅본색〉은 한국 대중문화의 지형도를 일거에 바꿔놓았다.《영웅문》은 출간과 동시에 소설 부문 1위에 올랐으니 이른바 '대본소' 문화를 넘어, 김용이라는 이름과 함께 무협 소설의 대중적 인기가 바로 그때부터 시작됐다 해도 과언이 아니다. '홍콩 누아르의 발명'이라 부를 수 있는 오우삼 감독의〈영웅본색〉은〈맹룡과강〉,〈정무문〉으로 대표되는 이소룡의 권격 영화와 이후〈취권〉,〈프로젝트A〉로 대표되는 성룡의 코믹 쿵푸를 넘어, 검이 아닌 총을 들고 말끔한 수트를 차려입은 현대의 협객俠客 시대를 열었다.〈영웅본색〉이전〈호협〉(1978)을 비롯해 여러 편의 무협 영화를 만들기도 했던 오우삼에게〈영웅본색〉은 김용적인 협俠의 세계를 현대 홍콩에서 펼쳐낸 작품이었다. 실제로 오우삼에게 스타일과 스토리텔링 등 여러 면에서 깊은 영향을 끼친 스승이라 할 수 있는 장철 감독도 배우 부성을 주인공 곽정으로 내세운〈사조영웅전〉을 1977년, 1978년, 1981년에 걸쳐 3편까지 만들었으며 김용의 또 다른 작품들인〈비호외전〉(1981),〈벽혈검〉(1981), 〈협객행〉(1982)을 영화화했을 정도로 김용 작품들에 대한 애정이 깊었다. 이들 작품 외에도 장철의 수많은 작품들에서 시나리오 작가로 활약했던 예광이 김용과 절친한 사이였기에, 이들 세 사람은 실제로도 깊은 교분을 나누는 사이였다. 2010년대 초반 오우삼이 〈사조영웅전〉을 새로이 영화화하겠다고 발표했다가 무산된 일도 있었다.

중요한 것은 김용 유니버스의 시작점이라 할 수 있는 사조삼부곡과 그의 현대적 변형인 〈영웅본색〉이 거의 같은 시기에 한국에 도착해 폭발적인 인기와 함께 대중의 마음을 움직였다는 사실이다. 당시 《영웅문》의 광고 카피는 "氣기를 펴라! 대인大人이 되어라! 웅지를 품은 대자유인大自由人으로 거침없이 인간세人間世를 살아가라!"였고, 〈영웅본색〉에서 가장 널리 회자된 대사는 바로 송자호(적룡)가 배신당한 것을 알게 된 소마(주윤발)가 육교에서 신문지를 떨어트림과 동시에 들려왔던 "강호의 의리가 땅에 떨어졌다"라는 말이었다. 한편으로 자질은 부족해도 언제나 부지런하고 끈기 있으며 의협심도 강하고 황용에게 짜증 한 번 안 낼 정도로 아낌없이 퍼주는 성격의 〈사조영웅전〉의 곽정과 〈영웅본색〉에서 출소 이후 끊임없는 범죄 세계의 유혹을 견뎌내며 동생을 아끼고 오랜 친구 소마를 보살피는 송자호의 모습은 그 자체로 깊은 감동을 줬다. 그들 모두 각박한 세상사 속에서도 의협심 넘치고 품격 있는 자유인의 삶을 살고자 하는 김용 유니버스의 주인공들이었다.

1987년 6월 민주항쟁 이전, 군사 독재정권의 말기에 도착한 두 작품이 전한 자유와 의리의 메시지가 당대 청춘들의 심금을 울리고, 억

눌린 마음에 불을 지폈다고 하면 지나친 비약일까. 김용의 작품들은 그즈음부터 여러 대학 도서관 대출 목록에서 언제나 1, 2위를 차지했고, 개봉과 동시에 인기를 끈 것이 아니었던 〈영웅본색〉을 재개봉관에서 구해낸 것도 당시 청춘들이었다. 그렇게 《영웅문》과 〈영웅본색〉은 당대의 청춘문학이요, 청춘영화였다. 김용 유니버스의 상상계로서의 무림은 암울한 현실계와 맞물려 돌려 보고, 입으로 전해지며 확장되어 갔다. 적어도 당시 한국 대중문화 안에서 김용 유니버스는 환상문학과 실존문학의 경계를 훌쩍 넘어서는 것이었으며, 그 위력과 영향력은 지금도 마찬가지다.

그처럼 김용에게 매혹당한 사람들은 시대와 국가를 초월했다. 먼저 그의 본고장이라 할 수 있는 홍콩의 왕가위 감독은 〈아비정전〉(1990)과 〈중경삼림〉(1994), 그리고 〈타락천사〉(1995)로 이어지는 가운데 김용의 〈사조영웅전〉을 재해석한 〈동사서독〉(1994)을 내놓았다. 왕가위가 어려서부터 즐겨 읽으며 흠모해 마지않았던 김용 유니버스에 드디어 발을 내딛은 것이다. 더구나 그가 언제나 직접 각본을 써왔다는 점에서(바로 지금에 이르기까지도!) 김용 작품을 영화화한다는 것은 의미심장한 사건이었다. 구양봉을 연기한 '왕가위의 페르소나' 장국영도 화제였지만 〈동방불패〉(1992), 〈녹정기〉(1992), 〈천룡팔부〉(1994)에 출연하며 김용 유니버스에서 가장 선명한 자리를 차지하고 있는 배우 임청하의 출연도 화제였다. 우여곡절 끝에 완성된 〈동사서독〉은 지나치게 자의적이고 편협한 해석이라는 평가도 많았으나, 김용의 작품들이 화려한 무공의 향연을 펼치는 무협 소설임과 동시에 가슴 절절한 멜로드라마임을 새삼 상기시켜줬다. 구양봉을 비롯해 매년 복사꽃이 필 때마다 그를 찾아오는 황약사(양가휘), 이름을 떨치고 싶은 가난한 무사 홍칠공(장학우) 등 김용 유니버스의 여러 인물들은 황량한 무림에서 저마다 슬픈 상처를 가지고 살아가는 사람들이었다.

김용 혹은 그 사이 세상을 뜬 배우 장국영에 대한 미련이 남아서인지, 왕가위는 창고에 처박혀 있던 15년 전 〈동사서독〉 필름을 꺼내어 새로 복원하며 재편집했고 2008년 칸영화제에서 〈동사서독 리덕스〉라는 제목으로 특별상영됐다. '리덕스'라는 꼬리표가 붙긴 했지만 삭제 장면이 대거 추가되거나 편집 순서가 바뀌면서 영화의 무드가 확 달라진 느낌은 없다. 세월의 흔적을 담아내는 CG 장면이 추가되고 새로운 인물들이 등장할 때마다 백로, 입춘 등 계절에 어울리는 절기의 소제목이 첨가되면서 순환의 의미를 덧붙인 정도다. 어쩌면《녹정기》를 끝내고 절필을 선언한 김용이 이후 자신의 작품들을 수정, 보완하며 개정판 작업에 충실했던 그 모습을 닮았다고도 할 수 있다. 그렇게 〈동사서독 리덕스〉는 전반적으로 '시간의 재Ashes of Time'라는 애초의 영어 제목에 충실한 느낌이며, 그 '시간의 재'라는 표현은 여러 시대를 오가며 완성한 김용 유니버스 작품들 전체에 어울리는 부제 같기도 하다. 그렇게 왕가위는 김용에게 최고의 찬사를 바친 것인지도 모른다. 〈동사서독〉은 김용 작품들에 대한 왜곡이나 변형이 아니라 그야말로 절묘한 승화였다.

김용 혹은 왕가위와도 얼핏 어울려 보이지 않는 홍콩의 감독 겸 배우 주성치도 그들 중 한 명이다. 당대 최고의 코미디 배우로 승승장구하던 주성치가 하나의 정점을 찍은 것은 바로 〈신룡교〉(1992)라는 속편까지 만들어진 김용 원작의 〈녹정기〉(1992)다. 그가 사극에도 어울린다는 것을 증명함은 물론 홍콩 스타들이라면 누구나 한번쯤 꿈꿔봤던 김용 소설의 주인공이 된 것이다. 어려서부터 동네 친구였던 양조위가 홍콩 TVB 방송국의 TV 시리즈 〈녹정기 1984〉에서 위소보, TV 시리즈 〈의천도룡기 1986〉에서 장무기를 연기하며 승승장구하던 것을 가장 부러워했던 이가 바로 주성치였다. 〈녹정기 1984〉에서 강희제를 연기한 유덕화, 〈의천도룡기 1986〉에서 장취산을 연기한 임달화도 김용 원작의 TV 시리즈에 출연하며 배우로서 반전의 계기를 마련했다. 그만큼 김용 유니버스는 당대 홍콩 배우들에게 대중문화계라는 무림으로 나아가기 위해 반드시 거쳐야 할 통과의례와도 같았다.

김용이 창조한 캐릭터 중 가장 현실적이고 세속적인 인물로 평가받는, 그러니까 엉큼하고 약삭빠르고 거짓말을 서슴지 않는 위소보의 모습은 주성치를 통해 전혀 미워할 수 없는 캐릭터가 됐다. 반청복명을 외치며 결성된 천지회는 황제 강희제를 죽이려는 음모를 꾸미는데, 천지회의 일원인 위소보는 황궁에 들어갔다가 그만 강희제의 인품에 반해 그를 돕게 된다. 주성치라는 세계를 떠받치고 있는 2개의 기둥이 이소룡과 김용이라면, 그 마지막 김용이라는 퍼즐 조각이 〈녹정기〉로 꿰어 맞춰지게 됐다. 이후 주성치가 심지어 〈서유기〉의 손오공을 연기할 때도, 정작 그 손오공은 김용 유니버스의 주인공들과 닮아있었다. 왕가위가 〈동사서독〉을 만들던 그때, 주성치는 〈서유기〉를 끌어와 〈동사서독〉을 경유하여 유진위 감독과 함께 〈서유기 월광보합〉(1994)과 〈서유기 선리기연〉(1994)을 동시에 내놓았다. 원작의 손오공이 자기의 의지와 무관하게 삼장법사와 여정을 함께하는 인물이었다면, 주성치는 손오공에게 김용 유니버스의 주인공들처럼 감정을 부여했다. 머리에 금강권을 쓰고 어렵사리 속세의 사랑과 인연을 끊고 길을 나서는 손오공의 슬픔이 거기 깔려 있는 것이다. 그러면서 마치 〈동사서독〉처럼 "그때 검과 내 목과의 거리는 0.01mm밖에 되지 않았다"라거나 "만약 사랑의 기한을 정해야 한다면 만년으로 하겠소"라며 언제나처럼 주성치는 자신이 오리지널인 양 천연덕스레 김용 작품의 주인공들처럼 대사를 읊었다. 중요한 것은 〈사조영웅전〉으로 시작하여 〈동사서독〉을 거치며 패러디를 반복하고 또 더하는 가운데 원작의 감흥 못지않은 카타르시스에 다다르는 놀라운 경험이다. 유진위와 주성치가 〈월광보합〉, 〈선리기연〉 연작 전체의 영어 제목을 〈A Chinese Odyssey〉라는 거창한 이름으로 단 것 또한 김용 유니버스에 대한 오마주라 할 만하다.

실제로 김용과 주성치는 절친한 사이로 알려져 있는데, 주성치는 김용 유니버스의 용어들을 끊임없이 자신의 영화 속으로 끌어왔다. 〈사조영웅전〉, 〈신조협려〉, 〈천룡팔부〉에 등장하는 '항룡십팔장'은 〈무장원 소걸아〉(1992)에서 주성치가 개방 최고의 무공인 항룡십팔장을 익혀 거지의 왕이 된다는 설정으로 등장한다. 영화 전체가 〈신조협려〉 패러디라 할 수 있는 〈식신〉(1996)에서는 〈신조협려〉의 '암연소혼장'을 패러디한 '암연소혼반'이 등장한다. 평범한 돼지고기 바비큐 덮밥이지만 주성치가 '가장 평범한 것이 가장 비범한 것'이라는 철학을 담아 자신의 모든 열과 성을 다해 만들어낸 최후의 요리이다. 암연소혼장은 〈신조협려〉에서 무공이 절정에 달한 양과가 자신이 평생 익힌 여러 계파의 무학을 바탕으로 집대성해낸 독자적인 경지의 무공이다. 〈식신〉에서 주성치가 요리사로서 최고의 경지에 오른 것을 그 용어를 통해 비유해낸 것이다.

　아마도 주성치의 김용 유니버스 사랑의 집대성은 〈쿵푸 허슬〉(2004)이라 할 수 있다. 무엇보다 〈쿵푸 허슬〉은 과거 수많은 TV 시리즈나 영화에서 제대로 살려내지 못했던 김용 유니버스의 각종 무공들을 매끄럽고 훌륭하게 재현해냈다.《사조영웅전》의 구양봉이 구사하던 '합마공'(두꺼비처럼 웅크린 채로 내공을 모았다가 일시에 터트리는 기술)은 화운사신(한국에서는 '야수'로 표기)이 완벽하게 구사한다. 합마공은 이미 〈식신〉에서도 악당이 자신의 뱃살을 자랑하는 장면에서 등장했지만, 두 영화의 표현 차이는 실로 엄청나다. 영화 속 돼지촌 주인 부부를 연기한 원화와 원추가 스스로를 각각《신조협려》의 '양과'와 '소용녀'라고 말하는 것, 그 소용녀가 가공할 내력으로 '사자후'를 내뿜는 것도 《의천도룡기》에서 장무기의 양아버지 금모사왕 사손이 한 번의 고함으로 고수들을 죽게 하거나 큰 부상을 입게 만들었던 사자후에서 왔다. 영화의 마지막에 이르러 주성치 이후 새로운 인재 발굴에 나선 수수께끼의 거지가 꼬마에게 내민 5권의 책자 역시, 〈천수신권〉 하나를 빼고는 모두 김용 유니버스를 채우고 있는 무공 비급들이다.《신조협려》와《소오강호》의 독고구검,《사조영웅전》과《천룡팔부》의 일양지, 《의천도룡기》의 구양신공, 그리고 항룡십팔장이 그것이다. 이처럼 주성치는 〈쿵푸 허슬〉에 김용 유니버스의 용어들을 가져오면서 막대한 판권 사용료를 지불했다. 흥미로운 것은 지난 2004년 동남아에 쓰나미가 강타했을 때, 그곳에서 휴가 중이던 김용이 잠시나마 조난 위기에 처했던 적이 있는데, 그가 이후 피해지역에 기부금은 전달하기도 했다. 바로 그 기부금이 주성치가 〈쿵푸 허슬〉에 인용했던 저작권에 대한 판권 사용료였다. 그렇게 두 사람이 〈쿵푸 허슬〉을 통해 운명처럼 전지구적 의협의 실천자가 되었다고 말하면 지나친 걸까.

이상 살펴본 것처럼 김용 유니버스의 영향력은 영화의 안과 밖은 물론 시대와 국가의 경계를 넘나들었다. 〈쿵푸 허슬〉에서 최신 특수효과로 절묘하게 표현된 사자후는 이연걸이 장무기를 연기했던 영화 〈의천도룡기〉(1993)에서는 아쉽게도 등장하지 않았다. 아마도 그것은 기술적 재현 여부라는 이유가 컸을 텐데, 바꿔 말하면 홍콩영화계 특수효과의 발전은 김용 유니버스의 무공들을 스크린에 재현하기 위한 과정이었다고 해도 과언이 아니다. 그보다 앞서 만들어진 영화 〈동방불패〉(1992)가 그 극명한 예라 할 수 있다. 임청하는 김용 유니버스 내에서도 가장 파격적이고도 독보적인 악역이라 할 수 있는 《소오강호》속 일월신교의 교주 동방불패를 절묘하게 표현해냈는데, 프로덕션 디자인의 퀄리티는 물론 영호충의 독고구검과 임아행의 흡성대법 등 김용 유니버스 무공들의 영상화 또한 탁월했다. 당시 총격전 위주의 홍콩 누아르 일변도의 흐름 안에서 〈천녀유혼〉(1987)과 더불어 무협영화의 완전히 새로운 트렌드를 만들어낸 것이다. 이를 보며 성장하고 특수효과에 매진한 수많은 한국의 인재들이 이제 중화권에서 만들어지는 여러 대표적인 판타지 무협영화들의 특수효과를 맡고 있으니, 거의 상전벽해라 할 만하다. 비록 김용은 떠났지만 국경을 너머 그의 작품들을 보며 자란 세대가 영화계라는 무림에서 맹활약하고 있다.

2018년 10월 30일, 김용은 94세의 나이로 세상을 떴다. 80대의 나이에도 영국 유학길에 올라 중국사 공부를 위한 고고학에 매진, 박사학위를 따는 등 끊임없이 연구와 탐구의 길에서 벗어나지 않았기에 언제나 그 작품 속 주인공들처럼 깊은 감동을 주는 작가였다. 《반지의 제왕》을 쓴 J. R. R. 톨킨의 '중간계'나 비슷한 시기 세상을 떠난 스탠 리의 '마블 시네마틱 유니버스'와 비교되기도 하는 '김용 유니버스'라는 이름으로, 그는 춘추시대부터 청나라 말기까지 '강호'라는 대우주를 창조한 사람이다. 물론 그것은 중국이라는 구체적인 역사로만 한정되는 것이 아니다. 더 중요한 것은 그가 총 15편의 작품들로 마지막까지 뉘우치고 용서하는 인물들, 출생의 비밀을 간직한 인물들을 통해 중화中華사상에 대한 재고는 물론 성정체성에 대한 고민까지, 작가로서 줄곧 진보하고 진화하였다는 사실이다.

그의 주인공들은 자유로이 떠돌면서도 기꺼이 희생하고 분연히 일어서면서 자신이 지켜야 할 것을 지켜냈고, 새로운 무공과 문화를 거리낌 없이 흡수했다. 《사조영웅전》에서 《녹정기》에 이르기까지, 김용 유니버스의 수많은 인물들이 그야말로 생생한 생명력을 지닌 마치 동시대의 누군가로 느껴지고, 그에 끊임없이 매혹당하는 것은 그 궁극적인 인간성에 대한 탐구가 지금도 유효한 질문이기 때문이다. 인간으로서 나는 왜 사는 것이며, 어떻게 행동해야 하고, 어디에 서 있어야 하는가, 라는 근원적인 질문이 거기 담겨 있다. 얼핏 생성원리와 지향점이 달라 보일 수도 있는 무武와 협俠이 하나의 단어로 붙을 수 있는 이유가 바로 그 때문이다. 그렇게 나는 사람이 사람인 이유를 김용 유니버스 안에서 배웠다.

김용이 추구한
무협의 정신

이정욱

　동양은 통속문학이 매우 발달했다. 원나라 시대에 이미 저잣거리에서 유명한 역사 대목이나 전설, 민담 등을 전문적으로 읊어주는 이야기꾼이 존재했다. 동양문학의 금자탑으로 여겨지는 《삼국지연의三國志演義》도 이러한 이야기꾼들을 통해 전해지는 삼국시절의 민담과 설화 등을 엮어 정리한 《삼국지평화三國志平話》라는 작품을 기초로 하여 나관중을 비롯한 여러 문인들이 개작한 것이다. 통속문학의 창작과 유통의 과정에서 수준 높은 학문을 쌓은 선비들과 전문 이야기꾼들이 관여하면서 역사와 경서, 예술이 자연스럽게 작품에 융화되는 경지에 이르렀고, 어느덧 전통으로 자리잡았다.

　학문과 예술을 융합하려는 중국 통속문학의 전통에서 특히 돋보이는 부분이 바로 실제 역사를 근간으로 민간의 전설과 설화 등 다양한 살을 붙여 새로운 이야기로 직조하는 것이다. 이런 성향을 뚜렷하게 보여주는 것이 바로 북송 휘종 시대를 배경으로 쓰인 《수호전水滸誌》이다. 당시 가혹한 세금으로 핍박받던 산동 지방 농민들이 양산박에 모여 두령 송강을 중심으로 도적 떼로 변해 관군에 대항했던 짧막한 역사 기록에 설화와 영웅담을 덧붙여 실제 역사와 비교도 안 되는 문학작품을 탄생시켰다. 역사와 상상을 결합하여 그 시대의 민중의 꿈과 욕망을 대변하는 영웅들을 그려낸 《수호전》의 구성은 20세기 이후 본격적으로 등장하는 무협소설의 모태가 되었다.

무협소설은 통속문학의 전통을 따라 기본적으로 실재했던 역사적 사건과 인물들을 반영한다. 이는 김용 이전의 신파 무협 작가들이 모두 견지했던 것으로, 김용은 특히 유명한 역사적 사건을 모티프로 사용하여 마치 실재했을 것 같은 인물과 서사를 만들어내는 데 능했다. 김용은 한 나라의 탄생과 멸망이라는 역사에서 가장 극적인 순간을 배경으로 역사에 알려지지 않은 뭇 영웅들이 활약하는 상상의 영역으로 '무림'이라는 또 하나의 세계를 창조했다. 이 무림과 실제 역사를 서로 병치시켜 가공의 인물들의 이야기가 아주 자연스럽게 시대상과 녹아들게 함으로써 독자로 하여금 그들의 이야기가 실제로 있었던 듯한 착각을 불러일으키게 한다.

이 인물들은 출생부터 성장 과정에 이르기까지 역사적 사건과 직간접적으로 연관되어 있다. 추구하는 삶의 목표 또한 시대적인 갈등과 은원의 해소로 이어진다. 독자들은 이들의 장렬한 인생을 통해 당시 시대 상황을 자연스럽게 이해할 수 있다. 또한 무림으로 상징되는 음지에서부터 시작해 역사의 중심 무대로 당당히 오르는 과정에서 통쾌함을 느끼게 된다. 특히 《녹정기》는 역사와 상상력이 절묘하게 결합되어 가상 인물이 역사 속 인물들과 완벽하게 합을 맞추는 독보적인 경지를 보여주었다.

대중 속에서 되살려낸 동양의 전통문화와 사상

일찍이 신파무협의 거장 양우생은 무협소설을 쓰려면 역사와 시사에 밝아야 한다고 말했다. 중국의 통속문학은 기본적으로 지식인층인 선비들이 주로 썼으며, 자연히 서사 안에 그들의 경륜과 예술, 그리고 사상이 적지 않게 반영되어 있었다. 김용 또한 이러한 중국 통속문학의 전통을 그대로 따르고 있다. 인물과 공간, 사건이 서로 만나는 결정적인 지점마다 고사와 경전의 구절, 시문을 삽입하여 작품이 전달하는 메시지를 더욱 깊고 넓은 지평으로 확장했다.

예를 들어 《신조협려》에서 적련선자 이막수가 불타는 절정곡에서 슬피 흐느끼며 원호문의 〈안구사〉를 읊으며 외로운 죽음을 맞이하는 대목과 신조협 양과가 소용녀와 16년간 이별한 후 약속의 장소 절정곡으로 돌아와 우두커니 선 채로 소동파의 〈별부〉를 읊는 장면은 등장인물의 터져나오는 격렬한 감정을 예술적인 형태로 응축시키면서, 그들의 심상에 공감하는 사람들을 시대와 공간을 초월하여 하나로 연결시킨다. 김용의 소설에서 펼쳐지는 동양사상에 기초한 수준 높은 예술적 표현은 화려한 서구 문화에 도취되어 동양의 것을 낡고 초라한 것으로 여기는 현대 독자들의 선입견을 여지없이 깨뜨린다. 동양의 예술과 사상은 과거의 유산이 아니라 어느 시대 어느 곳에서도 적용될 수 있는 보편적인 깨달음을 담고 있음을 알게 한다.

서구문화를 동양적으로 재해석하다

문화는 쌍방향으로 흐른다. 서로 인접해 있으면 자연스럽게 문물이 오고 가고, 각각의 특색 있는 문화로 발전한다. 19세기 이래로 줄곧 서양의 강력한 영향을 받았던 중국 역시도 예외가 아니다. 깨어 있는 중국의 지식인들은 단지 오랑캐라 여겼던 서구의 발전된 문화를 자신의 방식으로 받아들여 새로운 중국의 문화를 만들어내고자 노력하였다. 신파 무협문학은 이러한 의식 속에서 시작되었고, 무협작가들은 서양문학의 정수를 흡수해 동양문학의 방식으로 변주했다.《와호장룡》으로 널리 알려진 왕도려가 대표적으로, 그는 서양의 애정소설을 동양의 전통문학과 접목시켜 끊임없이 고뇌하고 고통스러워하는 비극적인 인간상을 동양적으로 창조하였다. 왕도려의 시도는 김용에게도 적지 않은 영향을 미쳤다.

　김용은 동양전통 문화에 매우 밝았지만, 한편으로 서양문화에도 큰 관심이 있었다. 그래서 그의 작품들을 자세히 보면 서양문학에서 본 듯한 모티프들을 다수 발견할 수 있다. 대표적인 예로《천룡팔부》에 등장하는 기구한 사나이 유탄지는 프랑스의 문호 알렉상드르 뒤마 Alexandre Dumas의《철가면》을 모티프로 한다. 그 외에도 같은 작품의 주인공인 소봉이 거란인과 한족의 정체성 사이에서 고뇌하며 스스로 죽을 수밖에 없는 상황으로 몰아가는 부분에서는 셰익스피어 작품《햄

릿》에서 볼 법한 서양비극을 강하게 느낄 수 있다. 취현장에서 자신을 해치려고 하는 이들에게 격정을 터뜨리며 마구잡이로 살육하는 대목 역시 셰익스피어 등에서 자주 발견되는 유혈비극과 흡사하다.

김용과 동시대에 작품 활동을 했던 양우생은 김용의 작품이 서구적 이라고 술회한 적이 있었는데, 양우생뿐 아니라 김용 작품을 연구한 다른 이들도 김용 특유의 사실적인 인성 표현은 분명 오노레 드 발자크 Honore de Balzac 등으로 대표되는 서구 문학기풍에 강하게 영향을 받았다고 평가하고 있다. 당대를 넘어 21세기에 이른 지금까지도 그의 작품에 전혀 위화감 없이 빠져들 수 있는 이유는 김용이 서구문화에 대한 요체를 잘 이해하고, 그것을 현대인의 정서에 맞게 표현하는 데 밝았기 때문이다. 무협소설에서 무림의 고수가 적수와의 대결을 통해 그들이 구사하는 무공의 요체를 파악하고 자신의 것으로 취하듯, 김용은 동양문화뿐 아니라 서양문화의 정수를 자신의 필치 안으로 융합하여 통속문학의 새로운 기풍을 창출했다.

김용이 이렇게 동양문화와 서양문화를 융합시키는 역량을 발휘할 수 있었던 것은 이름난 선비 집안의 후손으로 풍부한 고전문화의 정수를 체득한 데다 '동양의 진주'로서 동양과 서양의 문화가 혼재된 홍콩에서 오랫동안 신문사 생활을 하며 중국인뿐만 아니라 서양인들에 이르기까지 다양한 사람들을 만나왔기 때문이 아닐까 싶다. 김용의 이러한 융합적 시도는 후대의 작가들에게도 큰 영향을 미쳤다. 그의 영향을 받은 대표적인 작가 중 한 명인 고룡은 김용과 판이하게 다른 구성을 취했지만, 서양문학적 수법을 동양전통문화의 맥락 안으로 자연스럽게 녹여 넣는 데 있어서만큼은 분명 김용과 통하는 부분이 있다.

파격을 거듭하는 개성적인 인물의 창조

김용이 창조한 인물들은 하나같이 개성이 뛰어난 것으로 정평이 나 있다. 그는 스스로 "똑같은 인물을 창조하지 않는다"라고 공언했듯이 매 작품마다 사람의 다양한 면모들을 표현하였고, 자유로운 실험을 통해 당시 시대의 관념을 뛰어넘는 파격적인 인물들을 다수 창조했다.

그의 초기 대표작 중 하나인 《사조영웅전》에 등장하는 황용은 주인공 남성 협객의 보조자이자 이해자로서의 역할만을 부여받았던 온순한 여성상을 파괴했다. 때로는 사악해 보일 정도로 자신의 욕망을 표현하고 행동을 결정하는 여성으로서 독자들에게 굉장한 충격을 안겨주었다. 황용의 등장은 남성 영웅과 동등한 존재감을 발휘한 주체적인 여성상이 대중예술에 보편적인 것으로 받아들여지는 하나의 계기가 되었다.

다음 작인 《신조협려》에서는 격렬한 감정과 반항아 기질을 가진 외팔이 영웅 주인공 양과와 감정을 모조리 봉인했다가 점차 인간의 감정을 깨달아가는 천의무봉의 선녀 소용녀를 선보여 세상의 예규를 깨는 파격적인 사랑을 보여주었다. 《의천도룡기》에서는 인명을 아무렇지도 않게 해치는 외적의 사악한 우두머리로 등장했다가 사랑을 깨닫고 자신의 모든 것을 내던지는 순정인으로 변모하는 발칙한 매력을 가진 요녀 조민이라는 인물을 등장시켜 독자들에게 반전에 가까운 감명을 안겨주었다.

김용이 창조하는 인물의 특징은 바로 완전무결한 '가짜 인간'이 없다는 것이다. 서양 희랍신화가 높은 문학성을 갖는 이유는 보통 사람을 뛰어넘는 힘과 지혜를 가진 영웅들조차도 욕망에 이끌리고, 때로는 보통 사람들보다도 못한 어리석음을 범하며, 고뇌하는 존재이기 때문이다.

사람인 이상 크든 작든 인간적 결함이 존재하기 때문에 극한의 상황 속에서 자신이 하고자 하는 바를 이루려는 고뇌는 결코 가볍지 않다. 문학은 인간의 고뇌를 얼마나 진실되게 표현하느냐에 따라 수준 높은 예술로 평가받는다. 문학은 인생 어느 지점에서든 비슷한 경험을 했던 독자들로 하여금 연민을 느끼게 하고, 인생의 보편적 섭리에 대해 통찰하게 한다.

김용이 만들어내는 인물들 또한 인간의 어리석음과 분노, 슬픔 등을 강하게 품고 있으며, 비록 절세의 신공을 가지고 있음에도 뜻대로 만사를 이룰 수 없는 상황에 때때로 절망한다. 심지어는 비참한 결말을 맞이하고, 혹은 생사가 망망한 지경 속에서 깨달음을 얻어 자신의 삶을 새롭게 이끄는 주인공이 되기도 한다. 김용은 현실 세계에서 인간이 내보이는 인성과 인생의 다양한 결을 무협소설에 반영하였다. 사람은 인성에 의해 자신의 행동을 결정하고, 더 나아가 스스로 운명까지 만들어간다는 깨달음을 표현하고자 하였다.

김용은 인물의 내면을 그들이 사용하는 무공이나 병기와 같은 소설적 장치와도 결부시켜 인물 전체를 직관적으로 표현하는 데 뛰어났다. 남에게 도움받기를 거부하고 오로지 남을 해치는 것에만 몰두해 온 《사조영웅전》의 구양봉은 서독이라는 별호처럼 독사장으로 상징되는 독술에 능하고, 필생의 절기조차도 두꺼비를 본뜬 합마공이다. 정파와 사파의 이분법에 얽매이지 않고 자유인으로서 천하를 유유히 노니는 호남아 영호충은 정해진 초식 없이 깨달음으로 진수를 이루는 독고구검이라는 무공을 구사했다. 이렇듯 김용은 무공에도 그 인물의 정체성을 부여하여 한눈에 그가 어떠한 존재인지 알아차리도록 하였다. 이를 통해 오랜 세월이 지나도 독자의 뇌리에 인물의 이미지가 선명하게 남는 효과를 낼 수 있었다.

무협의 정신으로서의 대아의 세계, 그리고 자유인의 꿈

무협의 정신이란 무엇일까? 독자는 말할 것 없고, 무협소설의 창작자일지라도 쉽게 답할 수 없는 질문일 것이다. 혹자는 협의俠義야말로 무협의 정신으로, 의로움으로 약자를 구하고, 부모와 친구의 원수는 반드시 갚고, 외적으로부터 나라를 지켜 보국안민輔國安民하는 것이라고 답한다. 그러나 이러한 정의는 무협의 영웅 서사에서 보여주는 협의의 가장 표면적인 부분만을 말한 것에 불과하다. 비록 비슷한 시대와 상황을 다루더라도 무협문학의 창조자들은 저마다 협의라는 주제에 대해 자신만의 깨달음을 표현하였고, 이를 통해 무협이 추구하는 이상을 드러냈다. 김용 또한 신파 무협문학의 거장으로서 자신만의 무협 정신, 협의를 추구하였다.

김용 무협에서 협의란 사람이 크게 이루어 세상과 통하는 '대아大我의 세계'에 진입하는 것이다. 그의 작품 속 주인공은 예외 없이 세상과 함께 더불어 나아가는 천하인이다. 처음에는 아주 평범했던 한 개인이지만 작은 물방울이 강줄기를 따라 큰 바다에 이르듯, 극적인 상황을 만나 자신도 모르는 사이에 시대의 거대한 은원과 갈등의 소용돌이에 들어가 자신이 해야 할 일을 깨닫는다. 자신이 가야 할 길을 우직하게 따라가며 뜻밖의 기연과 마주치고, 때로는 일대종사를 만나 수양을 쌓고 깨달음을 얻어 고수가 된다.

그리고 한 시대가 지나고 역사의 주역이 바뀌는 극적인 순간에 적극적으로 뛰어들어 천명을 완수하듯 시대의 갈등과 은원을 풀어내고, 세상에 정의와 평화를 가져온다. 그렇게 자신의 할 일을 완수한 주인공은 모든 부귀와 명예를 뒤로 한 채 역사의 뒤안길로 떠나 자연인으로 거듭난다. 김용의 무협에는 인간의 성장과 완성, 초탈이 모두 담겨있다. 우주처럼 거대한 인간의 가능성을 믿고, 하나의 작은 사건들에도 인간의 완성으로 통하는 이정표를 숨겨놓는다.

그의 무협은 산을 뽑고 바다를 휩쓸 기세로 휘몰아치는 거칠고 장엄한 기세가 가득하다. 그러면서도 고요히 눈 덮인 산하처럼 모든 고통과 고뇌가 사라진 자유롭고 평화로운 세상을 향해 나아간다. 한 개인은 파란만장한 영웅의 삶을 거쳐, 마침내 신선과 부처의 구도의 길을 따른다. 그래서 그의 작품 하나하나는 마치 한편의 역사책과 같고, 잠언으로 가득한 경전과도 같다. 재미 삼아 무협의 무용담을 찾아온 평범한 독자에게 시대의 갈등과 인생을 깨닫게 하고, 세상의 좁은 잣대를 넘어서 참다운 나를 찾게 한다. 역사적 시대가 불분명한《소오강호》조차도 강호의 수많은 군상들과 욕심의 함정들을 적나라하게 고발하고, 이에 얽매이지 않는 진짜 인간을 표현하려 했다. 제목 그대로 강호를 오만하게 비웃는 큰 마음을 가진 천하인이자 자유로운 단독자를 향한다.

대아의 세계가 담긴 김용의 작품은 어지러운 세상을 살아가는 이들에게, 특히 마음 깊이 꿈과 열정을 품은 젊은이에게는 더없는 삶의 의지를 부여한다. 김용 무협을 읽고 천하인과 좋은 것을 함께 나누며 친구가 되고, 천하를 담는 하나의 큰 집을 이루리라는 포부를 키워왔던 알리바바 창업자 마윈馬雲의 사례가 증명하듯 그의 무협에는 인간을 변화시킬 힘이 깃들어 있다.

이제 김용의 무협문학은 전설이 되었고, 그의 이름은 불멸이 되었다. 앞으로 또 어떠한 사람이 그의 작품을 읽고 자신의 인생을 화려하게 꽃피울지, 혹은 그와 같은 무협문학의 또 다른 전설을 쓰게 될지는 알 수 없다. 확실한 것은 김용이 생전에 말했듯이 세상은 계속 의식이 진보하고 있다는 사실이다. 세계는 점점 더 경계를 허물며 더 넓은 세상을 마주할 큰 포부를 지닌 인간을 요청하고 있다. 이런 시대의 요청이야말로 김용이 대아의 세계를 노니는 인간의 이야기를 계속해서 만든 가장 내밀한 동기이고, 우리가 그의 작품 속에 담긴 무협의 정신을 계속해서 들여다보아야 하는 이유이다.

김용 연보

1924년   절강성 해녕현 원화진 명문 사(査)씨 가문의 혁산방에서 출생.

1931년   사촌형님 서지마가 동란 중 사망. 고명도의 《황강여협》 등 여러
          무협소설 탐독.

1935년   용산소학당 5학년 때 학급 간행물 〈악악제〉 편집.

1936년   용산소학당 졸업. 가흥중학 입학.

1937년   상해 8·13 동란 발발. 일본군 항주만 상륙. 피란길에 오름. 어머
          니 사망.

1938년   절강성 전시 청년훈련단에서 군사 훈련을 받음. 9월 초 연합중
          학 초중부에 진학.

1939년   친구들과 입시 참고서 편찬. 절강성 연합고중에 진학. 벽보에
          《규염객전》을 고증한 글을 발표해 교사들에게 칭찬받음.

1940년   훈육주임을 풍자한 글을 발표해 퇴학당함. 7월 교장과 동창의
          도움으로 석량에 있는 구주중학으로 전학.

1942년	〈동남일보〉 부간 〈필루〉에 〈천 사람 중 한 사람〉이란 글 연재.
1943년	중경의 중앙정치학교 외교학과에 입학.
1944년	단편소설 〈백상지연〉으로 중경 시정부 문예경진 2등상 수상. 중앙도서관에서 일함.
1946년	〈동남일보〉 영어 전보 번역.
1947년	〈동남일보〉 사직. 상해 동오대학 법학원에서 국제법 전공. 상해 〈대공보〉 국제 전보 번역.
1948년	홍콩 〈대공보〉에서 국제 전신 번역.
1949년	〈대공보〉에서 〈국제법으로 본 해외 중국인의 재산권〉이란 논문 발표.
1951년	아버지 사추경이 고향 가흥 해녕에서 총살당함.
1952년	〈하오다담〉 편집을 맡아 요복란, 임환 등의 필명으로 영화평을 쓰기 시작.
1953년	시나리오 〈절대가인〉 발표.
1955년	필명 김용으로 〈신만보〉에 무협소설 《서검은구록》 연재.
1956년	홍콩의 신문 〈상보〉에 《벽혈검》 연재. 두 번째 아내 주매와 결혼. 〈대공보〉로 복귀해 부간 〈대공원〉 편집을 책임지며 영화평 발표.
1957년	〈상보〉에 《사조영웅전》 연재 시작. 영화 〈유녀회춘〉 제작.
1959년	호소봉과 영화 〈왕노호창친〉 공동 감독. 〈신만보〉에 《설산비호》 연재.
1960년	잡지 〈무협과 역사〉 창간. 《비호외전》 연재.
1961년	《의천도룡기》 연재 시작.
1963년	〈동남아주간〉에 《연성결》 연재 시작. 〈명보〉에 《천룡팔부》 연재 시작.
1967년	홍콩에 '67폭동'이 일어나 〈명보〉가 좌파의 중점 공격 목표가

됨. 〈명보〉에 《소오강호》 연재 시작.

1969년	〈명보〉에 《녹정기》 연재 시작.
1970년	〈명보만보〉에 《월녀검》과 《삼십삼검객도》 발표. 지금까지 발표한 무협소설을 조금씩 수정하기 시작.
1972년	《녹정기》 연재를 끝내고 절필 선언.
1976년	세 번째 결혼. 미국 콜롬비아대학에 유학 중이던 큰아들 사전협이 자살함.
1979년	대만 원경출판사에서 〈김용작품집〉 출간.
1980년	중국 광주의 〈무림〉에서 《사조영웅전》 연재. 처음으로 대륙에 소개함.
1981년	등소평 만남.
1984년	《홍콩의 앞날-명보 사론의 하나》 출간.
1985년	중국 정부 정식 요청으로 중화인민공화국 홍콩 특별행정구 기본법 기초위원회 위원 위촉.
1986년	기본법 기초위원회 '정치체제' 소조 홍콩 쪽 책임자에 임명됨.
1989년	〈명보〉 사장직 사퇴.
1992년	프랑스 정부 최고 권위의 훈장 '레지옹 도뇌르'를 받음. 프랑스 주재 홍콩 총영사가 김용을 프랑스의 알렉상드르 뒤마에 비유함. 캐나다 UBC대학에서 박사 학위 받음.
1993년	베이징에서 강택민과 회견.
1994년	명보그룹 명예회장직 사퇴. 홍콩 중문대학에서 최초 영역본 《설산비호 Fox Volant of the Snowy Mountain》 출간. 베이징 삼련서점과의 정식 판권 계약을 통해 〈김용작품집〉 출간. 왕일천이 편집한 《20세기 중국 문학대사 문고》에서 김용을 '금세기를 대표하는 중국 소설가 4위' 서열에 올림. 베이징대학 명예교수 직위 받음.

1995년	최초의 전기인《김용전》이 대만 원경출판사, 명보출판사, 광동 인민출판사에서 동시 출간됨. 중화인민공화국 홍콩 특별행정구 주위원회 위원에 임명됨.
1997년	영국이 홍콩을 중국에 반환. 〈명보〉에 사설 〈강물과 우물은 서 로 침범하지 않는다–반환 첫날에 쓰다〉 발표. 홍콩 옥스퍼드대 학출판사가 영역본《녹정기The Deer and the Cauldron》출간.
1998년	절강대학 인문학원 원장 취임.
2000년	홍콩 특별행정구가 최고 명예훈장을 수여함. 베이징대학에서 '김용소설 국제연구토론회' 개최.
2002년	상해에서 세계적 베스트셀러 작가 파울로 코엘료와 대담을 함.
2004년	프랑스 문예공로훈장 수상.
2007년	홍콩을 대표하는 작가로 선정됨. 영국 케임브리지대학 역사학 석사 학위 수여.
2009년	중국작가협회 명예부주석 위촉.
2010년	영국 케임브리지 세인트존스대학에서 박사 학위 수여.
2011년	마카오대학 '김용과 중국어 신문학' 국제 학술세미나 개최. 대 만 칭화대학에서 명예박사 학위 수여.
2017년	김용의 성과와 공헌을 표창하기 위해 홍콩 문화박물관에 상설 김용관金庸館 설치.
2018년	10월 30일 94세의 일기로 타계.

鹿鼎記